Lisa Se

# Dos chicas
# de Shanghai

Título original: *Shanghai Girls*

Traducción del inglés: Gemma Rovira Ortega

Ilustración de la cubierta: FormAsia Books, Hong Kong

*Copyright © Lisa See, 2009*
*Publicado por primera vez por The Random House Publishing Group.*
*Publicado por acuerdo con Sandra Dijkstra Lit. Ag. y Sandra Bruna Ag. Lit., SL.*
*Todos los derechos reservados.*
*Copyright de la edición en castellano © Ediciones Salamandra, 2010*

Agradecemos especialmente el permiso para reproducir el siguiente material:
*Los Angeles Times*: «Even Then, It Was a Step into the Past», de
Lisa See (*Los Angeles Times*, 31/05/2009) copyright © 2009 de *Los Angeles Times*.

*University of California Press*: extracto de *Beyond the Neon Lights: Everyday Shanghai in the Early Twentieth Century* de Hanchao Lu, copyright © 1999,
*the Regents of the University of California.*

Publicaciones y Ediciones Salamandra, S.A.
Almogàvers, 56, 7º 2ª - 08018 Barcelona - Tel. 93 215 11 99
www.salamandra.info

ISBN: 978-84-9838-512-0
Depósito legal: B-2.098-2013

1ª edición, febrero de 2013
*Printed in Spain*

Impreso y encuadernado en:
RODESA - Pol. Ind. San Miguel. Villatuerta (Navarra)

*a mi prima Leslee Leong,*
*mi cohorte en la conservación de los recuerdos*

# Nota de la autora

*Dos chicas de Shanghai* se ambienta entre 1937 y 1957; por tanto, los lectores encontrarán algunos términos que hoy en día podrían considerarse políticamente incorrectos. Para la transliteración de las palabras chinas he utilizado el método Wade-Giles, no el pinyin, porque es el sistema que se usaba en la época en que transcurre la novela.

# PRIMERA PARTE

## Fatalidad

# Chicas bonitas

—Con esas mejillas tan coloradas, nuestra hija parece una campesina del sur de China —protesta mi padre, ignorando deliberadamente la sopa que tiene delante—. ¿No puedes hacer nada para remediarlo?

*Mama* se queda mirándolo, pero ¿qué va a decir? Yo tengo un rostro bonito —hay quienes lo consideran adorable—, pero no tan luminoso como las perlas que me dan nombre. Me ruborizo con facilidad. Además, mis mejillas capturan el sol. Cuando cumplí cinco años, mi madre empezó a frotarme la cara y los brazos con cremas a base de perlas, y a poner perlas molidas en las gachas de arroz del desayuno, que llamamos *jook*, con la esperanza de que esa esencia blanca impregnara mi piel. Pero no ha funcionado. Ahora me arden las mejillas, y eso es exactamente lo que odia mi padre. Me encojo en la silla. Siempre me encojo en presencia de *baba*, pero aún más cuando él aparta la vista de mi hermana y me mira. Soy más alta que mi padre, y eso no lo soporta. Vivimos en Shanghai, donde el coche más alto, el muro más alto o el edificio más alto transmiten el mensaje claro e inequívoco de que su propietario es una persona de gran importancia. Y yo no soy una persona importante.

—Pearl se cree muy lista —continúa *baba*. Lleva un traje de estilo occidental, de buen corte. En su cabello sólo se aprecian algunos mechones canosos. Últimamente se lo ve nervioso, pero hoy está más malhumorado de lo habitual. Quizá no haya ganado su caballo favorito, o los dados no hayan caído del lado que quería—. Pero es todo menos lista.

Otra crítica típica de mi padre, extraída de Confucio, que escribió: «Una mujer culta es una mujer indigna.» La gente dice que soy

13

un ratón de biblioteca, y eso, en 1937, no se considera un cumplido precisamente. Pero mi inteligencia no me ayuda a protegerme de las palabras de *baba*.

La mayoría de las familias comen en una mesa redonda, formando un todo unido, sin cantos afilados entre ellos. Nosotros tenemos una mesa cuadrada de teca, y siempre ocupamos el mismo sitio: mi padre junto a mi hermana May, en un lado de la mesa, y mi madre enfrente de ella, para que los dos puedan compartirla por igual. Todas las comidas, día tras día, año tras año, son un recordatorio de que yo no soy la hija favorita y nunca lo seré.

Mientras mi padre sigue enumerando mis defectos, lo aparto de mi pensamiento y finjo interesarme por nuestro comedor. Normalmente, en la pared contigua a la cocina hay colgados cuatro pergaminos que representan las cuatro estaciones. Esta noche los han retirado y en la pared han quedado unas tenues siluetas. Esos pergaminos no son lo único que falta. Antes teníamos un ventilador de techo, pero el año pasado a *baba* se le ocurrió que sería más distinguido que los sirvientes nos abanicaran mientras comíamos. Esta noche no están los sirvientes, y en la habitación hace un calor sofocante. Siempre iluminan la estancia una araña *art déco* y unos apliques a juego, de cristal grabado amarillo y rosa; pero hoy tampoco están. No le doy mucha importancia; deduzco que han quitado los pergaminos para evitar que los bordes de seda se doblen con la humedad, que *baba* les ha dado la noche libre a los criados para que celebren una boda o un cumpleaños con sus familias, y que han bajado temporalmente las lámparas para limpiarlas.

El cocinero —que no tiene esposa ni hijos— retira nuestros cuencos de sopa y sirve los platos de gambas con castañas de agua, cerdo estofado con salsa de soja, guarnición de verduras y brotes de bambú, anguila cocida al vapor, verduras Ocho Tesoros, y arroz, pero el calor me quita el apetito. Preferiría unos sorbos de zumo helado de ciruelas amargas, una sopa fría de judías verdes dulces con menta, o un caldo de almendras dulces.

Cuando *mama* dice: «Hoy el reparador de cestos me ha cobrado más de la cuenta», me relajo. Si las críticas que me dedica mi padre son predecibles, también es predecible que mi madre recite sus tribulaciones cotidianas. Está muy elegante, como siempre. Lleva un moño pulcramente recogido en la nuca con alfileres de ámbar. Su vestido, un *cheongsam* de seda azul oscuro con mangas tres cuartos, está expertamente confeccionado para adaptarse a su edad y catego-

14

ría. En la muñeca luce un brazalete de jade tallado, de una sola pieza; el ruidito que produce al golpear contra la mesa resulta familiar y reconfortante. *Mama* lleva los pies vendados, y sigue otras muchas costumbres igualmente anticuadas. Nos pregunta qué hemos soñado e interpreta la presencia en nuestros sueños de agua, zapatos o dientes como buenos o malos augurios. Cree en la astrología, y a May y a mí nos recrimina o nos elogia por algo atribuyéndolo a que nacimos en el año de la Oveja y el del Dragón, respectivamente.

*Mama* tiene suerte. Su matrimonio concertado con *baba* parece relativamente apacible. Por la mañana lee sutras budistas; a la hora de comer coge un *rickshaw* y va a visitar a sus amigas, esposas de posición social similar a la suya; con ellas juega al majong hasta tarde y se queja del tiempo, la indolencia de los sirvientes y la ineficacia de sus últimos remedios para el hipo, la gota o las hemorroides. No tiene ningún motivo de inquietud, y sin embargo, su callada amargura y su persistente preocupación impregnan todas las historias que nos cuenta. «No hay finales felices», suele decir. Pero es hermosa, y sus andares de pies de loto son tan delicados como la oscilación de los tallos de bambú verdes agitados por la brisa primaveral.

—A esa criada perezosa de la casa de al lado se le ha caído el orinal de la familia Tso y ha puesto toda la calle perdida —dice—. ¡Y el cocinero! —Emite un débil silbido de desaprobación—. Nos ha servido unas gambas tan pasadas que el olor me ha quitado el apetito.

Nosotras no le llevamos la contraria, pero el olor que nos asfixia no proviene de los excrementos derramados ni de las gambas pasadas, sino de *mama*. Como hoy los sirvientes no han aireado la habitación, el olor a sangre y pus que rezuman los vendajes que mantienen la forma de los diminutos pies de mi madre se me pega a la garganta.

Ella todavía está enumerando sus quejas cuando *baba* la interrumpe:

—Esta noche no podéis salir, niñas. Quiero hablar con vosotras.

Se dirige a May, que lo mira y compone esa adorable sonrisa suya. No somos malas hijas, pero tenemos planes para esta noche, y quedarnos para que *baba* nos sermonee sobre la cantidad de agua que derrochamos al bañarnos o porque no comemos hasta el último grano de arroz de nuestros cuencos no entra en esos planes. Generalmente, *baba* reacciona ante el encanto de May devolviéndole la sonrisa y olvidando sus preocupaciones, pero ahora parpadea varias veces y luego me mira. Una vez más, me encojo en la silla. En ocasiones, pienso que ésta es mi única expresión sincera de amor filial: encogerme ante mi padre. Me considero una chica moderna de Shanghai. No quiero creer en esa doctrina de obediencia, obediencia y obediencia que les enseñaban a las niñas en el pasado. Pero la verdad es que May —por mucho que la adoren— y yo somos sólo chicas. Nadie perpetuará el apellido familiar, y nadie venerará como antepasados a nuestros padres cuando llegue el momento. Mi hermana y yo somos las últimas de la estirpe Chin. Cuando éramos pequeñas, nuestro nulo valor se traducía en que nuestros padres se interesaran muy poco por controlarnos. No merecíamos su preocupación ni su esfuerzo. Más tarde sucedió algo extraño: se enamoraron —loca, perdidamente— de su hija menor. Eso nos permitió conservar cierta libertad, de modo que los caprichos de niña consentida de mi hermana suelen pasarse por alto, al igual que nuestra indiferencia, a veces flagrante, hacia el respeto y el deber. Lo que otros podrían considerar irrespetuoso y poco filial, nosotras lo consideramos moderno y liberal.

—No vales ni una moneda de cobre —me dice *baba* en tono severo—. No sé cómo voy a...

—Deja de chinchar a Pearl, *ba*. Deberías considerarte afortunado por tener una hija como ella. Yo me considero aún más afortunada por tenerla como hermana.

Todos miramos a May. Ella es así. Cuando habla, no puedes evitar escucharla. Cuando está en la habitación, no puedes evitar mirarla. Todo el mundo la quiere: nuestros padres, los conductores de *rickshaw* que trabajan para *baba*, las misioneras de la escuela, los pintores, los revolucionarios y los extranjeros que hemos conocido estos últimos años.

—¿No vas a preguntarme qué he hecho hoy? —añade May, y su pregunta es ligera y alegre como las alas de un pájaro.

Esas palabras logran que yo desaparezca de la visión de mis padres. Aunque soy la hermana mayor, en muchos aspectos May cuida de mí.

—He ido al Metropole a ver una película, y después a la avenida Joffre a comprarme unos zapatos —cuenta May—. Como estaba cerca de la tienda de madame Garnet, en el hotel Cathay, he ido a recoger mi vestido nuevo. —En su voz aparece un deje de reproche—: Me ha dicho que no me lo entregará hasta que vayas a verla.

—Las muchachas de tu edad no necesitan un vestido nuevo cada semana —observa *mama* con ternura—. En ese sentido podrías parecerte más a tu hermana. Los Dragones no necesitan volantes, encajes ni lazos. Pearl es muy práctica para esas cosas.

—*Baba* puede permitírselo —replica May.

Él tensa las mandíbulas. ¿Es por lo que ha dicho May o se dispone a criticarme de nuevo? Abre la boca para decir algo, pero mi hermana lo interrumpe:

—Estamos en el séptimo mes y ya hace un calor insoportable. ¿Cuándo vas a enviarnos a Kuling, *baba*? No querrás que *mama* y yo nos pongamos enfermas, ¿verdad? La ciudad se vuelve insufrible en verano, y en esta época del año se está mucho mejor en las montañas.

May, con mucho tacto, me ha dejado al margen. De hecho, prefiero que sea así. Pero, en realidad, toda su cháchara es un truco para distraer a nuestros padres. Mi hermana me mira de soslayo, mueve la cabeza de un modo casi imperceptible y se pone rápidamente en pie.

—Vamos a arreglarnos, Pearl.

Retiro mi silla, contenta de librarme de la desaprobación paterna.

—¡No! —*Baba* golpea la mesa con un puño.

Los platos tiemblan. *Mama* da un respingo. Yo me quedo inmóvil. Los vecinos de nuestra calle admiran a mi padre por su visión para los negocios. Él ha vivido el sueño de todos los nativos de Shanghai y de los extranjeros llegados de todos los rincones del planeta en busca de fortuna. Empezó sin nada, y poco a poco alcanzó una buena posición social. Antes de que yo naciera, dirigía un negocio de *rickshaws* en Cantón; no era el propietario, sino un subcontratista que alquilaba *rickshaws* a setenta centavos el día y luego se los alquilaba a noventa centavos a un subcontratista menor, quien, a su vez, se los alquilaba a los conductores de *rickshaw* a un dólar por día. Cuando hubo ganado suficiente dinero, nos trajo a vivir a Shanghai y montó su propia empresa de *rickshaws*. «Aquí hay más oportunidades», le gusta decir, como seguramente dicen todos los habitantes de esta ciudad. *Baba* nunca nos ha contado cómo se hizo tan rico ni cómo consiguió esas oportunidades, y yo no tengo valor para preguntárselo. Todo el mundo está de acuerdo, incluso dentro de las familias, en que es mejor no preguntar sobre el pasado, porque en Shanghai todo el mundo ha venido huyendo de algo o tiene algo que esconder.

A May no le importan esas cosas. La miro y sé perfectamente qué le gustaría decir: «No quiero oírte decir que no te gusta nuestro peinado. No quiero oír que no deseas que enseñemos los brazos ni las piernas. No, a nosotras no nos interesa conseguir "un empleo fijo de jornada completa". Quizá seas mi padre, pero, pese a todo el ruido que haces, eres un hombre débil y no quiero escucharte.» En lugar de eso, ladea la cabeza y lo mira de una forma desarmante. May aprendió ese truco cuando era muy pequeña, y ha ido perfeccionándolo con los años. Su soltura y naturalidad conmueven a cualquiera. Sus labios esbozan una sonrisa. Le da unas palmaditas a *baba* en el hombro, y él se fija en sus uñas, que, como las mías, están pintadas de rojo a base de aplicarles varias capas de jugo de balsamina. Tocarse —incluso entre miembros de la familia— no es del todo tabú, pero desde luego no se considera correcto. Los miembros de una familia educada no se dan besos, abrazos ni palmaditas cariñosas. De modo que May sabe muy bien qué efecto ejerce al tocar a nuestro padre. Aprovechando la distracción y la repulsión de *baba*, May se da la vuelta y yo corro tras ella. Ya hemos dado unos pasos cuando *baba* nos grita:

—¡No os vayáis, por favor!

Pero May se limita a reír, como de costumbre:

—Esta noche trabajamos. No nos esperéis levantados.

La sigo escaleras arriba, y las voces de nuestros padres nos acompañan componiendo una canción discordante. *Mama* marca la melodía:

—Compadeceré a vuestros esposos: «Necesito unos zapatos», «Quiero comprarme un vestido», «¿Me comprarás entradas para la ópera?».

*Baba*, con su voz grave, interpreta el bajo:

—Volved aquí. Volved, por favor. Tengo que contaros una cosa.

May no les presta atención; yo intento imitarla, admirando cómo cierra los oídos a las palabras y la insistencia de nuestros padres. En eso, como en tantas otras cosas, somos polos opuestos.

Cuando hay dos hermanos —o los que sean y del sexo que sea—, siempre se establecen comparaciones. May y yo nacimos en Yin Bo, una aldea situada a menos de medio día a pie de Cantón. Sólo nos llevamos tres años, pero somos muy diferentes. Ella es graciosa; a mí me critican por ser demasiado seria. Ella es menuda y tiene una exuberancia adorable; yo soy alta y delgada. A May, que sólo ha terminado la enseñanza secundaria, no le interesa leer otra cosa que las columnas de cotilleos; yo me gradué en la universidad hace cinco semanas.

Mi primera lengua fue el sze yup, el dialecto que se habla en los Cuatro Distritos de la provincia de Kwangtung, donde se encuentra nuestro pueblo natal. He tenido maestros americanos y británicos desde los cinco años, así que mi inglés roza la perfección. Considero que hablo cuatro idiomas con fluidez: inglés británico, inglés americano, dialecto sze yup (uno de los muchos dialectos cantoneses) y dialecto wu (una versión del mandarín que sólo se habla en Shanghai). Vivo en una ciudad cosmopolita, así que empleo los términos ingleses de lugares y ciudades chinos como Cantón, Chungking y Yunnan; utilizo el *cheongsam* cantonés en lugar del *ch'i pao* mandarín para referirme a la ropa china; alterno los modismos británicos y americanos; para aludir a los extranjeros, utilizo indistintamente el mandarín *fan gwaytze* —diablos extranjeros— y el cantonés *lo fan* —fantasmas blancos—; y para hablar de May utilizo la palabra cantonesa *moy moy* —hermana pequeña— en lugar de la mandarina *mei mei*. Mi hermana no tiene facilidad para los idiomas. Vinimos a Shanghai cuando ella era un bebé y nunca aprendió sze yup, salvo algunas palabras para designar ciertos platos e ingredientes. May sólo sabe inglés y el dialecto wu. Dejando aparte las peculiaridades de los dialectos, el mandarín y el cantonés tienen en común más o menos lo mismo que el inglés y el alemán: están relacionados, pero son ininteligibles para quien no los habla. Por eso, a veces mis padres y yo nos aprovechamos de la ignorancia de May y recurrimos al sze yup para burlarnos de ella o engañarla.

*Mama* está convencida de que May y yo no podríamos cambiar nuestra forma de ser aunque quisiéramos. Se supone que May está tan satisfecha y contenta consigo misma como la Oveja en cuyo año nació. Según *mama*, la Oveja es el signo más femenino. Es moderna, artística y compasiva. La Oveja necesita a alguien que cuide de ella, para estar siempre segura de que tendrá comida, cobijo y ropa. Al mismo tiempo, colma de cariño a quienes la rodean. La suerte le sonríe por su carácter apacible y su buen corazón, pero —según *mama*, un pero muy importante— a veces la Oveja sólo piensa en ella y su propia comodidad.

Yo tengo el ansia de esfuerzo del Dragón, un ansia que nunca se sacia por completo. «Puedes llegar a donde quieras batiendo tus enormes alas», suele decirme *mama*. Sin embargo, el Dragón, que es el más poderoso de los signos, también tiene sus inconvenientes. «El Dragón es leal, exigente, responsable, un domador de destinos —dice *mama*—, pero tú, mi Pearl, siempre tendrás el obstáculo de los vapores que salen por tu boca.»

¿Tengo celos de mi hermana? ¿Cómo voy a tenerlos si hasta yo la adoro? Compartimos el nombre generacional Long, que significa

«Dragón». Yo me llamo Perla de Dragón; y May, Dragón Hermoso. Ella ha adoptado la grafía occidental de su nombre, pero en mandarín, *mei* significa «hermoso», y May es hermosa. Mi deber de hermana mayor consiste en protegerla, asegurarme de que sigue el camino correcto y mimarla por su valiosa existencia. Aunque a veces me enfado con ella (por ejemplo, el día que se puso mis zapatos de tacón favoritos —unos italianos de seda rosa— sin pedirme permiso y la lluvia los estropeó), el caso es que mi hermana me quiere. Yo soy su *jie jie*, su hermana mayor. En la jerarquía de la familia china, siempre estaré por encima de May, aunque mi familia no me quiera tanto como a ella.

Cuando llego a nuestra habitación, May ya se ha quitado el vestido y lo ha dejado tirado en el suelo. Cierro la puerta y nos relajamos en nuestro mundo de chicas bonitas. Dormimos en dos camas idénticas de cuatro columnas y dosel azul con glicinas bordadas. En la mayoría de los dormitorios de Shanghai hay un cartel o un calendario donde aparece una chica bonita, pero nosotras tenemos varios. Trabajamos de modelos para pintores que retratan jóvenes guapas, así que hemos escogido nuestras imágenes favoritas para colgarlas en las paredes: May, sentada en un sofá con una chaqueta de seda verde lima, sujeta una boquilla de marfil con un cigarrillo Hatamen; yo, envuelta en armiño, con las rodillas recogidas bajo la barbilla, miro fijamente al espectador desde una columnata, ante un lago paradisíaco, anunciando las pastillas rosa del Dr. William para el cutis pálido (¿quién mejor para anunciar esas pastillas que una joven con el cutis naturalmente rosado?); y las dos, apoyadas en un elegante tocador, cada una con un rollizo bebé varón en brazos —el símbolo de la riqueza y la prosperidad—, anunciando leche infantil en polvo, para demostrar que somos madres modernas que aprovechan los mejores inventos modernos para sus modernos vástagos.

Cruzo la habitación y me coloco con May frente al armario. Ahora es cuando de verdad empieza nuestra jornada. Esta noche vamos a posar para Z.G. Li, el mejor de los pintores especializados en calendarios, carteles y anuncios de chicas bonitas. La mayoría de las familias se escandalizarían si sus hijas posaran para pintores y pasaran toda la noche fuera de casa, y al principio nuestros padres también se escandalizaron. Pero, cuando empezamos a ganar dinero, dejó de importarles. *Baba* cogía nuestros ingresos y los invertía, diciendo que cuando nos enamoráramos y decidiéramos casarnos nos iríamos a casa de nuestros maridos con nuestro propio dinero.

Escogemos unos *cheongsams* complementarios que denotan armonía y estilo, y que al mismo tiempo nos dan un aire de frescura y relajación acorde con la promesa de felicidad para quienes utilicen el producto que vamos a vender, sea cual sea. Yo me decanto por un *cheongsam* de seda color albaricoque con ribetes rojos. Es tan ceñido que la modista tuvo que alargar mucho la abertura lateral para que pudiera andar. Los alamares, del mismo ribete rojo, cierran el vestido en el cuello, sobre el pecho, bajo la axila y a lo largo del costado derecho. May se pone un *cheongsam* de seda amarillo pálido con un discreto estampado de flores blancas con centro rojo. Su ribete y sus alamares son del mismo rojo intenso que los míos. El rígido cuello mandarín es tan alto que le roza las orejas; las mangas, cortas, acentúan la delgadez de sus brazos. May se perfila las cejas dándoles forma de hojas de sauce joven —largas, finas y elegantes—; yo me aplico polvos de arroz en la cara para disimular mis rosáceas mejillas. Luego nos calzamos zapatos de tacón rojos y nos pintamos los labios de rojo, a juego.

Hace poco nos cortamos la melena y nos hicimos la permanente. May me hace la raya al medio y me recoge los rizos detrás de las orejas, donde se acumulan formando una especie de ramillete de peonías de pétalos negros. Luego yo la peino a ella, y dejo que sus rizos le enmarquen la cara. Para completar nuestro atuendo, nos ponemos pendientes de lágrima de cristal rosado, anillos de jade y brazaletes de oro. Nos miramos en el espejo. Las múltiples imágenes de las dos que decoran las paredes se unen a nuestro reflejo. Nos quedamos así un momento, asimilando lo guapas que estamos. Tenemos veintiún y dieciocho años. Somos jóvenes, somos hermosas y vivimos en el París de Asia.

Bajamos taconeando por la escalera, decimos adiós con prisas y salimos a la noche de Shanghai. Nuestra casa está en el barrio de Hongkew, al otro lado del canal Soochow. No vivimos dentro de los límites oficiales de la Colonia Internacional, pero sí lo bastante cerca para creer que estamos protegidos de posibles invasores extranjeros. No somos tremendamente ricos, pero ¿acaso la riqueza no es siempre una cuestión de comparación? Según los estándares británicos, americanos o japoneses, vamos tirando; sin embargo, según los estándares chinos, tenemos una fortuna, aunque algunos de nuestros compatriotas de la ciudad son más ricos que muchos extranjeros. Somos *kaoteng huajen* —chinos superiores— y practicamos la religión de *ch'ung yang*: adoramos todo lo foráneo, desde la occidentalización de nuestros nombres hasta nuestra afición a las películas, el beicon y el queso. Como miembros de la *bu-er-ch'iao-ya* —la clase burguesa—, nuestra familia es lo bastante próspera para que los siete empleados domésticos coman por turnos en los escalones del portal, de modo que los conductores de *rickshaw* y los mendigos que pasan por delante sepan que quienes trabajan para los Chin pueden comer todos los días y tienen un techo bajo el que cobijarse.

Vamos andando hasta la esquina y regateamos con los conductores de *rickshaw*, descalzos y sin camisa, hasta que conseguimos un buen precio. Montamos.

—Llévanos a la Concesión Francesa —pide May.

Al ponerse en marcha, los músculos del chico se contraen por el esfuerzo. Al poco alcanza un trote cómodo, y el impulso del *rickshaw* relaja la tensión de sus hombros y su espalda. El chico tira como una bestia de carga, pero lo único que yo siento es libertad. De día, utilizo una sombrilla cuando voy de compras, de visita o a clase de inglés. Pero de noche no tengo que preocuparme por mi piel. Voy con la espalda erguida y respiro hondo. Miro a May. Está tan relajada que, en un gesto de imprudencia, deja que la brisa agite su *cheongsam* y se lo abra hasta más arriba de las rodillas. Es muy coqueta, y en ninguna otra ciudad como en Shanghai podría exhibir sus habilidades, su risa, su hermosa piel y su agradable conversación.

Pasamos un puente sobre el canal Soochow y luego torcemos a la derecha, alejándonos del río Whangpoo y su tufo a petróleo, algas, carbón y aguas residuales. Me encanta Shanghai. No es como otras ciudades de China. En lugar de tejados con aleros ahorquillados y tejas vidriadas, nosotros tenemos *mo t'ien talou* —grandes edificios mágicos— que llegan hasta el cielo. En lugar de puertas de luna, mamparas de los espíritus, ventanas con intrincadas celosías y columnas rojas lacadas, nosotros tenemos edificios neoclásicos de granito decorados con obra de hierro *art déco*, dibujos geométricos y cristales grabados. En lugar de bosquecillos de bambú como adorno en riachuelos o sauces con las ramas sumergidas en los estanques, nosotros tenemos villas europeas con fachadas limpias, elegantes balcones, hileras de cipreses y césped bien cortado y bordeado de pulcros arriates de flores. En la ciudad vieja todavía hay templos y jardines, pero el resto de Shanghai se arrodilla ante los dioses del comercio, la riqueza, la industria y el pecado. En la ciudad hay almacenes donde se cargan y descargan mercancías, hipódromos y canódromos, innumerables cines, y clubs donde bailar, beber y practicar sexo. En Shanghai habitan millonarios y mendigos, gánsters y jugadores, patriotas y revolucionarios, artistas y caudillos, y la familia Chin.

El conductor del *rickshaw* nos lleva por callejones estrechos por donde sólo pueden pasar peatones, *rickshaws* y carretillas con bancos acoplados para transportar clientes; luego llega a Bubbling Well Road. Entra al trote en el elegante bulevar; no le dan ningún miedo los Chevrolet, los Daimler y los Isotta-Franchini que pasan a su lado a toda velocidad. En un semáforo, unos niños mendigos se meten entre los coches, rodean nuestro *rickshaw* y nos tiran de la ropa. En todas las manzanas huele a muerte y descomposición, a jengibre y pato asado, a perfume francés e incienso. Las voces estridentes de los lugareños, el constante clic-clic-clic de los ábacos y el traqueteo de los *rickshaws* que recorren las calles conforman el sonido de fondo que me indica que estoy en casa.

El conductor se detiene en el límite entre la Colonia Internacional y la Concesión Francesa. Le pagamos, cruzamos la calle, rodeamos a un bebé muerto que han dejado en la acera, buscamos a otro conductor de *rickshaw* con licencia para entrar en la Concesión Francesa y le damos la dirección de Z.G., en una bocacalle de la avenida Lafayette.

Este conductor está aún más sucio y sudado que el anterior. La camisa, hecha jirones, apenas le cubre la masa de protuberancias óseas en que se ha convertido su cuerpo. Titubea un momento antes de adentrarse en la avenida Joffre; la calle lleva un nombre francés, pero es el centro vital de los rusos blancos. Por todas partes hay letreros en cirílico. Aspiramos el aroma a pan y dulces recién hechos que sale de las panaderías rusas. En los clubs ya se oye música y baile. A medida que nos acercamos al apartamento de Z.G., el ambiente del barrio va cambiando de nuevo. Pasamos por delante del callejón de la Felicidad, donde hay más de ciento cincuenta burdeles. De esta calle salen muchas de las Flores Famosas de Shanghai —las prostitutas más renombradas de la ciudad— que cada año son elegidas para aparecer en las portadas de las revistas.

El conductor se detiene; nos apeamos y le pagamos. Mientras subimos por la desvencijada escalera hasta el tercer piso del edificio de apartamentos de Z.G., me arreglo los rizos alrededor de las orejas con las puntas de los dedos, me froto los labios uno contra otro para corregir el carmín y me coloco bien el *cheongsam* para que la seda, cortada al bies, caiga perfectamente sobre mis caderas. Cuando Z.G. nos abre la puerta, vuelve a sorprenderme lo atractivo que es: delgado, con una tupida mata de rebelde cabello negro, gafas grandes y redondas, de montura metálica; y un porte y una mirada intensos que evocan noches largas, temperamento artístico y fervor político. Yo soy alta, pero él aún más. Ésa es una de las cosas que me encantan de él.

—Estáis perfectas con esos vestidos —dice, entusiasmado—. ¡Pasad! ¡Pasad!

Nunca sabemos qué nos tiene preparado para la sesión. Últimamente están de moda las jóvenes a punto de zambullirse en una piscina, jugando al minigolf o tensando un arco para lanzar una flecha hacia el cielo. Las mujeres sanas y en buena forma son un ideal. ¿Quién mejor para criar a los hijos de China? La respuesta: una mujer que sepa jugar al tenis, conducir un coche, que fume cigarrillos y que, sin embargo, siga pareciendo lo más accesible, sofisticada y conquistable posible. ¿Nos pedirá Z.G. que simulemos estar a punto de pasar la tarde bailando y tomando té? ¿O compondrá una escena completamente ficticia y nos pedirá que luzcamos unos trajes alquilados? ¿Tendrá que interpretar May a Mulan, la gran guerrera, devuelta a la vida para anunciar el vino Parrot? ¿Me maquillará como a Du Liniang, la doncella de *El pabellón de las peonías*, para ensalzar las virtudes del jabón Lux?

Nos conduce hasta el escenario que ha preparado: un acogedor rincón con una butaca muy mullida, un biombo chino intrincadamente tallado y un tiesto de cerámica decorado con una cenefa de nudos interconectados, del que salen unas ramitas de ciruelo en flor que aportan una nota de naturaleza.

—Hoy vamos a vender cigarrillos My Dear —anuncia—. Tú siéntate en la butaca, May —indica, y cuando ella lo hace, él se retira unos pasos y la mira con fijeza.

Me encanta Z.G. por la galantería y la sensibilidad que demuestra con mi hermana. Al fin y al cabo, May es muy joven, y lo que nosotras hacemos no es precisamente algo que haga la mayoría de las muchachas bien educadas.

—Más relajada —le pide—, como si hubieras pasado la noche fuera y quisieras confiarle un secreto a tu amiga.

Después de colocar a May, me pide que me acerque. Me sujeta por las caderas y gira mi cuerpo hasta que quedo sentada en el borde del respaldo de la butaca de May.

—Me encanta vuestra esbeltez y la longitud de vuestras extremidades —dice, mientras me mueve el brazo hacia delante para que apoye el peso del cuerpo sobre la mano y quede suspendida sobre May.

Me extiende los dedos, separando el meñique del resto. Su mano reposa un momento sobre la mía; luego vuelve a retirarse para contemplar su composición. Satisfecho, nos da unos cigarrillos—. Ahora, Pearl, inclínate hacia May como si acabaras de encender tu cigarrillo con el suyo.

Lo hago. Él se adelanta por última vez para apartar un rizo de la mejilla de May y ladearle la cabeza, sujetándola por la barbilla, hasta que la luz ilumina correctamente sus pómulos. Tal vez Z.G. prefiera pintarme y tocarme a mí —algo que siento como prohibido—, pero es el rostro de May el que vende de todo, desde cerillas hasta carburadores.

Se sitúa detrás del caballete. No le gusta que hablemos ni que nos movamos mientras pinta, pero nos entretiene poniendo música en el fonógrafo y charlando.

—¿Para qué estamos aquí, Pearl?, ¿para ganar dinero o para divertirnos? —No espera a que le conteste. No quiere una respuesta—. ¿Para empañar o para bruñir nuestra reputación? Yo digo que ni para lo uno ni para lo otro. Lo que hacemos es otra cosa. Shanghai es el centro de la belleza y la modernidad. Un chino adinerado puede comprar cualquier cosa que vea en uno de nuestros calendarios. Los que tienen menos dinero pueden aspirar a poseer esas cosas. ¿Y los pobres? Los pobres sólo pueden soñar.

—Lu Hsün piensa de otro modo —dice May.

Suspiro con impaciencia. Todo el mundo admira a Lu Hsün, el gran escritor fallecido el año pasado, pero eso no significa que May tenga que hablar de él durante la sesión. Me quedo callada y quieta.

—Él quería una China moderna —continúa mi hermana—. Quería que nos libráramos de los *lo fan* y su influencia. Criticaba a las chicas bonitas.

—Lo sé, lo sé —replica Z.G. con calma, aunque May me ha sorprendido con sus conocimientos. No le gusta leer; nunca le ha gustado. Creo que intenta impresionar a Z.G., y lo está consiguiendo—. Yo estaba allí la noche que dio ese discurso. Te habrías reído, May. Y tú también, Pearl. Mostró un calendario en que aparecíais vosotras.

—¿Cuál? —pregunto, rompiendo mi silencio.

—No lo compuse yo, pero salíais bailando un tango. Tú inclinabas a May hacia atrás. Era muy...

¡Ya me acuerdo! *Mama* se disgustó mucho cuando lo vio. ¿Te acuerdas, Pearl?

Sí, claro que me acuerdo. A *mama* le regalaron el cartel en la tienda de la calle Nanjing donde compra las compresas para las visitas mensuales de «la hermanita roja». Se puso a llorar y gritar, nos recriminó que avergonzáramos a la familia Chin vistiéndonos y comportándonos como bailarinas rusas. Tratamos de explicarle que, en realidad, los calendarios de chicas bonitas expresan el amor filial y los valores tradicionales. Los regalan por el Año Nuevo chino y por el occidental como incentivo, promoción especial o premio a los mejores clientes. Los calendarios pasan de esas casas buenas a los vendedores ambulantes, que los venden a los pobres por unos pocos peniques. Le dijimos que un calendario es la cosa más importante en la vida de cualquier chino, aunque ni nosotras nos lo creíamos. La gente, sea rica o pobre, regula su vida guiándose por el sol, la luna, las estrellas y, en Shanghai, las mareas del río Whangpoo. Nadie cerraría jamás un negocio, decidiría la fecha de una boda o plantaría una cosecha sin tener en cuenta los auspicios del *feng shui*. Los datos necesarios se encuentran en los márgenes de casi todos los calendarios de chicas bonitas, y por eso sirven de almanaque para cualquier acontecimiento, ya sea bueno o peligroso en potencia, del año venidero. Al mismo tiempo, son ornamentos baratos para los hogares humildes.

—Hacemos más bonita la vida de la gente —le explicó May a *mama*—. Por eso nos llaman chicas bonitas. —Pero *mama* no se calmó hasta que mi hermana señaló que se trataba de un anuncio de aceite de hígado de bacalao—. Contribuimos a que los niños crezcan sanos. ¡Deberías enorgullecerte de nosotras!

Al final *mama* colgó el calendario en la cocina, junto al teléfono, para anotar números de teléfono importantes —el del vendedor de leche de soja, el electricista, madame Garnet— y la fecha de nacimiento de todos nuestros criados en nuestros brazos y piernas, desnudos y pálidos. Sin embargo, después de ese incidente tuvimos más cuidado con qué carteles llevábamos a casa, y nos preocupaba cuáles podrían llegar a las manos de *mama* a través de algún comerciante del vecindario.

—Lu Hsün decía que los calendarios son depravados y repugnantes —declara May sin apenas mover los labios para no alterar su sonrisa—. Decía que las mujeres que posan para ellos están enfermas. Decía que esa clase de enfermedad no proviene de la sociedad...

—Proviene de los pintores —termina Z.G.—. Consideraba decadente lo que hacemos y decía que eso no ayudaría a la revolución. Pero dime, pequeña May, ¿cómo va a producirse la revolución sin nosotros? No me contestes. Quédate quieta y no digas nada. O nos pasaremos toda la noche aquí.

Agradezco el silencio. En la época anterior a la República, ya me habrían enviado a la casa de mi esposo, al que antes nunca habría visto, en una silla de manos lacada en rojo. A estas alturas ya habría tenido varios hijos, varones a ser posible. Pero nací en 1916, el cuarto año de la República. Ya se había prohibido el vendado de los pies y la vida de las mujeres estaba cambiando. Ahora, los habitantes de Shanghai consideran que los matrimonios concertados son un atraso. Todo el mundo quiere casarse por amor. Entretanto, creemos en el amor libre. Y no es que yo lo haya practicado mucho. De hecho, no lo he practicado en absoluto, pero lo haría si Z.G. me lo pidiera.

Me ha colocado de modo que mi cara esté orientada hacia la de May, pero quiere que lo mire a él. Mantengo la postura, lo miro con fijeza y sueño con nuestro futuro juntos. El amor libre está muy bien, pero yo quiero que nos casemos. Todas las noches, mientras él pinta, me inspiro en las grandes celebraciones a que he asistido e imagino la boda que mi padre organizaría para nosotros.

Son casi las diez cuando oímos gritar al vendedor ambulante de sopa de *wonton*:

—¡Sopa caliente para sudar, refrescar la piel y la noche!

Z.G. deja el pincel en el aire y finge cavilar sobre dónde aplicar la pintura, pero nos mira para ver cuál de las dos se moverá primero.

Cuando el vendedor ambulante pasa por debajo de la ventana, May se levanta y exclama:

—¡No aguanto más!

Corre hacia la ventana, hace el pedido de siempre y baja un cuenco atado a la cuerda que hemos improvisado anudando varias medias de seda. El vendedor nos envía un cuenco de sopa tras otro, y los tomamos con fruición. Luego ocupamos de nuevo nuestras posiciones y seguimos trabajando.

Poco después de medianoche, Z.G. deja el pincel.

—Hemos terminado por hoy —anuncia—. Trabajaré en el fondo hasta el próximo día que vengáis a posar. ¡Vámonos a dar una vuelta!

Mientras él se pone un traje oscuro de raya diplomática, corbata y un sombrero de fieltro, May y yo nos desperezamos para desentumecer los músculos. Nos retocamos el maquillaje y nos cepillamos el pelo. Luego salimos los tres a la calle, cogidos del brazo, riendo; echamos a andar por la acera mientras los vendedores ambulantes anuncian sus productos.

—¡Semillas de ginkgo tostadas! ¡Grandes y calientes!

—¡Ciruelas en compota con regaliz en polvo! ¡Dulces! ¡Sólo diez peniques el paquete!

En casi todas las esquinas hay vendedores de sandías; cada uno tiene su propio reclamo, pero todos aseguran tener las mejores sandías de la ciudad: las más dulces, jugosas y frías. No les prestamos atención, pese a lo tentadores que resultan. Demasiados procuran que sus sandías parezcan más pesadas inyectándoles agua del río o de algún canal. Un solo mordisco podría provocarnos disentería, fiebre tifoidea o cólera.

Llegamos al Casanova, donde algunos amigos se reunirán con nosotras más tarde. A nosotras nos reconocen como chicas bonitas y nos acompañan hasta una mesa muy bien situada, cerca de la pista de baile. Pedimos unas copas de champán, y Z.G. me invita a bailar. Me encanta cómo me abraza mientras evolucionamos por la pista. Después de un par de canciones, miro hacia la mesa y veo a May allí sentada, sola.

—Quizá deberías bailar con mi hermana —sugiero.

—Como quieras.

Vamos bailando hasta la mesa. Z.G. le da la mano a May. La orquesta empieza un tema lento. May apoya la cabeza en el pecho del pintor, como si escuchara los latidos de su corazón. Él la guía con elegancia entre las otras parejas. En cierto momento, él me mira y sonríe. Mis pensamientos son muy infantiles: nuestra noche de bodas, nuestra vida conyugal, los hijos que tendremos.

—¡Hola!

Noto un beso en la mejilla; alzo la cabeza y veo a Betsy Howell, mi amiga del colegio.

—¿Llevas mucho rato esperando? —me pregunta.

—No, acabamos de llegar. Siéntate. ¿Dónde está el camarero? Vamos a necesitar más champán. ¿Ya has cenado?

Nos sentamos hombro con hombro, entrechocamos las copas y damos un sorbo de champán. Betsy es americana. Su padre trabaja para el Departamento de Estado. Me gustan sus padres porque les caigo bien y porque no impiden que Betsy se relacione con chinos, como hacen muchos padres extranjeros. Nos conocimos en la misión metodista, adonde a ella la enviaron a ayudar a los infieles y a mí a aprender las costumbres occidentales. ¿Es mi mejor amiga? No exactamente. Mi mejor amiga es May. Betsy ocupa el segundo lugar, pero a mucha distancia.

—Estás muy guapa —le digo—. Me encanta tu vestido.

—¡Faltaría más! Me ayudaste a comprarlo. De no ser por ti, parecería una vaca.

Betsy es tirando a fornida y, por desgracia, su madre es una de esas americanas pragmáticas que no tienen ni idea de moda; por eso acompañé a mi amiga a una modista para que le hiciera algunos trajes decentes. Esta noche está muy guapa con un vestido tubo de raso bermellón, con un broche de diamantes y zafiros sobre el pecho izquierdo. Sus rizos rubios, sueltos, le acarician los hombros pecosos.

—Mira qué tiernos —dice, apuntando con la barbilla a Z.G. y May.

Los vemos bailar mientras cotilleamos sobre nuestras amigas del colegio. Cuando acaba la canción, Z.G. y May vuelven a la mesa. Esta noche el pintor tiene la suerte de gozar de la compañía de tres mujeres, y, cumpliendo con su obligación, baila con las tres.

Hacia la una llega Tommy Hu. May se ruboriza al verlo. *Mama* juega al majong con su madre desde hace muchos años, y ambas mujeres siempre han confiado en unir nuestras familias. *Mama* se alegrará mucho cuando se entere de este encuentro.

A las dos de la madrugada salimos del Casanova. Estamos en julio y hace un calor muy húmedo. Todo el mundo sigue despierto, incluso los niños y los ancianos. Ha llegado el momento de comer algo.

—¿Vienes con nosotros? —le pregunto a Betsy.

—No lo sé. ¿Adónde vais?

Todos miramos a Z.G. Él menciona una cafetería de la Concesión Francesa, un sitio muy frecuentado por intelectuales, artistas y comunistas.

Betsy no lo duda ni un instante.

—Pues vamos. Podemos ir en el coche de mi padre.

El Shanghai que adoro es un lugar fluido, donde se mezclan gentes muy interesantes. A veces Betsy me lleva a tomar café americano y tostadas con mantequilla; a veces yo la llevo a los callejones a comer *hsiao ch'ih*, pequeñas bolas de arroz apelmazado envueltas en hojas de junco, o pastelillos hechos con pétalos de casia y azúcar. Cuando está conmigo, Betsy se vuelve aventurera; en una ocasión me acompañó a la ciudad vieja a comprar unos regalos. En ocasiones me da miedo entrar en los parques de la Colonia Internacional, adonde, hasta que cumplí diez años, los chinos tenían prohibido el acceso, salvo las niñeras a cargo de niños extranjeros y los jardineros. Pero cuando estoy con Betsy nunca tengo miedo ni me pongo nerviosa, porque ella siempre ha entrado en esos parques.

La cafetería está poco iluminada y llena de humo, pero no nos sentimos fuera de lugar con nuestra ropa elegante. Nos unimos a un grupo de amigos de Z.G. Tommy y May apartan sus sillas de la mesa para hablar tranquilamente y para evitar una acalorada discusión sobre a quién pertenece nuestra ciudad: a los británicos, a los americanos, a los franceses o a los japoneses. Los chinos superamos en número a los extranjeros, incluso en la Colonia Internacional, y sin embargo no tenemos derechos. A May y a mí no nos preocupa si podemos testificar en un tribunal contra un extranjero o si nos dejarán entrar en uno de sus clubs, pero Betsy proviene de otro mundo.

—Cada año —dice, abriendo mucho sus ojos claros y vehementes— se recogen más de veinte mil cadáveres de las calles de la Colonia Internacional. Todos los días pasamos por encima de esos cadáveres, pero no veo que vosotros hagáis nada al respecto.

Betsy cree en la necesidad del cambio. Supongo que la pregunta es por qué nos tolera a May y a mí, ya que no prestamos atención a lo que sucede alrededor.

—¿Nos estás preguntando si amamos a nuestro país? —inquiere Z.G.—. Hay dos clases de amor, ¿no te parece? *Ai kuo* es el amor que sentimos por nuestro país y nuestro pueblo. *Ai jen* es lo que podría sentir por mi amante. Uno es patriótico; el otro, romántico. —Me mira y yo me sonrojo—. ¿Por qué no podemos tener ambos?

Salimos de la cafetería cerca de las cinco de la mañana. Betsy se despide agitando la mano y sube al coche de su padre, donde la espera el chófer. Les decimos buenas noches —o buenos días— a Z.G. y Tommy y paramos un *rickshaw*. Una vez más, cambiamos de *rickshaw* al llegar a la frontera de la Concesión Francesa, y luego continuamos hasta casa traqueteando por la calzada adoquinada.

La ciudad, como un mar inmenso, no ha dormido. La noche se consume, y empiezan a fluir los ciclos y los ritmos matutinos. Los orinaleros empujan sus carretillas por los callejones, gritando: «¡El orinalero! ¡Vacíen sus orinales!» Shanghai ha sido una de las primeras ciudades en tener electricidad, gas, teléfono y agua corriente, pero estamos muy atrasados en el tratamiento de las aguas residuales. Sin embargo, los campesinos de la región pagan precios muy elevados por nuestros residuos, muy ricos debido a nuestra dieta. Después de los orinaleros vienen los vendedores ambulantes matutinos, con sus gachas hechas de semillas de lágrimas de Job, hueso de albaricoque y semillas de loto, sus pastelillos de arroz cocidos con rosa rugosa y azúcar blanco, y sus huevos estofados en hojas de té con cinco especias.

Llegamos a casa y pagamos al conductor del *rickshaw*. Levantamos el pestillo de la verja y recorremos el sendero hasta la puerta principal. La humedad de la noche acentúa el aroma de las flores, los matorrales y los árboles, y nos embriaga el olor a jazmín, magnolia y pino enano que desprende nuestro jardín. Subimos los escalones de piedra y pasamos bajo la mampara de madera tallada que impide que los malos espíritus entren en la casa, una deferencia a las supersticiones de *mama*. Nuestros tacones resuenan sobre el parquet del recibidor. En el salón, situado a la izquierda, hay una luz encendida. *Baba* está despierto, esperándonos.

—Sentaos y no digáis nada —ordena, señalando el sofá que tiene justo enfrente.

Obedezco; luego entrelazo las manos sobre el regazo y cruzo los tobillos. Si lo hemos enfurecido, es mejor adoptar una actitud recatada. La expresión de angustia que tiene mi padre desde hace semanas se ha convertido en una máscara dura e inmóvil. Las palabras que pronuncia a continuación cambian mi vida para siempre:

—Os he concertado un matrimonio a las dos. La ceremonia se celebrará pasado mañana.

# Los hombres de la Montaña Dorada

—¡No tiene gracia! —exclama May con una risita.

—No es ninguna broma —contesta *baba*—. He concertado vuestros matrimonios.

Me cuesta asimilar sus palabras.

—¿Qué pasa? —pregunto—. ¿Está enferma *mama*?

—Ya os lo he dicho, Pearl. Tenéis que escucharme y hacer lo que yo diga. Soy vuestro padre. Las cosas funcionan así.

Me gustaría poder expresar lo absurdo que suena.

—¡No pienso casarme! —exclama May, indignada.

—Ya no vivimos en la época feudal —intento razonar—. No es como cuando os casasteis *mama* y tú.

—Tu madre y yo nos casamos en el segundo año de la República —refunfuña él, aunque ésa no es la cuestión.

—Pero fue un matrimonio concertado —replico—. ¿Ha venido una casamentera a preguntarte sobre nuestras habilidades para tejer, coser o bordar? —Mi voz refleja lo ridículo de la situación—. ¿Has comprado para mi dote un inodoro decorado con dibujos de dragones y aves fénix que simbolicen mi perfecta unión? ¿Vas a darle a May un inodoro lleno de huevos rojos que transmita a sus suegros el mensaje de que tendrá muchos hijos varones?

—Podéis decir lo que queráis —espeta *baba* con indiferencia—. Os casaréis.

—¡No, no pienso casarme! —repite May. Sabe llorar a voluntad, y ahora empieza a derramar lágrimas—. No puedes obligarme.

*Baba* no le hace caso, y entonces comprendo que va en serio. Él me mira, y es como si me viera por primera vez.

32

—No me digáis que creíais que ibais a casaros por amor. —Su voz tiene un extraño deje, cruel y triunfante—. Nadie se casa por amor. Yo tampoco me casé por amor.

Noto un brusco respingo, me doy la vuelta y veo a mi madre, todavía en pijama, plantada en el umbral. Entra en la habitación, balanceándose sobre sus pies vendados, y se sienta en una silla labrada de madera de peral. Junta las manos y agacha la cabeza. Tras un momento, empiezan a caer lágrimas sobre sus manos. Nadie dice nada.

Me siento tan erguida como puedo para mirar a mi padre desde arriba, consciente de que eso le molesta. Luego le doy la mano a May. Juntas somos fuertes, y tenemos nuestras inversiones.

—Con todo el respeto, y hablo por las dos, debo pediros el dinero que habéis ahorrado para nosotras.

Mi padre esboza una mueca.

—Ya somos bastante mayores para vivir solas —continúo—. May y yo buscaremos un piso. Nos ganaremos la vida. Queremos decidir nuestro propio futuro.

Mientras hablo, May asiente con la cabeza y le sonríe a *baba*, pero no está tan encantadora como de costumbre. Tiene la cara hinchada y surcada de manchas rojas.

—No quiero que os vayáis a vivir solas —tercia mi madre cuando reúne el valor suficiente para hablar.

—No importa, no podéis hacerlo —interviene *baba*—. No hay dinero, ni vuestro ni mío.

Vuelve a producirse un silencio. Mi hermana y mi madre dejan que sea yo quien pregunte:

—¿Qué has hecho?

Llevado por la desesperación, *baba* nos culpa a nosotras de sus problemas.

—Vuestra madre se pasa la vida yendo de visita y jugando con sus amigas. Y vosotras no paráis de gastar. Ninguna ve lo que está pasando delante de sus narices.

Tiene razón. Anoche, sin ir más lejos, me pregunté por qué nuestra casa tenía un aspecto tan dejado. Me pregunté qué había pasado con la lámpara, con los apliques de las paredes, con el ventilador y con...

—¿Dónde están nuestros sirvientes? ¿Dónde están Pansy, Ah Fong y...?

—Los he despedido. Se han marchado todos, excepto el jardinero y el cocinero.

Claro, a ellos no podía echarlos. El jardín no tardaría en marchitarse, y los vecinos sabrían que estaba pasando algo. Y necesitamos al cocinero, pues *mama* sólo sabe supervisar y May y yo no sabemos cocinar ni el plato más sencillo. Eso no nos preocupa. Nunca se nos ha ocurrido que necesitáramos esa habilidad. Pero ¿y el criado de *baba*, las dos doncellas y el ayudante del cocinero? ¿Cómo ha podido *baba* hacer daño a tantas personas?

—¿Lo has perdido jugando? ¡Pues recupéralo! —exijo—. Siempre lo recuperas.

Mi padre tiene fama de hombre importante, pero yo siempre lo he considerado inútil e inofensivo. Él me mira de una manera... Es como si lo viese desnudo.

—¿Es muy grave? —Estoy furiosa, ¿cómo no estarlo? Pero siento lástima por mi padre y, aún más importante, por mi madre. ¿Qué va a ser de ellos? ¿Qué va a ser de todos nosotros?

Él agacha la cabeza.

—La casa, el negocio de *rickshaws*, vuestras inversiones, los pocos ahorros que tenía... Lo he perdido todo. —Tras una larga pausa, levanta la cabeza y me mira. Sus ojos denotan impotencia, sufrimiento y súplica.

—No hay finales felices —declara *mama*. Es como si todas sus agoreras predicciones se hubieran cumplido por fin—. No podéis luchar contra el destino.

*Baba* no le presta atención; apela a mi sentido del amor filial y a mi deber de hija mayor.

—¿Quieres que tu madre tenga que mendigar en la calle? ¿Y qué me dices de vosotras? Sois chicas bonitas, y por tanto ya estáis cerca de convertiros en mujeres con tres agujeros. Lo único que queda por decidir es si os mantendrá un solo hombre o si caeréis tan bajo como las prostitutas que recorren Blood Alley en busca de marinos extranjeros. ¿Qué futuro preferís?

Tengo educación, pero ¿qué habilidades poseo? Le enseño inglés a un capitán japonés tres días a la semana. May y yo posamos para pintores, pero nuestros beneficios ni siquiera llegan para cubrir el coste de nuestros vestidos, sombreros, guantes y zapatos. No quiero ver a ninguno de nosotros convertido en mendigo. Y, desde luego, no quiero que May y yo tengamos que prostituirnos. Pase lo que pase, debo proteger a mi hermana.

—¿Quiénes son los novios? —pregunto—. ¿Podemos conocerlos antes de casarnos?

May abre mucho los ojos.

—Eso va contra la tradición —responde *baba*.

—No me casaré con nadie sin haberlo visto antes —insisto.

—Ni lo soñéis. —May pronuncia esas palabras, pero su tono delata que se ha rendido.

Quizá en muchos aspectos nos comportemos como muchachas modernas, pero no podemos huir de lo que somos: obedientes hijas chinas.

—Son hombres de la Montaña Dorada —explica *baba*—. Dos hermanos americanos. Han venido a China a buscar esposa. En realidad es una buena noticia. La familia de su padre proviene del mismo distrito que la nuestra. Estamos emparentados. No tendréis que viajar a Los Ángeles con ellos. Los chinos americanos no tienen inconveniente en dejar a sus esposas aquí, para que cuiden de sus padres y sus antepasados; así, ellos pueden volver a América con sus rubias amantes *lo fan*. Consideradlo simplemente un acuerdo que salvará a nuestra familia. Pero si decidís marcharos con vuestros maridos, tendréis una casa bonita, sirvientes que limpiarán y lavarán por vosotras, y niñeras que cuidarán a vuestros hijos. Viviréis en Haolaiwu. En Hollywood. Sé que os gustan las películas. Te gustará, May. Estoy seguro. ¡Haolaiwu! ¡Imagínate!

—Pero ¡no los conocemos de nada! —grita ella.

—Pero conocéis a su padre —replica *baba* con calma—. Conocéis al venerable Louie.

May esboza una mueca de repugnancia. Sí, claro que lo conocemos. Nunca me ha gustado la anticuada costumbre de *mama* de emplear tratamientos pero, para May y para mí, el enjuto chino extranjero de expresión severa siempre ha sido el venerable Louie. Como dice *baba*, vive en Los Ángeles, pero viene a Shanghai todos los años para supervisar los negocios que mantiene aquí. Posee una empresa donde fabrican muebles de ratán y otra de porcelana barata para la exportación. Pero no me importa lo rico que sea el venerable Louie. Nunca me ha gustado cómo nos mira: parece un gato relamiéndose. Por mí no me importa —puedo soportarlo—, pero May sólo tenía dieciséis años la última vez que él vino a la ciudad. No debió comérsela con la mirada como hizo, teniendo la edad que tenía —sesenta y tantos, como mínimo—; pero *baba* no dijo nada, y se limitó a pedirle a May que les sirviera más té.

Entonces me doy cuenta.

—¿Es el venerable Louie quien te ha hecho perderlo todo?

—No exactamente...

—Entonces, ¿quién ha sido?

—Es difícil saberlo. —*Baba* tamborilea en la mesa y desvía la mirada—. He perdido un poco aquí, un poco allá...

—Sin duda, porque si no, no habrías perdido también mi dinero y el de May. Esto debió de empezar hace meses, quizá incluso años.

—Pearl... —*Mama* procura impedir que siga hablando, pero mi rabia se desborda.

—Tus pérdidas deben de haber sido enormes para poner en peligro todo esto. —Extiendo un brazo para abarcar la habitación, los muebles, la casa, todo cuanto él construyó para nosotras—. ¿A cuánto asciende exactamente tu deuda y cómo vas a saldarla?

May deja de llorar. Mi madre permanece callada.

—Le debo dinero al venerable Louie —reconoce por fin *baba*, a su pesar—. Permitirá que vuestra madre y yo sigamos viviendo aquí si May se casa con su hijo menor y tú con el mayor. Tendremos un techo y algo para comer hasta que yo consiga trabajo. Vosotras, hijas nuestras, sois nuestro único capital.

May se tapa la boca con el dorso de la mano, se levanta y sale de la habitación.

—Dile a tu hermana que concertaré una cita para esta tarde —añade mi padre—. Y podéis dar gracias de que haya acordado vuestros matrimonios con dos hermanos. Así siempre estaréis juntas. Y ahora, sube a tu habitación. Tu madre y yo tenemos mucho de que hablar.

Al otro lado de la ventana, los vendedores de desayunos se han retirado y un torrente de mercachifles ha ocupado su lugar. Sus voces nos cantan, hechizándonos, tentándonos:

—¡*Pu, pu, pu*, raíz de junco para dar brillo a los ojos! ¡Dádsela a vuestros hijos y no tendrán sarpullidos en todo el verano!

—¡*Hou, hou, hou*, deja que te afeite la cara, que te corte el pelo, que te corte las uñas!

—¡*A-hu-a, a-hu-a*, sal a vender tus trastos viejos! ¡Cambio botellas extranjeras y cristal roto por cerillas!


Un par de horas más tarde, a mediodía, llego a la zona de Hongkew conocida como Little Tokyo para dar clase a mi alumno. ¿Por qué no lo he cancelado? Cuando el mundo se derrumba, lo cancelas todo, ¿no? Pero May y yo necesitamos el dinero.

Aturdida, subo en ascensor hasta el apartamento del capitán Yamasaki. Formó parte del equipo olímpico japonés en 1932 y le gusta revivir sus glorias en Los Ángeles. No es mala persona, pero está obsesionado con May. Mi hermana cometió el error de salir con él varias veces, y el capitán me pregunta por ella antes de cada clase.

—¿Dónde está tu hermana? —me pregunta en inglés cuando termino de revisar sus deberes.

—Está enferma —miento—. Está durmiendo.

—Lo lamento. Todos los días te pregunto cuándo volverá a salir conmigo. Todos los días me contestas que no lo sabes.

—Todos los días no. Sólo nos vemos tres veces por semana.

—Por favor, ayúdame a casarme con May. Te daré...

Me entrega una hoja de papel donde ha anotado las condiciones de la boda. Veo que ha empleado su diccionario japonés-inglés, pero, francamente, es demasiado para mí. Miro el reloj. Todavía me quedan quince minutos. Doblo la hoja y la guardo en el bolso.

—Lo corregiré y se lo devolveré en nuestra próxima clase.

—¡Dáselo para May!

—Dáselo a May —lo corrijo—. Lo haré, pero tenga en cuenta que ella es demasiado joven para casarse. Mi padre no lo permitirá.

—Con qué facilidad salen las mentiras de mi boca.

—Debería. Debe. Son tiempos de amistad, cooperación y prosperidad. Las razas asiáticas deberían unirse contra Occidente. Los chinos y los japoneses somos hermanos.

Eso no es cierto. Nosotros los llamamos «bandidos enanos» y «micos». Pero el capitán siempre insiste en ese tema, y ya domina los eslóganes en inglés y en chino.

Me mira con resentimiento.

—No vas a dárselo, ¿verdad? —inquiere, y como no contesto lo bastante deprisa, frunce el entrecejo—. No me fío de las jóvenes chinas. Siempre mienten.

No es la primera vez que me lo dice, y su afirmación me molesta tanto como las otras veces.

—No le miento —protesto, pese a que lo he hecho varias veces desde que hemos empezado esta clase.

—Las jóvenes chinas nunca cumplen la promesa. Sus corazones mienten.

—Sus promesas. Mienten —vuelvo a corregir. Necesito desviar la conversación hacia otro tema. Hoy se me ocurre fácilmente—: ¿Le gustó Los Ángeles?

—Sí, mucho. Pronto volveré a América.

—¿Para participar en otro campeonato de natación?

—No.

—¿Para estudiar?

—No; voy a ir como... —empieza, pero recurre al chino para utilizar una palabra que conoce muy bien en nuestra lengua—: conquistador.

—¿En serio? ¿Cómo es eso?

—Vamos a marchar hasta Washington —contesta volviendo al inglés—. Las jóvenes yanquis nos lavarán la ropa.

Se echa a reír. Yo también. Seguimos así un rato.

En cuanto pasa la hora de clase, cojo mi dinero, escaso, y me voy a casa. May duerme. Me tumbo a su lado, pongo una mano en su cadera y cierro los ojos. Me gustaría quedarme dormida, pero mi pensamiento me sacude con imágenes y emociones. Me creía muy moderna. Creía que podía tomar mis propias decisiones. Creía que no me parecía en nada a mi madre. Sin embargo, la afición de *baba* al juego ha dado al traste con todo eso. Van a venderme —a canjearme, como han hecho con tantas jóvenes antes que conmigo— para ayudar a mi familia. Me siento tan atrapada e impotente que casi no puedo respirar.

Intento convencerme de que la situación no es tan grave como parece. Mi padre afirma que no estaremos obligadas a irnos con esos desconocidos a la otra punta del mundo. Si lo preferimos, firmaremos los papeles, nuestros «maridos» se marcharán y la vida seguirá como siempre, con una única gran diferencia: tendremos que dejar la casa paterna y ganarnos la vida. Esperaré a que mi marido salga del país, alegaré abandono y conseguiré el divorcio. Y entonces me casaré con Z.G. (Tendrá que ser una boda más sencilla que la que había imaginado, quizá sólo una fiesta en alguna cafetería, con nuestros amigos pintores y algunas modelos de calendario.) Me buscaré un trabajo serio, de día. May vivirá con nosotros hasta que se case. Nos cuidaremos la una a la otra. Saldremos adelante.

Me incorporo y me froto las sienes. Tengo unos sueños estúpidos. Quizá lleve demasiado tiempo viviendo en Shanghai.

Sacudo suavemente a mi hermana por el hombro.

—Despierta, May.

Abre los ojos, y por un instante veo todo el encanto y toda la ingenuidad que guarda en su interior desde que era una cría. Luego se acuerda de lo que ha pasado y su rostro se ensombrece.

—Tenemos que vestirnos —le digo—. Casi ha llegado la hora de conocer a nuestros maridos.

¿Qué nos ponemos? Los hijos de Louie son chinos, de modo que quizá debamos vestir *cheongsams* tradicionales. Aunque también son americanos, así que tal vez sea mejor llevar algo que les demuestre que nosotras también estamos occidentalizadas. No queremos complacerlos, pero tampoco estropear el trato. Optamos por unos vestidos de rayón con estampado de flores. Finalmente nos miramos, nos encogemos de hombros como admitiendo lo inútil que nos parece todo esto, y salimos de casa.

Llamamos a un conductor de *rickshaw* para que nos lleve al lugar que mi padre ha acordado para la cita: la puerta del jardín Yu Yuan, en el centro de la ciudad vieja. El hombre —calvo y con cicatrices de tiña— nos lleva bajo el calor entre la multitud; atravesamos el canal Soochow por el puente del Jardín y recorremos el Bund, la ribera del río Whangpoo. Pasamos al lado de diplomáticos, colegialas con uniforme almidonado, prostitutas, caballeros y sus damas, y miembros del famoso Clan Verde, vestidos de negro. Ayer, esta mezcla resultaba emocionante. Hoy me parece una atmósfera sórdida y opresiva.

El río Whangpoo se desliza a nuestra izquierda como una serpiente indolente; su mugrienta piel se levanta, late y resbala. En Shanghai no se puede huir del río; todas las calles de la ciudad que van hacia el este acaban en él. Por el Whangpoo navegan buques de guerra de Gran Bretaña, Francia, Japón, Italia y Estados Unidos. Los sampanes —en los que cuelgan cuerdas, ropa y redes— se apiñan como insectos sobre el cuerpo de un animal muerto. Se disputan el derecho de paso entre los transatlánticos y las balsas de bambú. Los culis, desnudos hasta la cintura y sudorosos, llenan los muelles, donde descargan opio y tabaco de los barcos mercantes, arroz y grano de los juncos que vienen de río arriba, y salsa de soja, cestos de pollos y enormes fardos de esteras de ratán enrolladas de las gabarras fluviales.

A nuestra derecha se alzan espléndidos edificios de seis plantas, palacios extranjeros de riqueza, avidez y avaricia. Dejamos atrás el hotel Cathay con su tejado en forma de pirámide, la Aduana con su gran torre del reloj, y el Banco de Hong Kong y Shanghai con sus majestuosos leones de bronce, que incitan a los transeúntes a frotarles las garras, un gesto que garantiza suerte a los hombres e hijos varones. Llegamos a la Concesión Francesa, pagamos el trayecto y continuamos a pie por el Quai de France. Unas manzanas más allá, nos alejamos del río y entramos en la ciudad vieja.

Nos encontramos en un escenario feo y desalentador; es como irrumpir en el pasado, y eso es precisamente lo que *baba* quiere que hagamos casándonos con esos hombres. Sin embargo, hemos venido, obedientes como perros, estúpidas como búfalos de agua. Me tapo la nariz con un pañuelo perfumado con lavanda para aislarme del olor a muerte, aguas negras, aceite de cocina rancio y carne cruda para la venta que se pudre con el calor.

Normalmente no presto atención a las vistas desagradables de mi ciudad natal, pero hoy mis ojos se sienten atraídos por ellas. Hay mendigos tuertos con las extremidades quemadas y reducidas a muñones; sus propios padres los han mutilado para que inspiren más lástima. Algunos exhiben llagas putrefactas y horrendos tumores que inflan con bombas de bicicleta hasta que alcanzan un tamaño repugnante. Recorremos callejones donde cuelgan vendas para los pies, pañales y pantalones hechos jirones. En la ciudad vieja, las mujeres que lavan esas prendas son demasiado perezosas para escurrirlas, y el agua que cae nos moja como si fuera lluvia. Cada paso que damos nos recuerda dónde podríamos acabar si renunciamos a casarnos.

Encontramos a los hijos de Louie en la puerta del jardín Yu Yuan. Nos dirigimos a ellos en inglés, pero no parecen interesados en contestarnos en ese idioma. Su padre es de los Cuatro Distritos de Cantón, de modo que hablan sze yup; como May no conoce ese dialecto, yo le traduzco lo que decimos. Como muchos de nosotros, ellos han adoptado nombres occidentales. El mayor se señala el pecho y dice:

—Sam. —Luego apunta a su hermano y añade—: Él se llama Vernon, pero nuestros padres lo llaman Vern.

Amo a Z.G., así que, por muy perfecto que sea Sam Louie, nunca me gustará. Y el novio de May, Vern, sólo tiene catorce años. Ni siquiera ha empezado a madurar; todavía es un niño. A *baba* se le olvidó mencionar este detalle.

Nos miramos unos a otros, y a ninguno parece gustarle mucho lo que ve. Desviamos los ojos hacia el suelo, hacia el cielo, hacia cualquier sitio. Se me ocurre que quizá ellos tampoco quieran casarse con nosotras. Si ése es el caso, todos podemos plantearnos esto como una transacción comercial. Firmaremos los papeles y volveremos a nuestra vida de siempre, sin corazones destrozados ni sufrimiento. Pero eso no significa que la situación no resulte violenta.

—¿Por qué no damos un paseo? —propongo.

Nadie me contesta, pero cuando echo a andar todos me siguen. Arrastrando los pies, recorremos los senderos laberínticos y pasamos junto a estanques, composiciones rocosas y grutas. La brisa caliente mece los sauces, y ese movimiento proporciona una ilusión de frescor. Los pabellones de madera labrada y laca dorada evocan el pasado. Todo está diseñado para crear una atmósfera de equilibrio y unidad, pero el jardín lleva toda la mañana achicharrándose al sol de julio, y por la tarde la atmósfera está cargada y resulta sofocante.

El pequeño Vern corre hacia una de las elevaciones rocosas y trepa por la escarpada pared. May me mira, y en silencio me pregunta: «¿Y ahora qué?» No tengo respuesta, y Sam tampoco ofrece ninguna. May se da la vuelta, desciende por la pendiente hasta el pie de las rocas y empieza a llamar con voz queda al chico, intentando convencerlo de que baje. No creo que Vern entienda lo que le está diciendo, porque se queda arriba; parece un pirata oteando el mar. Sam y yo seguimos caminando hasta la Roca de Jade Exquisito.

—Ya había venido aquí otras veces —murmura él con timidez—. ¿Conoces la historia de cómo llegó la roca hasta este jardín?

No le contesto que suelo evitar la ciudad vieja. Procuro ser educada y digo:

—Vamos a sentarnos y me la cuentas.

Encontramos un banco; nos sentamos y nos quedamos mirando la roca, que para mí es como otra cualquiera.

—Durante la dinastía Sung del Norte, el emperador Hui Tsung estaba sediento de curiosidades. Mandaba enviados a las provincias del sur para que buscaran las mejores del país. Los enviados encontraron esta roca y la cargaron en un barco. Pero nunca llegó al palacio. Una tormenta (o quizá un tifón, o quizá los dioses del río enfurecidos) hundió el barco en el Whangpoo.

Sam tiene una voz agradable: no suena demasiado fuerte, autoritaria ni superior. Mientras habla, yo le miro los pies. Sam ha estirado las piernas delante de sí, descansando el peso en los talones de sus zapatos nuevos de piel. Reúno valor para dirigir la vista hacia su cara. Es bastante atractivo; de hecho, me atrevería a decir que es guapo. Delgado, tiene la cara alargada como una semilla de arroz, y eso exagera la prominencia de sus pómulos. Tiene la piel más oscura de lo que me gusta, pero eso es comprensible, pues vive en Hollywood. He leído que a las estrellas de cine les gusta tomar el sol hasta que su piel se vuelve marrón. Su pelo no es completamente negro; el sol le arranca destellos rojizos. Aquí dicen que esa tonalidad de cabello revela una alimentación deficiente. Quizá en América la comida sea tan nutritiva y abundante que también provoca ese cambio. Va elegantemente vestido. Hasta yo sé reconocer que el traje que lleva se lo han confeccionado hace poco. Y trabaja en el negocio de su padre. Si no estuviera enamorada de Z.G., me parecería un buen pretendiente.

—La familia Pan sacó la roca del río y la trajo aquí —continúa—. Como verás, satisface todos los requisitos que debe cumplir una buena roca: parece porosa como una esponja, tiene una forma bonita y te induce a pensar en su historia milenaria —concluye, y se queda callado.

A lo lejos, May bordea la formación rocosa con los brazos en jarras; el enfado que irradia se extiende por el jardín. Llama a Vern por última vez, y luego se da la vuelta para ver dónde estoy. Alza las manos, derrotada, y viene hacia nosotros.

Sam, que sigue a mi lado, dice:

—Me gustas. ¿Yo te gusto?

Asiento con la cabeza; considero que es la mejor respuesta.

—Bueno. Le diré a mi padre que seremos felices juntos.


Nos despedimos con la mano de Sam y Vern, y busco un *rickshaw*. May sube al vehículo, pero yo no.

—Vete a casa —le digo—. Tengo que hacer una cosa. Nos veremos más tarde.

—Es que necesito hablar contigo. —Aferra los reposabrazos del *rickshaw* con tanta fuerza que los nudillos se le ponen blancos—. Vern no me ha dicho ni una sola palabra.

—Porque no hablas sze yup.

—No se trata sólo de eso. Parece un crío. Es un crío.

—No importa, May.

—No puedes decir eso. A ti te ha tocado el más guapo.

Intento explicarle que esto no es más que un negocio, pero no quiere escucharme. Enojada, da un fuerte pisotón, y el conductor tiene que sujetar con fuerza el *rickshaw* para equilibrarlo.

—¡No quiero casarme con él! Si no hay más remedio, deja que me case con Sam.

Suspiro con impaciencia. Estos ataques de celos y testarudez son muy propios de May, pero resultan tan inofensivos como la lluvia de una tarde de verano. Mis padres y yo sabemos que la mejor forma de manejarlos es permitírselos y esperar a que remitan.

—Ya hablaremos de eso más tarde. Nos veremos en casa.

Le hago una seña al conductor, que echa a trotar descalzo por la calzada adoquinada. Espero hasta que doblan la esquina y luego me dirijo hacia la antigua Puerta del Oeste, donde encuentro otro *rickshaw*. Le doy al conductor la dirección de Z.G., en la Concesión Francesa.

Cuando llego al edificio, subo corriendo la escalera y llamo a la puerta. Él me abre con una camiseta sin mangas y unos pantalones holgados, sujetos con una corbata a modo de cinturón. De sus labios cuelga un cigarrillo. Se lo cuento todo: que mi familia se ha arruinado, que May y yo tenemos que casarnos con dos chinos extranjeros y que estoy enamorada de él.

Por el camino, he pensado en las diferentes formas en que él podría reaccionar. He pensado que podría decir algo como: «No creo en el matrimonio, pero te amo, y quiero que vivas aquí conmigo.» He pensado que podría mostrarse valeroso: «Nos casaremos. Todo se arreglará.» He pensado que podría preguntarme por May e invitarla a vivir con nosotros. «La quiero como a una hermana», diría. Hasta he pensado que podría enfurecerse, salir corriendo en busca de *baba* y darle la paliza que se merece. Al final, dice la única cosa que no había previsto:

—Tienes que casarte. Parece un buen partido, y tu obligación es obedecer a tu padre. Cuando seas una niña, obedece a tu padre; cuando seas una esposa, obedece a tu esposo; cuando seas una viuda, obedece a tu hijo. Todos sabemos que así es como debe ser.

—¡Yo no creo en nada de eso! Y creía que tú tampoco. Esa forma de pensar es propia de mi madre, no de ti. —Estoy dolida, pero sobre todo furiosa—. ¿Cómo puedes decirme algo así? Nos queremos. A la mujer que se ama no se le dicen esas cosas.

Z.G. no responde, pero su rostro logra expresar hastío y enfado por tener que tratar con una joven tan infantil.

Como estoy herida e indignada, y como soy demasiado joven para comportarme como es debido, me marcho precipitadamente. Bajo la escalera pisando fuerte, llorando, y me pongo en ridículo ante la casera de Z.G. actuando como una joven tan mimada como mi hermana May. No tiene ningún sentido, pero muchas mujeres —y también hombres— tienen arrebatos y se comportan de forma irreflexiva. Pienso... No sé qué pienso. Que Z.G. bajará corriendo detrás de mí. Que me abrazará, como en las películas. Que esta noche me raptará de la casa de mis padres y nos fugaremos. Que, en el peor de los casos, me casaré con Sam y luego tendré una relación que durará el resto de mi vida con la persona que amo, como hacen muchas mujeres de Shanghai hoy en día. Ése no sería un mal final, ¿verdad?

Cuando le cuento a May lo que ha pasado con Z.G., ella palidece, compadecida.

—No sabía que sintieras eso por él. —Habla con una voz tan débil y reconfortante que apenas la oigo.

Me abraza mientras lloro. Cuando paro de llorar, noto un temblor que proviene de lo más hondo de mi hermana. Estamos muy unidas. Pase lo que pase, juntas sobreviviremos.


Llevo mucho tiempo soñando con mi boda con Z.G., pero mi boda con Sam no se parece en nada a lo que había imaginado. No hay encaje de Chantilly, ni velo de ocho metros, ni fragantes cascadas de flores para la ceremonia occidental. Para el banquete chino, May y yo no nos ponemos vestidos rojos bordados y tocados de ave fénix que tiemblan al caminar. No hay una gran reunión familiar, no se intercambian cotilleos ni chistes; no hay niños correteando, riendo y chillando. A las dos de la tarde vamos al juzgado, donde nos esperan Sam, Vern y su padre. El venerable Louie es tal como lo recordaba: enjuto y de expresión adusta. Entrelaza las manos a la espalda y mira cómo las dos parejas firmamos los papeles: casados, 24 de julio de 1937. A las cuatro vamos al consulado americano a rellenar unos formularios para obtener nuestros visados. May y yo marcamos las casillas que indican que nunca hemos estado en la cárcel, en una casa de beneficencia ni en un manicomio; que no somos alcohólicas, anarquistas, mendigas profesionales, prostitutas, idiotas, imbéciles, débiles mentales, epilépticas, tuberculosas, analfabetas, ni padecemos inferioridad psicopática (signifique eso lo que signifique). En cuanto firmamos los impresos, el venerable Louie los dobla y se los guarda en el bolsillo de la chaqueta. A las seis, nos reunimos con *baba* y *mama* en un hotel anodino para chinos y extranjeros en mala racha, y luego cenamos en el comedor principal: los cuatro recién casados, nuestros padres y el venerable Louie. *Baba* se esfuerza en animar la conversación, pero ¿qué podemos decir? Hay una orquesta, pero nadie baila. Los platos vienen y van, pero hasta el arroz se me atraganta. *Baba* nos dice a May y a mí que sirvamos el té, como marca la tradición, pero el venerable Louie rechaza el ofrecimiento con un ademán.

Finalmente llega la hora de retirarnos a nuestras respectivas cámaras nupciales. Mi padre me susurra al oído:

—Ya sabes qué tienes que hacer. Una vez hecho, todo esto habrá terminado.

Sam y yo vamos a nuestra habitación. Él parece más tenso que yo. Se sienta en el borde de la cama, encorvado, y se mira las manos. He dedicado muchas horas a imaginar mi boda con Z.G., y también a imaginar nuestra noche de bodas y lo romántica que sería. Ahora pienso en mi madre, y por fin comprendo por qué siempre ha dado tan poco valor a las relaciones esposo-esposa. «Haces lo que tienes que hacer, y luego te olvidas», le he oído decir muchas veces.

No espero a que Sam se acerque, me abrace o me ablande con besos en el cuello. Me planto en medio de la habitación, me desabrocho el alamar del cuello, paso al alamar del pecho, y luego suelto el de la axila. Sam levanta la cabeza y me mira mientras yo desato los treinta alamares que recorren todo mi costado derecho. Dejo que el vestido resbale por mis hombros. Me balanceo un poco, insegura; pese a que hace una noche calurosa, siento frío. Mi coraje me ha traído hasta aquí, pero no sé qué hacer ahora. Él se levanta. Me muerdo el labio.

Todo resulta muy incómodo. Me da la impresión de que Sam no se atreve a tocarme, pero ambos hacemos lo que se espera de nosotros. Una punzada de dolor, y todo ha terminado. Mi marido se queda un momento encima de mí, apoyado en los codos, y me mira a los ojos. Yo no le devuelvo la mirada: observo la banda trenzada que sujeta la cortina. Estaba tan deseosa de terminar con esto que no he echado las cortinas. ¿Me convierte eso en una descarada o una desesperada?

Se separa de mí y se tumba de lado. Yo no me muevo. No quiero hablar, pero tampoco puedo dormir. Quizá esta noche y este momento pierdan toda importancia tras una vida entera de noches con mi verdadero esposo, quienquiera que sea. Pero ¿y May?

Me levanto cuando la habitación todavía está a oscuras, me doy un baño y me visto. Luego me siento en una silla, junto a la ventana, y contemplo dormir a Sam. Él despierta, sobresaltado, justo antes del amanecer. Mira alrededor como si no supiera dónde se halla. Entonces me ve y parpadea. Imagino lo que siente: un bochorno enorme por estar en esta habitación, y una especie de pánico al constatar que está desnudo, que yo estoy sentada a escasa distancia de él y que tiene que levantarse y vestirse. Desvío la mirada, como hice anoche. Sam se desliza hacia mi lado de la cama, sale de entre las sábanas y se dirige rápidamente al cuarto de baño. La puerta se cierra y oigo correr el agua del grifo.

Cuando llegamos al comedor, encontramos a Vern y May sentados a la mesa con el venerable Louie. El cutis de May ha adquirido el color del alabastro: blanco y con un tinte verdoso bajo la superficie. Vern estruja el mantel entre los puños; no levanta la cabeza cuando Sam y yo nos sentamos, y caigo en la cuenta de que todavía no lo he oído hablar.

—Ya he pedido —dice el venerable Louie, y se dirige al camarero—: Asegúrese de que nos lo traigan todo a la vez.

Bebemos el té a pequeños sorbos. Nadie hace comentarios sobre el paisaje, sobre la decoración del hotel ni sobre lo que estos chinos americanos van a visitar hoy.

El venerable Louie chasquea los dedos. El camarero vuelve a nuestra mesa. Mi suegro —qué extraña resulta esa palabra— le hace una seña para que se incline y le susurra algo al oído. El camarero se endereza, frunce los labios y sale del comedor. Regresa unos minutos más tarde con dos sirvientas, cada una de las cuales lleva una tela doblada.

El venerable Louie le hace señas a una de ellas para que se acerque, y le coge el fardo. Empieza a desplegar la tela y comprendo, horrorizada, que se trata de la sábana bajera de mi cama o la de May. Los clientes que se encuentran en el comedor muestran diferentes grados de interés. La mayoría de los extranjeros no parecen entender qué está pasando, aunque hay una pareja que sí, y se muestra consternada. Los chinos, en cambio —tanto los clientes como el personal del hotel—, parecen divertidos y curiosos.

Los dedos del venerable Louie se detienen en cuanto llegan a una mancha de sangre.

—¿A qué habitación corresponde esta sábana? —le pregunta a la criada.

—A la trescientos siete —contesta la muchacha.

El venerable Louie mira a sus hijos e inquiere:

—¿Quién ocupaba esa habitación?

—Yo —contesta Sam.

Su padre suelta la sábana. Entonces coge la de May, e inicia de nuevo su desagradable examen. May despega los labios y respira lentamente por la boca. La sábana sigue moviéndose. La gente que nos rodea nos mira con atención. Bajo la mesa, noto que una mano se posa en mi rodilla. Es la mano de Sam. Cuando el venerable Louie llega al final de la sábana sin encontrar ninguna mancha de sangre, May se inclina hacia delante y vomita encima de la mesa.

Eso pone fin al desayuno. Nos piden un coche, y unos minutos más tarde, May, el venerable Louie y yo nos dirigimos a la casa de mis padres. Cuando llegamos, no hay charla superficial, no se sirve té, no hay palabras de felicitación, sino sólo recriminaciones. Cuando el venerable Louie empieza a hablarle a *baba*, abrazo a May por la cintura.

—Habíamos hecho un trato. —Utiliza un tono áspero que no deja lugar a la discusión—. Una de tus hijas te ha fallado. —Levanta una mano para impedir que mi padre ofrezca una excusa—. Te lo perdonaré. La muchacha es muy joven, y mi hijo...

Siento un profundo alivio al comprender que el venerable Louie da por sentado que anoche mi hermana y Vern no hicieron lo que se suponía que tenían que hacer, y no que lo hicieron y que mi hermana no era virgen. El resultado de esa segunda posibilidad es tan horripilante que ni siquiera me atrevo a contemplarlo: un examen médico. Si el médico encontrara a May intacta, no estaríamos peor que ahora. En el caso contrario, la obligarían a confesar, se anularía el matrimonio alegando que ella ya había tenido relaciones con otro hombre, mi padre volvería a tener problemas de dinero, quizá peores, y nuestro futuro estaría de nuevo en el aire, por no mencionar que la reputación de May quedaría mancillada para siempre —incluso en estos tiempos modernos— y la posibilidad de que se casara con el hijo de una buena familia —como Tommy Hu— desaparecería.

—Nada de eso importa —le dice Louie a mi padre, pero tengo la impresión de que responde a mis pensamientos—. Lo que importa es que están casados. Como ya sabes, mis hijos y yo tenemos asuntos que atender en Hong Kong. Nos vamos mañana, pero estoy preocupado. ¿Qué garantía tengo de que tus hijas se reunirán con nosotros? Nuestro barco zarpa hacia San Francisco el diez de agosto. Sólo faltan diecisiete días.

Se me hace un nudo en el estómago. ¡*Baba* ha vuelto a mentirnos! May se separa de mí y corre escaleras arriba, pero yo no la sigo. Me quedo mirando a mi padre, con la esperanza de que diga algo. Pero no dice nada. Se retuerce las manos y adopta una actitud tan servil como la de un conductor de *rickshaw*.

—Me llevo sus ropas —decide el venerable Louie.

No espera que *baba* discuta, ni que yo ponga objeciones. Cuando empieza a subir la escalera, mi padre y yo lo seguimos. El venerable

Louie abre una puerta tras otra hasta encontrar la habitación donde está May llorando sobre la cama. Al vernos, mi hermana se mete en el cuarto de baño y cierra de un portazo. La oímos vomitar otra vez. El anciano abre el armario, agarra un montón de vestidos y los lanza sobre la cama.

—No puede llevárselos —protesto—. Los necesitamos para posar.

—Los necesitaréis en vuestro nuevo hogar —me corrige—. A los maridos les gusta ver bien arregladas a sus esposas.

Es frío pero poco sistemático, despiadado pero ignorante. Deja nuestra ropa occidental en el armario o la tira al suelo, seguramente porque desconoce cuál es la moda en Shanghai este año. No coge el chal de armiño porque es blanco, el color de la muerte, pero sí una estola de zorro que May y yo compramos de segunda mano hace unos años.

—Pruébatelos —me ordena, tendiéndome un montón de sombreros que ha cogido del estante superior del armario, y yo obedezco—. Ya basta. Puedes quedarte con el verde y esa cosa con plumas. El resto me lo llevo. —Mira con desdén a mi padre—. Enviaré a buscar todo esto más tarde. Espero que ni tú ni tus hijas toquéis nada. ¿Me has entendido?

*Baba* asiente con la cabeza. El venerable Louie se vuelve hacia mí y me mira de arriba abajo.

—Tu hermana está enferma. Sé buena y ayúdala —dice, y se marcha.

Llamo a la puerta del cuarto de baño. May abre un poco, y entro. Está tumbada en el suelo, con la mejilla contra las baldosas. Me siento a su lado.

—¿Te encuentras bien?

—Creo que me ha sentado mal el cangrejo de la cena. No es temporada de cangrejo, y no debí comerlo.

Me apoyo en la pared y me froto los ojos. ¿Cómo es posible que dos chicas bonitas hayan caído tan bajo en tan poco tiempo? Dejo las manos en el suelo y me quedo mirando el dibujo de azulejos amarillos, negros y azul turquesa que trepa por la pared.


Más tarde, unos culis vienen a llevarse nuestra ropa en cajones de madera. Los suben a un camión bajo la mirada de nuestros vecinos. En medio de todo eso, llega Sam. En lugar de dirigirse a mi padre, viene directamente hacia mí.

—Tenéis que coger un barco el siete de agosto para reuniros con nosotros en Hong Kong —me dice—. Mi padre ha comprado billetes para que viajemos juntos a San Francisco tres días más tarde. Éstos son vuestros documentos de inmigración. Mi padre dice que todo está en orden y que no tendremos problemas para entrar, pero quiere que también estudiéis este manual, por si acaso. —Lo que me entrega no es un libro, sino unas hojas dobladas y cosidas a mano—. Aquí están las respuestas que debéis dar a los inspectores si surge algún problema al bajar del barco. —Hace una pausa y frunce el entrecejo. Seguramente está pensando lo mismo que yo: ¿por qué debemos estudiar ese manual si todo está en orden?—. No te preocupes —agrega en tono confidencial, como si yo necesitara que me tranquilizara y su voz fuera a reconfortarme—. En cuanto hayamos pasado por inmigración, cogeremos otro barco que nos llevará a Los Ángeles.

Miro los papeles.

—Lo siento —añade Sam, y casi lo creo—. Lo siento mucho, por todo.

Se da la vuelta para marcharse, y mi padre —que de pronto recuerda que es el anfitrión— le pregunta:

—¿Quieres que te busque un *rickshaw*?

Sam me mira y contesta:

—No, no. Me parece que iré a pie.

Lo miro hasta que dobla la esquina, y entonces entro en casa y tiro a la basura los papeles que me ha dado. El venerable Louie, sus hijos y *baba* se equivocan mucho si creen que esto va a llegar muy lejos. Pronto los Louie estarán a bordo de un barco que los llevará a miles de kilómetros de aquí. Ya no podrán engañarnos ni obligarnos a hacer nada que no queramos hacer. Todos hemos pagado un precio por las apuestas de mi padre. Él ha perdido su negocio. Yo he perdido la virginidad. May y yo hemos perdido nuestra ropa y quizá, como consecuencia, nuestro sustento. Nos han hecho daño pero, según el estándar de Shanghai, todavía no somos pobres ni desgraciados.

# Una cigarra en un árbol

Una vez superado este episodio tan terrible y agotador, May y yo volvemos a nuestra habitación, orientada hacia el este. Gracias a ello, normalmente resulta más fresca en verano, pero hace tanto calor y tanta humedad que vamos prácticamente desnudas, con sólo una fina combinación de seda rosa. No lloramos. No recogemos la ropa que el venerable Louie ha tirado al suelo ni el revoltijo que ha dejado en nuestro armario. Tomamos la comida que el cocinero deposita en una bandeja frente a nuestra puerta, pero no hacemos nada más. Estamos demasiado conmocionadas para expresar con palabras lo que ha ocurrido. Si pronunciamos esas palabras, tendremos que afrontar el cambio que se ha producido en nuestra vida y pensar qué hacer; pero mi mente es un torbellino de confusión, desesperación y rabia, y siento como si una niebla gris llenara mi cráneo. Nos tumbamos en la cama y procuramos... ni siquiera sé cuál es la palabra adecuada... ¿recuperarnos?

Por el hecho de ser hermanas compartimos una intimidad singular. May es la única persona que me apoyará pase lo que pase. Nunca me pregunto si somos buenas amigas o no. Lo somos, y punto. En este momento de adversidad —como suele suceder entre hermanas—, desaparecen los celos y la cuestión de cuál es más querida. Tenemos que confiar la una en la otra.

Le pregunto qué pasó con Vernon, y ella contesta:

—No pude.

Y rompe a llorar. Así pues, no vuelvo a preguntarle nada sobre la noche de bodas, y ella tampoco me pregunta nada. Me digo que no importa, que lo hemos hecho para salvar a nuestra familia. Pero, por mucho que me repita que no tiene importancia, no dejo de pensar que he perdido un momento precioso. En realidad, estoy más dolida por lo ocurrido con Z.G. que porque mi familia haya perdido su estatus o por haber tenido que acostarme con un desconocido. Quiero recuperar mi inocencia, mi ingenuidad, mi felicidad, mi risa.

—¿Recuerdas cuando vimos *Oda a la constancia*? —pregunto, con la esperanza de que May recuerde la época en que éramos lo bastante jóvenes para creernos invencibles.

—Creíamos que nosotras podíamos representar mejor esa ópera —contesta desde su cama.

—Como tú eras más joven y pequeña, tenías que interpretar a la niña hermosa. Siempre interpretabas a la princesa. Yo siempre tenía que ser el estudiante, el príncipe, el emperador y el bandido.

—Sí, pero míralo así: tú interpretabas cuatro papeles. Yo solamente uno.

Sonrío. ¿Cuántas veces hemos mantenido esta misma discusión sobre las obras que montábamos para *mama* y *baba* en el salón principal cuando éramos pequeñas? Nuestros padres aplaudían y reían. Comían semillas de melón y bebían té. Nos elogiaban, pero nunca accedieron a enviarnos a la escuela de ópera ni a la academia de acrobacia, porque éramos tremendas, con nuestras voces chillonas, nuestras torpes caídas y nuestros escenarios y trajes improvisados. Para nosotras, lo importante era que habíamos pasado horas preparándonos y ensayando en nuestra habitación; le pedíamos pañuelos a *mama* para utilizarlos como velos, o suplicábamos al cocinero que nos hiciera una espada de papel y almidón con la que yo combatiría a los demonios fantasmales que nos causaban problemas.

Recuerdo noches de invierno en que hacía tanto frío que May se metía en mi cama y nos abrazábamos para entrar en calor. Recuerdo cómo dormía ella: con el pulgar apoyado en la barbilla, las yemas de los dedos índice y corazón sobre el borde de las cejas, justo por encima de la nariz, el dedo anular suavemente apoyado en un párpado y el meñique delicadamente suspendido en el aire. Recuerdo que por la mañana la encontraba pegada a mi espalda, rodeándome con un brazo para no separarse de mí. Recuerdo exactamente el aspecto de su mano: muy pequeña, blanca, suave, y sus dedos finos como cebollinos.

Recuerdo el primer verano que fui al campamento de Kuling. *Mama* y *baba* tuvieron que llevar a May a verme, porque estaba muy triste. Yo tenía diez años, y May sólo siete. Nadie me avisó de su visita; pero cuando May me vio, echó a correr, se detuvo frente a mí y se quedó mirándome de hito en hito. Las otras niñas se burlaron de mí. ¿Por qué le hacía caso a aquella cría? Yo fui lo bastante lista para no decirles la verdad: que también echaba de menos a mi hermana y sentía que me faltaba algo cuando estábamos separadas. Después de aquello, *baba* siempre nos envió juntas al campamento.

May y yo reímos evocando esos momentos, y eso nos alivia. Nos recuerdan la fuerza que hallamos la una en la otra, cómo nos ayudamos, las veces que nos hemos encontrado solas contra todos los demás, cómo nos divertimos. Si podemos reír, ¿no se arreglará todo?

—¿Recuerdas cuando, de pequeñas, nos probamos los zapatos de *mama*? —pregunta May.

Nunca olvidaré ese día. Aprovechando que mama había ido de visita, nos colamos en su habitación y sacamos del armario varios pares de sus diminutos zapatos. A mí no me cabían, y fui descartándolos mientras trataba de embutir los pies en un par tras otro. May consiguió calzarse unas zapatillas y caminar de puntillas hasta la ventana, imitando la forma de andar de *mama*. Estábamos riendo y jugando cuando de pronto llegó ella. Se puso furiosa. Nosotras sabíamos que nos habíamos portado mal, pero nos costó muchísimo contener la risa mientras nuestra madre se tambaleaba por la habitación intentando atraparnos para tirarnos de las orejas. Con nuestros pies intactos y nuestra camaradería, logramos escapar; recorrimos el pasillo y salimos al jardín, donde caímos al suelo retorciéndonos de risa. Nuestra travesura se había convertido en un triunfo.

Siempre conseguíamos engañar a *mama* y salir huyendo, pero el cocinero y los otros sirvientes tenían muy poca paciencia con nuestras travesuras, y no vacilaban a la hora de castigarnos.

—¿Te acuerdas de cuando el cocinero nos enseñó a preparar *chiao-tzu*, Pearl? —Está enfrente de mí en su cama, con las piernas cruzadas, la barbilla apoyada en los puños y los codos apuntalados en las rodillas—. Pensó que no estaría mal que aprendiéramos a cocinar. Dijo: «¿Cómo vais a casaros si no sabéis preparar albóndigas para vuestros esposos?» Él no sabía lo inútiles que éramos.

—Nos dio delantales para que nos los pusiéramos, pero no sirvieron de mucho.

—¡Claro que sirvieron! ¡Cuando comenzaste a lanzarme harina! —recuerda May.

Lo que había empezado como una lección se convirtió en un juego, y éste en una batalla campal de harina. El cocinero, que vive con nosotros desde que llegamos a Shanghai, sabía distinguir entre

52

dos hermanas que trabajan juntas, dos hermanas que juegan y dos hermanas que se pelean, y no le gustó nada lo que vio.

—Estaba tan enfadado que no nos permitió entrar en la cocina hasta varios meses después —ríe May.

—Yo insistía en que sólo quería embadurnarte la cara con harina.

—Y se acabaron las golosinas, los tentempiés y los platos especiales. —May todavía ríe al recordarlo—. A veces el cocinero se ponía muy serio. Decía que las hermanas que se pelean no valen nada.

*Mama* y *baba* llaman a nuestra puerta y nos piden que salgamos, pero contestamos que preferimos quedarnos un rato más en la habitación. Quizá sea una actitud grosera e infantil, pero siempre reaccionamos así cuando hay un conflicto familiar: nos refugiamos y levantamos una barricada entre nosotras y lo que nos haya herido o disgustado. Juntas, nos sentimos más fuertes; unidas, creamos una fuerza con la que no se puede discutir ni razonar, hasta que los demás ceden a nuestros deseos. Pero esta calamidad no es comparable a querer visitar a tu hermana en el campamento ni a protegernos mutuamente de un padre, una madre, un sirviente o un maestro enfadados.

May se levanta y va a buscar unas revistas; nos ponemos a mirar los vestidos y leer los cotilleos. Nos cepillamos el cabello la una a la otra. Revisamos el armario y los cajones e intentamos determinar cuántos conjuntos nuevos podemos componer a partir de las prendas que nos quedan. El venerable Louie se ha llevado casi todos nuestros trajes chinos, y ha dejado un surtido de vestidos, blusas, faldas y pantalones de estilo occidental. En Shanghai, donde las apariencias lo son casi todo, es imperativo que parezcamos elegantes y modernas, no sosas y obsoletas. Si nuestra ropa parece vieja, no sólo no nos contratarán los pintores, sino que los tranvías no pararán para que subamos, los porteros de los hoteles y clubs quizá no nos dejen entrar, y los acomodadores de los cines mirarán con lupa nuestra entrada. Eso no sólo les sucede a las mujeres, sino también a los hombres; ellos, aunque pertenezcan a la clase media, son capaces de dormir en alojamientos atestados de chinches con tal de poder comprarse unos pantalones más bonitos, que todas las noches ponen debajo de la almohada para tenerlos bien planchados al día siguiente.

¿Acaso da la impresión de que pasamos semanas encerradas? No; nuestro retiro apenas duró dos días. Como somos jóvenes, nos curamos deprisa. Además, somos curiosas. Oímos ruidos al otro lado de la puerta, pero hicimos caso omiso durante horas. Hemos intentado no prestar atención a los martillazos y golpes que hacían temblar la casa. Oímos voces desconocidas, pero fingimos que eran los sirvientes. Cuando por fin abrimos la puerta, la casa había cambiado. *Baba* ha vendido casi todos los muebles al prestamista del barrio. El jardinero se ha marchado, pero el cocinero se ha quedado porque no tiene adónde ir y necesita techo y comida. Han dividido la casa y levantado tabiques para hacer habitaciones de huéspedes: un policía, su mujer y sus dos hijas se han instalado en la parte trasera; un estudiante vive en el pabellón del segundo piso; un zapatero remendón ha ocupado el hueco de debajo de la escalera; y dos bailarinas se alojan en el desván. Los alquileres ayudarán, pero no bastarán para mantenernos a todos.

En cierto modo, nuestras vidas vuelven a la normalidad, como pensábamos que sucedería. *Mama* sigue dando órdenes a todo el mundo, incluidos nuestros huéspedes, así que May y yo no tenemos que sacar el orinal, hacer las camas o barrer. Sin embargo, somos muy conscientes de lo bajo que hemos caído. En lugar de leche de soja, pastelillos de sésamo y palitos de masa fritos para desayunar, el cocinero prepara *p'ao fan*, sobras de arroz que flotan en agua hervida, con verduras en vinagre para darle un poco de sabor. La campaña de austeridad del cocinero también se refleja en los platos que sirve en la comida y la cena. Antes éramos una familia *wu hun pu ch'ih fan*, en cuyas comidas siempre hay carne. Ahora seguimos una dieta de culi, a base de judías germinadas, pescado salado, calabaza y verduras; todo acompañado de abundante arroz.

*Baba* sale cada mañana a buscar trabajo, pero nosotras no lo animamos ni le preguntamos nada cuando regresa por la noche. Como nos ha fallado, se ha vuelto insignificante. Si lo ninguneamos —degradándolo con nuestro desinterés y nuestra indolencia—, su desgracia no nos afectará. Así es como manejamos la ira y el dolor que sentimos.

May y yo también buscamos trabajo, pero no es fácil que te contraten. Necesitas *kuang hsi*, contactos. Para conseguir una recomendación, has de conocer a las personas adecuadas: un pariente, o alguien a quien lleves años halagando. Además, debes hacerle un regalo sustancioso —una pata de cerdo, un juego de dormitorio o el equivalente a dos meses de sueldo— a la persona que hará la presentación, y otro a la persona que te contratará, aunque sólo sea para hacer cajas de cerillas o redecillas para el pelo en una fábrica. Ahora no tenemos dinero para eso, y la gente lo sabe. En Shanghai, la vida fluye como un río incesante y sereno para los ricos y los afortunados. Para quienes tienen mala suerte, el olor de la desesperación es tan fuerte como el de un cadáver en descomposición.

Nuestros amigos escritores nos llevan a restaurantes rusos y nos invitan a cuencos de *borscht* y vodka barato. Los playboys —paisanos de buena familia que estudian en América y van de vacaciones a París— nos llevan al Paramount, el club nocturno más grande de la ciudad, donde nos divertimos, bebemos ginebra y escuchamos jazz. Vamos a oscuros cafés con Betsy y sus amigos americanos. Los chicos son atractivos y beben como esponjas. A veces May desaparece varias horas. No le pregunto adónde va ni con quién. Es lo mejor que puedo hacer.

No podemos evitar la sensación de que resbalamos, tropezamos, nos caemos.

May sigue posando para Z.G., pero a mí me resulta violento volver a su estudio después de la escena que le monté. Están terminando el anuncio de cigarrillos My Dear; May debe trabajar el doble, pues posa en su posición original y luego ocupa la mía detrás de la butaca. Ella me lo cuenta, y me anima a colaborar en otro calendario que le han encargado a Z.G. Yo poso para otros pintores, pero la mayoría sólo me hacen una fotografía y trabajan a partir de ella. Gano dinero, pero no mucho. Ahora, en lugar de conseguir nuevos alumnos, he perdido al único que tenía. Cuando le dije al capitán Yamasaki que May nunca aceptaría su proposición de matrimonio, me despidió. Pero sé que eso sólo fue una excusa. Por toda la ciudad, los japoneses se comportan de forma extraña. Los que viven en Little Tokyo hacen las maletas y abandonan sus apartamentos. Mujeres, niños y otros civiles regresan a Japón. Cuando veo que muchos de nuestros vecinos se marchan de Hongkew, cruzan el canal Soochow y se instalan temporalmente en la Colonia Internacional, lo atribuyo al carácter supersticioso de mis compatriotas, que, sobre todo los pobres, temen lo conocido y lo desconocido, lo de este mundo y lo de otros, a los vivos y los muertos.

Tengo la impresión de que todo ha cambiado. La ciudad que siempre he amado no presta atención a la muerte, la desesperación, el desastre o la pobreza. Donde antes veía luces de neón y glamour, ahora sólo veo gris: pizarra gris, piedra gris, el río gris. El Whangpoo, que antes ofrecía un aspecto festivo con sus buques de guerra de diferentes naciones, cada una con su llamativa bandera, ahora parece asfixiado con la llegada de más de una docena de imponentes barcos japoneses. Donde antes veía anchas avenidas y la luz de la luna, ahora veo montones de basura, roedores correteando y escarbando a su antojo, y a Carapicada Huang y sus matones del Clan Verde apaleando a deudores y prostitutas. El majestuoso Shanghai está construido sobre cieno. Nada permanece donde debería. Los ataúdes enterrados sin pesas de plomo van a la deriva. Los bancos ordenan revisar los cimientos de sus edificios a diario, para asegurarse de que las toneladas de plata y oro que contienen no los hayan inclinado. May y yo nos hemos deslizado de un Shanghai cosmopolita y seguro a un lugar tan inseguro como las arenas movedizas.

Ahora, lo que ganamos nos pertenece, pero ahorrar es difícil. Después de darle dinero al cocinero para que compre comida, no nos queda prácticamente nada. Estoy tan preocupada que no puedo dormir. Si las cosas siguen así, pronto subsistiremos a base de sopa de huesos. Si no puedo ahorrar nada, tendré que volver a trabajar para Z.G.

—Ya lo he superado —le digo a May—. No sé qué veía en él. Está demasiado flaco, y no me gustan sus gafas. Dudo mucho que algún día me case por amor. Eso es de burgueses; todo el mundo lo dice.

No me creo ni una palabra de lo que digo, pero May, que me conoce muy bien, responde:

—Me alegro de que te sientas mejor. De verdad. Estoy segura de que algún día el amor verdadero te encontrará.

Pero el amor verdadero ya me ha encontrado. En el fondo sigo sufriendo por Z.G. y pensando en él, aunque oculte mis sentimientos. Nos vestimos, y pagamos unos peniques para que nos lleven en carretilla hasta el apartamento del pintor. Por el camino, mientras el carretillero recoge a unos y deja a otros, no paro de pensar en que cuando vea a Z.G. en sus habitaciones, donde tuve tantos sueños infantiles, me moriré de vergüenza. Pero cuando llegamos, él se comporta como si no hubiera pasado nada.

—Estoy acabando una cometa nueva, Pearl. Es una bandada de oropéndolas. Ven a verla.

Me quedo a su lado, y me resulta extraño estar tan cerca de él. Z.G. me habla de la cometa, que es exquisita. Los ojos de cada oropéndola están diseñados para que el viento los haga girar. En cada segmento del cuerpo ha enganchado unas alas articuladas, y en las puntas de las alas, pequeñas plumas que temblarán en el aire.

—Es preciosa —digo.

—Cuando esté terminada, iremos los tres a hacerla volar —anuncia Z.G.

No es una invitación, sino que lo afirma. Pienso que, si a él no le importa que yo hiciera el ridículo, no puedo dejar que a mí me importe. Debo ser fuerte para contener mis sentimientos más profundos, que amenazan con abrumarme.

—Me encantaría —respondo—. A May y a mí nos encantaría.

Ella y Z.G. sonríen; es evidente que se sienten aliviados.

—Muy bien —dice el pintor frotándose las manos—. Y ahora, a trabajar.

May se cambia detrás de un biombo. Sale con unos pantalones cortos rojos y una corta camiseta amarilla atada en la nuca. Él le pone un pañuelo en la cabeza y se lo anuda bajo la barbilla. Yo me pongo un bañador rojo con estampado de mariposas; tiene una faldita y un cinturón que ciñe la cintura. Z.G. me anuda un lazo rojo y blanco en el pelo. May se monta en una bicicleta, con un pie en un pedal y el otro en el suelo. Poso una mano sobre la suya, en el manillar; con la otra, sujeto la bicicleta por detrás del asiento. Mi hermana me mira por encima del hombro, y yo la miro a ella. En cuanto Z.G. dice «Perfecto. No os mováis», ya no siento la tentación de mirarlo. Me concentro en May, sonrío y finjo que no hay nada que me haga tan feliz como empujar la bicicleta de mi hermana por una colina cubierta de hierba con vistas al mar, para anunciar el insecticida Earth contra moscas y mosquitos.

Z.G. comprende que cuesta mantener esa postura, y al poco rato nos deja descansar. Se pone a trabajar en el fondo, pintando un velero que navega por el mar, y luego pregunta:

—May, ¿le enseñamos a Pearl en qué hemos estado trabajando?

Mientras ella se cambia detrás del biombo, él guarda la bicicleta, enrolla el telón de fondo y arrastra un diván hasta el centro de la habitación. May regresa con una bata ligera, que deja caer al suelo cuando llega al diván. No sé qué me sorprende más: el hecho de que se quede desnuda o que parezca sentirse perfectamente cómoda. Se tumba sobre un costado, con un codo doblado y la cabeza apoyada en la mano. Z.G. le coloca una pieza de seda diáfana que le cubre parcialmente las caderas y los pechos, pero es tan fina que se le transparentan los pezones. El pintor desaparece un momento y vuelve con unas peonías rosa. Corta los tallos y distribuye las flores cuidadosamente alrededor de May. Luego destapa el cuadro, que hasta ese momento estaba cubierto con una tela en un caballete.

Está casi terminado, y es precioso. La suave textura de los pétalos de las peonías es un reflejo de la piel de May. Z.G. ha empleado una técnica llamada *cabi dancai*, que consiste en aplicar acuarelas sobre una capa de carboncillo, para conseguir un delicado tono sonrosado en las mejillas, los brazos y los muslos. En el cuadro, da la impresión de que mi hermana acabe de salir de un baño caliente. Nuestra nueva dieta, con más arroz y menos carne, y la palidez producida por los sucesos de los últimos días le dan un aire de languidez y lasitud. Z.G. ya ha aplicado esmalte negro en los ojos, que parecen seguir al espectador, invitándolo y seduciéndolo. ¿Qué vende May? ¿Loción Watson para la fiebre miliar, pomada Jazz para el cabello, cigarrillos Two Baby? No lo sé, pero tras mirar primero a mi hermana y luego el cuadro, veo que Z.G. ha conseguido el efecto *hua chin i tsai* —un cuadro terminado con emociones que perduran— que sólo los grandes maestros del pasado alcanzaban con sus obras.

Estoy conmocionada, muy conmocionada. He tenido relaciones esposo-esposa con Sam, pero esto refleja algo mucho más íntimo. Sin embargo, constituye una muestra de lo bajo que hemos caído May y yo. Supongo que esto no es más que una parte inevitable de nuestro viaje. Cuando empezamos a posar para pintores, nos invitaban a cruzar las piernas y sujetar ramos de flores en el regazo. Esa pose era una referencia tácita a las cortesanas de la época feudal, que llevaban ramilletes de flores entre las piernas. Más adelante nos pidieron que entrelazáramos las manos detrás de la cabeza y expusiéramos las axilas, una pose utilizada desde los inicios de la fotografía para representar el encanto y la sensualidad de las Flores Famosas de Shanghai. Un pintor nos plasmó persiguiendo mariposas a la sombra de unos sauces; todo el mundo sabe que las mariposas simbolizan a los amantes, mientras que «la sombra de los sauces» es un eufemismo que designa esa parte vellosa de la anatomía femenina. Pero este nuevo retrato va mucho más allá que cualquiera de aquéllos y, por supuesto, que aquel en que bailábamos un tango y que tanto disgustó a *mama*. Éste es un cuadro hermoso; May debe de haber posado desnuda durante horas ante la mirada de Z.G.

Pero no sólo estoy conmocionada. También estoy decepcionada porque May haya permitido que Z.G. la convenza para dejarse pintar así. Estoy enfadada con él por aprovecharse de la vulnerabilidad de mi hermana, y abatida por ver que May y yo tenemos que aceptarlo. Muchas mujeres empiezan así y acaban en la calle comerciando con su cuerpo. Aunque, por otra parte, así es la vida para las mujeres en general. Experimentas un lapsus de conciencia, olvidas el peligro de degradarte y lo que estás dispuesta a aceptar, y enseguida te hallas en el fondo. Te has convertido en una mujer con tres agujeros, la clase más baja de prostituta, como esas que viven en los burdeles flotantes del canal Soochow, donde ofrecen sus servicios a chinos tan pobres que no les importa contraer alguna enfermedad repugnante a cambio de unas monedas.

Pese a lo descorazonada y asqueada que estoy, al día siguiente vuelvo al apartamento de Z.G., y también en días posteriores. Necesitamos el dinero. Y tardo muy poco en quedarme casi desnuda. Dicen que hay que ser fuerte, inteligente y afortunado para soportar los momentos difíciles, la guerra, las catástrofes naturales o la tortura física. Pero yo opino que el maltrato emocional —la ansiedad, el miedo, la culpabilidad y la degradación— es mucho peor y más difícil de sobrellevar. Es la primera vez que May y yo experimentamos algo así, y eso socava nuestra energía. A mí me resulta casi imposible dormir; May, en cambio, se retira en cuanto puede a las profundidades del sueño. Se queda en la cama hasta mediodía. Duerme la siesta. A veces, hasta se queda dormida mientras Z.G. pinta. Entonces él le deja abandonar la pose para dormitar un rato en el sofá. Mientras Z.G. me pinta a mí, yo miro a May, que descansa con una mano tapándole parcialmente la cara, pensativa incluso dormida.

Somos como dos langostas que van muriendo lentamente en una olla de agua hirviendo. Posamos para Z.G., asistimos a fiestas y bebemos *frappés* de absenta. Vamos a los clubs con Betsy y dejamos que nos paguen las copas. Vamos al cine. Vamos a ver escaparates. No entendemos qué nos está pasando, sencillamente.

Se acerca la fecha en que supuestamente debemos partir a Hong Kong para reunirnos con nuestros maridos, pero no tenemos ninguna intención de subir a ese barco. No podríamos embarcar aunque quisiéramos, porque yo tiré los billetes, pero eso no lo saben nuestros padres. Simulamos hacer las maletas para que ellos no sospechen nada. Escuchamos sus consejos para viajar. La noche anterior a nuestra partida, *baba* y *mama* nos llevan a cenar fuera y nos dicen cuánto nos echarán de menos. May y yo despertamos pronto a la mañana siguiente, nos vestimos y salimos antes de que se levante nadie. Cuando volvemos a casa por la noche —mucho después de que el barco haya zarpado—, *mama* llora de alegría al ver que seguimos aquí, y *baba* nos grita por no haber cumplido con nuestro deber.

—¡No entendéis lo que habéis hecho! —exclama—. Vamos a tener problemas.

—Te preocupas demasiado —replica May con voz dulce—. El venerable Louie y sus hijos se han marchado de Shanghai, y dentro de unos días se marcharán de China para siempre. Ahora ya no pueden hacernos nada.

La ira deforma las facciones de *baba*. Por un instante pienso que va a pegar a May, pero luego aprieta los puños, se dirige al salón y da un portazo. Mi hermana me mira y se encoge de hombros. Entonces nos volvemos hacia *mama*, que nos lleva a la cocina y ordena al cocinero que nos prepare té y nos dé un par de esas deliciosas galletas de mantequilla inglesas que tiene guardadas en una lata.

Once días más tarde, llueve por la mañana y el calor y la humedad son más soportables que de costumbre. Z.G., en un arranque de despilfarro, contrata un taxi y nos lleva a la pagoda Lunghua, en las afueras de la ciudad, para remontar su cometa. No es el sitio más bonito del mundo. Hay una pista de aterrizaje, un campo de ejecución y un campamento de soldados chinos. Caminamos con dificultad hasta que Z.G. encuentra un lugar adecuado. Unos soldados —llevan zapatillas de tenis gastadas y rotas, y uniformes con desgarrones e insignias prendidas con alfileres en los hombros— dejan a un cachorro con el que están jugando y vienen a ayudarnos.

Cada oropéndola está atada mediante un hilo y un gancho al hilo principal. May coge la oropéndola guía y la levanta. Con ayuda de los soldados, yo engancho otra al hilo principal. Las oropéndolas van despegando una a una, hasta que, al poco rato, las doce de la bandada zumban, descienden en picado y revolotean por el aire. Parecen libres allí arriba. La brisa agita el cabello de May, que contempla el cielo haciéndose visera con una mano. La luz reluce en las gafas de Z.G., quien sonríe. Me indica que me acerque y me cede el control de la cometa. Las oropéndolas están hechas de papel y madera de balsa, pero el viento tira con fuerza; Z.G. se coloca detrás de mí y pone sus manos sobre las mías para ayudarme a sujetar el carrete. Sus muslos se pegan a los míos, y mi espalda a su torso. Disfruto con la sensación de estar tan cerca, convencida de que sabe lo que aún siento por él. A pesar de que Z.G. está allí para sujetarme, el tirón de la cometa es tan fuerte que temo salir volando con las oropéndolas más allá de las nubes.

*Mama* solía contarnos un cuento sobre una cigarra posada en la rama de un árbol. La cigarra canta y bebe rocío, sin reparar en la mantis religiosa que tiene detrás. La mantis arquea una pata delantera para golpear a la cigarra, pero no ve que detrás tiene a una oropéndola. El pájaro estira el cuello para atrapar a la mantis, a la que pretende zamparse, pero no sabe que un niño ha salido al jardín con una red. Tres animales —la cigarra, la mantis y la oropéndola— codician una presa sin saber que los amenaza otro peligro, mayor e ineludible.

Esa misma tarde, los soldados chinos y japoneses intercambian los primeros disparos.

# Flores blancas de ciruelo

Al día siguiente, 14 de agosto, nos despierta un ruido inusual en la calle. Retiramos la cortina y vemos pasar una riada de gente por delante de casa. ¿Sentimos curiosidad? En absoluto, porque nuestro pensamiento está ocupado en cómo sacarle el máximo partido al dólar que tenemos para ir de compras. No es ninguna frivolidad. Como chicas bonitas, necesitamos conjuntos a la moda. Hemos hecho todo lo posible para mezclar y combinar las prendas occidentales que no se llevó el venerable Louie, pero necesitamos ponernos al día. No pensamos en la moda del otoño venidero, porque los pintores para los que trabajamos ya están pintando calendarios y anuncios para la próxima primavera. ¿Qué cambios introducirán los diseñadores occidentales en la ropa del año que viene? ¿Añadirán un botón a los puños, acortarán las faldas, bajarán el escote, estrecharán la cintura? Decidimos ir a la calle Nanjing a mirar los escaparates para adivinar las nuevas tendencias. Luego pasaremos por el departamento de mercería de los altísimos almacenes Wing On y compraremos cintas, encaje y otros adornos para arreglar nuestros trajes.

May se pone un vestido con estampado de flores blancas de ciruelo sobre un fondo azul verdoso. Yo escojo unos holgados pantalones blancos de lino, y una camiseta azul marino de manga corta. Pasamos el resto de la mañana revisando lo que queda en nuestro armario. A May le encanta arreglarse; tarda horas en elegir el pañuelo más adecuado para el cuello o el bolso que mejor combina con sus zapatos, así que va diciéndome qué necesitamos y yo lo anoto.

Por la tarde, nos ponemos sombrero y cogemos sombrillas para protegernos del sol de agosto. Como ya he dicho, el mes de agosto es terriblemente cálido y húmedo en Shanghai; el cielo suele estar blanco y la atmósfera es asfixiante. Hoy hace calor, pero el cielo está despejado. De no ser por la cantidad de gente que hay en las calles, incluso diría que hace un día agradable. La gente lleva cestos, gallinas, ropa, comida y tablillas funerarias. A las abuelas y madres con pies de loto las ayudan a caminar sus hijos o esposos. Los jóvenes llevan pértigas sobre los hombros, al estilo culi; en las banastas que cuelgan de ambos extremos van sus hermanos pequeños. Los ancianos, los enfermos y los lisiados van en carros y carretillas. Los que pueden permitírselo han pagado a culis para que carguen con sus maletas, baúles y cajas; pero la mayoría es gente pobre, campesinos. May y yo montamos en un *rickshaw* para no mezclarnos con ellos.

—¿Quién es toda esta gente? —pregunta mi hermana.

Tengo que pensarlo. Estoy muy desconectada de lo que sucede a mi alrededor.

—Son refugiados —contesto, y reflexiono sobre esa palabra, que jamás había pronunciado en voz alta.

May arruga la frente.

Si da la impresión de que esta turbulencia ha aparecido de la noche a la mañana, es porque a nosotras nos lo parece. May no presta mucha atención a lo que pasa en el mundo, pero yo estoy más al día que ella. En 1931, cuando yo tenía quince años, los bandidos enanos invadieron Manchuria, en el norte, e instauraron un gobierno títere. Cuatro meses más tarde, a principios del nuevo año, entraron en el distrito de Chapei cruzando el canal Soochow, justo al lado de Hongkew, donde vivimos nosotras. Al principio creímos que eran fuegos artificiales. *Baba* me llevó al final de la calle Norte de Sichuan, y desde allí vimos de qué se trataba. Fue espantoso ver cómo explotaban las bombas, y peor aún ver a los habitantes de Shanghai con traje de noche, bebiendo licor de petacas, comiendo sándwiches, fumando cigarrillos y riendo ante aquel espectáculo. Sin la ayuda de los extranjeros, que se habían enriquecido a costa de nuestra ciudad, el ejército chino repelió el ataque. Japón rechazó el alto el fuego durante once semanas. Después se reconstruyó Chapei y nos olvidamos del incidente.

El mes pasado dispararon contra el puente de Marco Polo, en la capital. Ése fue el inicio oficial de la guerra, pero nadie pensó que los bandidos enanos pudieran llegar tan al sur en tan poco tiempo. «Que tomen Hopei, Shantung, Shansi y un poco de Honan», pensábamos. Los micos necesitarían tiempo para digerir todo ese territorio. No se plantearían avanzar hacia el sur, hasta el delta del Yangtsé, hasta haber tomado el control y sofocado los levantamientos. Los desgraciados que vivieran bajo el dominio extranjero se convertirían en *wang k'uo nu*, esclavos de la tierra perdida. May y yo no sospechamos que el caudal de refugiados que está cruzando el puente del Jardín con nosotras tiene más de quince kilómetros de largo. Hay muchas cosas que no sabemos.

En gran medida, vemos el mundo como llevan los campesinos viéndolo miles de años. Ellos siempre han dicho que las montañas son altas y que el emperador está lejos, lo cual significa que las intrigas de palacio y las amenazas imperiales no tienen ningún impacto en sus vidas. Siempre se han comportado como si pudieran hacer lo que quisieran sin temor a las represalias ni las consecuencias. En Shanghai también damos por hecho que lo que pasa en otras partes de China nunca nos afectará. Al fin y al cabo, el resto del país es grande y atrasado, y nosotros vivimos en un puerto franco gobernado por extranjeros, de modo que técnicamente ni siquiera formamos parte de China. Además, estamos convencidos de que, aunque los japoneses lleguen a Shanghai, nuestro ejército los rechazará como ocurrió hace cinco años. Pero el generalísimo Chiang Kai-shek tiene otras ideas. Él quiere que los enfrentamientos con los japoneses lleguen hasta el delta, donde podrá suscitar el orgullo nacional y la resistencia, y al mismo tiempo consolidar los sentimientos contra los comunistas, que llevan tiempo hablando de guerra civil.

Como es lógico, no nos imaginamos nada de eso mientras cruzamos el puente del Jardín y entramos en la Colonia Internacional. Los refugiados sueltan sus fardos, se tumban en las aceras, se sientan en los escalones de los grandes bancos e invaden los muelles. Los visitantes forman grupos y contemplan cómo nuestros aviones intentan lanzar bombas al buque insignia japonés, el *Idzumo*, y a los destructores, dragaminas y lanchas que lo rodean. Los empresarios y comerciantes extranjeros que van por la calle esquivan los obstáculos que encuentran en su camino y no prestan atención a lo que está ocurriendo en el aire, como si estas cosas pasaran todos los días. El ambiente es a la vez desesperado, festivo e indiferente. Ante todo, los bombardeos son un entretenimiento, porque la Colonia Internacional, al ser un puerto británico, no está amenazada por los japoneses.

El conductor de nuestra carretilla se detiene en la esquina de la calle Nanjing. Pagamos el precio previamente acordado y nos unimos a la multitud. Cada avión que pasa por encima de nuestras cabezas levanta gritos de ánimo y aplausos, pero como ninguna bomba acierta en el blanco y todas caen, inofensivamente, en el río Whang-poo, los vítores se convierten en abucheos. En realidad todo parece un juego divertido que, al final, se vuelve aburrido.

May y yo echamos a andar por la calle Nanjing, esquivando a los refugiados, mientras observamos a los shanghaianos y los extranjeros afincados aquí para ver qué ropa llevan. Delante del hotel Cathay nos encontramos con Tommy Hu. Lleva un traje de dril blanco y va tocado con un sombrero de paja. Tommy parece alegrarse mucho de ver a May, y ella enseguida se pone a coquetear. No puedo sino preguntarme si habrán preparado este encuentro.

Cruzo la calle y dejo a May y Tommy con las cabezas juntas y las manos rozándose suavemente. Estoy justo frente al hotel Palace cuando oigo un fuerte *ra-ta-ta-ta* detrás de mí. No sé qué es, pero me agacho instintivamente. Alrededor, algunas personas se echan al suelo o corren hacia los portales. Miro atrás, hacia el Bund, y veo un avión plateado que vuela bajo. Es de los nuestros. Los barcos japoneses disparan fuego antiaéreo. Al principio parece que los bandidos enanos han errado el tiro, y unas cuantas personas lanzan vítores. Luego vemos que el avión despide una espiral de humo.

Tocado por el fuego enemigo, vira hacia la calle Nanjing. El piloto debe de saber que va a estrellarse, porque de pronto suelta las dos bombas que lleva bajo las alas. Parece que tarden mucho en caer. Oigo un silbido, y luego noto una fuerte sacudida, acompañada por una explosión tremenda, cuando la primera bomba impacta delante del hotel Cathay. Se me ponen los ojos en blanco, me quedo sorda y mis pulmones dejan de funcionar, como si la explosión hubiera desarbolado mi cuerpo. Un segundo más tarde, otra bomba atraviesa el tejado del hotel Palace y explota. Los escombros —cristal, papel, trozos de carne y miembros humanos— se precipitan sobre mí.

Dicen que lo peor de una bomba son los segundos de parálisis y silencio posteriores a la sacudida inicial. Es como si el tiempo se detuviera; creo que ésa es una expresión que se utiliza en todas las culturas. Así es como yo lo experimento: me quedo paralizada. Se forma una nube de humo y polvo. Oigo el tintineo del cristal que cae desde las ventanas del hotel. Alguien gime. Alguien grita. Y luego el pánico se apodera de la calle, pues otra bomba desciende sobre nosotros. Un par de minutos más tarde, oímos y sentimos el impacto de dos bombas más. Después me entero de que han caído en el cruce de la avenida Edouard VII y la calle Tibet, cerca del hipódromo, donde se han congregado muchos refugiados para recibir arroz y té gratis. En total, las cuatro bombas hieren, mutilan o matan a miles de personas.

Antes que nada pienso en May. Tengo que encontrarla. Paso por encima de un par de cadáveres destrozados, la ropa hecha jirones y ensangrentada. No sé si son refugiados, shanghaianos o forasteros. Veo brazos y piernas esparcidos por la calle. Una estampida de clientes y personal del hotel sale a empujones por las puertas del Palace y llega a la calle. La mayoría gritan, muchos sangran. La gente pisotea a los heridos y los muertos. Me mezclo con la atolondrada multitud; necesito llegar al sitio donde he dejado a May y Tommy. No veo nada. Me froto los ojos, tratando en vano de librarlos del polvo y el terror. Encuentro lo que queda de Tommy. Su sombrero ha desaparecido, así como su cabeza, pero todavía reconozco su traje. May no está con él, afortunadamente, pero ¿dónde está?

Vuelvo hacia el Palace, creyendo que, con las prisas, no la he visto. La calle Nanjing está sembrada de muertos y moribundos. Unos hombres gravemente heridos caminan dando tumbos, como borrachos, por el centro de la calle. Veo varios coches en llamas, y otros con las ventanillas rotas. Dentro de los coches hay más cadáveres y heridos. La metralla ha agujereado automóviles, *rickshaws*, tranvías, carretillas y a sus ocupantes. Los edificios, las vallas publicitarias y las cercas están salpicados de carne humana. La acera está resbaladiza, cubierta de sangre y vísceras. Los trozos de cristal brillan como diamantes. El hedor hace que me escuezan los ojos y me provoca arcadas.

—¡May! —llamo, y doy unos pasos.

Sigo gritando su nombre, tratando de oír su respuesta entre el pánico que se arremolina alrededor. Me paro a examinar a todos los heridos y cadáveres que encuentro. Con tantos muertos, ¿cómo habrá podido sobrevivir mi hermana, tan delicada y vulnerable?

Y entonces, en medio de esa carnicería, veo un trozo de azul verdoso con estampado de flores de ciruelo. Corro hacia allí y encuentro a May, medio enterrada bajo trozos de yeso y otros escombros. Está inconsciente, o muerta.

—¡May! ¡May!

No se mueve. Me atenaza el miedo. Me arrodillo junto a ella. No veo ninguna herida, pero tiene el vestido manchado con la sangre de una mujer malherida que yace a su lado. Sacudo el yeso del vestido de May y me inclino sobre su cara, pálida como la cera.

—May —susurro—. Despierta. Vamos, May, despierta.

Mi hermana se estremece. Sigo insistiendo. Ella parpadea y abre los ojos; gime y vuelve a cerrarlos.

La acribillo a preguntas:

—¿Estás herida? ¿Te duele algo? ¿Puedes moverte?

Cuando por fin me contesta con otra pregunta, todo mi cuerpo se relaja.

—¿Qué ha pasado?

—Ha explotado una bomba. No te encontraba. ¿Estás bien?

May mueve un hombro y luego el otro. Hace una mueca, pero no parece muy dolorida.

—Ayúdame a levantarme.

Le pongo una mano en la nuca y la ayudo a sentarse. Cuando la suelto, veo que tengo la mano manchada de sangre.

Alrededor gimen los heridos. Algunos gritan pidiendo ayuda. Algunos dan sus últimas boqueadas. Otros aúllan, horrorizados, al ver despedazados a sus seres queridos. Pero yo he paseado muchas veces por esta calle, y detecto un silencio subyacente que te hiela la sangre, como si los muertos absorbieran el sonido hacia su oscuro vacío.

Abrazo a May y la pongo en pie. Ella se tambalea, y temo que vuelva a perder el conocimiento. La sujeto por la cintura y damos unos pasos. Pero ¿adónde vamos? Todavía no han llegado las ambulancias. Ni siquiera las oímos a lo lejos, pero de las calles vecinas empieza a llegar gente ilesa y con la ropa asombrosamente limpia. Corren de un cadáver a otro, de un herido a otro.

—¿Y Tommy? —pregunta May. Yo niego con la cabeza y ella dice—: Llévame con él.

No me parece buena idea, pero May insiste. Cuando llegamos junto al cadáver de Tommy, a mi hermana se le doblan las rodillas. Nos sentamos en el bordillo. May tiene el pelo blanco, cubierto de polvo de yeso. Parece un fantasma. Seguramente yo tengo el mismo aspecto.

—Necesito asegurarme de que no estás herida —le digo, en parte para distraer su atención del cadáver—. Déjame ver.

Se da la vuelta. Tiene el cabello enmarañado y apelmazado, con sangre seca, lo cual interpreto como una buena señal. Le separo los rizos con cuidado hasta que encuentro un corte en la parte posterior de la cabeza. No soy médico, pero no parece que necesite puntos. Sin embargo, May ha perdido el conocimiento, y quiero que alguien me diga si puedo llevármela a casa. Esperamos y esperamos, pero cuando llegan las ambulancias, nadie nos ayuda. Hay demasiados heridos que requieren atención inmediata. Cuando empieza a anochecer, decido que es mejor irnos a casa, pero May no quiere abandonar a Tommy.

—Lo conocemos de toda la vida. ¿Qué dirá *mama* si lo dejamos aquí? Y su madre... —Tiembla pero no llora. Está demasiado conmocionada para llorar.

Llegan unos camiones de mudanzas para llevarse los cadáveres; entonces notamos la sacudida de otras bombas y oímos el tableteo de ametralladoras a lo lejos. Nadie se hace ilusiones sobre lo que eso significa. Nos están atacando los bandidos enanos. No van a bombardear la Colonia Internacional ni ninguna de las concesiones extranjeras, pero estarán disparando sobre Chapei, Hongkew, la ciudad vieja y los barrios chinos de la periferia. La gente grita y llora, pero May y yo dominamos el miedo y nos quedamos junto al cadáver de Tommy hasta que lo ponen en una camilla y lo suben a un camión.

—Quiero irme a casa —dice May cuando el camión se aleja—. *Mama* y *baba* estarán preocupados. Y no quiero seguir en la calle cuando el generalísimo ordene salir al resto de nuestros aviones.

May tiene razón. Nuestras fuerzas aéreas ya han demostrado su ineptitud, y si los aviones vuelven a despegar, esta noche no estaremos seguros en la calle. Así que nos vamos andando a casa. Ambas estamos manchadas de sangre y cubiertas de polvo blanco. Al vernos, los transeúntes se apartan como si arrastráramos la muerte. *Mama* se impresionará mucho cuando nos vea, pero anhelo su preocupación y sus lágrimas, seguidas del inevitable enfado por habernos expuesto a semejante peligro.

Entramos en casa y nos dirigimos al salón. Las cortinas verde oscuro, de estilo occidental y ribeteadas con pequeñas borlas de terciopelo, están echadas. El bombardeo ha cortado el suministro eléctrico, y la habitación está bañada por la suave, cálida y reconfortante luz de las velas. Con el caos de hoy, me he olvidado de nuestros huéspedes; pero ellos no se han olvidado de nosotras. El zapatero remendón está sentado en cuclillas junto a mi padre. El estudiante está plantado junto a la butaca de *mama*, procurando mantener una expresión tranquilizadora. Las dos bailarinas están con la espalda pegada a la pared, y se retuercen los dedos, nerviosas. La mujer y las dos hijas del policía están sentadas en la escalera.

Al vernos, *mama* se tapa la cara y rompe a llorar. *Baba* cruza la habitación, abraza a May y la lleva a su butaca. Los demás se apiñan alrededor de mi hermana y la tocan —la cara, los muslos, los brazos— para ver si está herida. Todos hablan a la vez.

—¿Estás herida?

—¿Qué ha pasado?

—Dicen que ha sido un avión enemigo. ¡Esos micos son peores que abortos de tortuga!

Mientras toda la atención se centra en May, la esposa y las hijas del policía vienen hacia mí. Veo el horror reflejado en los ojos de la mujer. La hermana mayor tira de la manga de mi blusa.

—Nuestro *baba* todavía no ha vuelto a casa. —Su voz denota esperanza y coraje—. Dinos que lo has visto.

Niego con la cabeza. La niña le da la mano a su hermana y, cabizbaja, vuelve a la escalera. La madre cierra los ojos, asustada y preocupada.

Ahora que May y yo nos hallamos a salvo, asimilo por fin lo que ha pasado. Mi hermana está bien y hemos conseguido llegar a casa. Desaparecen el miedo y el nerviosismo que me sostenían. Me siento vacía, débil y mareada. Los demás deben de haberlo notado, porque de pronto unas manos me guían hacia una butaca. Me dejo caer en los cojines. Alguien me acerca una taza a los labios y bebo un poco de té tibio.

May se levanta y enumera con orgullo lo que ella considera mis logros:

—Pearl no ha llorado. No se ha rendido. Me ha buscado hasta encontrarme. Se ha ocupado de mí. Me ha traído a casa. Ha...

Algo o alguien golpea la puerta principal. *Baba* aprieta los puños, como si supiera lo que se avecina. Ya no tenemos lacayo que abra la puerta, pero nadie se mueve. Estamos asustados. ¿Serán refugiados suplicando ayuda? ¿Habrán entrado ya los bandidos enanos en la ciudad? ¿Habrán empezado los saqueos? ¿O será que algunos listos han pensado que pueden enriquecerse mientras dure la guerra pidiendo dinero a cambio de protección? May va hacia la puerta meneando ligeramente las caderas, abre y, despacio, da unos pasos atrás, con las manos delante del cuerpo, como en gesto de rendición.

Los tres individuos que entran no llevan uniforme militar, y sin embargo es fácil reconocer que son peligrosos. Llevan zapatos de piel puntiagudos, para hacer más daño cuando dan patadas. Sus camisas son de algodón negro, para disimular mejor las manchas de sangre. Llevan sombreros de fieltro muy calados para ensombrecer sus facciones. Uno empuña una pistola; otro blande una especie de garrote. El tercero lleva la amenaza en su propio cuerpo, de poca estatura pero fornido. He vivido casi siempre en Shanghai y sé identificar —y esquivar— a un miembro del Clan Verde en la calle o en un club, pero jamás imaginé que vería a uno —y menos a tres— en nuestra casa. Nunca había visto que una habitación se vaciara tan deprisa. Nuestros huéspedes —desde las hijas del policía hasta el estudiante y las bailarinas— se dispersan como hojas secas.

Los tres matones pasan ante May sin prestarle atención y entran con toda tranquilidad en el salón. Pese al calor que hace, me estremezco.

—¿El señor Chin? —pregunta el hombre bajo y fornido, plantándose delante de mi padre.

*Baba* —jamás lo olvidaré— traga saliva varias veces, como un pez que boquea sobre un adoquín caliente.

—¿Tiene la garganta obstruida o qué?

El tono burlón del intruso me obliga a desviar la mirada de la cara de mi padre, pero lo que veo es aún peor: sus pantalones se oscurecen; se ha orinado encima. El hombre bajo y fornido, que al parecer es el cabecilla, escupe en el suelo, asqueado.

—No ha saldado su deuda con Carapicada Huang. No puede pedirle dinero prestado durante años para que su familia lleve una vida de lujo y luego no devolvérselo. No puede jugar en sus establecimientos y no pagar cuando pierde.

La noticia no podría ser peor. Carapicada Huang controla la ciudad hasta tal punto que dicen que si a alguien le roban un reloj, sus esbirros se encargarán de que le sea devuelto a su propietario en menos de veinticuatro horas. A cambio de un pago, por supuesto. Suele matar a quienes lo engañan. Tenemos suerte de haber recibido esta visita.

—Carapicada Huang le ofreció un buen trato para que saldara su deuda con él —continúa el matón—. Era complicado, pero se mostró generoso. Usted tenía una deuda y él debía decidir qué hacer. —Hace una pausa y mira fijamente a mi padre. Luego nos señala con indiferencia, y aun así resulta amenazador—: ¿Piensa explicárselo usted o prefiere que lo explique yo?

Esperamos a que *baba* hable. Como no abre la boca, el matón nos mira y dice:

—Había una deuda pendiente. Por otra parte, un comerciante de América acudió a nosotros para comprar *rickshaws* para su negocio y esposas para sus hijos. Y Carapicada Huang organizó un trato a tres bandas que beneficiaba a todos.

No sé qué estarán pensando *mama* y May, pero yo todavía confío en que *baba* diga o haga algo para que este espantoso hombre y sus compinches se marchen. ¿Acaso no es ésa su obligación como hombre, como padre y como marido?

El gánster se inclina sobre *baba* con aire amenazador.

—Nuestro jefe le ordenó que satisficiera las necesidades del señor Louie entregándole sus *rickshaws* y sus hijas. Usted no tendría que pagar ningún dinero y podría seguir viviendo con su esposa en esta casa. El señor Louie saldaría su deuda con nosotros en dólares americanos. Así, cada uno lograba lo que quería, y todos seguían con vida.

Estoy furiosa con mi padre por no habernos contado la verdad, pero eso es insignificante comparado con el terror que siento, porque ahora no es sólo *baba* quien no ha hecho lo que debía. May y yo formábamos parte del trato. Nosotras también hemos contrariado a Carapicada Huang. Y el matón no tarda en abordar ese detalle.

—No cabe duda de que nuestro jefe ha sacado un buen provecho, pero todavía hay un problema, señor Chin. Sus hijas no subieron al barco. ¿Qué clase de mensaje recibirán otros deudores de Carapicada Huang si él le permite salirse con la suya? —Pasea la mirada por la habitación. Nos señala a mí y a May—. Éstas son sus hijas, ¿verdad? —No espera a que *baba* conteste—. Tenían que encontrarse con sus maridos en Hong Kong. ¿Por qué no se reunieron con ellos, señor Chin?

—Yo...

Ya es triste saber que tu padre es un hombre débil, pero descubrir que es patético resulta terrible.

Sin pensarlo, salto:

—Él no tiene la culpa.

El matón me dirige su cruel mirada. Se acerca a mi butaca, se sienta en cuclillas delante de mí, me pone las manos en las rodillas y aprieta con fuerza.

—¿Qué quieres decir con eso, pequeña?

Contengo la respiración, petrificada.

May cruza la habitación y se pone a mi lado. Empieza a hablar, dando a sus frases una entonación interrogativa:

—Nosotras no sabíamos que nuestro padre le debía dinero al Clan Verde. Creíamos que sólo tenía deudas con un chino extranjero. Creíamos que el venerable Louie no era una persona importante, sino sólo un visitante.

—Que un hombre despreciable tenga unas hijas buenas es un desperdicio —declara el gánster. Se levanta y se sitúa en medio de la habitación. Sus secuaces lo flanquean. Se dirige de nuevo a *baba*—: Le permitieron quedarse en esta casa con la condición de que enviara a sus hijas a su nuevo hogar. Como no ha cumplido su parte del trato, ésta ya no es su casa. Debe marcharse de aquí. Y debe saldar su deuda. ¿Quiere que me lleve a sus hijas ahora? Les encontraremos alguna buena utilidad.

Temiendo lo que pueda decir *baba*, salto:

—No es demasiado tarde para que nos marchemos a América. Hay otros barcos.

—A Carapicada Huang no le gustan los mentirosos. Ya habéis sido falsos, y seguramente ahora también estáis mintiendo.

—Prometemos que haremos lo que nos ordene —murmura May.

Como una cobra, el gánster estira los brazos, la agarra por el pelo y tira de ella. Acerca la cara de mi hermana a la suya. Sonríe y dice:

—Tu familia está arruinada. Deberíais estar viviendo en la calle. Por favor, te lo preguntaré otra vez: ¿no preferís venir con nosotros ahora? Nos gustan las chicas bonitas.

—Tengo sus billetes —dice una débil voz—. Me encargaré de que embarquen y cumplan el trato que ustedes organizaron para que mi esposo saldara sus deudas.

Al principio nadie sabe quién habla. Todos miramos alrededor, y me fijo en mi madre, que no ha dicho ni una sola palabra desde que estos hombres entraran en casa. Veo en ella una dureza que no le conocía. Quizá a todos nos pase lo mismo con nuestras madres. Parecen personas normales y corrientes, hasta que un día se convierten en personas extraordinarias.

—Tengo los billetes —repite.

Estoy segura de que miente. Yo misma los tiré, junto con los documentos de inmigración y el manual que me dio Sam.

—¿De qué sirven esos billetes ahora? Sus hijas perdieron el barco.

—Los cambiaremos, y las niñas se irán con sus esposos. —*Mama* retuerce un pañuelo entre las manos—. Yo me encargaré de todo. Y luego mi marido y yo nos marcharemos de esta casa. Dígaselo a Carapicada Huang. Si no le gusta la idea, que venga aquí y lo discuta conmigo. Una mujer...

Alguien amartilla una pistola; ese espeluznante sonido hace que mi madre enmudezca. El cabecilla levanta una mano para advertir a sus hombres que se preparen. El silencio pende sobre la habitación como una mortaja. Fuera suenan sirenas de ambulancia y disparos de metralleta.

Entonces el matón suelta una risita.

—Señora Chin, ya sabe qué pasará si descubrimos que nos ha mentido.

Como mis padres no responden, May encuentra el valor para preguntar:

—¿Cuánto tiempo tenemos?

—Hasta mañana —contesta el matón. Y suelta una carcajada, pues se da cuenta de que es casi imposible que cumplamos sus exigencias—. Pero no va a ser fácil salir de la ciudad. Si el desastre de hoy tiene alguna consecuencia positiva es que se marcharán muchos demonios extranjeros. Ellos tendrán prioridad para embarcarse.

Sus hombres empiezan a avanzar hacia nosotras. Ya está. Vamos a convertirnos en propiedad del Clan Verde. May me da la mano. Y entonces se produce el milagro: el gánster nos plantea una nueva oferta.

—Os doy tres días. Para entonces debéis estar camino de América, aunque sea nadando. Volveremos mañana, y todos los días, para asegurarnos de que cumplís vuestra promesa.

Tras proferir su amenaza y marcar un plazo, los tres hombres se marchan, no sin antes tirar al suelo un par de lámparas y destrozar con el garrote los pocos jarrones y adornos que todavía no hemos llevado a la casa de empeños.

En cuanto se van, May se deja caer al suelo. Nadie hace ademán de ayudarla.

—Nos has mentido —le digo a *baba*—. Nos has mentido sobre el venerable Louie y sobre el motivo de nuestras bodas.

—No quería que os preocuparais por el Clan Verde —replica él con voz débil.

Su respuesta me enfurece y me exaspera.

—¿Que no querías que nos preocupáramos?

Él se estremece, pero luego intenta desviar mi ira con otra pregunta:

—¿Qué más da eso ahora?

Se produce un largo silencio mientras todos lo pensamos. No sé qué piensan *mama* y May, pero a mí no se me ocurren muchas cosas que pudiéramos haber hecho de haber sabido la verdad. Sigo creyendo que May y yo no habríamos subido a aquel barco, pero algo habríamos hecho: huir, escondernos en la misión, suplicar ayuda a Z.G...

—Llevo demasiado tiempo soportando esta carga. —*Baba* mira a mi madre y, lastimoso, le pregunta—: ¿Qué vamos a hacer?

Ella lo mira con profundo desprecio.

—Vamos a hacer todo lo posible para salvar la vida —responde, y enrolla el pañuelo en su brazalete de jade.

—¿Vas a enviarnos a Los Ángeles? —pregunta May con voz temblorosa.

—No puede —intervengo—. Yo tiré los billetes.

—Y yo los rescaté de la basura —anuncia *mama*.

Me siento en el suelo, al lado de May. No puedo creer que *mama* esté dispuesta a mandarnos a América para solucionar los problemas de mi padre, que también son los suyos. Pero ¿acaso no son ésas las cosas que los padres chinos llevan miles de años haciendo con sus hijas, esos seres inútiles? Abandonarlas, venderlas, utilizarlas.

Al ver la traición y el temor reflejados en nuestra cara, *mama* se apresura a añadir:

—Venderemos vuestros pasajes a América y compraremos pasajes a Hong Kong para los cuatro. Tenemos tres días para encontrar un barco. Hong Kong es una colonia inglesa, así que no hay peligro de que los japoneses la ataquen. Si decidimos que es seguro volver a la China continental, iremos a Cantón en ferry o en tren. Luego iremos a Yin Bo, el pueblo natal de vuestro padre. —Su brazalete de jade golpea la mesita produciendo un fuerte *clonc*—. Allí estaremos a salvo del Clan Verde.

# Las hermanas de la luna

A la mañana siguiente, May y yo nos dirigimos a las oficinas de la naviera Dollar Steamship Line, con la esperanza de cambiar nuestros pasajes —de Shanghai a Hong Kong, de Hong Kong a San Francisco y de San Francisco a Los Ángeles— por cuatro pasajes a Hong Kong. La calle Nanjing y las aledañas al hipódromo siguen cerradas para permitir que los trabajadores retiren los cadáveres destrozados y los miembros mutilados, pero ésa no es la mayor preocupación de la ciudad. Siguen llegando miles y miles de refugiados que huyen del avance de los japoneses. Muchos padres desesperados han dejado morir a sus hijos pequeños en las calles, y la Asociación de Beneficencia ha creado una patrulla especial para cargar en camiones los cadáveres abandonados y llevarlos al campo para que los incineren. Pero pese a toda la gente que quiere entrar en la ciudad, hay miles que intentan salir. Muchos de mis compatriotas vuelven en tren a sus pueblos natales del interior. Los amigos que hemos hecho en los cafés —escritores, pintores e intelectuales— toman decisiones que determinarán su futuro: ir a Chungking, donde Chiang Kai-shek ha establecido su capital de guerra, o a Yunnan, para unirse a los comunistas. Las familias más adineradas —tanto chinas como extranjeras— se marchan en vapores de bandera internacional que pasan, desafiantes, ante los buques de guerra japoneses anclados frente al Bund.

Esperamos horas en una larga cola. A las cinco de la tarde sólo hemos avanzado unos tres metros. Volvemos a casa sin haber resuelto nada. Estoy agotada; May parece angustiada y sin fuerzas. *Baba* ha pasado todo el día visitando a sus amigos, con la esperanza de que le presten dinero para nuestra huida; pero, en estos tiempos de repentina incertidumbre, ¿quién puede permitirse el lujo de ser generoso con un infortunado? Al trío de matones no le sorprende que hayamos avanzado tan poco, pero no se alegran de nuestro fracaso. Hasta ellos parecen turbados por el caos que nos rodea.

Esa noche, la casa tiembla con las explosiones de Chapei y Hongkew. Las nubes de ceniza que salen de esos barrios se mezclan con el humo de las hogueras donde queman a los críos abandonados y con el de las enormes piras donde los japoneses incineran a sus propios muertos.


Por la mañana, me levanto con sigilo para no despertar a mi hermana. Ayer, May me acompañó sin quejarse. Pero varias veces, cuando ella creía que no la miraba, la vi frotándose las sienes. Anoche se tomó una aspirina y la vomitó enseguida. Debe de tener conmoción cerebral. Espero que sea leve, pero ¿cómo estar segura? Como mínimo, después de todo lo que ha pasado estos dos últimos días, May necesita dormir, porque hoy será otro día duro. El funeral de Tommy Hu es a las diez.

Bajo y encuentro a *mama* en el salón. Me indica que me acerque.

—Toma un poco de dinero. —Una extraña frialdad tiñe su voz—. Ve a comprar unos pastelillos de sésamo y unos palitos de masa —me encarga. No hemos comido tanto para desayunar desde la mañana que cambió nuestra vida—. Tenemos que alimentarnos. El funeral...

Cojo el dinero y salgo a la calle. Oigo el estruendo de los cañones navales que bombardean nuestras posiciones costeras, los incesantes disparos de ametralladora y fusilería, las bombas que caen sobre Chapei y las encarnizadas batallas que se libran en los barrios de la periferia. Las acres cenizas de las piras funerarias de anoche cubren la ciudad, y hay que volver a lavar la ropa colgada en los tendederos, barrer la entrada de las casas y lavar los coches. El olor me produce arcadas. Hay mucha gente en la calle; quizá estemos en guerra, pero todos tenemos cosas que hacer. Camino hasta la esquina, pero en lugar de comprar los encargos de mama, me subo a una carretilla para que me lleve al apartamento de Z.G. Ya sé que me comporté como una cría aquel día, pero eso fue sólo un momento contra años de amistad. Estoy convencida de que él nos tiene cierto cariño. Seguro que nos ayudará a encontrar la manera de recomponer nuestras vidas.

Llamo a su puerta. Como no contesta nadie, bajo y busco a la casera en el patio central.

—Se ha marchado —me dice la mujer—. Pero ¿qué más te da? Las chicas bonitas estáis perdidas. ¿Crees que podremos repeler a los micos eternamente? Cuando ellos hayan tomado el país, nadie necesitará ni querrá vuestros lindos calendarios. —Su rencor va en aumento—. Pero quizá esos micos os quieran para otras cosas. ¿Es eso lo que deseas para tu hermana y para ti?

—Sólo dígame dónde está —pido, cansada.

—Se ha marchado para unirse a los comunistas —me espeta, y cada sílaba es como una bala.

—No puedo creer que se haya ido sin despedirse —replico sin convicción.

La mujer ríe a carcajadas.

—¡Qué estúpida eres! Se ha marchado sin pagar el alquiler. Ha dejado aquí sus pinturas y pinceles. Se ha marchado sin llevarse nada.

Me muerdo el labio inferior para no llorar. Ahora tengo que concentrarme en mi propia supervivencia.

Como no quiero gastarme el dinero que tengo, vuelvo a casa en otra carretilla, apretujada con otros tres pasajeros. Mientras avanzamos dando tumbos, pienso en quién podría ayudarnos. ¿Los hombres con quienes vamos a bailar? ¿Betsy? ¿Alguno de los otros pintores para los que posamos? Pero todo el mundo tiene sus propios problemas.

Cuando llego, encuentro la casa vacía. He pasado tanto tiempo fuera que me he perdido el funeral de Tommy.

May y *mama* regresan un par de horas más tarde. Ambas van vestidas de blanco, el color del luto. May tiene los ojos hinchados como melocotones pasados de tanto llorar, y *mama* parece vieja y cansada, pero no me preguntan dónde he estado ni por qué no he ido al funeral. *Baba* no está con ellas. Se habrá quedado con los otros padres en el banquete ceremonial.

—¿Cómo ha ido? —les pregunto.

May se encoge de hombros, así que no insisto. Se apoya en la jamba de la puerta, se cruza de brazos y se queda mirándose los pies.

—Tenemos que volver a la naviera —dice.

No quiero salir otra vez. Estoy muy afectada por lo de Z.G. Me gustaría contarle que nuestro amigo se ha marchado, pero ¿de qué serviría? Esta situación me desespera. Quiero que alguien me rescate. Y si no puede ser, quiero meterme en la cama, esconderme bajo las sábanas y llorar hasta que no me queden lágrimas. Pero soy la hermana mayor de May. Debo ser valiente y dominar mis emociones. Debo ayudar a combatir nuestra desgracia. Respiro hondo y me levanto.

—Vamos. Estoy lista.

Volvemos a las oficinas de la Dollar Steamship Line. Hoy la cola avanza más deprisa, y cuando llegamos al mostrador entendemos por qué: el empleado ya no soluciona nada. Le enseñamos nuestros billetes, pero el agotamiento le ha robado la capacidad para expresarse y la paciencia.

—¿Qué esperáis que haga con esto? —nos espeta casi gritando.

—¿Podemos cambiar estos billetes por cuatro a Hong Kong? —pregunto, convencida de que lo considerará un acuerdo ventajoso para la empresa.

En lugar de contestarme, hace señas a las personas que tenemos detrás:

—¡El siguiente!

No me muevo.

—¿Podemos tomar otro barco? —insisto.

El empleado golpea la reja que nos separa.

—¡Estúpida! —Por lo visto, hoy todo el mundo piensa lo mismo de mí. Entonces agarra la reja y la sacude—. ¡No quedan billetes! ¡Se han acabado! ¡El siguiente! ¡El siguiente!

Su frustración y su histerismo me recuerdan a los de la casera de Z.G. May estira un brazo para tocar los dedos del empleado. En Shanghai está muy mal visto que dos personas de sexo opuesto se toquen, y más si no se conocen. Su gesto deja perplejo al hombre, que enmudece. O quizá de pronto lo tranquiliza que una chica bonita le hable con voz melosa.

—Sé que puede ayudarnos. —May ladea la cabeza y deja que una leve sonrisa transforme su expresión, que pasa de la desesperación a la serenidad.

El efecto es inmediato.

—Déjame ver esos billetes. —Los examina atentamente y consulta un par de cuadernos—. Lo siento, pero con esto no podréis salir de Shanghai —dice por fin. Saca un bloc, rellena un formulario y luego se lo da a May junto con nuestros billetes—. Si conseguís llegar a Hong Kong, id a nuestras oficinas de allí y entregad esto. Podréis cambiar vuestros billetes por nuevos pasajes para San Francisco. —Tras una pausa, repite—: Si es que conseguís llegar a Hong Kong.

Le damos las gracias, pero no nos ha ayudado nada. Nosotras no queremos ir a San Francisco. Queremos ir al sur para huir del Clan Verde.

Nos encaminamos hacia casa, sintiéndonos derrotadas. El ruido del tráfico, el olor a gases de tubo de escape y el pestazo a perfume nunca me habían resultado tan opresivos. Nunca las irremediables ansias de dinero, la flagrante transparencia de la conducta criminal y la disolución del espíritu me habían parecido tan vanas y desesperadas.

Encontramos a *mama* sentada en los escalones de la entrada, donde antes comían con orgullo nuestros criados.

—¿Han vuelto ya? —pregunto.

No hace falta que especifique a quiénes me refiero. Las únicas personas a las que de verdad tememos son los matones del Clan Verde. *Mama* asiente con la cabeza. Tardamos un momento en asimilar esa respuesta. Lo que dice *mama* a continuación me produce un escalofrío:

—Y vuestro padre todavía no ha regresado.

Nos sentamos una a cada lado de *mama*. Esperamos, escudriñando ambos extremos de la calle, con la esperanza de ver aparecer a *baba* por la esquina. En vano. Cae la noche y se intensifican los bombardeos. Los incendios de Chapei iluminan la ciudad. Los reflectores recorren el cielo. Pase lo que pase, la Colonia Internacional y la Concesión Francesa, como territorios extranjeros, estarán a salvo.

—¿Ha dicho si pensaba ir a algún sitio después del funeral? —pregunta May con una vocecilla de niña pequeña.

*Mama* niega con la cabeza.

—Quizá esté buscando trabajo. O apostando. O con una mujer.

Por mi mente pasan otras posibilidades y, cuando miro a May por encima de la cabeza de *mama*, veo que ella las comparte. ¿Y si *baba* se ha marchado, dejando que su mujer y sus hijas lidien con las consecuencias de su comportamiento? ¿Y si el Clan Verde ha decidido matarlo antes del plazo acordado, como advertencia para el resto de la familia? ¿Y si lo ha alcanzado el fuego antiaéreo o la metralla?

Hacia las dos de la madrugada, *mama* se da una palmada en los muslos y dice:

—Tenemos que dormir un poco. Si vuestro padre no vuelve... —Se le quiebra la voz y respira hondo—. Si no vuelve a casa, seguiremos adelante con mi plan. Su familia nos acogerá. Ahora les pertenecemos.

—Pero ¿cómo vamos a llegar hasta allí? No podemos cambiar los pasajes.

Ella plantea precipitadamente una idea con la desesperación pintada en el rostro:

—Podríamos ir a Woosong. Está a pocos kilómetros de aquí. Si no queda más remedio, yo puedo ir andando. Allí hay un muelle de la petrolera Standard Oil. Con vuestros certificados de matrimonio, quizá nos dejen ir a otra ciudad en una de sus lanchas. Desde allí podríamos llegar al sur.

—No creo que funcione —contesto—. ¿Por qué querría ayudarnos la petrolera?

—Pues podríamos buscar un barco que nos lleve por el Yangtsé...

—¿Y los micos? —pregunta May—. Hay muchos en el río. Hasta los *lo fan* se marchan del interior y vienen aquí.

—Podríamos ir al norte, a Tientsin, y buscar pasaje en un barco —insiste *mama*, pero esta vez levanta una mano para que no hablemos—. Lo sé: los micos ya están allí. Entonces podríamos ir al este, pero ¿cuánto tardarán en invadir esas regiones? —Hace una pausa para pensar. Es como si yo viera a través de su cráneo, dentro de su cerebro, mientras anticipa los peligros que implican las diferentes formas de salir de Shanghai. Al final se inclina y, en voz baja pero firme, dice—: Vayamos al sudoeste, al Gran Canal. Una vez allí, conseguiremos un barco... un sampán, cualquier cosa, para continuar hasta Hangchow. Allí buscaremos un barco de pesca que nos lleve a Hong Kong o Cantón. —Me mira a mí y luego a May—. ¿Estáis de acuerdo?

Me da vueltas la cabeza. No tengo ni idea de qué es lo mejor.

—Gracias, *mama* —susurra May—. Gracias por cuidar tan bien de nosotras.

Entramos en casa. La luz de la luna se cuela por las ventanas. Hasta que nos damos las buenas noches a *mama* no se le quiebra la voz, pero entonces se mete en su habitación y cierra la puerta.

May me mira en la oscuridad.

—¿Qué vamos a hacer?

Creo que la pregunta es: «¿Qué va a ser de nosotras?», pero no la formulo. Soy la *jie jie* de May y mi obligación es ocultarle mis temores.

A la mañana siguiente, recogemos con prisas lo que consideramos práctico y útil: artículos de aseo, un kilo y medio de arroz por persona, una olla y utensilios para comer, sábanas, vestidos y zapatos. En el último momento, *mama* me llama a su habitación. De la cómoda saca unos papeles, entre ellos el manual y los certificados de matrimonio. Nuestros álbumes de fotografías están encima del tocador. Pesan demasiado para llevárnoslos, así que supongo que *mama* cogerá algunas fotos de recuerdo. Retira una de la cartulina negra: detrás hay un billete doblado. Repite la operación varias veces hasta que reúne un pequeño fajo de billetes. Se guarda el dinero en el bolsillo, me pide que la ayude a apartar la cómoda de la pared y coge una bolsita que pende de un clavo.

—Esto es lo que queda de mi dote.

—¿Cómo has podido tenerlo escondido? —pregunto, indignada—. ¿Por qué no pagaste al Clan Verde con este dinero?

—No habría bastado.

—Pero quizá habría ayudado.

—Mi madre siempre decía: «Guárdate algo para ti» —replica—. Sabía que quizá tendría que utilizarlo algún día. Y ese día ha llegado.

Sale de la habitación. Yo me quedo mirando las fotografías: May de bebé, las dos vestidas de fiesta, la boda de *mama* y *baba*. Recuerdos felices, recuerdos absurdos, danzan ante mí. Se me empañan los ojos y parpadeo para contener las lágrimas. Cojo un par de fotografías, las guardo en mi bolsa y bajo. *Mama* y May están esperando en la entrada.

—Búscanos una carretilla, Pearl —me ordena *mama*.

Como es mi madre y no tenemos alternativa, la obedezco; no importa que se trate de una mujer con los pies vendados que jamás ha tenido ningún plan más allá de sus estrategias en el majong.

Me quedo en la esquina esperando a que aparezca una carretilla grande y en buen estado y cuyo conductor parezca fuerte. Los carretilleros están por debajo de los conductores de *rickshaw* y sólo un poco por encima de los orinaleros. Se los considera miembros de la clase de los culis: lo bastante pobres para hacer cualquier cosa con tal de ganar un poco de dinero o recibir unos cuencos de arroz. Después de varios intentos, encuentro a uno dispuesto a negociar en serio. Está tan delgado que su vientre parece juntarse con su columna vertebral.

—¿A quién se le ocurre intentar salir de Shanghai ahora? —pregunta, y con razón—. No quiero que me maten los micos.

No le explico que el Clan Verde nos persigue.

—Vamos a nuestro pueblo natal —le digo—, en la provincia de Kwangtung.

—¡No puedo llevaros tan lejos!

—Claro que no. Sólo queremos ir hasta el Gran Canal...

Accedo a pagarle el doble de lo que gana en un día.

Volvemos a casa. El carretillero sube nuestro equipaje a la carretilla. Ponemos las bolsas que contienen nuestros vestidos en la parte de atrás para que *mama* tenga algo en que apoyarse.

—Antes de marcharnos —dice ella— quiero daros esto, niñas. —Nos cuelga del cuello sendas bolsitas atadas a un cordón de cuero—. Se las compré a un adivino. Contienen tres monedas, tres semillas de sésamo y tres habichuelas. Me aseguró que os protegerían de los malos espíritus, de la enfermedad y las máquinas voladoras de los bandidos enanos.

Mi madre es una mujer impresionable, crédula y anticuada. ¿Cuánto pagaría por esa tontería? ¿Cincuenta peniques por cada una? ¿Más?

Monta en la carretilla y mueve el trasero para ponerse cómoda. Lleva nuestros documentos en la mano —los pasajes, los certificados de matrimonio y el manual—, envueltos en un pedazo de seda y atados con cinta de seda. Miramos la casa por última vez. Ni el cocinero ni nuestros huéspedes han salido a despedirnos y desearnos suerte.

—¿Estás segura de que debemos irnos? —pregunta May, angustiada—. ¿Y *baba*? ¿Y si vuelve? ¿Y si está herido?

—Tu padre tiene el corazón de una hiena y los pulmones de una pitón —contesta *mama*—. ¿Crees que él se quedaría aquí esperándonos? ¿Crees que iría a buscarnos? Entonces, ¿por qué no está aquí?

No concibo que sea tan cruel. Aunque *baba* nos haya mentido y haya puesto en una situación desesperada, es su marido y nuestro padre. Pero *mama* tiene razón: si está vivo, dudo mucho que esté pensando en nosotras. Y nosotras tampoco podemos pensar en él si queremos sobrevivir.

El muchacho agarra las varas de la carretilla, *mama* se sujeta a los lados y nos ponemos en marcha. De momento, May y yo vamos a pie, una a cada lado. Tenemos un largo camino por delante y no queremos que el chico se canse demasiado pronto. Como dicen aquí, ninguna carga es ligera si hay que llevarla lejos.

Cruzamos el puente del Jardín. Hombres y mujeres ataviados con prendas de algodón acolchadas acarrean cuanto poseen: jaulas de pájaros, muñecas, sacos de arroz, relojes, láminas enrolladas. Caminamos por el Bund y miro al otro lado del Whangpoo. Los barcos extranjeros brillan al sol, y de sus chimeneas salen nubes negras. Junto con su escolta, el *Idzumo* reposa en el agua: sólido, gris e intacto, pues el fuego chino no lo ha alcanzado. Los juncos y sampanes se mecen en las estelas. Por todas partes, incluso ahora que estamos en guerra, los culis van de un lado a otro transportando sus pesadas cargas.

Torcemos a la derecha por la calle Nanjing, donde han eliminado con arena y desinfectante la sangre y el hedor a muerte. La calle Nanjing desemboca en Bubbling Well. La calle, protegida del sol por los árboles, está llena de gente, lo que dificulta llegar hasta la estación del Oeste, donde vemos los vagones abarrotados en cuatro niveles: el suelo, los asientos, las literas y los techos. Nuestro carretillero sigue adelante. Antes de lo que imaginábamos, el cemento y el granito dejan paso a los campos de arroz y algodón. *Mama* saca algo de comida, y se asegura de ofrecerle al chico una ración generosa. Paramos varias veces para hacer nuestras necesidades detrás de un matorral o un árbol. Caminamos bajo un calor intenso. De vez en cuando miro hacia atrás y veo salir humo de Chapei y Hongkew, y me pregunto cuándo se consumirán los fuegos.

Nos salen ampollas en los talones y los dedos de los pies, pero no se nos ha ocurrido coger vendas ni medicinas. Cuando las sombras empiezan a alargarse, el carretillero —sin pedir nuestra opinión— toma un sendero de tierra que conduce a una granja con tejado de paja. Un caballo atado mordisquea alubias de un cubo y unas gallinas picotean el suelo frente a una puerta abierta. Mientras el conductor deja las varas de la carretilla en el suelo y sacude los brazos, una aldeana sale de la casa.

—Vengo con tres mujeres —dice el carretillero en el basto dialecto del campo—. Necesitamos comida y un sitio para dormir.

La campesina no habla, pero nos indica con señas que entremos. Vierte agua caliente en una tina y nos señala los pies a May y a mí. Nos quitamos los zapatos y metemos los pies en el agua. La mujer regresa con un tarro de cerámica que contiene una cataplasma casera, hedionda, y nos la aplica en las ampollas reventadas. A continuación ayuda a mi madre a sentarse en un taburete en un rincón de la habitación, vierte más agua caliente en un barreño y se queda de pie para taparla. Aun así, veo cómo *mama* se agacha y empieza a quitarse las vendas. Miro hacia otro lado. Para mi madre no hay nada más íntimo y privado que el cuidado de sus pies de loto. Yo nunca se los he visto, ni quiero.

Una vez que *mama* se ha lavado los pies y se los ha vendado con vendas limpias, la aldeana empieza a preparar la cena. Le damos un poco de nuestro arroz, que ella vierte en una olla con agua hirviendo, y empieza a removerlo sin parar hasta convertirlo en *jook*.

Miro alrededor por primera vez. La casa está muy sucia, tanto que me produce pavor comer o beber en un lugar así. Por lo visto, la mujer se da cuenta. Pone unos cuencos y unas cucharas de latón encima de la mesa, junto con una olla de agua caliente. Nos hace señas.

—¿Qué quiere que hagamos? —pregunta May.

Ni *mama* ni yo lo sabemos, pero el carretillero coge la olla, vierte agua en los cuencos, sumerge nuestras cucharas en el agua caliente, remueve el líquido y luego lo arroja al suelo de tierra apisonada, que lo absorbe. A continuación, la mujer nos sirve el *jook*, al que añade unas hojas de zanahoria salteadas. Éstas tienen un sabor amargo y me dejan un regusto ácido en la garganta. La aldeana vuelve al cabo de un momento con un poco de pescado salado que pone en el cuenco de May. Luego se coloca detrás de mi hermana y le masajea los hombros.

De pronto siento rabia. Esta mujer —pobre, sin educación, una perfecta desconocida— le ha dado el cuenco más grande de *jook* al carretillero, le ha proporcionado intimidad a *mama*, y ahora se preocupa por May. ¿Qué tendré yo, que hasta los desconocidos se percatan de que no valgo nada?

Después de la cena, el chico sale para dormir junto a su carretilla, mientras nosotras nos tumbamos sobre unas esteras de paja tendidas en el suelo. Estoy agotada, pero *mama* parece muy animada. El mal genio que la caracteriza desaparece cuando se pone a hablarnos de su infancia y de la casa donde creció.

—Cuando yo era niña, en verano, mi madre, mis tías, mis hermanas y todas mis primas dormíamos fuera, en unas esteras como éstas —recuerda; habla en voz baja para no molestar a nuestra anfitriona, que descansa en una plataforma elevada junto a la cocina—. Vosotras no conocéis a mis hermanas, pero nos parecíamos mucho a vosotras dos. —Ríe con melancolía—. Nos queríamos mucho y nos gustaba discutir. Pero esas noches de verano, cuando estábamos fuera bajo las estrellas, no peleábamos. Escuchábamos las historias que nos contaba mi madre.

Oímos el canto de las cigarras. A lo lejos se oye el estallido de las bombas que caen sobre nuestra ciudad. Las explosiones hacen retumbar el suelo y el temblor se extiende por nuestros cuerpos. May empieza a gimotear, y *mama* dice:

—Creo que todavía no sois demasiado mayores para que os cuente una...

—¡Sí, *mama*, por favor! —exclama May—. Cuéntanos la historia de las hermanas de la luna.

*Mama* le da unas cariñosas palmaditas.

—Érase una vez —empieza, con una voz que me transporta a la infancia— dos hermanas que vivían en la luna. Eran unas niñas maravillosas —narra, y yo espero; sé exactamente qué va a decir a continuación—. Eran hermosas como May: delgadas como el bambú, gráciles como las ramas de un sauce sacudidas por la brisa, y con el rostro ovalado como las semillas de melón. Y eran listas y diligentes como Pearl: bordaban sus zapatos de loto con puntadas diminutas. Las dos hermanas pasaban la noche bordando con sus setenta agujas. Su fama fue creciendo y al poco tiempo todo el mundo iba a contemplarlas.

Sé de memoria el destino que les espera a las hermanas de la historia, pero tengo la impresión de que esta noche *mama* quiere modificar ligeramente su relato.

—Las dos hermanas conocían las normas de la conducta virginal —continúa—. Ningún hombre debía verlas. Ningún hombre debía mirarlas. Las niñas estaban cada vez más tristes. A la mayor se le ocurrió una idea: «Le cambiaremos el sitio a nuestro hermano.» La pequeña no estaba muy convencida, porque era un poco vanidosa, pero su deber era seguir las instrucciones de su *jie jie*. Se pusieron sus vestidos rojos más bonitos, con bordados de dragones y flores exuberantes, y fueron a ver a su hermano, que vivía en el sol. Le pidieron que les cambiara el sitio.

A May siempre le ha gustado esta parte, así que aporta su granito de arena:

—«En la tierra hay más gente despierta de día que de noche», se burló su hermano. «Nunca os habrán contemplado tantos ojos.»

Las hermanas lloriquearon, como hacías tú, May, cuando querías conseguir algo de tu padre —prosigue *mama*.

Tumbada en el suelo de tierra de una casucha, escucho a mi madre, que intenta consolarnos contándonos cuentos infantiles, y mi corazón se llena de pensamientos amargos. ¿Cómo puede *mama* hablar tan despreocupadamente de *baba*? Aunque él se porte mal... mejor dicho, se portaba, ¿no debería estar apenada? Y, peor aún, ¿cómo puede escoger este momento para recordarme que mi padre quería más a May que a mí? Aunque yo llorara, *baba* nunca cedía ante mis lágrimas. Sacudo la cabeza para expulsar los desagradables pensamientos sobre mi padre que me asaltan, cuando debería estar preocupándome por él, y me digo que estoy demasiado cansada y asustada para pensar con serenidad. Pero me duele, incluso en este momento de penurias, saber que no me quieren tanto como a mi hermana.

—El hermano adoraba a sus hermanas, y al final accedió a cambiarles el sitio —dice *mama*—. Ellas recogieron sus agujas de bordar y se marcharon a su nuevo hogar. En la tierra, la gente miraba la luna y veía a un hombre. «¿Dónde están las hermanas?», preguntaban. «¿Adónde han ido?» Ahora, cuando alguien mira al sol, las hermanas usan sus setenta agujas de bordar para clavárselas a los que osan mirar demasiado rato. Los que se niegan a desviar la mirada se quedan ciegos.

May espira lentamente. La conozco muy bien. Dentro de poco se quedará dormida. Nuestra anfitriona gruñe en la plataforma del rincón. ¿Acaso tampoco le ha gustado la historia? Tengo todo el cuerpo dolorido, y ahora me duele también el corazón. Cierro los ojos para que no se me desborden las lágrimas.

# Volar por el cielo nocturno

A la mañana siguiente, la campesina hierve agua para que nos lavemos la cara y las manos. Prepara té y nos ofrece a cada uno otro cuenco de *jook*. Vuelve a untarnos los pies con su medicina casera. Nos da unas vendas viejas pero limpias. Luego nos acompaña afuera y ayuda a mi madre a subir a la carretilla. *Mama* quiere pagarle, pero ella rechaza el dinero, y se siente tan insultada que hasta se niega a volver a mirarnos.

Caminamos toda la mañana. Hay una densa neblina suspendida sobre los campos. De las aldeas por las que pasamos nos llega el olor del arroz cocido en fuegos de paja. El sombrero verde de May y el mío con plumas —los que salvamos del registro del venerable Louie— van guardados con el resto del equipaje, así que a medida que avanza el día se nos reseca y quema la piel. Al final, May y yo subimos a la carretilla. El conductor no protesta, no amenaza con abandonarnos, no pide más dinero. Sigue dando un paso tras otro con estoicismo.

A última hora de la tarde, igual que el día anterior, el carretillero se desvía por un sendero hacia una granja que parece aún más pobre que la primera. Una mujer selecciona semillas con un bebé atado a la espalda. Un par de niños de aspecto enfermizo realizan otras tareas con extrema lasitud. El marido nos mira de arriba abajo y calcula cuánto puede cobrarnos. Al ver los pies de mi madre, sonríe mostrando una boca desdentada. Pagamos más de lo que deberíamos por unas croquetas secas hechas con harina de maíz.

*Mama* y May se duermen antes que yo. Me quedo mirando el techo. Oigo una rata que corretea junto a las paredes de la habitación y se detiene de vez en cuando para mordisquear algo. Desde que nací he comido, me he vestido, he dormido y me he desplazado de un sitio a otro como una privilegiada. Ahora pienso lo fácil que sería que May, mi madre, yo y mucha gente como nosotras —mimada y privilegiada— muriéramos ahí fuera, en el camino. No sabemos qué significa subsistir con casi nada. No sabemos qué hay que hacer para sobrevivir día a día. Pero la familia que vive aquí y la mujer que nos acogió anoche sí lo saben. Cuando no tienes mucho, tener menos no es muy grave.

A la mañana pasamos por una aldea que ha ardido por completo. En la carretera vemos a los que intentaron huir en vano: hombres asesinados con bayoneta o a balazos, críos abandonados y mujeres con sólo una túnica, las piernas al descubierto, ensangrentadas y abiertas en extraños ángulos. Poco después del mediodía encontramos los cadáveres de unos soldados chinos pudriéndose al sol. Uno de ellos está hecho un ovillo; tiene el dorso de la mano en la boca, como si en sus últimos momentos se hubiera mordido para soportar el dolor.

¿Cuánto hemos avanzado? No lo sé. ¿Veinte kilómetros diarios? ¿Cuánto camino nos queda? Ninguno de nosotros lo sabe. Pero debemos proseguir y confiar en no tropezarnos con los japoneses antes de llegar al Gran Canal.

Por la noche, el carretillero repite la pauta de tomar un sendero de tierra que conduce a una cabaña, sólo que esta vez no hay nadie en la casa, como si sus propietarios acabaran de marcharse. Pero todas sus pertenencias siguen allí, incluidos patos y gallinas. El chico hurga en los estantes hasta que da con un tarro de nabos en conserva. Nosotras, inútiles e indefensas, lo observamos mientras él prepara el arroz. ¿Cómo es posible que después de tres días juntos todavía no sepamos cómo se llama? Es mayor que May y que yo, pero más joven que mi madre. Sin embargo lo llamamos «chico», y él responde con el respeto que exige su baja posición. Después de comer, mira alrededor hasta que encuentra incienso para ahuyentar los mosquitos, y lo enciende. Luego sale para dormir junto a la carretilla. Nosotras entramos en la otra habitación, donde hay una cama hecha con dos caballetes y tres tablas de madera. Sobre las tablas hay unas esteras, y a los pies de la cama, un edredón con relleno de algodón. Hace demasiado calor para dormir bajo el edredón, pero lo extendemos sobre las esteras para estar más cómodas.

A altas horas de la noche vienen los japoneses. Oímos el ruido de sus botas, sus voces ásperas y guturales, y los gritos del carretillero pidiendo clemencia. No sabemos si lo hace a propósito o no, pero su sufrimiento y su muerte nos proporcionan tiempo para escondernos. Sin embargo, estamos en una cabaña de dos habitaciones. ¿Dónde ocultarnos? *Mama* nos dice que retiremos las tablas de los caballetes y las apoyemos contra la pared.

—Meteos detrás —nos ordena. May y yo nos miramos. ¿Qué idea se le habrá ocurrido?—. ¡Haced lo que os digo! —susurra—. ¡Rápido!

Mi hermana y yo obedecemos, y luego *mama* desliza un brazo dentro para darnos la bolsa donde guarda el dinero de su dote y nuestros documentos, todo envuelto con la tela de seda.

—Coged esto.

—*Mama*...

—¡Chist!

Me coge una mano y me cierra los dedos alrededor del paquete. La oímos arrastrar un caballete por el suelo. Las tablas nos empujan contra la pared y nos obligan a girar la cabeza. *Mama* nos ha dejado muy poco espacio. Pero no es un buen escondite. Tarde o temprano, los soldados nos encontrarán.

—Quedaos aquí —susurra *mama*—. No salgáis, pase lo que pase. —Me coge una muñeca y me la sacude. Para que May no la entienda, me dice en dialecto sze yup—: Hablo en serio, Pearl. Quedaos aquí. No dejes que tu hermana se mueva.

La oímos salir y cerrar la puerta. A mi lado, May respira entrecortadamente. Cada vez que exhala, su aliento húmedo y caliente me da en la cara. El corazón me late fuertemente.

Desde nuestro escondrijo, oímos cómo la puerta de la cabaña se abre de una patada, pisadas de botas, fuertes voces militares, y, al poco, a *mama* suplicando y negociando con los soldados. Luego se abre la puerta del cuarto donde estamos nosotras. La luz de un farol ilumina los extremos de nuestro escondite. *Mama* suelta un estridente grito; la puerta se cierra y la luz desaparece.

—¡*Mama*! —gimotea May.

—Tienes que estar callada —le susurro.

Oímos gruñidos y risas, pero no volvemos a oír a nuestra madre. ¿La habrán matado? Si es así, ahora los soldados entrarán aquí. Debo hacer algo para darle una oportunidad a mi hermana. Suelto las cosas que *mama* me ha puesto en la mano y me deslizo hacia la izquierda.

—¡No!

—¡Cállate!

En el poco espacio que tenemos, May me sujeta el brazo.

—No salgas ahí, Pearl —suplica—. No me dejes sola.

Doy un tirón con el brazo y ella me suelta. Sin hacer ruido, salgo despacio de detrás de las tablas. Voy hacia la puerta sin vacilar, la abro, accedo a la habitación principal y cierro detrás de mí.

*Mama* está en el suelo, con un hombre encima. Me impresiona la delgadez de sus pantorrillas, producto de toda una vida caminando —o mejor dicho, no caminando— con los pies vendados. Hay casi una docena de soldados con uniforme amarillo, botas de cuero y fusil colgado del hombro; están de pie, mirando y esperando su turno.

Al verme, *mama* deja escapar un gemido.

—Me has prometido que no te moverías. —Su débil voz denota dolor y tristeza—. Mi obligación era salvaros.

El bandido enano que está encima de ella le da una bofetada. Unas fuertes manos me agarran y me zarandean. ¿Quién me tendrá primero? ¿El más fuerte? De pronto, el soldado que está sobre mi madre deja de hacer lo que está haciendo, se sube los pantalones y aparta a los otros para cogerme.

—Les he dicho que estaba sola —murmura *mama*, desesperada. Intenta levantarse, pero sólo consigue ponerse de rodillas.

Pese a la gravedad del momento, conservo la calma, no sé cómo.

—No te entienden —digo con frialdad, sin inmutarme, como si no tuviera miedo.

—Quería protegeros —solloza mi madre.

Alguien me empuja. Un par de soldados van hacia *mama* y la golpean en la cabeza y los hombros. Nos gritan. Quizá no quieran que hablemos, pero no estoy segura. No entiendo su idioma. Al final, uno se dirige a nosotras en inglés:

—¿Qué dice la vieja? ¿A quién más escondéis?

Veo la lujuria en sus ojos. Hay muchos hombres y sólo dos mujeres, y una de ellas es mayor.

—Mi madre está enfadada porque no me he quedado escondida —respondo en inglés—. Soy su única hija.

No necesito fingir que lloro. Empiezo a sollozar, temiendo lo que va a pasar a continuación.

Hay momentos en que me alejo volando, en que abandono mi cuerpo, la habitación, la tierra, y vuelo por el cielo nocturno en busca de personas y lugares que quiero. Pienso en Z.G. ¿Interpretaría él lo que he hecho como un acto supremo de amor filial? Pienso en Betsy.

Incluso pienso en mi alumno japonés. ¿Estará cerca el capitán Yamasaki? ¿Sabrá lo que me está pasando? ¿Deseará que descubran a May? ¿Estará pensando que la quería como esposa pero que ahora podría tenerla como trofeo de guerra?

Mi madre está destrozada, pero ni su sangre ni sus gritos detienen a los soldados. Le quitan las vendas de los pies y las lanzan al aire, donde ondulan como cintas de acróbata. Los pies de mamá tienen un color cadavérico: blanco azulado, con manchas verdes y moradas bajo la carne aplastada. Los hombres los estiran y pellizcan. Luego se los pisan para devolverles su forma original. Los gritos de mi madre no son como los del vendado de los pies ni como los del parto. Son los gritos profundos y angustiados de un animal que experimenta un dolor inimaginable.

Cierro los ojos y procuro no pensar en lo que están haciendo los soldados, pero mis dientes se mueren por morder al hombre que tengo encima. Me parece ver los cadáveres de las mujeres que hemos encontrado en la carretera esta mañana; no quiero ver mis piernas formando esos ángulos tan antinaturales e inhumanos. Noto un desgarro muy distinto al de mi noche de bodas, mucho peor, mucho más doloroso, como si me estuvieran abriendo las entrañas. La atmósfera se vuelve densa y pegajosa, y hay un sofocante olor a sangre, a incienso para mosquitos y a los pies de *mamá*.

En varias ocasiones abro los ojos —cuando mi madre chilla más fuerte— y veo lo que le están haciendo. «¡*Mama, mama, mama*!», quiero gritar, pero me contengo. No voy a darles a estos micos el placer de oírme aullar de terror. Estiro un brazo y le cojo una mano a *mamá*. ¿Cómo describir la mirada que intercambiamos? Somos una madre y una hija a las que están violando repetidamente, quizá hasta la muerte. En sus ojos diviso mi nacimiento, las interminables penalidades del amor materno, una ausencia total de esperanza; y en algún lugar muy profundo, más allá de esos ojos vidriosos, una fiereza que jamás había visto.

No paro de rezar en silencio para que May permanezca escondida, para que no haga el menor ruido, para que no esté tentada de asomarse, para que no cometa ninguna estupidez; porque si hay algo que no soportaría es que ella estuviese en esta habitación con estos... hombres. Al cabo de poco rato dejo de oír a *mamá*. Ya no sé dónde estoy ni qué me está pasando. Lo único que siento es dolor.

La puerta de la cabaña se abre con un chirrido, y oigo más botas sobre el suelo de tierra apisonada. Lo que está ocurriendo es horrible, pero éste es el peor momento, porque comprendo que todavía no ha terminado. Pero me equivoco. Una voz —enfadada, autoritaria y áspera— grita a los soldados, que se levantan precipitadamente. Se abrochan los pantalones, se alisan el pelo y se secan la boca con el dorso de la mano. Luego se ponen en posición de firmes y saludan. Me quedo tan quieta como puedo, con la esperanza de que me den por muerta. La nueva voz grita unas órdenes. ¿O es una reprimenda? Los soldados se ponen bravucones.

Noto el frío borde de una bayoneta o un sable contra la mejilla. No me muevo. Me golpea una bota. No quiero reaccionar («Hazte la muerta, hazte la muerta, y quizá no empiecen otra vez»), pero mi cuerpo se enrosca como una oruga herida. Esta vez no oigo risas, sólo un silencio terrible. Espero la punzada de la bayoneta.

Siento una corriente de aire, y luego la suave caricia de una tela sobre mi cuerpo desnudo. El bronco soldado —ahora comprendo que está a mi lado, gritando órdenes, y oigo cómo los otros salen de la casa arrastrando las botas— se agacha, me remete la tela bajo la cadera y se marcha.

Un profundo y largo silencio se apodera de la habitación. Luego oigo que *mama* se mueve y gime. Todavía tengo miedo, pero susurro:

—No te muevas. Podrían volver.

Quizá sólo me parece que lo susurro, porque *mama* no presta atención a mi advertencia. La oigo acercarse, y luego noto sus dedos sobre mi mejilla. *Mama*, a la que siempre he considerado físicamente débil, me sube a su regazo y se apoya contra la pared de adobe de la cabaña.

—Tu padre te puso Perla de Dragón —dice mientras me acaricia el cabello— porque naciste en el año del Dragón y al Dragón le gusta jugar con una perla. Pero a mí me gustaba ese nombre por otro motivo. Las perlas nacen cuando un grano de arena se aloja en una ostra. Yo era muy joven cuando mi padre concertó mi matrimonio: solamente tenía catorce años. Mi deber era tener relaciones esposo-esposa, y lo cumplí; sin embargo, la esencia que tu padre ponía dentro de mí era tan desagradable como la arena. Pero mira qué pasó: nació mi Perla.

Canturrea un rato y me quedo adormilada. Me duele todo el cuerpo. ¿Dónde está May?

—El día que naciste hubo un tifón —continúa de pronto en sze yup, la lengua de mi infancia, la lengua que nos permite hablar sin que May nos entienda—. Dicen que a un Dragón nacido durante una tormenta lo aguarda un destino especialmente tempestuoso. Tú siempre crees tener la razón, y eso te lleva a hacer cosas que no deberías...

—*Mama...*

—Escúchame, te lo ruego... y luego procura olvidarlo... todo. —Se inclina y me susurra al oído—: Eres un Dragón, y el Dragón es el único signo capaz de domeñar a la muerte. Sólo un Dragón puede llevar los cuernos del destino, el deber y el poder. Tu hermana sólo es una Oveja. Tú siempre has sido mejor madre para ella que yo —confiesa. Intento moverme, pero ella me lo impide—. Ahora no discutas conmigo. No tenemos tiempo para eso.

Tiene una voz preciosa. Jamás había sentido su amor materno con tanta intensidad. Mi cuerpo se relaja en sus brazos, y poco a poco se sumerge en la oscuridad.

—Debes cuidar de tu hermana. Prométemelo, Pearl. Prométemelo ahora mismo.

Se lo prometo. Y luego, tras lo que parecen días, semanas o incluso meses, la oscuridad se apodera de todo.

## Comer el viento y beber las olas

Despierto una vez y noto cómo me limpian la cara con un trapo húmedo. Abro los ojos y veo a May, pálida, hermosa y tímida como un espíritu, el cielo más allá de su cabeza. ¿Estamos muertas? Vuelvo a cerrar los ojos y siento que me tambaleo y doy bandazos.

Luego noto que estoy en un barco. Esta vez me esfuerzo por permanecer despierta. Miro hacia la izquierda y veo unas redes. Miro hacia la derecha y veo tierra firme. El barco avanza a envites constantes. Como no hay olas, deduzco que no estamos en el mar. Levanto la cabeza y veo una jaula junto a mis pies. Dentro, un niño de unos seis años —¿retrasado mental, loco, enfermo?— se retuerce sin cesar. Cierro los ojos y dejo que el ritmo acompasado del barco me adormezca.

No sé cuántos días dura el viaje. Percibo imágenes y sonidos fugaces: la luna y las estrellas, el incesante croar de las ranas, el lastimero sonido de un *pi-pa*, el ruido de un remo al chocar contra el agua, una madre que llama a su hijo, disparos de fusil. En las angustiadas oquedades de mi pensamiento, una voz pregunta: «¿Es cierto que los hombres ahogados flotan boca abajo pero las mujeres miran al cielo?» No sé quién ha hecho la pregunta, ni si alguien la ha hecho, pero preferiría quedarme mirando hacia abajo y contemplar una eternidad de líquida negrura.

Levanto un brazo para protegerme del sol y noto que algo pesado se desliza hacia mi codo. Es el brazalete de jade de mi madre; entonces sé que ella está muerta. La fiebre prende fuego a mis entrañas y el frío me hace temblar espasmódicamente. Unas manos me levantan con cuidado. Estoy en un hospital. Unas tenues voces pronuncian palabras como «morfina», «laceraciones», «infección», «vagina» y «operación». Cuando oigo la voz de mi hermana, me siento a salvo. Cuando no la oigo, me desespero.

Al final dejo de vagar entre los moribundos. May dormita en una silla junto a la cama del hospital. Lleva las manos tan vendadas que parece que tenga dos patas enormes y blancas sobre el regazo. Un médico que hay a mi lado se lleva el índice a los labios. Señala a May con la cabeza y susurra:

—Déjala dormir. Lo necesita.

Cuando se inclina sobre mí, intento apartarme, pero tengo las muñecas atadas a las barandillas de la cama.

—La fiebre te hacía delirar y te resistías mucho —me explica con amabilidad—. Ahora ya no corres peligro. —Me pone una mano en el brazo. Es chino, pero hombre de todos modos. Reprimo el impulso de gritar. Él me mira a los ojos, examinándolos, y sonríe—. Ya no tienes fiebre. Sobrevivirás.

En los días posteriores, me entero de que May me subió a la carretilla y la empujó ella sola hasta el Gran Canal. Por el camino, tiró o vendió muchas de las cosas que llevábamos. Ahora nuestras únicas posesiones son tres conjuntos para cada una, nuestros documentos y lo que queda de la dote de *mama*. Ya en el Gran Canal, utilizó parte del dinero de *mama* para que un pescador y su familia nos condujeran en su sampán hasta Hangchow. Cuando llegamos al hospital, yo estaba casi muerta. Mientras me llevaban al quirófano para operarme, otros médicos se ocuparon de las manos de May, que estaban cubiertas de ampollas y en carne viva de empujar la carretilla. Pagó nuestro tratamiento vendiendo unas joyas de boda de *mama* en una casa de empeños.

A ella se le curan poco a poco las manos, pero a mí tienen que operarme dos veces más. Un día, los médicos vienen a verme y, abatidos, me dicen que no creen que pueda tener hijos. May llora, pero yo no. Si para ser madre he de mantener relaciones esposo-esposa, prefiero morir. «Nunca más —me digo—. No volveré a hacer eso nunca más.»

Después de casi seis semanas en el hospital, los médicos acceden a darme el alta. Nada más recibir la noticia, May se marcha a organizar nuestro viaje a Hong Kong. El día que ella debe recogerme, voy a vestirme al cuarto de baño. He adelgazado mucho. La persona que me mira desde el espejo —alta, desgarbada y flaca— no aparenta más de doce años, pero tiene las mejillas descarnadas y unas marcadas ojeras. Me ha crecido mucho el pelo, que cuelga lacio y apagado. Tantos días bajo el sol sin sombrilla ni sombrero me han dejado la piel roja y curtida. ¡Cómo se enfadaría *baba* si me viera así! Tengo los brazos tan delgados que mis dedos parecen exageradamente largos, como garras. El vestido de estilo occidental que me pongo cuelga sobre mí como una cortina.

Cuando salgo del cuarto de baño, encuentro a May sentada en la cama, esperándome. Me echa un vistazo y me dice que me quite el vestido.

—Mientras tú te recuperabas, han pasado muchas cosas —explica—. Los micos son como las hormigas en busca de almíbar. Están en todas partes. —Vacila un momento. No ha querido hablar de lo que pasó aquella noche en la cabaña, y yo se lo agradezco, pero ese episodio está presente en todas nuestras palabras y miradas—. Tenemos que pasar inadvertidas —continúa con fingido entusiasmo—. Debemos parecernos a nuestras paisanas.

Ha vendido uno de los brazaletes de *mama* y comprado dos mudas de ropa de estilo tradicional: pantalón negro de lino, holgada chaqueta azul y pañuelo para la cabeza. Me da uno de los conjuntos de campesina. Nunca me ha importado desnudarme delante de May. Es mi hermana, pero no creo que a partir de ahora soporte que me vea desnuda. Cojo la ropa y me la llevo al cuarto de baño.

—Y tengo otra idea —dice ella al otro lado de la puerta, cerrada con pestillo—. No puedo decir que se me haya ocurrido a mí, y no sé si funcionará. Se lo oí decir a un par de misioneras. Cuando salgas te lo explico.

Esta vez, cuando me miro en el espejo, me dan ganas de reír. En los dos últimos meses he pasado de chica bonita a campesina patética, pero cuando salgo del cuarto de baño May no hace ningún comentario sobre mi aspecto, y se limita a llevarme hasta la cama. Coge un tarro de crema limpiadora y una lata de cacao en polvo y los deja en la mesilla de noche. Toma la cuchara de mi bandeja del desayuno —arrugando el ceño al ver que, una vez más, no he comido casi nada— y saca dos cucharadas de crema limpiadora que pone en la bandeja.

—Echa un poco de cacao en polvo encima, Pearl —indica, y yo la miro sin comprender—. Confía en mí —sonríe. Hago lo que me dice, y ella empieza a remover la mezcla—. Vamos a ponernos esto en las manos y la cara para parecer más oscuras, más rústicas.

Es una idea brillante, pero yo ya tengo la piel oscura, y eso no me ha librado del desenfreno de los soldados. Sin embargo, al salir del hospital llevo puesto el mejunje de May.

· · ·

Mientras yo estaba ingresada, May encontró a un pescador que ha descubierto una nueva forma de ganar una fortuna, mucho mejor que buscar peces bajo el agua: transportar refugiados de Hangchow a Hong Kong. Al subir a su barco, nos apiñamos con unos doce pasajeros más en una bodega pequeña y muy oscura destinada a almacenar el pescado. La única luz es la que se cuela entre los listones de la cubierta. El olor a pescado que impregna la bodega es agobiante, pero nos hacemos a la mar bamboleándonos en la estela de un tifón. La gente no tarda en marearse, May más que nadie.

El segundo día de travesía oímos unos gritos. Una mujer que está a mi lado rompe a llorar.

—Son los japoneses —se lamenta—. Nos matarán a todos.

Si ella tiene razón, no pienso darles la oportunidad de volver a violarme. Antes de eso, me tiraré por la borda. Las pisadas de los soldados en la cubierta resuenan en la bodega. Las madres abrazan a sus hijos y los aprietan contra el pecho para sofocar cualquier sonido. Enfrente de mí, un crío agita desesperadamente un brazo e intenta respirar.

May se pone a hurgar en nuestras bolsas. Saca el dinero que nos queda y lo divide en tres montones. Uno lo dobla y lo mete entre los listones de madera del techo. Me da unos cuantos billetes y, siguiendo su ejemplo, los escondo debajo de mi pañuelo. May me quita precipitadamente el brazalete de *mama* y los pendientes y los mete en la bolsita de la dote. Esconde la bolsita en una grieta entre el casco y la plataforma en que estamos sentadas. Por último, rebusca en nuestra bolsa de viaje y saca la mezcla de crema limpiadora y cacao. Nos damos otra capa en la cara y las manos.

Se abre la trampilla y entra un haz de luz.

—¡Subid aquí! —nos ordena una voz en chino.

Obedecemos. El aire, fresco y salado, me da en la cara. El mar resuena bajo mis pies. Estoy tan asustada que no puedo mirar hacia arriba.

—No te preocupes —me susurra May—. Son chinos.

Pero no se trata de inspectores navales, pescadores ni otros refugiados trasladados de un barco a otro. Son piratas. En tierra firme, nuestros paisanos se están aprovechando de la guerra y saquean las zonas que todavía no han sido atacadas. ¿Por qué iba a ser diferente en el mar? Los demás pasajeros están aterrados. No comprenden que el robo de dinero y objetos de valor es sólo un mal menor.

Los piratas registran a los hombres y se apoderan de todas las joyas y el dinero que encuentran. Descontento, el jefe pirata ordena a los hombres que se desnuden. Al principio ellos vacilan, pero cuando el pirata sacude su fusil, obedecen. Aparecen más joyas y dinero escondidos entre las nalgas, cosidos en los dobladillos y el forro de la ropa, o dentro de los zapatos.

No sabría explicar cómo me siento. La última vez que vi a un hombre desnudo... Pero éstos son paisanos míos: tienen frío, están asustados e intentan taparse las partes íntimas. No quiero mirarlos, pero los miro. Me siento confusa, resentida, y en cierto modo triunfante al ver cómo los piratas humillan a esos hombres y revelan su debilidad.

Luego ordenan a las mujeres que les entreguemos todo lo que hayamos escondido. Después de ver lo que les ha pasado a los hombres, obedecemos sin rechistar. Meto una mano debajo de mi pañuelo, sin lamentarlo, y saco los billetes. Los piratas reúnen el botín, pero no son tontos.

—¡Tú!

Doy un brinco, pero no es a mí a quien se dirige.

—¿Qué escondes?

—Trabajo en una granja —contesta con voz temblorosa una niña que está a mi derecha.

—¿Eres campesina? ¡Nadie lo diría, viendo tu cara, tus manos y tus pies!

Es cierto. La niña viste ropa de campesina, pero tiene el rostro pálido, las manos bien cuidadas, y lleva zapatos de chico con cordones. El pirata la ayuda a desvestirse, hasta que se queda con sólo una compresa sujeta con un cinturón. Entonces queda claro que la niña miente. Las campesinas no pueden permitirse compresas occidentales; utilizan un áspero papel vegetal, como todas las mujeres pobres.

¿Por qué será que, en situaciones como ésta, nos resistimos a mirar hacia otro lado? No lo sé, pero vuelvo a mirar, en parte por miedo a lo que pueda sucedernos a May y a mí, y en parte por curiosidad. El pirata coge la compresa y la rasga con su cuchillo. Dentro sólo encuentra quince dólares de Hong Kong.

Indignado con tan miserable botín, lanza la compresa por la borda. Mira a las mujeres una a una, decide que no merecemos la pena y ordena a un par de sus hombres que registren la bodega. Vuelven al cabo de unos minutos, profieren algunas amenazas, saltan a su barco y se marchan. Los pasajeros se apresuran a regresar a la apestosa bodega para comprobar qué se han llevado los piratas. Yo permanezco en cubierta. Al poco rato oigo gritos de consternación.

Un hombre sube a toda prisa la escalera, cruza la cubierta precipitadamente y se lanza por la borda. Ni los pescadores ni yo podemos hacer nada por evitarlo. El hombre cabecea entre las olas durante un minuto y luego desaparece.

Desde que desperté en el hospital, he querido morirme todos los días, pero al ver cómo ese hombre se hunde en el agua, siento que algo surge dentro de mí. Un Dragón no se rinde. Un Dragón combate el destino. No se trata de un sentimiento enérgico y brioso, sino como si alguien soplara en las brasas y descubriera un leve fulgor anaranjado. Tengo que aferrarme a la vida, por arruinada y destrozada que esté. La voz de *mama* me llega flotando, recitándome uno de sus refranes favoritos: «No hay más catástrofe que la muerte; no se puede ser más pobre que un mendigo.» Quiero —necesito— hacer algo más valeroso y digno que morirme.

Voy hasta la trampilla y bajo a la bodega. El pescador echa el cerrojo a la trampilla. Hay una luz sepulcral, pero encuentro a May y me siento a su lado. Sin decir nada, ella me muestra la bolsita de la dote de *mama*, y luego mira hacia arriba. Sigo su mirada. El poco dinero que nos queda sigue a salvo en la grieta.


Pocos días después de llegar a Hong Kong, leemos que los alrededores de Shanghai han sido atacados. Las noticias son desoladoras. Chapei ha sido bombardeada y ha ardido hasta los cimientos. Hongkew, donde vivíamos, no ha salido mejor parada. La Concesión Francesa y la Colonia Internacional, en su calidad de territorios extranjeros, continúan a salvo. En la ciudad ya no cabe ni un alfiler, y aun así siguen llegando refugiados. Según el periódico, el cuarto de millón de residentes extranjeros está desconcertado por el medio millón de refugiados que viven en las calles y los cines, salas de baile e hipódromos convertidos en centros de acogida. Las concesiones extranjeras, que se encuentran rodeadas por los bandidos enanos, reciben ahora el nombre de Isla Solitaria. El terror no se ha limitado a Shanghai. Todos los días nos llegan noticias de mujeres secuestradas, violadas o asesinadas por toda China. Cantón, que no está muy lejos de Hong Kong, sufre intensos ataques aéreos. *Mama* quería que fuéramos al pueblo natal de *baba*, pero ¿qué encontraremos cuando lleguemos allí? ¿Se habrá incendiado el pueblo? ¿Quedará alguien con vida? ¿Todavía significará algo el nombre de nuestro padre en Yin Bo?

Vivimos en un hotel de los muelles de Hong Kong, sucio, polvoriento y lleno de piojos. Las mosquiteras están sucias y rasgadas. Aquí, las cosas que en Shanghai fingíamos no ver son demasiado patentes: familias enteras sentadas en cuclillas en las esquinas con todos sus bienes expuestos sobre una manta, con la esperanza de que alguien les compre algo. Aun así, los británicos se comportan como si los micos nunca fueran a entrar en la colonia. «Nosotros no participamos en esta guerra —dicen con su seco acento—. Los japoneses no se atreverán a atacarnos.» Nos queda tan poco dinero que sólo podemos comer salvado de arroz, típica comida de cerdos. El salvado te irrita la garganta cuando lo ingieres y te destroza los intestinos cuando lo expulsas. No tenemos ninguna habilidad, y nadie necesita chicas bonitas, porque carece de sentido hacer publicidad con ellas cuando el mundo se está viniendo abajo.

Un día vemos a Carapicada Huang: sale de una limusina y sube los escalones del hotel Península. No cabe duda de que es él. Volvemos a nuestro hotel y nos encerramos en la habitación. Nos preguntamos qué hace en Hong Kong. ¿Habrá llegado huyendo de la guerra? ¿Habrá trasladado aquí al Clan Verde? Lo ignoramos, y no tenemos forma de averiguarlo. Pero sí sabemos que su poder llega muy lejos. Si ha venido aquí, al sur, nos encontrará.

No nos queda opción, así que vamos a las oficinas de la Dollar Steamship Line, cambiamos nuestros billetes y conseguimos dos pasajes en segunda clase especial a bordo del *President Coolidge* para el viaje de veinte días a San Francisco. No nos planteamos qué pasará cuando lleguemos allí, si encontraremos a nuestros maridos. Sólo intentamos alejarnos de la red del Clan Verde y de los japoneses.

En el barco vuelvo a tener fiebre. Me quedo en el camarote y duermo casi todo el viaje. May sufre mareos y pasa la mayor parte del tiempo fuera, en la cubierta de segunda clase. Me habla de un joven que va a Princeton a estudiar.

—Viaja en primera clase, pero viene a verme a nuestra cubierta. Paseamos y hablamos —me cuenta—. Estoy colada por él.

Es la primera vez que oigo esa expresión, y me resulta extraña. Ese chico debe de estar muy occidentalizado. No me sorprende que a May le guste.

Algunas veces mi hermana no vuelve al camarote hasta bien entrada la noche. En ocasiones trepa hasta la litera de arriba y se duerme enseguida, pero en otras se acuesta en mi cama y me abraza. Acompasa su respiración a la mía hasta caer dormida. Entonces permanezco despierta, sin moverme por miedo a despertarla, y me preocupo. May parece muy enamorada de ese chico, y me pregunto si estará teniendo relaciones sexuales con él. Pero ¿cómo puede ser, con lo mareada que está todo el tiempo? ¿Cómo puede ser, con o sin mareo? Y luego mis pensamientos descienden en espiral hacia sitios aún más oscuros.

Hay muchos chinos que quieren viajar a América. Algunos harían cualquier cosa con tal de conseguirlo, pero América nunca ha sido mi sueño. Para mí sólo es una necesidad, otro paso después de numerosos errores, tragedias, muertes y decisiones insensatas. May y yo sólo nos tenemos la una a la otra. Después de todo lo que hemos pasado, el lazo que nos une es tan fuerte que ni el más afilado cuchillo podría cortarlo. Lo único que podemos hacer es seguir por el camino que hemos tomado, nos lleve a donde nos lleve.

# Sombras en las paredes

Una noche antes de desembarcar, cojo el manual que me dio Sam y lo hojeo. Me entero de que el venerable Louie nació en América y de que Sam, uno de sus cinco hijos varones, nació en China en 1913, el año del Buey, durante una de las visitas de sus padres a Wah Hong, su pueblo natal. Por ser hijo de ciudadano americano, Sam se convierte automáticamente en americano. («Tenía que ser Buey», pienso con desdén. *Mama* afirmaba que los nacidos bajo ese signo tienen poca imaginación y se pasan la vida llevando las cargas de los demás.) Sam regresó a Los Ángeles con sus padres, pero en 1920 el venerable Louie y su esposa decidieron volver a China y dejar a su hijo, que sólo tenía siete años, en Wah Hong con sus abuelos paternos. (Esto no concuerda con lo que me han hecho creer. Tenía entendido que Sam había venido a China con su padre y su hermano a buscar esposa, pero resulta que ya estaba aquí desde mucho antes. Supongo que eso explica por qué me habló en dialecto sze yup y no en inglés en las tres ocasiones que nos vimos, pero ¿por qué no nos lo dijeron los Louie?) Ahora Sam ha regresado a América por primera vez desde hace diecisiete años. Vern nació en Los Ángeles en 1923, el año del Cerdo, y ha vivido siempre en América. Los otros hermanos nacieron en 1907, 1908 y 1911, todos en Wah Hong, y todos viven ahora en Los Ángeles. Me esfuerzo en memorizar los detalles —fechas de nacimiento, direcciones de Wah Hong y Los Ángeles y cosas así—, le menciono a May lo que considero importante y olvido el resto.

A la mañana siguiente, 15 de noviembre, nos levantamos temprano y nos ponemos nuestra mejor ropa occidental.

—Somos huéspedes de este país —digo—. Debemos aparentar que somos de aquí.

May me da la razón y se pone un vestido que le confeccionó madame Garnet hace un año. ¿Cómo puede ser que la seda y los botones hayan llegado hasta aquí sin mancharse ni estropearse, mientras que yo...? Tengo que dejar de pensar así.

Recogemos nuestras cosas y le damos las dos bolsas al mozo. Luego salimos a la cubierta y encontramos un hueco en la barandilla, pero, con la lluvia que cae, no vemos gran cosa. Pasamos por debajo del puente Golden Gate, que está cubierto de nubes. A la derecha, la ciudad desciende hasta la orilla: húmeda, gris e insignificante comparada con el Bund de Shanghai. Debajo, en la cubierta de tercera clase, una multitud de culis, conductores de *rickshaw* y campesinos se empujan formando una masa agitada; el olor de su ropa sucia y mojada asciende hasta nosotras.

El barco atraca en un muelle. Los grupos familiares de primera y segunda clase —riendo, empujándose, contentos de haber llegado— muestran sus documentos y recorren una pasarela cubierta. Cuando nos llega el turno, enseñamos nuestros documentos. El inspector los examina, frunce la frente y le hace señas a un miembro de la tripulación.

—Estas dos tienen que ir al centro de inmigración de Angel Island —dice.

Seguimos al tripulante por los pasillos del barco y bajamos una escalera que conduce a una zona fría y húmeda. Siento alivio cuando volvemos a salir, hasta que descubro que estamos con los pasajeros de tercera clase. Como es lógico, en esta cubierta no hay paraguas ni toldos. Un viento frío nos lanza la lluvia a la cara y nos empapa la ropa.

Alrededor, la gente lee frenéticamente sus manuales. Entonces el hombre que hay a nuestro lado arranca una hoja del suyo, se la mete en la boca, la mastica un poco y se la traga. Oigo a alguien comentar que anoche tiró su libro al mar, y otro alardea de que tiró el suyo a la letrina:

—¡Le deseo suerte al que quiera buscarlo!

La ansiedad me retuerce el estómago. ¿Debía deshacerme del manual? Sam no me dijo nada de eso. Aunque ahora tampoco podría cogerlo, porque está dentro de mi sombrero, con nuestro equipaje. Respiro hondo y procuro tranquilizarme. No tenemos nada que temer. Estamos lejos de China, lejos de la guerra, en la tierra de la libertad y todo eso.

103

Nos abrimos paso hasta la barandilla entre los apestosos jornaleros. ¿No podían haberse lavado antes de desembarcar? ¿Qué impresión causarán a nuestros anfitriones? May está pensando en cosas muy diferentes. Observa a los pasajeros que salen en fila de las cubiertas de primera y segunda clase, buscando al joven con quien tantos ratos ha pasado durante la travesía. Al verlo, me coge del brazo, emocionada.

—¡Allí está! ¡Ése es Spencer! —Lo llama—: ¡Spencer! ¡Spencer! ¡Aquí! ¿Puedes ayudarnos?

Agita la mano y lo llama varias veces más, pero él no gira la cabeza para buscarla con la mirada junto a la barandilla de tercera clase. El rostro de May se tensa cuando él les da una propina a los mozos y luego se dirige con un grupo de pasajeros blancos a un edificio que hay a la derecha.

De la bodega del barco sacan grandes bultos envueltos en redes y los depositan en el muelle. Después, la mayor parte de la carga pasa directamente a la aduana. Al poco rato vemos cómo esos cajones y cajas salen de la aduana para ser cargados en camiones. Las mercancías han pagado los impuestos y prosiguen su camino hacia nuevos destinos, pero nosotras seguimos esperando bajo la lluvia.

Unos tripulantes ponen otra pasarela —sin toldo— en la cubierta inferior, donde estamos nosotras. Un *lo fan* con impermeable asegura la pasarela y se sube a una caja.

—¡Cojan todo lo que hayan traído! —grita en inglés—. ¡Tiraremos todo lo que dejen en el barco!

A nuestro alrededor, la gente murmura, confundida.

—¿Qué dice?

—Cállate. No oigo.

—¡Rápido! —ordena el hombre del impermeable—. ¡Vamos, vamos!

—¿Lo entiendes? —me pregunta un individuo empapado y tembloroso que está a mi lado—. ¿Qué quiere que hagamos?

—Que cojamos nuestras cosas y bajemos del barco.

Empezamos a hacer lo que nos han ordenado. El hombre del impermeable, con los brazos en jarras y los puños cerrados, grita:

—¡Y no se separen!

Desembarcamos; todos se empujan, como si bajar los primeros fuera lo más importante del mundo. Cuando pisamos tierra firme, no nos guían al edificio de la derecha, donde han entrado los otros pasajeros, sino a la izquierda, por el muelle, hasta una pequeña pasarela por la que subimos a un pequeño barco; y todo eso, sin darnos ninguna explicación. Una vez a bordo, veo que, aunque entre nosotros hay algunos blancos e incluso un puñado de japoneses, casi todos somos chinos.

Sueltan amarras y el barco se hace a la mar.

—¿Adónde nos llevan? —pregunta May.

¿Cómo puede estar tan desconectada de lo que ocurre alrededor? ¿Por qué no presta atención? ¿Por qué no se ha leído el manual? ¿Por qué no acepta lo que nos ha pasado? El estudiante de Princeton, como se llame, entendía perfectamente la situación en que se encuentra May, pero ella se niega a hacerlo.

—Nos llevan al centro de inmigración de Angel Island —contesto.

—Ah. Vale.

La lluvia arrecia y el viento se vuelve más frío. El barco cabecea sobre las olas. Mucha gente vomita. May saca la cabeza por la barandilla y respira a bocanadas. Dejamos atrás una isla que hay en medio de la bahía, y por unos instantes parece que vayamos a pasar de nuevo bajo el Golden Gate, hacia mar abierto, de regreso a China. May gime y procura fijar la vista en el horizonte. Entonces el barco vira hacia estribor, rodea otra isla, entra en una pequeña ensenada y atraca en un embarcadero, al final de un largo muelle. En la ladera de la colina se apiñan unos edificios blancos de madera. Enfrente, cuatro palmeras pequeñas y gruesas tiemblan al viento, y la bandera de Estados Unidos, empapada, azota ruidosamente su mástil. Un letrero enorme reza: «Prohibido fumar.» Una vez más, todos empujan para ser los primeros en desembarcar.

—¡Los blancos sin documentos en regla, primero! —grita el individuo del impermeable; quizá crea que subiendo la voz va a lograr que quienes no saben inglés lo entiendan de repente, pero la mayoría de los chinos ignoran qué está diciendo.

Separan a los pasajeros blancos y los hacen pasar delante, mientras un par de guardias muy fornidos apartan a los chinos que han cometido el error de colocarse en la cabeza de la cola. Pero esos *lo fan* tampoco entienden muy bien lo que dice el hombre del impermeable. Ahora veo que son rusos blancos. Son aún más pobres que los shanghaianos más miserables, ¡y sin embargo reciben un tratamiento especial! Los bajan del barco y los escoltan hasta el edificio. Lo que sucede a continuación resulta aún más asombroso. Agrupan a los japoneses y coreanos y los acompañan educadamente hasta otra puerta del edificio.

—Ahora les toca a ustedes —dice el hombre del impermeable—. Cuando bajen del barco, formen dos filas. Los hombres a la izquierda. Las mujeres y los niños menores de doce años, a la derecha.

Hay mucha confusión y mucho maltrato por parte de los guardias pero, una vez que se han formado las dos filas, nos guían bajo la intensa lluvia, por el muelle, hasta el edificio de Administración. Cuando ordenan entrar a los hombres por una puerta y a las mujeres y los niños por otra —separando a los maridos de sus mujeres y a los padres de sus familias—, se oyen gritos de consternación, miedo e inquietud. Los guardias no muestran ninguna compasión. Nos tratan peor que a la carga del barco.

La separación de europeos (es decir, blancos), asiáticos (es decir, cualquiera procedente del Pacífico que no sea chino) y chinos continúa cuando nos conducen por una empinada ladera hasta unas instalaciones médicas ubicadas en uno de los edificios de madera. Una mujer blanca ataviada con uniforme blanco y almidonada cofia blanca entrelaza las manos y empieza hablar en inglés, en voz muy alta, como si quisiera compensar el hecho de que nadie, excepto May y yo, entiende lo que dice.

—Muchas de ustedes pretenden entrar en nuestro país con enfermedades parasitarias peligrosas —asegura—. Eso no puede ser. Los médicos y yo vamos a comprobar si tienen tracoma, anquilostomiasis, opistorquiasis o filariasis.

Las mujeres se echan a llorar. Ignoran qué quiere esa desconocida de atuendo blanco, el color de la muerte. Traen a una china vestida con un *cheongsam* largo y blanco (¡también!) para que actúe de intérprete. Hasta ahora he permanecido relativamente tranquila, pero, cuando me entero de lo que pretenden hacernos, empiezo a temblar. Nos van a examinar, como quien examina el arroz antes de cocinarlo. Cuando nos ordenan que nos desnudemos, un murmullo de inquietud se extiende por el recinto. No hace mucho, yo me habría burlado de la mojigatería de las otras mujeres, porque nosotras no somos como la mayoría de nuestras compatriotas. Nosotras hemos sido chicas bonitas; hemos mostrado nuestro cuerpo, para bien o para mal. En cambio, la mayoría de las chinas son muy recatadas: nunca se desnudan en público, y raramente en privado, ante sus esposos o incluso ante sus hijas.

Pero el relajamiento que yo tenía en el pasado ha desaparecido para siempre. No soporto que me desnuden. No soporto que me toquen. Me aferro a May, que me tranquiliza. Incluso cuando la enfermera intenta separarnos, May sigue junto a mí. Cuando se acerca el médico, me muerdo el labio para no gritar. Miro más allá de su hombro, por la ventana. Temo que si cierro los ojos volveré a encontrarme en aquella cabaña con aquellos hombres, oyendo los gritos de *mama*, sintiendo que... Mantengo los ojos muy abiertos. Todo es blanco y limpio; o al menos más limpio que mis recuerdos de la cabaña. Finjo no notar el frío de los instrumentos del médico ni la blanca suavidad de sus manos sobre mi piel; contemplo la bahía. Ahora estamos de espaldas a San Francisco, y lo único que veo es una extensión de agua gris que se funde con una cortina de lluvia, también gris. Ahí fuera tiene que haber tierra, pero no sé a qué distancia. Cuando el doctor termina conmigo, vuelvo a respirar.

El médico examina a todas, una a una; y después esperamos —temblando de frío y miedo— hasta haber entregado una muestra de deposición. Primero nos han separado de las otras razas, luego han separado a los hombres de las mujeres, y ahora nos separan a las mujeres: un grupo se dirige al dormitorio; otro se queda en el hospital para recibir tratamiento para la anquilostomiasis, que se puede curar; y luego está el de las que tienen opistorquiasis, a las que embarcan inmediatamente para devolverlas a China: éstas son las que más lloran.

May y yo estamos en el grupo que va al dormitorio de las mujeres, situado en el primer piso del edificio de Administración. Una vez dentro, cierran la puerta con llave. Hay varias filas de literas —de tres pisos, con dos camas en cada uno— unidas entre sí por barras de hierro fijadas al techo y el suelo. Las literas consisten en un somier de tela metálica, sin colchón. El espacio entre los somieres de cada litera es de apenas medio metro; a primera vista, no se puede estirar el brazo sin golpear la cama de arriba. Sólo en las camas superiores hay espacio suficiente para sentarse, pero esa zona está llena de ropa tendida por las mujeres que han llegado antes, colgada de cuerdas atadas de una litera a otra. En el suelo, debajo de las camas inferiores, hay cuencos y tazas.

May recorre el pasillo central y consigue las dos camas superiores de una litera, cerca del radiador. Sube y se tumba para dormir. Nadie nos trae el equipaje. Sólo disponemos de la ropa que llevamos y nuestros bolsos.

• • •

A la mañana siguiente, nos arreglamos lo mejor que podemos. Los guardias dicen que van a llevarnos a una entrevista con la Comisión Examinadora, pero las mujeres del dormitorio lo llaman interrogatorio. Esa palabra resulta amenazadora. Una mujer sugiere que bebamos agua fría para aplacar nuestros temores, pero yo no siento miedo. No tenemos nada que ocultar, y esto sólo es un trámite.

Junto con unas cuantas mujeres más, nos conducen a una habitación que parece una jaula. Nos sentamos en bancos y nos miramos con aire pensativo. Hay una expresión china que describe muy bien ese momento: «tragar hiel.» Me digo que, pase lo que pase en esta entrevista, no será tan desagradable como el examen médico, ni como todo lo que nos ha sucedido desde el momento en que *baba* anunció que había concertado nuestros matrimonios.

—Diles lo que te he enseñado que hay que decir, y todo saldrá bien —le susurro a May mientras esperamos en la jaula—. Entonces podremos marcharnos de aquí.

Mi hermana asiente en silencio. El guardia la llama por su nombre; la observo entrar en una sala y veo cómo se cierra la puerta. Poco después, el mismo guardia me conduce a otra sala. Compongo una sonrisa falsa, me aliso el vestido y camino hacia la puerta con cierta apariencia de seguridad. En la habitación, sin ventanas, hay dos hombres blancos —uno casi calvo y el otro con bigote; ambos con gafas— sentados a una mesa. No me devuelven la sonrisa. En una mesita dispuesta a un lado, otro hombre blanco se entretiene limpiando las teclas de su máquina de escribir. Un chino ataviado con traje occidental de mala hechura examina una carpeta, me mira y vuelve a mirar la carpeta.

—Veo que naciste en Yin Bo —me dice en sze yup, y le pasa la carpeta al hombre calvo—. Me alegro de poder hablar contigo en el dialecto de los Cuatro Distritos.

Antes de que pueda decirle que sé inglés, el calvo ordena:

—Dígale que se siente.

El intérprete me señala una silla.

—Me llamo Louie Fon —continúa en sze yup—. Tu marido y yo llevamos el mismo nombre y provenimos del mismo distrito.
—Se sienta a mi izquierda—. Este hombre calvo que tienes delante es el comisario Plumb. El otro es el señor White. El que escribe es el señor Hemstreet. No tienes que preocuparte por él...

—Prosiga —lo interrumpe entonces el comisario Plumb—. Pregúntele...

Al principio todo va bien. Sé la fecha y el año de mi nacimiento en el calendario occidental y en el lunar. Me preguntan el nombre del pueblo donde nací. Luego el nombre del pueblo donde nació Sam y la fecha de nuestra boda. Recito la dirección de Sam y su familia en Los Ángeles. Y entonces...

—¿Cuántos árboles hay delante de la vivienda de tu presunto esposo?

Como no contesto de inmediato, cuatro pares de ojos me miran fijamente: curiosos, aburridos, triunfantes, maliciosos.

—Delante de la casa hay cinco árboles —digo, recordando lo que ponía en el manual—. En el lado derecho de la casa no hay árboles. En el lado izquierdo hay un ginkgo.

—¿Y cuántas habitaciones tiene la casa de tu familia paterna?

Memoricé las respuestas del manual de Sam, pero no imaginé que pudieran preguntarme algo sobre mí. Pienso cuál sería la respuesta correcta. ¿Debo contar los cuartos de baño o no? ¿Debo decir cuántas habitaciones había antes de que las dividiéramos para alojar huéspedes?

—Seis habitaciones principales...

Antes de que pueda explicarme, me preguntan cuántos invitados hubo en mi presunta boda.

—Siete.

—¿Comieron algo?

—Comimos arroz y ocho platos. No hubo banquete; cenamos en el restaurante del hotel.

—¿Cómo estaba puesta la mesa?

—Al estilo occidental, pero con palillos chinos.

—¿Ofreciste nueces de areca a los invitados? ¿Les serviste el té?

Me gustaría aclarar que no soy una campesina, y que por lo tanto jamás se me habría ocurrido ofrecer nueces de areca a los comensales. Les habría servido el té si hubiera tenido la boda que siempre soñé, pero aquella noche no fue una ocasión muy festiva. Recuerdo el desdén con que el venerable Louie descartó la proposición de mi padre de que May y yo realizáramos el ritual.

—Fue una boda civilizada —contesto—. Muy occidental...

¿Adoraste a tus antepasados como parte de la ceremonia?

—Por supuesto que no. Soy cristiana.

—¿Tienes algún documento que acredite tu presunto matrimonio?

—Sí, está en mi equipaje.

—¿Te espera tu marido?

Esa pregunta me pilla desprevenida. El venerable Louie y sus hijos saben que no subimos al barco con ellos. Me consta que informaron al Clan Verde de nuestro incumplimiento, pero ¿se lo contaron a los inspectores de Angel Island? ¿Y siguen esperando que May y yo aparezcamos?

—Mi hermana y yo nos retrasamos por culpa de los japoneses —explico—. Nuestros maridos están impacientes por vernos llegar.

El intérprete traduce mis palabras, y los dos inspectores hablan entre sí, sin saber que entiendo todo lo que dicen.

—Parece sincera —comenta el señor White—. Pero, según el expediente, está casada con un comerciante legalmente domiciliado y con un ciudadano americano. No puede estar casada con ambos.

—Podría tratarse de un error. En ambos casos deberíamos dejarla entrar. —El comisario Plumb esboza una mueca—. Pero no ha demostrado ninguno de esos dos estados civiles. Y mírele la cara. ¿A usted le parece la mujer de un comerciante? Tiene la piel demasiado oscura. Yo diría que ha trabajado en arrozales toda su vida.

Ya está. La misma crítica de siempre. Miro hacia abajo, por temor a que vean el rubor que empieza a subirme por el cuello. Pienso en la niña de la embarcación en que viajamos hasta Hong Kong, y en cómo la descubrió aquel pirata. Ahora estos hombres están haciendo lo mismo conmigo. ¿De verdad parezco una campesina?

—Pero fíjese en cómo va vestida. Tampoco parece la mujer de un jornalero —observa el señor White.

El comisario Plumb tamborilea con los dedos en la mesa.

—La dejaré pasar, pero quiero ver el certificado de matrimonio que acredita que está casada con un comerciante legal, o algo que demuestre la ciudadanía de su marido. —Mira al intérprete—. ¿Qué día tienen asignado las mujeres para ir al muelle a recoger cosas de su equipaje?

—El martes, señor.

—Muy bien. La retendremos hasta la semana que viene. Dígale que la próxima vez debe traer su certificado de matrimonio. —Le hace una seña al taquígrafo y empieza a dictarle un resumen, que termina con esta frase—: Aplazamos el caso para su posterior investigación.

. . .

May y yo pasamos cinco días con la misma ropa. Por la noche, lavamos nuestra ropa interior y la ponemos a secar con la de las demás mujeres que cuelga sobre nuestra cabeza. Todavía nos queda un poco de dinero para comprar pasta de dientes y otros artículos de aseo en una pequeña tienda que abre a la hora de las comidas. Cuando llega el martes, nos ponemos en la cola con otras mujeres que quieren recoger cosas de su equipaje, y unas misioneras blancas nos acompañan a un almacén que hay al final del muelle. May y yo cogemos los certificados de matrimonio, y luego compruebo si el manual sigue allí escondido. Sí, sigue allí. Nadie se ha molestado en mirar en el interior de mi sombrero de plumas. Lo escondo bien, dentro del forro. Después cojo ropa interior limpia y una muda.

Todas las mañanas me visto en la cama debajo de la manta, para que las otras no me vean desnuda. Luego espero a que me llamen a la sala de entrevistas, pero nadie viene por nosotras. Si a las nueve no nos han llamado, ya sabemos que ese día no va a pasar nada. Al llegar la tarde, el nerviosismo vuelve a reinar en la habitación. A las cuatro en punto, el guardia entra y dice: «*Sai gaai*», una deformación en dialecto cantonés de la expresión *hou sai gaai*, que significa «buena suerte». A continuación, lee el nombre de las personas autorizadas a subir al barco para completar el último tramo de su viaje a América. En una ocasión se acerca a una mujer y se frota los ojos como si llorara. Luego ríe y le dice que la devuelven a China. Nunca conoceremos el motivo de su deportación.

Pasan los días y, poco a poco, permiten continuar hasta San Francisco a todas las que llegaron a Angel Island el mismo día que nosotras. Vienen otras mujeres, que también se someten al interrogatorio y se marchan. Sin embargo, a nosotras no nos llaman. Cada noche, después de otra asquerosa cena a base de pies de cerdo o pescado estofado con tofu, me quito el vestido debajo de la manta, lo cuelgo en la cuerda de tender que hay sobre mi litera y procuro dormir, sabiendo que permaneceré encerrada en esta habitación hasta la mañana siguiente.

No obstante, la sensación de estar atrapadas se extiende mucho más allá de esta habitación. En otro momento, en otro sitio y con más dinero, May y yo quizá habríamos podido huir de nuestro destino. Pero aquí no tenemos alternativa ni libertad. Hemos perdido toda nuestra vida anterior. No conocemos a nadie en Estados Unidos, aparte de nuestros maridos y nuestro suegro. *Baba* nos dijo que, si íbamos a Los Ángeles, viviríamos en casas bonitas, tendríamos sirvientes y nos codearíamos con estrellas de cine, así que quizá éste sea el camino que deberíamos haber tomado desde el principio. Podríamos considerarnos afortunadas por habernos casado con tan buenos pretendientes. Las mujeres —tanto las que han tenido un matrimonio concertado como las que no, tanto en el pasado como ahora mismo, en 1937— siempre se han casado por dinero y por lo que éste conlleva. Sin embargo, yo tengo un plan secreto. Cuando May y yo lleguemos a Los Ángeles, guardaremos parte del dinero que nos den nuestros maridos para ropa y zapatos, embellecernos y llevar la casa, y lo utilizaremos para escapar. Tumbada en el somier de tela metálica de mi litera, oigo el débil y lastimero sonido de la sirena de niebla, y a las otras mujeres, que lloran, roncan o hablan en susurros; y planeo cómo, algún día, May y yo huiremos de Los Ángeles y nos iremos a Nueva York o París, ciudades que, según me han contado, pueden compararse a Shanghai en esplendor, cultura y riqueza.

Dos martes más tarde, cuando nos dejan ir otra vez a coger cosas del equipaje, May toma las prendas de campesina que compró en Hangchow. Nos las ponemos por la tarde y por la noche, porque aquí hace demasiado frío, está todo demasiado sucio y no estamos cómodas con nuestros vestidos buenos, que sólo llevamos por la mañana por si nos llaman para concluir las vistas. Sin embargo, hacia mediados de semana, May empieza a ponerse la ropa de campesina todo el día.

—¿Y si nos llaman para la entrevista? —pregunto. Estamos sentadas en nuestras literas, rodeadas de ropa tendida—. ¿Crees que esto es diferente de Shanghai? La ropa es importante. Las que van bien vestidas salen antes que las que parecen... —No termino la frase.

—¿Campesinas?

Se cruza de brazos y hunde los hombros. No parece la misma. Ya llevamos un mes aquí, y es como si la hubiera abandonado todo el coraje que demostró al sacarme de aquella cabaña. Está pálida. No le interesa demasiado lavarse el cabello, que, como el mío, ha crecido hasta formar una melena desgreñada.

—Debes esforzarte, May. No nos quedaremos mucho tiempo aquí. Date una ducha y ponte un vestido. Te sentirás mejor.

—¿Por qué? Dime por qué. No puedo comer esa comida asquerosa que nos dan, así que casi nunca voy al lavabo. No hago nada, así que no sudo. Pero aunque sudara, ¿por qué iba a ducharme en un sitio donde puede verme todo el mundo? Es tan humillante que me gustaría ponerme un saco en la cabeza. Además —añade con énfasis—, no veo que tú vayas mucho al lavabo ni a las duchas.

Tiene razón. La tristeza y la desesperación se apoderan de quienes permanecen demasiado tiempo en este sitio. El viento frío, los días neblinosos y las sombras nos deprimen y asustan. En solamente un mes, he visto cómo muchas mujeres —algunas de las cuales ya se han marchado— se negaban a ducharse durante toda su estancia, y no únicamente porque no sudaran. Muchas se han suicidado en las duchas, ahorcándose, o introduciéndose afilados palillos por las orejas hasta el cerebro. Nadie quiere ir a las duchas, y no sólo porque a nadie le guste desnudarse delante de otras personas, sino por temor a los fantasmas de las muertas, que, como no han tenido ritos funerarios adecuados, se niegan a abandonar el desagradable lugar donde murieron.

Decidimos que, a partir de ahora, May irá conmigo a los lavabos y las duchas comunes cuando estén vacíos, y luego se quedará vigilando fuera para que no entren otras mujeres. Yo haré lo mismo con ella, aunque no me explico por qué se ha vuelto tan pudorosa.


Al final el guardia nos llama para la entrevista. Me cepillo el cabello, bebo unos sorbos de agua para tranquilizarme y me calzo los zapatos de tacón. Miro a May; parece una mendiga que hubieran materializado aquí mediante magia desde un callejón de Shanghai. Esperamos en la jaula hasta que nos llega el turno. Éste es el último paso; después nos llevarán a San Francisco. Sonrío a May para animarla —ella no me devuelve la sonrisa— y sigo al guardia hasta la sala. Reconozco al comisario Plumb, al señor White y al taquígrafo, pero hay un intérprete nuevo.

—Me llamo Lan On Tai —se presenta—. A partir de ahora habrá un intérprete diferente en cada sesión. No quieren que nos hagamos amigos. Te hablaré en sze yup. ¿Me entiendes, Louie Chin-shee?

Según la tradición china, se llama a las mujeres por su apellido, añadiendo la palabra shee. Esta práctica se remonta a hace más de tres mil años, hasta la dinastía Chou, y todavía es común entre los campesinos, pero ¡yo soy de Shanghai!

—Te llamas así, ¿no? —pregunta el intérprete. Como no contesto enseguida, mira a los hombres blancos; luego vuelve a mirarme y añade—: No debería decírtelo, pero tu caso presenta problemas. Será mejor que aceptes lo que dice tu expediente. No trates de cambiar tu historia ahora.

—Pero yo nunca he dicho que me llamara...

—¡Siéntese! —ordena el comisario Plumb. Aunque en la sesión anterior fingí no saber inglés y ahora, después de la advertencia del intérprete, sé que debo seguir fingiendo ignorancia, obedezco con la esperanza de que el comisario crea que su orden me ha asustado—. En nuestra anterior entrevista, usted afirmó que tuvo una boda civilizada, y que por eso no adoró a sus antepasados como parte de la ceremonia. Tengo aquí el expediente de su marido, y él afirma que sí adoraron a sus antepasados.

Espero a que el intérprete lo traduzca, y entonces contesto:

—Ya se lo dije: soy cristiana. No adoro a mis antepasados. Quizá mi marido adorara a los suyos a solas.

—¿Cuánto tiempo pasaron juntos?

—Una noche. —Hasta yo me doy cuenta de lo mal que suena eso.

—¿Espera que nos creamos que estuvo casada un solo día y que ahora su marido ha enviado a buscarla?

—Nuestra boda estaba concertada.

—¿La concertó una casamentera?

Procuro deducir cómo contestaría Sam a esta pregunta.

—Sí, una casamentera.

El intérprete asiente con disimulo para darme a entender que he respondido correctamente.

—Usted nos dijo que no había servido nueces de areca ni té, pero su hermana afirma que sí —prosigue el comisario Plumb, y da unos golpecitos en otra carpeta, que al parecer contiene los papeles de May.

Lo miro mientras espero a que el intérprete termine la traducción, preguntándome si me estará tendiendo una trampa. ¿Por qué iba a decir May eso? Dudo que lo haya dicho.

—Ni mi hermana ni yo les ofrecimos nueces de areca.

No es la respuesta que ellos esperaban. Lan On Tai me mira con una mezcla de lástima y fastidio.

—Dice usted que fue una boda civilizada —continúa el comisario Plumb—, pero su hermana dice que ninguna de las dos llevaba velo.

Me debato entre enfadarme conmigo misma y con May por no haber sido más aplicadas y haber preparado mejor nuestra historia, y me pregunto qué importancia tiene todo esto.

114

—Fue una boda civilizada —replico—, pero ninguna de las dos llevaba velo.

—¿Se quitó el velo durante el banquete?

—Ya le he dicho que no llevaba velo.

—¿Por qué afirma que sólo hubo siete personas en el banquete, cuando su marido, su suegro y su hermana aseguran que había muchas mesas ocupadas en la sala?

Empiezo a marearme. ¿Qué está pasando?

—Éramos un grupo pequeño y sólo ocupábamos una mesa del restaurante del hotel, donde había otros huéspedes cenando.

—Dice usted que en su hogar paterno hay seis habitaciones, pero su hermana dice que hay muchas más, y su marido afirmó que la casa es enorme. —El comisario Plumb enrojece cuando añade—: ¿Nos está mintiendo?

—Las habitaciones se pueden contar de diferentes maneras, y mi marido...

—Volvamos a su boda. ¿El banquete se celebró en la planta baja o en el piso superior?

Y cosas por el estilo: ¿Cogí un tren después de la boda? ¿Fui en barco? ¿Las casas del barrio donde vivía con mis padres están construidas en hileras? ¿Cuántas casas había entre la nuestra y la calle principal? ¿Cómo puedo decir que me casé según la tradición antigua o según la moderna si hubo una casamentera y no llevaba velo? ¿Por qué mi presunta hermana y yo no hablamos el mismo dialecto?

El interrogatorio dura ocho horas, sin descanso para comer ni para ir al lavabo. Al final, el comisario Plumb está colorado y cansado. Mientras le dicta el resumen al taquígrafo, me hierve la sangre de frustración. Casi todas sus frases empiezan así: «La presunta hermana de la candidata declara...» Comprendo que mis respuestas puedan interpretarse de forma diferente que las dadas por Sam o el venerable Louie, pero ¿cómo es posible que las respuestas de May sean tan distintas de las mías?

El intérprete no expresa ni pizca de emoción cuando traduce la conclusión del comisario Plumb:

—Existen numerosas contradicciones que no deberían existir, sobre todo relativas al hogar que la candidata compartía con su presunta hermana. Mientras que la candidata responde adecuadamente a las preguntas relativas al pueblo natal de su presunto marido, su presunta hermana no parece tener conocimiento alguno sobre su marido, la familia de éste ni su domicilio, ya sea en Los Ángeles o en China.

Por lo tanto, la opinión unánime de los miembros de la comisión es que esta candidata, así como su presunta hermana, deberán ser reexaminadas hasta que logren resolverse las contradicciones. —Entonces el intérprete me mira y añade—: ¿Has entendido todo lo que te han preguntado?

—Sí —contesto, furiosa con estos detestables hombres y su interminable interrogatorio, conmigo misma por no ser más lista y sobre todo con May. Su dejadez ha provocado que nos retengan aún más tiempo en esta horrible isla.

Cuando salgo, mi hermana no está en la jaula. Tengo que sentarme allí y esperar a que acabe otra mujer cuyo interrogatorio tampoco está yendo bien. Una hora más tarde, la mujer abandona la sala de entrevistas; el guardia la coge del brazo, abre la puerta de la jaula y me hace señas, pero no volvemos al dormitorio del primer piso del edificio de Administración, sino que nos dirigimos a otro edificio. Al final del vestíbulo hay una puerta con una ventanilla cubierta con malla metálica; sobre el dintel se lee: «Celda 1.» En esta isla, y en nuestro dormitorio cerrado con llave, quizá tengamos la sensación de estar en la cárcel, pero ésta sí es la puerta de una celda de verdad. La mujer llora e intenta soltarse, pero el guardia es más fuerte que ella. Abre la puerta, mete a la mujer en la oscura celda de un empujón y la encierra con llave.

Ahora me he quedado sola con un blanco muy corpulento. No tengo escapatoria. Empiezo a temblar incontroladamente. Y entonces sucede algo muy extraño: la sonrisa de desdén del guardia se transforma en una expresión semejante a la compasión.

—Lamento que hayas tenido que ver esto —dice—. Es que esta noche andamos escasos de personal. —Niega con la cabeza—. No entiendes ni una palabra de lo que digo, ¿verdad? —Señala la puerta por la que hemos entrado—. Tenemos que ir por allí, para devolverte al dormitorio —continúa, pronunciando con esmero; sus labios se estiran y me recuerdan a las retorcidas facciones de las estatuas de demonios de los templos—. ¿Me entiendes?

Más tarde, cuando recorro el dormitorio hasta mi litera, mis emociones son un torbellino de ira, miedo y frustración. Las miradas de las otras mujeres me siguen mientras taconeo por el suelo de linóleo. Algunas llevamos un mes conviviendo en esa habitación de dimensiones reducidas. Sabemos reconocer el estado de ánimo de las demás, y sabemos cuándo retirarnos u ofrecer consuelo. Ahora siento que las mujeres se alejan de mí, como las ondas concéntricas cuando lanzas una piedra a una charca.

May está sentada en el borde de su cama, con las piernas colgando. Ladea la cabeza como hace desde que era una cría cuando sabe que van a regañarla.

—¿Por qué has tardado tanto? Llevo horas esperándote.

—¿Qué has hecho, May? Dime, ¿qué has hecho?

—Te has perdido la comida. Pero te he traído un poco de arroz.

Abre una mano y me muestra una bola deforme de arroz. Le doy un manotazo y la tiro al suelo. Las otras mujeres miran hacia otro lado.

—¿Por qué les has mentido? —le espeto—. ¿Por qué?

Ella balancea las piernas como una niña pequeña cuyos pies no llegan al suelo. Me quedo mirándola, respirando afanosamente por la nariz. Nunca había estado tan enfadada con ella. Ahora no se trata de unos zapatos embarrados, ni de una blusa que me devuelve manchada.

—No entendía lo que decían. Yo no entiendo la cantinela del sze yup. Sólo entiendo la canción del norte de Shanghai.

—¿Y eso es culpa mía? —replico furiosa, aunque comprendo que tengo parte de responsabilidad en lo sucedido.

May no entiende el dialecto de nuestros antepasados. ¿Cómo no lo tuve en cuenta? Sin embargo, el Dragón que hay en mí está realmente colérico.

—Hemos pasado muchos suplicios, pero en el barco no te molestaste siquiera en mirar el manual —añado.

Mi hermana se encoge de hombros y la ira me embarga.

—¿Quieres que nos devuelvan a China? ¿Quieres eso?

May no contesta, pero las lágrimas empiezan a acumularse en sus ojos.

—¿Es eso lo que quieres? —insisto.

Las lágrimas, predecibles, se desbordan y gotean en su holgada chaqueta, dejando en la tela unas manchas azules que se extienden poco a poco. Pero si May es predecible, yo también lo soy.

Le sacudo las piernas. La hermana mayor, que siempre tiene razón, pregunta:

—¿Qué te pasa?

May murmura algo.

—¿Qué?

Deja de balancear las piernas y mantiene la cabeza gacha, pero yo la miro desde abajo, así que no tiene forma de esquivarme. Vuelve a murmurar.

—Habla más alto para que pueda oírte —digo con aspereza, impaciente.

Ladea la cabeza, me mira a los ojos y, en voz muy baja para que sólo yo la oiga, susurra:

—Estoy embarazada.

# La isla de los inmortales

May se da la vuelta y hunde la cara en la almohada para ahogar sus sollozos. Miro alrededor y tengo la impresión de que las otras mujeres hacen caso omiso de nosotras o lo fingen. Los chinos somos así.

Me quito los zapatos y subo a la litera de arriba.

—Creía que no habías tenido relaciones esposo-esposa con Vernon —susurro.

—No las tuve — consigue articular—. No pude.

Entra un guardia para anunciar la hora de la cena; las mujeres se apresuran en salir las primeras. Pese a lo mala que es la comida, la cena es más importante que una discusión entre dos hermanas. Si el menú de esta noche incluye algo comestible, quieren ser las primeras en llegar. Pasados unos minutos, nos encontramos solas y ya no tenemos que hablar en susurros.

—¿Fue ese chico al que conociste en el barco? —Ni siquiera recuerdo su nombre.

—No; fue antes.

¿Antes? Antes de embarcar estuvimos en el hospital de Hangchow, y luego en el hotel de Hong Kong. No me explico cómo pudo pasar algo en ese tiempo, a menos que ocurriera mientras yo estaba enferma, o antes, cuando estaba inconsciente. ¿Fue con uno de los médicos que me atendió? ¿La violaron cuando tratábamos de llegar al Gran Canal? A mí me avergonzaba hablar de mi desgracia. ¿Ha guardado May un secreto similar todo este tiempo? Planteo la pregunta desde otro ángulo, más práctico:

—¿Cuánto tiempo hace?

119

Ella se incorpora, se frota los ojos con las manos y se queda mirándome con gesto de pena, vergüenza y súplica. Recoge las piernas y se sienta sobre los talones, de modo que nuestras rodillas se tocan; entonces se desabrocha poco a poco los alamares de la chaqueta de campesina y se alisa la camisa para revelar su vientre. El embarazo está bastante avanzado, lo que explica por qué se ha escondido bajo ropa holgada prácticamente desde que llegamos a Angel Island.

—¿Fue Tommy? —pregunto, deseando acertar.

*Mama* siempre quiso que May se casara con Tommy. Ahora que él y *mama* han muerto, ¿no sería esto un regalo? Pero May contesta «Sólo era un amigo» y no sé qué pensar. En Shanghai, mi hermana salía con muchos jóvenes, sobre todo los últimos días, cuando habríamos hecho cualquier cosa para olvidar la gravedad de nuestra situación. Pero ignoro sus nombres, y no quiero interrogarla con preguntas como: «¿Fue aquel joven que conociste una noche en el Venus Club?», o «¿Fue aquel americano que Betsy traía a veces?» ¿Acaso ese enfoque no sería tan ridículo y estúpido como el que yo he tenido que soportar hoy? Pero no puedo evitarlo:

—¿Fue el estudiante que vino a vivir al pabellón del primer piso? —No lo recuerdo muy bien; sólo sé que era delgado, que vestía de gris y era muy reservado. ¿Qué estudiaba? No lo sé, pero no he olvidado que estaba junto a la butaca de *mama* el día del bombardeo. ¿Adoptaría esa actitud porque estaba enamorado de May, como tantos otros jóvenes?

—Entonces ya estaba embarazada —confiesa.

Se me ocurre un pensamiento muy desagradable.

—Dime que no fue el capitán Yamasaki. —No sé cómo reaccionaré si May va a tener un hijo medio japonés.

Mi hermana niega con la cabeza, para mi alivio.

—No lo conoces —dice con voz temblorosa—. Yo apenas lo conocía. Sólo fue algo que pasó. No se me ocurrió pensar que pudiera quedarme embarazada. Si hubiera tenido más tiempo, le habría pedido a un herborista algo para expulsar al bebé. Pero no tuve tiempo. ¡Ay, Pearl! ¡Toda la culpa es mía! —Me coge las manos y rompe a llorar otra vez.

—No te preocupes. Todo irá bien —digo para reconfortarla, aunque sé que es una promesa falsa.

—¿Cómo va a ir bien? ¿No has pensado lo que esto implica?

La verdad es que no lo he pensado. No he tenido meses para reflexionar sobre la situación de May. Apenas dos minutos.

—No podremos ir directamente a Los Ángeles. —Hace una pausa y me mira fijamente—. Porque debemos ir allí, ¿no?

—No veo alternativa. Pero, incluso sin tener esto en cuenta —digo señalando su vientre—, no sabemos si nos aceptarán cuando lleguemos.

—Claro que nos aceptarán. ¡Nos compraron! Pero ahora está el problema del bebé. Al principio pensé que podría deshacerme de él. Aunque no tuve relaciones esposo-esposa con Vernon, él no iba a decir nada. Pero el venerable Louie examinó nuestras sábanas...

—¿Entonces ya lo sabías?

—Tú estabas delante cuando vomité en el restaurante. Estaba muerta de miedo. Pensé que alguien lo relacionaría. Pensé que tú atarías cabos.

Por fin, me doy cuenta de que muchas personas entendieron lo que yo no supe ver. La campesina en cuya casa pernoctamos la primera noche, después de salir de Shanghai, le prestó especial atención a May. El médico de Hangchow se mostró muy atento con ella e insistió en que necesitaba dormir. Soy la *jie jie* de May y siempre hemos estado muy unidas, pero la preocupación por mis propios problemas —perder a Z.G., dejar mi hogar, ser violada, estar al borde de la muerte, llegar aquí— me ha impedido reparar en que lleva meses vomitando. No me he fijado en si la hermanita roja la visitaba. Y ni siquiera recuerdo la última vez que la vi desnuda. La he abandonado cuando más me necesitaba.

—Lo siento mucho...

—¡Pearl! ¡No me escuchas! ¿Cómo vamos a ir ahora a Los Ángeles? Ese chico no es el padre, y el venerable Louie lo sabe.

Todo está ocurriendo demasiado deprisa, y hoy ha sido un día largo y difícil. No he comido nada desde el cuenco de *jook* del desayuno, y tampoco voy a cenar. Estoy tan cansada que no advierto que May está pensando en otra cosa. Al fin y al cabo, si me ha confesado que está embarazada es sólo porque me he enfadado con ella por...

—Has mentido en la segunda entrevista a propósito —comprendo de pronto—. Ya les mentiste en la primera.

—Porque el bebé tiene que nacer aquí, en Angel Island.

Se supone que soy la hermana inteligente, pero me cuesta entenderla.

—Ya habías decidido mentir cuando el barco llegó a San Francisco —digo al fin—. Por eso no estudiaste el manual. No querías dar las respuestas correctas. Querías que nos retuvieran aquí.

—No es exactamente así. Confiaba en que Spencer me ayudaría. Nos ayudaría. En el barco me hizo promesas. Dijo que se encargaría de todo para que no tuviéramos que ir a Los Ángeles. Me mintió. —Se encoge de hombros—. ¿Te sorprende, después de lo que nos hizo *baba*? Mi otra opción era venir aquí. ¿No lo ves? Si el bebé nace en Angel Island, ellos nunca sabrán que es mío.

—¿Ellos?

—Los Louie —espeta, impaciente—. Debes quedarte con él. Te lo daré. Tú tuviste relaciones esposo-esposa con Sam. Las fechas casi coinciden.

Le suelto las manos y me aparto de ella.

—Pero ¿qué dices?

—Los médicos dijeron que seguramente no podrás tener hijos. Esto podría salvarme a mí y ayudarte a ti.

Yo no quiero un hijo; no ahora, y quizá nunca. Tampoco quiero estar casada por un acuerdo o para saldar las deudas de mi padre. Tiene que haber otra solución.

—Si no lo quieres, entrégaselo a las misioneras —propongo—. Ellas se lo quedarán. Tienen una sociedad de ayuda a los niños chinos de la que están muy orgullosas. Lo mantendrán alejado de las mujeres enfermas.

—¡Pearl! ¡Estamos hablando de mi hijo! ¿Qué otros lazos tenemos con *mama* y *baba*? Somos hermanas, las últimas de la familia. Mi hijo podría ser el principio de una nueva familia aquí, en América.

Estamos dando por sentado que el bebé es un niño, por supuesto. Como todos los chinos, no podemos imaginar un hijo que no sea varón; los varones aportan felicidad a la familia y garantizan que los antepasados estén bien alimentados en el más allá. Pero el plan de May no puede funcionar.

—No estoy embarazada y no puedo tener el bebé por ti —digo, señalando lo que es obvio.

Una vez más, May me demuestra que lo ha pensado todo con detalle.

—Tendrás que ponerte la ropa de campesina que te compré. Lo tapa todo. Esas mujeres rústicas no quieren que nadie vea su cuerpo, para no atraer a los hombres y para que no se note que están embarazadas. Tú no has notado lo hinchado que tenía el vientre, ¿verdad? Más adelante, si es necesario, puedes ponerte un almohadón bajo la chaqueta. ¿Quién va a mirarte? ¿A quién le importará? Pero debemos prolongar nuestra estancia aquí como sea.

—¿Cuánto tiempo?

—Unos cuatro meses.

No sé qué hacer ni qué decir. May es mi hermana, mi única pariente viva, que yo sepa; y le prometí a *mama* que cuidaría de ella. Así que, sin pensarlo más, tomo una decisión que afectará al resto de mi vida, y también a la de May.

—De acuerdo. Lo haré.

Estoy tan abrumada por todo lo ocurrido hoy que no se me ocurre preguntarle cómo piensa tener el niño sin que se enteren las autoridades.


Las duras consecuencias de haber decidido abandonar China y venir aquí nos golpean con fuerza durante las semanas siguientes. Los optimistas —y los estúpidos— llaman a Angel Island «la Ellis Island del Oeste». Quienes quieren mantener a los chinos alejados de América la llaman «la Guardiana de la Puerta del Oeste». Los chinos la denominamos «la Isla de los Inmortales». El tiempo transcurre tan lentamente que se diría que estamos en el más allá. Los días son largos y se rigen por una rutina tan predecible y aburrida como la de nuestro tránsito intestinal. Todo está regulado. No podemos decidir cuándo ni qué comemos, cuándo se encienden o se apagan las luces, cuándo nos acostamos o nos levantamos. En la cárcel una pierde todos sus privilegios.

May empieza a engordar, y nos trasladamos a unas literas más bajas para que no tenga que trepar a las de arriba. Todas las mañanas nos levantamos y vestimos. Los guardias nos escoltan hasta el comedor, una estancia sorprendentemente pequeña, teniendo en cuenta que hay días en que se sirven comidas para más de trescientas personas. En el comedor se practica la segregación, como en el resto de las dependencias de Angel Island. Los europeos, asiáticos y chinos tienen sus propios cocineros, su propia comida y sus propios horarios. Nos dan media hora para desayunar y tenemos que desalojar el comedor antes de que lleguen los otros retenidos. Nos sentamos a unas largas mesas de madera y tomamos un cuenco de *jook*; luego los guardias nos conducen al dormitorio y nos encierran. Algunas mujeres preparan té calentando agua en un cazo que ponen encima de un radiador. Otras comen lo que les envían sus familiares de San Francisco: fideos, encurtidos y albóndigas. La mayoría vuelven a acostarse, y sólo despiertan cuando las misioneras vienen a hablarnos de su único

Dios y a enseñarnos a coser y tejer; una de ellas, ya mayor, se compadece de mí.

—Déjame enviarle un telegrama a tu marido —me propone—. Cuando sepa que estás aquí, y embarazada, vendrá y lo arreglará todo. No querrás que tu hijo nazca en un sitio así, ¿verdad? Tendrá que ser en un hospital.

Pero yo no quiero esa clase de ayuda, al menos de momento.

A la hora de comer vamos al comedor, donde nos sirven arroz frío con judías germinadas excesivamente hervidas, *jook* con tajadas finas de cerdo o sopa de tapioca con galletas saladas. La cena consiste en un plato fuerte: tofu seco con cerdo, patatas y ternera, judías blancas y pies de cerdo o lenguado con verdura. A veces nos dan un arroz rojo casi incomestible. Todo parece y sabe como si ya lo hubieran masticado e ingerido una vez. Algunas mujeres ponen trozos de su carne en mi cuenco. «Para tu hijo», dicen. Y yo he de encontrar la forma de trasladar esos regalos al plato de May.

—¿Por qué no vienen a veros vuestros maridos? —nos pregunta una mujer una noche, durante la cena. Su nombre de pila significa «recogedor», y siempre utiliza su nombre de casada, Lee-shee. Lleva más tiempo retenida que nosotras—. Ellos podrían contratar a un abogado. Podrían explicárselo todo a los inspectores. Podríais salir de aquí mañana mismo.

No le contestamos que nuestros maridos no saben que estamos aquí y que no pueden saberlo hasta que nazca el niño, pero a veces he de admitir que sería un consuelo verlos, pese a que son prácticamente unos desconocidos.

—Ellos viven muy lejos —explica May a Lee-shee y a otras mujeres que nos compadecen—. Para mi hermana es muy duro, sobre todo en su situación.

Las tardes transcurren lentamente. Mientras las demás escriben a sus familias —los retenidos pueden enviar y recibir tantas cartas como quieran, aunque tienen que pasar por las manos de los censores—, May y yo hablamos. O miramos por una ventana —todas cubiertas con malla metálica para impedir fugas— y soñamos con nuestro hogar perdido. O cosemos y tejemos, algo que *mama* nunca nos enseñó. Cosemos pañales y camisitas. Aprendemos a tejer jerséis, gorras y peúcos de bebé.

—Tu hijo será un Tigre y estará influenciado por el elemento Tierra, que este año tiene mucha fuerza —me dice, durante su estancia de tres días en Angel Island, una mujer que vuelve de un viaje a su pueblo natal—. Tu hijo Tigre te traerá felicidad y preocupación al mismo tiempo. Será adorable e inteligente, curioso e inquisitivo, cariñoso y atlético. ¡Harás mucho ejercicio sólo persiguiéndolo!

May suele permanecer callada cuando las mujeres nos dan consejos, pero esta vez no puede contenerse:

—¿Será verdaderamente feliz? ¿Tendrá una vida feliz?

—¿Felicidad? ¿Aquí, en la tierra de la Bandera Floreada? No sé si se puede ser feliz en este país, pero el Tigre tiene atributos que podrían ayudar al hijo de tu hermana. Si lo quieren y lo disciplinan por igual, el Tigre responderá con cariño y comprensión. Pero a un Tigre nunca puedes mentirle, porque entonces salta, se revuelve y hace cosas peligrosas.

—Pero ¿acaso eso no son virtudes?

—Tu hermana es Dragón. El Dragón y el Tigre siempre luchan por el poder. Confiemos en que sea varón, ¿qué madre no confía en eso?, porque así sus posiciones estarán más claras. Toda madre debe obedecer a su hijo, aunque ella sea Dragón. Si tu hermana fuera Oveja, sí me preocuparía. El Tigre suele proteger a la madre Oveja, pero sólo son compatibles en épocas de bonanza. Si no, el Tigre abandona a la Oveja o la destroza.

May y yo nos miramos. En vida de *mama* no creíamos en esas cosas. ¿Por qué íbamos a empezar a creer ahora?


Procuro ser sociable con las retenidas que hablan el dialecto sze yup, y mi vocabulario mejora a medida que voy recordando palabras de mi infancia. Pero, en el fondo, ¿qué sentido tiene conversar con estas desconocidas? Nunca se quedan aquí el tiempo suficiente para que nos hagamos amigas, May no puede participar en las conversaciones porque no las entiende, y ambas pensamos que lo mejor es mostrarnos reservadas. Seguimos yendo solas a los lavabos comunes y las duchas y, cuando nos preguntan, decimos que no queremos exponer a mi hijo a los espíritus que rondan por esas zonas. Es una explicación absurda, por supuesto. No estoy más protegida de los fantasmas cuando voy sólo con mi hermana que cuando voy con todo un grupo de mujeres, pero ellas lo aceptan y piensan que tengo las típicas preocupaciones de una futura madre.

Nuestra única distracción son las excursiones quincenales fuera del edificio de Administración. Los martes nos dejan retirar cosas de nuestras bolsas, que permanecen en el muelle; y aunque ya no cogemos nada, resulta agradable salir un rato al aire libre. Los viernes, las misioneras nos llevan de paseo por los jardines. Angel Island tiene mucho encanto. Vemos ciervos y mapaches. Aprendemos los nombres de los árboles: eucalipto, roble de California y pino de Torrey. Pasamos al lado de los barracones de los hombres, que están segregados por razas no sólo en las dependencias, sino también en el patio de ejercicios. Todo el Centro de Inmigración está rodeado por una valla con alambre de espino en lo alto que lo separa del resto de la isla, pero el patio de ejercicios de los hombres tiene una alambrada doble para que nadie intente escapar. Aunque ¿adónde podrían ir? Angel Island está diseñada como Alcatraz, la isla que vimos desde el barco cuando veníamos hacia aquí. Ambas son cárceles de alta seguridad. A quienes son lo bastante insensatos o temerarios para nadar hacia la libertad suelen encontrarlos días más tarde en alguna orilla, lejos de aquí. La diferencia entre nosotros y los reclusos de la isla vecina es que nosotros no hemos cometido ningún delito. Sólo que, en opinión de los *lo fan*, sí somos delincuentes.

En la escuela de catequesis metodista de Shanghai, nuestras maestras hablaban del único Dios y del pecado, de las virtudes del Cielo y los horrores del Infierno, pero no eran del todo sinceras sobre la opinión que sus compatriotas tenían de nosotros. Ahora sabemos, gracias a las retenidas y los interrogadores, que América no nos quiere. No sólo no podemos convertirnos en ciudadanos nacionalizados, sino que en 1882 el gobierno aprobó una ley que prohibía la inmigración de ciudadanos chinos, excepto los pertenecientes a cuatro clases eximidas: sacerdotes, diplomáticos, estudiantes y comerciantes. Si perteneces a alguna de esas clases, o eres un ciudadano americano de origen chino, necesitas un Certificado de Identidad para desembarcar. Y siempre debes llevar encima ese documento. ¿Somos los chinos los únicos que reciben ese tratamiento? No me sorprendería.

—No puedes hacerte pasar por sacerdote, diplomático ni estudiante —nos explica Lee-shee mientras tomamos nuestra primera cena de Navidad en este país—. En cambio, no es muy difícil hacerse pasar por comerciante.

—Claro —coincide Dong-shee, otra mujer casada que llegó una semana más tarde que May y yo. Fue ella quien nos dijo que si dormimos sobre somieres en lugar de sobre colchones es porque los *lo fan* no creen que encontremos cómodas las camas—. No quieren a campesinos como nosotros. Y tampoco quieren culis, conductores de *rickshaw* ni orinaleros.

Y yo me pregunto qué país los querría. Esa gente es necesaria, pero ¿los queríamos nosotros en Shanghai? (¿Veis como a veces todavía no comprendo qué lugar ocupo en el mundo?)

—Mi marido compró parte de una tienda —alardea orgullosa Lee-shee—. Pagó quinientos dólares para convertirse en socio. No es socio de verdad, y tampoco desembolsó ese dinero. ¿Quién tiene tanto dinero? Pero prometió al propietario que trabajaría hasta haber saldado su deuda. Ahora mi marido puede decir que es comerciante.

—¿Y por eso nos interrogan? —pregunto—. ¿Buscan a falsos comerciantes? No entiendo por qué se toman tantas molestias.

—En realidad, lo que buscan son hijos de papel.

Al ver mi cara de incomprensión, se echan a reír. May levanta la cabeza del cuenco.

—¿Es un chiste? —me pregunta.

Niego con la cabeza. May suspira y sigue removiendo los pies de cerdo de su cuenco. Al otro lado de la mesa, las dos mujeres intercambian miradas de complicidad.

—Ya veo que no entiendes nada —observa Lee-shee—. ¿Por eso tu hermana y tú lleváis tanto tiempo aquí? ¿No os explicaron vuestros maridos lo que debíais hacer?

—Teníamos que venir con ellos y con nuestro suegro. Pero nos separamos porque los micos...

Ellas asienten con la cabeza, comprensivas.

—También puedes entrar en América si eres hijo de un ciudadano americano —continúa Dong-shee. Apenas ha probado la comida, y la salsa, con mucho almidón, se espesa en su cuenco—. Mi marido es un hijo de papel. ¿Los vuestros también lo son?

—Perdona, pero no sé qué significa eso.

—Mi marido compró un documento para convertirse en hijo de un americano. Ahora puede traerme a mí como esposa de papel.

—¿Qué significa que compró un documento?

—¿Nunca habéis oído hablar de los hijos de papel y las plazas de hijo de papel? —inquiere, y yo niego con la cabeza; Dong-shee pone los codos encima de la mesa y se inclina hacia delante—. Imagínate que un chino nacido en América viaja a China para casarse. Cuando regresa a América, les dice a las autoridades que su mujer ha tenido un bebé.

Escucho atentamente por si detecto algún fallo, y me parece encontrarlo.

—Pero ¿ha tenido el hijo de verdad?

—No. Pero él lo declara así, y ni los funcionarios de la embajada en China ni los de aquí, en Angel Island, van a desplazarse a un pueblo remoto para comprobar si dice la verdad. De modo que a ese hombre, que es ciudadano de Estados Unidos, le entregan un documento que acredita que tiene un hijo, que también es ciudadano porque él lo es. Pero recuerda: ese niño no ha nacido. Sólo existe en el papel. Y ahora el hombre tiene una plaza de hijo de papel que puede vender. Espera diez o veinte años. Luego le vende el documento, la plaza, a un joven de China, quien adopta su nuevo apellido y viene a América. No es su verdadero hijo, sino un hijo de papel. Los funcionarios de inmigración de Angel Island intentarán por todos los medios sonsacarle la verdad. Si lo descubren, lo devolverán a China.

—¿Y si no lo descubren?

—Entonces se trasladará a su nuevo hogar y vivirá como hijo de papel, con una ciudadanía falsa, un apellido falso y una historia familiar falsa. Tendrá que vivir con esas mentiras mientras permanezca en este país.

—¿A quién puede interesarle hacer eso? —pregunto, escéptica, porque procedemos de un país donde los apellidos son muy importantes y a veces se remontan a más de doce generaciones. La idea de que alguien esté dispuesto a cambiar su apellido para venir aquí no parece verosímil.

—En China hay montones de jóvenes que querrían comprar ese documento para pasar por el hijo de otra familia si con eso pueden venir a América, la Montaña Dorada, la Tierra de la Bandera Floreada —contesta Dong-shee—. Créeme, ese joven padecerá muchas humillaciones y trabajará muy duro, pero ganará dinero, lo ahorrará y algún día volverá a su pueblo natal convertido en un hombre rico.

—Parece fácil...

—¡Qué dices! ¡Mira a tu alrededor! ¡No es nada fácil! —replica Lee-shee—. Los interrogatorios son tremendos, y los *lo fan* cambian las normas constantemente.

—¿Y hay hijas de papel? —pregunto—. ¿También vienen mujeres mediante ese sistema?

—¿Qué familia malgastaría una oportunidad tan preciosa con una hija? Nosotras tenemos suerte si podemos aprovechar la falsa ciudadanía de nuestros maridos para entrar en el país como esposas de papel.

Las dos ríen hasta que se les saltan las lágrimas. ¿Cómo es posible que estas campesinas analfabetas sepan más que nosotras sobre estas cosas y tengan más claro qué hay que hacer para burlar las leyes? Porque ellas pertenecen a la clase de los emigrantes, mientras que May y yo no deberíamos estar aquí. Suspiro. A veces me gustaría que nos deportaran, pero ¿cómo podríamos volver? Los japoneses han invadido China, May está embarazada y no tenemos familia ni dinero.

Entonces, como es habitual, nos ponemos a hablar de la comida que echamos de menos: el pato asado, la fruta fresca y la salsa de judías negras fermentadas, que no admiten comparación con la porquería recocida que nos sirven aquí.


Tal como planeó May, me pongo la ropa holgada que usé para huir de China. La mayoría de las mujeres no pasan suficiente tiempo aquí para percatarse de que tanto May como yo estamos engordando día a día. O quizá sí se dan cuenta, pero se muestran reservadas respecto a algo tan íntimo, como habría hecho nuestra propia madre.

Nosotras crecimos en una ciudad cosmopolita. Creíamos estar muy enteradas de todo, pero en muchos aspectos éramos unas ignorantes. *Mama*, como era habitual en esa época, siempre se mostró reticente a hablar de cualquier cosa relacionada con el cuerpo. Ni siquiera nos advirtió de la visita de la hermanita roja, y la primera vez que tuve la menstruación me aterroricé pensando que iba a morir desangrada. Ni siquiera entonces me lo explicó *mama*, y se limitó a enviarme a las dependencias de los sirvientes para que Pansy y las otras me enseñaran qué debía hacer y cómo podía quedarse embarazada una mujer. Más adelante, cuando la hermanita roja visitó a May, le conté lo que sabía, pero seguimos sin conocer gran cosa sobre el embarazo y el parto. Por suerte, ahora convivimos con mujeres muy bien informadas que me dan toda clase de consejos, aunque de quien más me fío es de Lee-shee.

—Si tienes los pezones pequeños como las semillas de loto —me advierte—, tu hijo prosperará. Pero si los tienes del tamaño de dátiles, tu hijo se hundirá en la pobreza.

Me dice que para fortalecer mi *yin* debo tomar peras cocidas en almíbar, pero en el comedor nunca nos dan peras. Cuando May empieza a tener dolores abdominales, le digo a Lee-shee que padezco esos dolores, y ella me explica que es una dolencia típica de las mujeres cuyo *chi* se paraliza alrededor del útero.

—El mejor remedio es comer cinco rodajas de *daikon* espolvoreadas con azúcar, tres veces al día —me recomienda.

Pero no sé cómo conseguir rábanos japoneses frescos, de modo que May sigue sufriendo. Decido vender la última joya que queda en la bolsa de *mama* a una mujer de un pueblo cercano a Cantón. De ahora en adelante, cuando May necesite algo, podré comprarlo en la tienda o sobornar a uno de los guardias o cocineros para que me lo consiga. Más adelante, cuando May sufre indigestión, me quejo como si la padeciera yo. Las mujeres discuten sobre el mejor remedio, y me sugieren que chupe clavos de olor. Los consigo fácilmente, pero Lee-shee no se queda satisfecha.

—Pearl debe de tener débil el estómago o el bazo. Eso indica deficiencias del elemento Tierra —les comenta a las demás—. ¿Alguien tiene mandarinas o jengibre para prepararle un té?

Compro esos artículos sin mucha dificultad, y le proporcionan alivio a May; eso me alegra, y alegra también a las otras porque han podido ayudar a una mujer embarazada.


Nuestros interrogatorios son cada vez más espaciados. Es una práctica común para aquellos cuyo caso presenta problemas. Los inspectores creen que las largas horas en el dormitorio nos debilitarán, nos intimidarán y nos harán olvidar las historias que hemos memorizado, y que así cometeremos errores. Al fin y al cabo, si sólo te interrogan una vez al mes durante ocho horas seguidas, ¿cómo vas a recordar con exactitud lo que dijiste hace uno, dos, seis u ocho meses, si se ajusta a lo que decía el manual que destruiste, o lo que tus familiares y conocidos, que ya no se encuentran en la isla, dijeron sobre ti en sus vistas?

Los matrimonios permanecen separados durante su estancia en el Centro de Inmigración. De esa forma no pueden consolarse mutuamente ni, aún más importante, compartir información sobre sus interrogatorios. El día de su boda, ¿se paró la silla de manos delante de la verja o de la puerta principal? ¿Estaba nublado o lloviznaba cuando enterraron a su tercera hija? ¿Quién puede recordar esas cosas cuando las preguntas y sus respuestas pueden interpretarse de diferente manera? Al fin y al cabo, en un pueblo de doscientos habitantes, ¿acaso no son lo mismo la verja y la puerta principal? ¿Cómo iba a importarles el tiempo que hiciera cuando enterraban a una hija? Por lo visto, a los interrogadores sí les importa, y una familia cuyas respuestas a una pregunta no concuerden puede permanecer retenida días, semanas o incluso meses.

Pero May y yo somos hermanas, y podemos comparar nuestras versiones antes de las entrevistas. Las preguntas que me hacen son cada vez más difíciles, porque ahora utilizan los expedientes de Sam, Vernon, sus hermanos, el venerable Louie, su esposa, sus socios y gente del barrio: otros comerciantes, el policía de ronda y el chico de los recados de nuestro suegro. ¿Cuántas gallinas y cuántos patos tiene la familia de mi marido en su pueblo natal? ¿Dónde se guarda el cajón del arroz en nuestra casa de Los Ángeles y en la casa de la familia Louie en Wah Hong?

Si tardamos en responder, los inspectores se impacientan y nos urgen: «¡Deprisa! ¡Conteste!» Esa táctica funciona con otros detenidos, que se asustan y cometen errores cruciales, pero nosotras la utilizamos para aparentar que estamos aturdidas y somos estúpidas. El comisario Plumb está cada vez más enfadado conmigo, y a veces se queda una hora mirándome en silencio, buscando intimidarme y obligarme a cometer un error; pero yo me entretengo por un motivo muy especial, y sus intentos sólo consiguen que esté más tranquila y concentrada.

May y yo utilizamos la complejidad, la simplicidad o la idiotez de esas preguntas para prolongar nuestra estancia en Angel Island. Cuando nos preguntan si en China teníamos un perro, May contesta que sí y yo que no. En la entrevista de dos semanas más tarde, los inspectores nos plantean esa discrepancia. May persevera en su afirmación de que teníamos un perro, mientras que yo explico que teníamos uno, pero que nuestro padre lo mató y nos lo comimos el último día que estuvimos en China. En la siguiente entrevista, los inspectores anuncian que ambas tenemos razón: la familia Chin tenía un perro, pero se lo comió antes de nuestra partida. La verdad es que nunca tuvimos ningún perro, y nuestro cocinero jamás sirvió perro, ni el nuestro ni ningún otro. May y yo nos pasamos horas riendo por nuestros pequeños triunfos.

—¿Dónde colocaban la lámpara de queroseno en su casa? —me pregunta un día el comisario Plumb.

En Shanghai teníamos electricidad, pero le contesto que la poníamos en el lado izquierdo de la mesa. May afirma que la colocábamos en el derecho.

Me atrevería a afirmar que los inspectores no son muy inteligentes. No se percatan de que May está embarazada, ni del almohadón y la ropa que llevo yo debajo de la chaqueta de campesina. Después del Año Nuevo chino, empiezo a entrar y salir de la sala de interrogatorios anadeando como un pato, y a exagerar mis esfuerzos al sentarme y levantarme. Como es lógico, eso provoca una nueva ronda de preguntas. ¿Estoy segura de que me quedé embarazada la única noche que pasé con mi marido? ¿Estoy segura de la fecha? ¿El niño no podría ser de otro? ¿Ejercía de prostituta en mi país de origen? ¿Es el padre de mi hijo quien yo afirmo que es?

El comisario Plumb abre el expediente de Sam y me muestra una fotografía de un niño de siete años.

—¿Es éste su marido?

Examino la foto. Es un niño pequeño. Podría ser Sam cuando volvió a China con sus padres, en 1920, pero también podría no serlo.

—Sí, es él.

El taquígrafo sigue escribiendo, nuestros expedientes siguen ampliándose y por el camino me entero de muchas cosas sobre mi suegro, Sam, Vernon y los negocios de la familia Louie.

—Aquí dice que su suegro nació en San Francisco en mil ochocientos setenta y uno —observa el comisario Plumb mientras hojea la carpeta del venerable Louie—. Así pues, ahora debe de tener sesenta y siete años. Su padre era comerciante. ¿Son correctos estos datos?

En el manual había mucha información sobre el venerable Louie, pero no se mencionaba el año de su nacimiento. Me arriesgo y respondo:

—Sí.

—Aquí dice que se casó en mil novecientos cuatro en San Francisco, con una mujer que no tenía los pies vendados.

—Todavía no conozco a mi suegra, pero me han dicho que no tiene los pies vendados.

—En mil novecientos siete el matrimonio viajó a China, donde nació su primer hijo. Lo dejaron en la casa familiar y tardaron once años en traerlo aquí.

Entonces el señor White se inclina hacia Plumb y le susurra al oído. Ambos se ponen a hojear la documentación. White señala algo escrito en una hoja. El comisario asiente con la cabeza y dice:

—Su presunta suegra tiene cinco hijos varones. ¿Por qué sólo varones? ¿Por qué nacieron todos en China? ¿No lo encuentra sospechoso?

—El hijo menor nació en Los Ángeles —lo corrijo.

El comisario Plumb arruga el entrecejo.

—¿Por qué cree que sus suegros dejaron a cuatro de sus hijos en China antes de traerlos aquí?

Yo también me lo he preguntado muchas veces, pero recito lo que memoricé:

—Los hermanos de mi marido se criaron en Wah Hong porque salía más barato que criarlos en Los Ángeles. A mi marido lo enviaron a China para que conociera a sus abuelos, aprendiera la lengua y las tradiciones de su país e hiciera ofrendas a los antepasados de la familia Louie de parte de su padre.

—¿Conoce a sus cuñados?

—Sólo al que se llama Vernon. Al resto no.

—Si sus suegros vivían juntos en Los Ángeles, ¿por qué tardaron otros once años en tener a su último hijo?

No sé la respuesta, pero me doy unas palmaditas en la barriga y respondo:

—Algunas mujeres no toman las hierbas que hay que tomar, no comen los alimentos que hay que comer o no siguen las normas para que su *chi* acepte a los hijos de sus maridos.

Mi respuesta de pueblerina atrasada satisface a mis interrogadores, pero una semana más tarde, Plumb y White se dedican a analizar la ocupación de mi suegro, para asegurarse de que no pertenece a la clase prohibida de los jornaleros. En los últimos veinte años, el venerable Louie ha abierto varios negocios en Los Ángeles. Actualmente sólo tiene una tienda.

—¿Cómo se llama su tienda y qué se vende en ella? —me pregunta el comisario.

Recito la respuesta con diligencia:

—Se llama Golden Lantern. Venden artículos chinos y japoneses, como muebles, sedas, alfombras, zapatillas y porcelana, y su stock está valorado en cincuenta mil dólares. —Pronunciar esa cifra es como chupar caña de azúcar.

—¿Cincuenta mil dólares? —se extraña Plumb, tan impresionado como yo—. Eso es mucho dinero.

White y él vuelven a juntar las cabezas, esta vez para comentar la gravedad de la crisis económica de su país. Finjo que no escucho. Revisan el expediente del venerable Louie, y les oigo decir que éste planea trasladar la tienda original y abrir dos negocios más: una empresa de paseos turísticos y un restaurante. Me froto la falsa barriga y aparento desinterés cuando el señor White explica la situación de la familia Louie:

—Nuestros colegas de Los Ángeles visitan a los Louie cada seis meses. Nunca han encontrado ninguna conexión entre su suegro y alguna lavandería, lotería, casa de huéspedes, barbería, sala de billar o de juegos, ni con ninguna otra actividad censurable. Tampoco lo han visto realizar trabajos manuales. Dicho de otro modo, aparenta ser un comerciante bien situado en la comunidad.

Lo que descubro en el siguiente interrogatorio, mientras el señor White lee en voz alta fragmentos de las transcripciones de Sam y su padre, que otro intérprete encargado de cubrir la vista traduce al sze yup, me deja perpleja. El venerable Louie informó a los inspectores de que su negocio había perdido dos mil dólares anuales entre 1930 y 1933. En Shanghai, eso era una suma astronómica. Lo perdido en un solo año habría bastado para salvar a mi familia: el negocio de mi padre, la casa, y mis ahorros y los de May. Aun así, el venerable Louie consiguió volver a China a comprar esposas para sus hijos.

—La familia debe de tener una fortuna oculta —especula May esa noche.

Sin embargo, todo parece muy embrollado y deliberadamente confuso y desconcertante. ¿Y si el venerable Louie, cuyo expediente sólo es un poco más extenso que el mío pese a que él ha pasado por este centro en numerosas ocasiones, es tan mentiroso como nosotras?

Un día, el comisario Plumb pierde la paciencia, golpea la mesa con el puño y me pregunta:

—¿Cómo puede seguir afirmando que es la esposa de un comerciante legalmente domiciliado y la esposa de un ciudadano americano? Eso son dos cosas diferentes, y sólo se necesita una.

Yo me he hecho esa misma pregunta muchas veces estos últimos meses, y todavía no sé la respuesta.

# Hermanas de sangre

Un par de semanas más tarde, despierto de una de mis pesadillas en mitad de la noche. Normalmente, May está a mi lado, reconfortándome. Pero hoy no está. Me doy la vuelta esperando verla en la cama de al lado, pero tampoco yace allí. Me quedo quieta y aguzo el oído. No oigo a nadie llorando, susurrando conjuros protectores ni caminando por el dormitorio, y deduzco que debe de ser muy tarde. ¿Dónde está May?

Últimamente le cuesta dormir tanto como a mí. «A tu hijo le encanta darme patadas en cuanto me tumbo, y ya no me cabe en el vientre. Necesito ir al servicio continuamente», me confió hace una semana, con tanta ternura —como si orinar fuera un don precioso— que no pude evitar sentir amor por ella y por el niño que lleva en su seno. Con todo, nos hemos prometido que no iremos solas al lavabo. Cojo mi ropa y mi falso bebé. Pese a lo tarde que es, no puedo arriesgarme a que me vean sin mi disfraz de embarazada. Me abrocho la chaqueta sobre la falsa barriga y me levanto.

May no está en los lavabos, así que voy a las duchas. Cuando entro, me da un vuelco el corazón. La estancia no se parece en nada a la de mis sueños, pero allí, en el suelo, está tumbada mi hermana, desnuda de cintura para abajo, pálida de dolor y con las partes íntimas expuestas, abultadas, aterradoras.

Extiende un brazo hacia mí.

—Pearl...

Corro a su lado resbalando por las baldosas mojadas.

—Tu hijo está a punto de nacer —anuncia.

—¡Quedamos en que me despertarías!

—No pensaba que pudiera ocurrir tan deprisa.

Muchas veces —por la noche, o cuando conseguíamos separarnos un poco de las otras retenidas durante los paseos semanales por los jardines con las misioneras— hemos hablado de lo que necesitaríamos cuando llegara el momento. Hemos hecho muchos planes y repasado muchos detalles. Ahora reviso mentalmente lo que han contestado las mujeres a nuestras preguntas: sientes dolores hasta que empiezas a notar como si fueras a expulsar un melón en lugar de una ventosidad; vas a un rincón, te pones en cuclillas y sale el niño; lo limpias, lo envuelves y te reúnes con tu marido en los campos de arroz, con tu bebé atado al cuerpo con un largo trozo de tela. Todo eso no se parece en nada a cómo se hacía en Shanghai, desde luego; allí, meses antes del parto las mujeres dejaban de asistir a fiestas, ir a comprar y bailar, y llegado el momento, ingresaban en un hospital occidental, donde las dormían. Cuando despertaban de la anestesia, les entregaban a sus hijos. Luego, durante las dos o tres semanas siguientes, permanecían en el hospital, recibiendo visitas y dejándose admirar por haber traído al mundo al hijo varón de la familia. Por último se marchaban a casa, donde celebraban la fiesta del primer mes del niño, para presentarlo al mundo y recibir las alabanzas de la familia, los vecinos y los amigos. Aquí no podemos hacerlo como en Shanghai, pero, como ha observado May en muchas ocasiones estas últimas semanas: «Las mujeres del campo siempre han traído al mundo a sus hijos ellas solas. Si ellas pueden, yo también. Y nosotras hemos pasado muchas penalidades. Últimamente no he comido mucho, y lo que comía lo vomitaba. El bebé no puede ser muy grande. Saldrá fácilmente.»

Hablamos de dónde podría dar a luz y decidimos que las duchas son el sitio donde más temen entrar las otras mujeres. Aun así, a veces algunas se duchan durante el día. «No dejaré que el niño nazca de día», me prometió mi hermana.

Lo pienso, y supongo que seguramente se ha puesto de parto esta mañana; ha pasado todo el día descansando en su litera, con las piernas encogidas y cruzadas para impedir que el niño saliera.

—¿Cuándo empezaron los dolores? ¿Cada cuánto los tienes? —le pregunto, recordando que ésas son las pistas para saber cuánto tardará en nacer.

—Empezaron esta mañana. No eran muy fuertes, y sabía que tenía que esperar. De pronto noté como si tuviera que ir al baño, y una vez aquí, rompí aguas.

Por eso tengo los pies y las rodillas mojados.

May tiene una contracción y me agarra la mano. Cierra los ojos y la cara se le pone colorada mientras intenta soportar el dolor. Me aprieta la mano y me hinca las uñas en la palma, tan fuerte que soy yo quien quiere gritar. Cuando pasa la contracción, May respira y su mano se relaja en la mía. Una hora más tarde, veo asomar la cabeza del bebé.

—¿Podrás ponerte en cuclillas? —pregunto.

May gimotea. Me coloco detrás de ella y la arrastro hasta una pared para que pueda apoyarse. Luego me sitúo entre sus piernas. Entrelazo las manos delante de mí y cierro los ojos para hacer acopio de todo mi valor. Abro los ojos; miro a May, cuyo rostro está transido de dolor, y procuro sonar convencida cuando le repito lo que ella misma me ha dicho tantas veces en las últimas semanas:

—Podemos hacerlo, May. Sé que podemos.

Cuando sale el bebé, descubrimos que no es el hijo del que siempre hemos hablado. Es una niña, mojada y cubierta de mucosidad: mi hija. Es diminuta, más pequeña aún de lo que esperábamos. No llora; sólo emite unos ruiditos débiles, como la lastimera llamada de un pajarillo.

—Déjame verla.

Parpadeo y miro a mi hermana. Tiene el cabello empapado de sudor, pero en su rostro no queda ni rastro de dolor. Le doy el bebé y me levanto.

—Vuelvo enseguida —digo, pero May no me escucha.

Abraza a la pequeña para protegerla del frío y le limpia la cara con la manga. Me quedo mirándolas un momento. No van a tener más tiempo para estar juntas antes de que yo me la quede.

Voy al dormitorio procurando no hacer ruido. Recojo uno de los trajes que hemos confeccionado, un carrete de hilo, unas tijeritas que nos dieron las misioneras para trabajar en nuestras labores, algunos artículos de higiene y dos toallas que compramos en la tienda. Cojo la tetera de encima del radiador y vuelvo rápidamente a las duchas. Cuando llego, May ya ha expulsado la placenta. Ato un trozo de hilo al cordón umbilical y lo corto. Luego empapo una toalla limpia con agua caliente de la tetera y se la doy para que lave al bebé. Con la otra toalla limpio a May. La niña es muy pequeña, y el desgarro de los tejidos de mi hermana no es nada comparado con lo que me hicieron a mí los japoneses. Confío en que la herida se le cure sin necesidad de puntos, pero la verdad es que no puedo hacer otra cosa. ¿Cómo iba a coserle las partes íntimas si apenas sé coser un dobladillo?

Mientras ella viste al bebé, yo limpio el suelo y envuelvo la placenta con las toallas. Una vez que el lugar queda limpio, tiro a la basura todo lo ensuciado.

Fuera, el cielo se tiñe de rosa. No nos queda mucho tiempo.

—No creo que pueda levantarme sola —dice May desde el suelo.

Las pálidas piernas le tiemblan de frío y del esfuerzo que ha hecho. Se separa de la pared, y la ayudo a levantarse. La sangre le resbala por las piernas y mancha el suelo.

—No te preocupes, Pearl. No te preocupes. Toma. Cógela.

Me da a la niña. He olvidado traer la manta que tejió May, y la pequeña, que de repente se siente desarropada, agita torpemente los bracitos. Yo no la he llevado en mi vientre todos estos meses, pero nada más cogerla la quiero como si fuera mía. Casi no le presto atención a May mientras se pone una compresa y un cinturón y se sube las bragas y los pantalones.

—Ya estoy lista —anuncia.

Echamos un vistazo a las duchas. No importa que se sepa que una mujer ha parido aquí. Lo que importa es que nadie sospeche que haya podido suceder algo fuera de lo normal, porque no puedo dejar que me examinen los médicos del centro.


Estoy sentada en la litera con mi hija en brazos, y May acurrucada a mi lado —dormitando con la cabeza apoyada en mi hombro—, cuando las demás se levantan. Tardan un rato en fijarse en nosotras.

—*Aiya!* ¡Mirad quién ha llegado esta noche! —grita Lee-shee, emocionada.

Las mujeres y sus hijos pequeños se apiñan alrededor, empujándose entre sí para ver mejor.

—¡Ha nacido tu hijo!

—Es una niña —las corrige May. Tiene una voz tan soñolienta y tan débil que por un instante temo que eso nos delate.

—Una gota de felicidad —dice Lee-shee compasiva, la frase tradicional para expresar la decepción que supone el nacimiento de una niña. Luego sonríe y añade—: Pero mirad, aquí somos casi todas mujeres, salvo estos pequeños que todavía necesitan a sus madres. Debemos considerar ésta una feliz ocasión.

—La felicidad no durará mucho tiempo si la dejamos vestida así —interviene otra mujer con aprensión.

Miro a la niña. La ropa que lleva es la primera que May y yo hemos hecho con nuestras propias manos. El gorrito está torcido, y los botones no están bien alineados; pero por lo visto ése no es el problema. Hay que proteger a la niña de los malos elementos. Las mujeres se marchan y regresan con unas monedas que representan el amor de «cien amigos de la familia». Alguien le ata a la niña una cinta roja en el negro cabello para darle suerte. Luego, una tras otra, le cosen pequeños amuletos en el gorrito y la ropa; representan los animales del zodíaco y la protegerán de los malos espíritus, los malos presagios y las enfermedades.

Hacen una colecta, y una retenida se encarga de llevarle el dinero a uno de los cocineros chinos y pedirle que prepare un cuenco de sopa de parturienta, a base de pies de cerdo adobados, jengibre, cacahuetes y cualquier bebida fuerte. (Lo mejor es el vino de Shaohsing pero, si no hay más remedio, puede echarle whisky.) Las parturientas se quedan sin energía y tienen un exceso de *yin* frío. Los ingredientes de esa sopa se consideran calientes y productores de *yang*. Me explican que ayudarán a que mi útero se reduzca, a que mi cuerpo se libere de la sangre estancada y a producir leche.

De pronto, una de las mujeres se acerca y empieza a desabrocharme la chaqueta.

—Tienes que amamantar a la niña. Nosotras te enseñaremos cómo hacerlo.

Le aparto suavemente la mano.

—Ahora estamos en América —replico—, y mi hija es una ciudadana americana. Lo haré como las americanas. —«Y las shangaianas modernas», pienso. Recuerdo todas las veces que May y yo posamos para marcas de leche infantil en polvo—. La alimentaré con biberón.

Como siempre, traduzco este diálogo del sze yup al dialecto wu para que May lo entienda.

—Dile que los biberones y la leche en polvo están en un paquete debajo de la cama —dice mi hermana—. Dile que no quiero dejarte sola, pero que si alguna de ellas pudiera ayudarnos, se lo agradeceríamos.

Mientras una de nuestras compañeras coge un biberón, mezcla un poco de leche en polvo —que compramos en la tienda— con agua de la tetera y lo pone a enfriar en el alféizar de la ventana, Leeshee y las demás debaten sobre el nombre de la recién nacida.

—Confucio decía que, si el nombre no es el adecuado, el lenguaje y las personas no coinciden con la realidad —explica Lee-shee—. Tiene que ser su abuelo, o alguien muy distinguido, quien escoja su nombre. —Frunce los labios, mira alrededor y comenta con aire teatral—: Pero yo no veo por aquí a nadie así. Quizá sea mejor. Has tenido una hija. ¡Qué decepción! Supongo que no querrás llamarla «pulga», «esa perra» o «recogedor», como me puso mi padre.

La elección del nombre es importante, aunque no les corresponde a las mujeres. Ahora que tenemos la oportunidad de dar nombre a una niña, vemos que es más difícil de lo que parece. No podemos ponerle el de mi madre, ni utilizar el apellido de la familia como nombre de pila para honrar a mi padre, porque esas opciones se consideran tabú. Tampoco podemos llamarla como una heroína o como una diosa, porque eso es presuntuoso y una falta de respeto.

—A mí me gusta Jade, porque transmite fuerza y belleza —propone una joven.

—Los nombres de flores son bonitos. Orquídea, Lirio, Azucena...

—Sí, pero son muy corrientes, y demasiado frágiles —objeta Lee-shee—. Mira dónde ha nacido esta niña. ¿No deberíamos llamarla algo así como Mei Gwok?

Mei Gwok significa «País Hermoso», y es el nombre de Estados Unidos en cantonés; pero no suena ni bonito ni melodioso.

—Hay que tener cuidado con los nombres generacionales de dos caracteres —aporta otra mujer. Eso me interesa, porque May y yo compartimos el nombre generacional Long, que significa «Dragón»—. Podrías utilizar como base De, «Virtud», y luego llamar a cada niña Virtud Dulzura, Virtud Humildad, Virtud Sabiduría...

—¡Qué complicación! —exclama Lee-shee—. Yo llamé a mis hijas Hija Primera, Hija Segunda e Hija Tercera. Mis hijos se llaman Hijo Primero, Hijo Segundo e Hijo Tercero. Sus primos se llaman Primo Séptimo, Octavo, Noveno, Décimo, etcétera. Si les asignas un número, todo el mundo recuerda cuál es el lugar de cada niño en la familia.

Lo que no dice es: «¿Por qué molestarse en pensar un nombre cuando tantos niños mueren?» No sé si May nos escucha o si entiende todo lo que decimos, pero cuando habla, las otras callan.

—Para esta niña sólo hay un nombre —dice en inglés—. Debe llamarse Joy, «Alegría». Ahora estamos en América. No la obliguemos a cargar con el pasado.

Cuando May mueve la cabeza y me mira, advierto que todo este rato ha estado contemplando a la niña. Aunque soy yo quien tiene a Joy en brazos, mi hermana se las ha ingeniado para estar físicamente más cerca de ella que yo. Se incorpora, se lleva una mano al cuello y se quita la bolsita con las tres monedas, las tres semillas de sésamo y las tres habichuelas que le dio *mama* para protegerla. Yo toco mi bolsita, que todavía llevo colgada del cuello. No puedo decir que me haya protegido mucho, pero todavía la llevo, así como el brazalete de jade, como recordatorios de mi madre. May le pasa a Joy el cordón de cuero por la cabeza y esconde la bolsita dentro de su ropa.

—Para que estés protegida vayas donde vayas —susurra.

Las mujeres lloran al oír tan hermosas palabras y elogian a May por ser tan buena tía.

Cuando vienen las misioneras, me resisto a que me lleven al hospital del centro.

—En China no lo hacemos así —argumento—. Pero les agradecería mucho que le enviaran un telegrama a mi marido.

El mensaje es breve y conciso: MAY Y PEARL LLEGADO ANGEL ISLAND. ENVIAD DINERO VIAJE. HA NACIDO BEBÉ. PREPARAD FIESTA PRIMER MES.

Esa noche, las mujeres vuelven de la cena con la sopa de parturienta. Pese a las objeciones de las que forman un corro a nuestro alrededor, comparto la sopa con mi hermana, alegando que ella ha trabajado tanto como yo. Ellas chasquean la lengua y niegan con la cabeza, pero es que May necesita la sopa mucho más que yo.


El comisario Plumb se queda perplejo cuando me presento a la siguiente entrevista con uno de mis vestidos de seda más bonitos y mi sombrero de plumas —en cuyo forro llevo escondido el manual que May y yo hemos memorizado—, hablando un inglés perfecto y con un bebé adornado con amuletos. Contesto todas las preguntas correctamente y sin vacilar, a sabiendas de que, en otra sala, May está haciendo exactamente lo mismo. Pero lo que hagamos es irrelevante, igual que la cuestión de ser, a la vez, la mujer de un comerciante legalmente domiciliado y de un ciudadano americano. ¿Qué van a hacer los funcionarios con este bebé? Aunque Angel Island pertenece a Estados Unidos, a nadie se le reconoce la ciudadanía ni el estado civil hasta que sale de la isla. Para los funcionarios es más fácil soltarnos que afrontar los problemas burocráticos que plantea Joy.

Al final del interrogatorio, el comisario dicta su sinopsis habitual, pero al llegar a la conclusión no parece muy satisfecho:

—La solución de este caso se ha retrasado más de cuatro meses. Aunque es evidente que esta mujer ha pasado muy poco tiempo con su marido, que afirma ser ciudadano americano, ahora ha dado a luz en nuestro centro. Tras arduas deliberaciones, estamos de acuerdo en los puntos fundamentales. Por tanto, propongo que Louie Chin-shee sea admitida en Estados Unidos como esposa de un ciudadano americano.

—Estoy de acuerdo —dice el señor White.

—Yo también estoy de acuerdo —dice el taquígrafo, y es la primera y única vez que lo oigo hablar.

A las cuatro de esa misma tarde, entra el guardia y pronuncia dos nombres: Louie Chin-shee y Louie Chin-shee, nuestros anticuados nombres de casadas.

—*Sai gaai* —añade—, buena suerte.

Nos entregan los certificados de identidad. A mí me dan también el certificado de nacimiento de Joy, donde leo que la niña «es demasiado pequeña para medirla»; en realidad, eso sólo significa que no se han molestado en examinarla. Confío en que esas palabras sirvan para borrar cualquier sospecha sobre las fechas y el tamaño de Joy cuando el venerable Louie y Sam la vean.

Las otras retenidas nos ayudan a recoger nuestras cosas. Lee-shee llora cuando nos despedimos. May y yo vemos cómo el guardia cierra con llave la puerta del dormitorio detrás de nosotras, y luego lo seguimos fuera del edificio y por el sendero que conduce hasta el muelle, donde recogemos el resto de nuestro equipaje y embarcamos en el ferry que nos llevará a San Francisco.

# SEGUNDA PARTE

## Fortuna

# Una cáscara de grano de arroz

Pagamos catorce dólares para viajar en el vapor *Harvard* hasta San Pedro. Durante la travesía, con la lección bien aprendida en Angel Island, nos dedicamos a repasar el relato de por qué perdimos el barco meses atrás, de lo mucho que nos costó salir de China y reunirnos con nuestros maridos, y de lo difíciles que fueron los interrogatorios. Pero no necesitamos contar ninguna historia, ni real ni inventada. Cuando Sam nos recoge en el muelle, se limita a decir:

—Os dábamos por muertas.

Sólo nos hemos visto tres veces: en la ciudad vieja, el día de nuestra boda y cuando nos dio los billetes y documentos que necesitábamos para viajar. Tras pronunciar esa frase, me mira a los ojos sin añadir nada. Yo también lo miro sin decir nada. May se queda detrás de mí, con nuestras dos bolsas. Joy duerme en mis brazos. No espero abrazos ni besos, ni que Sam le haga carantoñas a la niña. Eso resultaría inapropiado. Aun así, nuestro reencuentro después de tanto tiempo resulta embarazoso.

En el tranvía, May y yo nos sentamos detrás de Sam. Ésta no es una ciudad de «altos edificios mágicos» como los que había en Shanghai. Al cabo de un rato veo una torre blanca a mi izquierda. Unas cuantas manzanas más allá, Sam se levanta y nos hace señas. A la derecha se extiende un gran solar en construcción. A la izquierda hay una larga manzana de edificios de ladrillo de dos pisos, algunos con letreros en chino. El tranvía se detiene; nos apeamos y rodeamos la manzana. Veo un letrero que reza LOS ANGELES STREET. Cruzamos la calle, bordeamos una plaza con un quiosco de música en el centro, pasamos junto a un parque de bomberos, y luego torcemos a la izquierda por Sanchez Alley, una calle flanqueada por más edificios de ladrillo. Entramos por una puerta con las palabras GARNIER BLOCK grabadas en el dintel, recorremos un oscuro corredor, subimos una vieja escalera de madera y avanzamos por un pasillo que huele a humedad, comida y pañales sucios. Sam vacila un momento ante la puerta del piso que comparte con sus padres y con Vern. Se da la vuelta y nos mira con compasión. Finalmente, abre la puerta y entramos.

Lo primero que pienso es lo pobre, sucio y destartalado que parece todo. Hay un sofá cubierto con una manchada tela malva, apoyado contra una pared. Una mesa con seis sillas de madera, muy sencillas, ocupa el centro de la sala. Junto a la mesa hay una escupidera que no se han molestado en colocar en un rincón; basta con echarle un vistazo para ver que no se ha vaciado recientemente. En las paredes no hay fotografías, cuadros ni calendarios. Las ventanas están sucias y no tienen cortinas. Desde el umbral veo la cocina, que se reduce a una encimera con algunos aparatos eléctricos y un rincón para venerar a los antepasados de la familia Louie.

Una mujer bajita y regordeta, con el cabello recogido en la nuca en un pequeño moño, corre hacia nosotras gritando en sze yup:

—¡Bienvenidas! ¡Ya habéis llegado! ¡Bienvenidas! —Luego anuncia por encima del hombro—: ¡Ya están aquí! ¡Ya han llegado! —Agita una mano—. Ve a buscar a tu padre y a tu hermano —le dice a Sam, quien cruza la estancia y desaparece por un pasillo—. ¡Déjame coger el bebé! ¡Oh, déjame verlo! Soy tu *yen-yen* —le dice a Joy, utilizando el diminutivo sze yup de «abuela». Nos mira y añade—: Vosotras también podéis llamarme así.

Nuestra suegra es mayor de lo que había imaginado, teniendo en cuenta que Vernon sólo cuenta catorce años. Aparenta cincuenta y tantos; es vieja comparada con *mama*, que tenía treinta y ocho años cuando murió.

—Yo me encargaré del bebé —dice una voz severa, también en sze yup—. Dámelo.

El venerable Louie, con una larga túnica de mandarín, entra en la sala con Vern, que no ha crecido mucho desde la última vez que lo vimos. May y yo suponemos, una vez más, que nos harán preguntas sobre dónde hemos estado y por qué hemos tardado tanto en llegar, pero el viejo no muestra ningún interés por nosotras. Le entrego a Joy. Él la pone sobre la mesa y la desviste sin muchos miramientos. La pequeña empieza a llorar, alarmada por los huesudos dedos del anciano, por las exclamaciones de su abuela, por la dureza de la mesa y por encontrarse desnuda de pronto.

Cuando el venerable Louie descubre que es una niña, aparta bruscamente las manos, y una expresión de desagrado arruga sus facciones.

—No nos dijisteis que el bebé era una niña. Deberíais haber avisado. De haberlo sabido, no habríamos preparado un banquete.

—¡Claro que necesita una fiesta del primer mes! —protesta mi suegra con voz chillona—. Todos los recién nacidos, incluidas las niñas, necesitan una fiesta del primer mes. Además, ya no podemos cancelarla. Va a venir todo el mundo.

—¿Ya han preparado algo? —pregunta May.

—¡Pues claro! —salta Yen-yen—. Habéis tardado más de lo que creíamos en llegar desde el puerto. Nos están esperando todos en el restaurante.

—¿Ahora?

—¡Ahora!

—¿Podemos cambiarnos?

El venerable Louie frunce el entrecejo.

—No hay tiempo para eso. No necesitáis nada. Ahora ya no sois especiales. Aquí no tenéis que venderos.

Si fuera más valiente, le preguntaría por qué es tan grosero y mezquino, pero ni siquiera hace diez minutos que hemos entrado en esta casa.

—Necesitará un nombre —comenta el venerable Louie señalando a la niña.

—Se llama Joy —digo.

Él suelta un bufido.

—No sirve. Es mejor Chao-di, o Pan-di.

Un rubor de rabia asciende por mi cuello. Esto es exactamente lo que nos advirtieron las mujeres de Angel Island. Noto la mano de Sam en la parte baja de mi espalda, pero ese gesto de consuelo me provoca un estremecimiento, y me aparto de él.

May nota que pasa algo raro y me pregunta en dialecto wu:

—¿Qué dice?

—Pretende que llamemos a Joy «Petición de un hermano» o «Esperanza de un hermano».

May entorna los ojos.

—No permitiré que habléis un idioma secreto en mi casa —declara el venerable Louie—. Necesito entender todo lo que decís.

—May no habla sze yup —explico, furiosa por lo que él propone para Joy, cuyos estridentes berridos atraviesan el silencio de desaprobación que la rodea.

—Sólo sze yup —insiste mi suegro, y golpea la mesa para enfatizar su decisión—. Si os oigo hablar en otro idioma, aunque sea inglés, tendréis que poner una moneda de diez centavos en un tarro. ¿Entendido?

No es alto ni fornido, pero está plantado con los pies separados, como desafiándonos. May y yo somos nuevas aquí; Yen-yen ha ido retirándose hacia una pared, como si quisiera volverse invisible; Sam apenas ha dicho una palabra desde que hemos bajado del tranvía; y Vernon está a un lado, nervioso, trasladando el peso del cuerpo de una pierna a la otra.

—Vestid a Pan-di —ordena el venerable Louie—. Peinaos. Y quiero que os pongáis esto.

Mete una mano en uno de los hondos bolsillos de su túnica de mandarín y saca cuatro brazaletes nupciales de oro.

Me coge una mano y me coloca un brazalete de oro macizo, de ocho centímetros de ancho, alrededor de la muñeca. A continuación, me pone otro en la otra muñeca, apartando bruscamente el brazalete de jade de mi madre. Mientras le pone los brazaletes nupciales a May, examino los míos. Son muy bonitos, tradicionales y muy caros. Por fin veo la prueba material de la supuesta riqueza de los Louie. Si May y yo encontramos una casa de empeños, podremos utilizar el dinero para...

—No te quedes ahí plantada —me espeta el venerable Louie—. Haz algo para que esa cría deje de llorar. Tenemos que irnos. —Nos mira con desagrado y añade—: Acabemos con esto cuanto antes.

Quince minutos más tarde, tras doblar la esquina, cruzar Los Angeles Street y subir una escalera, entramos en el restaurante Soochow, donde han preparado un banquete nupcial y una fiesta del primer mes. En una mesa, junto a la entrada, han puesto bandejas de huevos duros teñidos de rojo que representan la fertilidad y la felicidad. De las paredes cuelgan pareados nupciales. En todas las mesas hay finas rodajas de jengibre dulce que simbolizan el continuado calentamiento de mi *yin* tras los esfuerzos del parto. El banquete, pese a no ser tan espléndido como el que imaginaba en mis sueños románticos en el estudio de Z.G., es la mejor comida que veo desde hace meses —un surtido de platos fríos con medusa, pollo con salsa de soja y riñones en rodajas, sopa de nido de pájaro, un pescado asado entero, pollo pequinés, fideos, gambas y nueces—; pero May y yo todavía no podemos comer.

Yen-yen, que tiene a su nieta en brazos, nos lleva de mesa en mesa para hacer las presentaciones. Casi todos los invitados pertenecen a la familia Louie, y todos hablan sze yup.

—Éste es tío Wilburt. Éste es tío Charley. Y éste es tío Edfred —le dice a Joy.

Esos hombres que visten trajes casi idénticos confeccionados con tela barata son los hermanos de Sam y Vernon. ¿Son ésos los nombres que les pusieron al nacer? Imposible. Son los que adoptaron para parecer más americanos; May, Tommy, Z.G. y yo también adoptamos nombres occidentales para parecer más sofisticados en Shanghai.

Como ya llevamos tiempo casadas, en lugar de gastarnos las típicas bromas sobre la fortaleza de nuestros esposos en la cámara nupcial o sobre el hecho de que estemos a punto de ser desvirgadas, se centran en Joy.

—¡Eres muy rápida haciendo niños, Pearl! —comenta tío Wilburt en un inglés con acento muy marcado. Gracias al manual, sé que tiene treinta y un años, pero parece mucho mayor—. ¡Esta niña ha nacido muy pronto!

—¡Joy está muy grande para su edad! —añade Edfred, que tiene veintisiete años pero parece mucho más joven. Lo ha envalentonado el *mao tai* que está bebiendo—. Sabemos contar, Pearl.

—¡La próxima vez, Sam te hará un niño! —tercia Charley. Tiene treinta años, pero no es fácil adivinarlo, porque sus ojos están enrojecidos, hinchados y llorosos a causa de la alergia que padece—. ¡A ver si lo haces igual de bien y el niño nace pronto!

—¡Los hombres Louie sois todos iguales! —los reprende Yen-yen—. Creéis que sabéis contar, ¿no? Pues contad los días que han pasado mis nueras huyendo de los micos. ¿Creéis que aquí habéis pasado penalidades? ¡Bah! ¡Es un milagro que esta niña haya nacido! ¡Es un milagro que esté viva!

May y yo servimos el té a los invitados y recibimos regalos de boda en forma de *lai see* —sobres rojos con caracteres dorados, que contienen un dinero que nos pertenece sólo a nosotras— y más joyas de oro: pendientes, broches, anillos y suficientes brazaletes para cubrirnos los brazos hasta los codos. Estoy impaciente por quedarme a solas con mi hermana; entonces podremos contar nuestro primer dinero para la huida, y planearemos cómo vender las joyas.

Como es lógico, oímos algunos comentarios sobre que Joy sea una niña, pero la mayoría de los invitados están encantados de ver un recién nacido, aunque no sea varón. Entonces me percato de que son casi todos hombres; sólo hay unas pocas mujeres y casi ningún niño. Nuestra experiencia en Angel Island empieza a adquirir sentido. Si el gobierno americano hace todo lo posible para que los hombres chinos no entren en el país, a las mujeres les cuesta aún más entrar. Y en muchos estados, los chinos tienen prohibido casarse con blancas. El resultado es el deseado por Estados Unidos: como hay muy pocas chinas en suelo americano, no pueden nacer muchos niños, y el país se libra de tener que aceptar a indeseados ciudadanos de origen chino.

Vamos de mesa en mesa; todos quieren coger a Joy en brazos, y algunos hasta lloran mientras le examinan los dedos de manos y pies. No puedo evitar sentirme orgullosa de mi nueva condición de madre. Me siento feliz; no loca de felicidad, pero sí felizmente aliviada. Hemos sobrevivido. Hemos llegado a Los Ángeles. Aunque el venerable Louie se haya mostrado decepcionado por Joy —a la que no pienso llamar Pan-di jamás—, al menos se ha molestado en organizar esta celebración y nos han dado la bienvenida. Miro a May con la esperanza de que ella sienta lo mismo que yo. Pero mi hermana —que cumple debidamente sus deberes de recién casada— parece pensativa y retraída. Se me encoge el corazón. Qué cruel es todo esto para ella; pero no fue su debilidad lo que le permitió recorrer kilómetros empujando una carretilla y cuidar de mí hasta que me recuperé. Mi hermanita tiene fuerzas para seguir adelante.

Recuerdo que en Angel Island, antes de nacer la niña, hablábamos de la importancia de la sopa de parturienta y de si pedirle a alguien que engatusara a los cocineros para que nos la prepararan.

—La necesitaré para cortar la hemorragia —dijo May con sentido práctico, aun sabiendo que también haría que le subiera la leche.

Así que ella y yo compartimos la sopa. Cuando Joy ya tenía tres días, May fue a las duchas y tardaba en volver. Dejé a la pequeña con Lee-shee y fui a buscarla. Me preocupaba lo que pudiese hacer estando sola. La encontré llorando en la ducha, no de pena, sino del dolor que tenía en los pechos.

—Esto es peor que los dolores del parto —me confió entre sollozos.

Sí, su útero se había encogido, e incluso desnuda apenas se notaba que había dado a luz, pero tenía los pechos hinchados y duros como piedras por la acumulación de leche que no hallaba salida. El agua caliente la alivió un poco, y empezó a salirle leche que se mezcló con el agua antes de escurrirse por el desagüe.

Se podría pensar que cometí una imprudencia al dejar que May se tomara una sopa que haría que le subiera la leche. Pero no sabíamos nada de bebés. No sabíamos nada de la subida de la leche, ni de lo dolorosa que podía resultar. Unos días más tarde, cuando May descubrió que, cada vez que Joy lloraba, empezaba a salirle leche, se trasladó a una litera del fondo del dormitorio.

—La niña llora demasiado —les explicó a las demás—. ¿Cómo voy a ayudar a mi hermana por la noche si no duermo un poco durante el día?

Ahora miro cómo May sirve el té en una mesa de hombres solos y cómo recoge los sobres rojos y se los guarda en los bolsillos. Los hombres cumplen con su deber bromeando y burlándose de ella, y ella cumple con el suyo esbozando una sonrisa.

—¡Ahora te toca a ti, May! —grita Wilburt cuando volvemos a la mesa de los tíos.

Charley la mira de arriba abajo, y luego dice:

—Eres pequeña, pero tienes buenas caderas.

—Si le das al viejo el nieto que desea, te convertirás en su favorita —asegura Edfred.

Yen-yen ríe con ellos, pero, antes de que pasemos a la siguiente mesa, me pone a Joy en brazos. Luego coge a May de la mano y empieza a andar, hablando en sze yup.

—No les hagas caso. Están solos, lejos de sus esposas. ¡Algunos ni siquiera tienen esposa! Tú has venido aquí con tu hermana. La has ayudado a traernos esta niña. Eres muy valiente. —Yen-yen se detiene en el pasillo y espera a que yo termine de traducir. Cuando acabo, le coge las manos a May—. Puedes librarte de un problema, pero eso te lleva a otra dificultad. ¿Me entiendes?

Cuando volvemos al apartamento, ya es tarde. Todos estamos cansados, pero el venerable Louie todavía no ha terminado con nosotras.

—Entregadme vuestras joyas —nos ordena.

Su petición me asombra. El oro de la boda pertenece sólo a la novia. Es el tesoro secreto al que puede recurrir para comprarse algún capricho sin exponerse a las críticas de su marido, o que puede utilizar en caso de emergencia, como hizo nuestra madre cuando *baba* lo perdió todo. Antes de que yo pueda protestar, May dice:

—Estas joyas son nuestras. Lo sabe todo el mundo.

—Me parece que te equivocas —se impone el venerable Louie—. Soy vuestro suegro. Aquí mando yo. —Podría decir que no confía en nosotras, y tendría razón. Podría acusarnos de querer utilizar ese oro para buscar una forma de huir de aquí, y tendría razón. Pero añade—: ¿Acaso crees que tu hermana y tú, pese a lo listas y espabiladas que os creéis con vuestras costumbres de Shanghai, sabríais adónde ir esta noche con esa cría? ¿Sabríais adónde ir mañana? La sangre de vuestro padre os ha arruinado a ambas. Por eso pude compraros a un precio tan bajo, pero eso no significa que esté dispuesto a perder mis bienes tan fácilmente.

May me mira. Yo soy la hermana mayor y se supone que sé qué hay que hacer, pero estoy completamente desconcertada. Nadie nos ha preguntado por qué no nos reunimos con los Louie en Hong Kong el día acordado, qué nos ha pasado, cómo hemos sobrevivido ni cómo hemos llegado a América. Lo único que les importa al venerable Louie y a Yen-yen son el bebé y los brazaletes; Vernon vive encerrado en su propio mundo, y Sam parece extrañamente desvinculado de su familia. Nadie parece preocupado por nosotras, y sin embargo tenemos la impresión de estar atrapadas en las redes de un pescador. Podemos sacudirnos un poco y seguir respirando, pero no veo escapatoria. Al menos, no todavía.

Le entregamos las joyas, y él no nos pide el dinero de los *lai see*. Quizá sepa que eso sería demasiado. Pero no tengo ninguna sensación de triunfo, y May tampoco. Mi hermana está plantada en medio de la habitación, y parece vencida, triste y muy sola.

Por turnos, vamos todos al lavabo, al final del pasillo. El venerable Louie y Yen-yen son los primeros en acostarse. May se queda mirando a Vern, que juguetea con su cabello. Cuando Vern sale de la habitación, May lo sigue.

—¿Hay un sitio para la niña? —le pregunto a Sam.

—Yen-yen ha preparado algo. Espero.

Lo sigo por el oscuro pasillo. La habitación de Sam no tiene ventanas. Del centro del techo cuelga una bombilla. La cama y la cómoda ocupan casi todo el espacio. El cajón inferior de la cómoda está abierto, y dentro hay una manta mullida, donde dormirá Joy. La deposito en su improvisada cuna y miro alrededor. No hay armario, pero en un rincón cuelga una tela que ofrece cierta intimidad.

—¿Y mi ropa? —pregunto—. La que tu padre se llevó cuando nos casamos.

Sam mira al suelo.

—Está en China City. Mañana te llevaré allí y quizá mi padre te deje coger algunas cosas.

No sé qué es China City. No sé qué significa eso de que quizá mi suegro me deje coger mi ropa, porque de pronto mi mente está ocupada en otra cosa: tengo que meterme en la cama con mi marido. No sé cómo ha pasado, pero May y yo no hemos previsto este detalle en nuestros planes. Ahora me encuentro en el dormitorio, tan paralizada como lo debe de estar mi hermana.

Pese al poco espacio que hay en la habitación, Sam no para de hacer cosas. Abre un tarro de una sustancia de olor acre, se arrodilla y la vierte en cuatro recipientes metálicos que hay junto a las patas de la cama. Cuando termina, se sienta en cuclillas, cierra el tarro y dice:

—Uso queroseno para ahuyentar las chinches.

¡Chinches!

Se quita la camisa y el cinturón y los cuelga de un gancho que hay detrás de la cortina. Se deja caer en el borde de la cama y se queda mirando el suelo. Tras un rato que se me antoja eterno, dice:

—Siento lo de hoy. —Hace una pausa y agrega—: Siento todo esto.

Recuerdo lo atrevida que fui en nuestra noche de bodas. Aquel día me porté como una guerrera de la antigüedad, audaz y temeraria, pero a esa guerrera la derrotaron en una cabaña, en algún lugar entre Shanghai y el Gran Canal.

—Todavía no me he recuperado del parto —consigo articular.

Sam me mira con sus tristes y oscuros ojos. Al final dice:

—Supongo que prefieres el lado de la cama que queda más cerca de nuestra Joy.

En cuanto se mete entre las sábanas, tiro del cordón para apagar la luz, me quito los zapatos y me tumbo encima de la manta. Agradezco que Sam no intente tocarme. Cuando se queda dormido, meto las manos en los bolsillos y acaricio mis *lai see*.


¿Cuál es la primera impresión que te queda de un sitio nuevo? ¿Es la primera comida? ¿El primer cucurucho de helado que tomas? ¿La primera persona que conoces? ¿La primera noche que pasas en tu nuevo hogar? ¿La primera promesa rota? ¿La primera vez que comprendes que nadie te valora por algo que no sea tu capacidad para traer al mundo hijos varones? ¿Saber que tus vecinos son tan pobres que sólo han puesto un dólar en tu *lai see*, como si eso bastara para proporcionarle a una mujer un tesoro secreto que tendrá que durarle toda una vida? ¿Ver que tu suegro, un hombre nacido en este país, ha pasado toda la vida tan aislado en los barrios chinos que habla un inglés deplorable? ¿El momento en que comprendes que todo lo que creías acerca de la clase, la posición, la prosperidad y la fortuna de tu familia política es tan falso como lo que creías acerca de la posición social y la riqueza de tu familia de sangre?

Lo que más pesa en mí son los sentimientos de pérdida, inseguridad, desazón, y una nostalgia del pasado que no puedo aliviar con nada. Y eso no se debe sólo a que May y yo nos hallemos en un lugar extraño. Parece como si en Chinatown todo el mundo fuera un refugiado. Aquí nadie es un habitante de la Montaña Dorada, inimaginablemente rico. Ni siquiera el venerable Louie. En Angel Island memoricé sus empresas y el valor de sus mercancías; pero aquí no significan nada, aquí todos son pobres. La gente se quedó sin empleo durante la Gran Depresión. Los afortunados que tenían una familia enviaron a sus parientes a China, porque era más fácil mantenerlos allí que alimentarlos y darles un techo aquí. Cuando nos atacaron los japoneses, esos parientes regresaron a Estados Unidos. Pero aquí nadie está ganando dinero, y las condiciones son más inestables y duras que nunca, o eso dicen.

Cinco años atrás, en 1933, derribaron la mayor parte de Chinatown para hacer sitio a una nueva estación de ferrocarril; la están construyendo en el enorme solar que vimos cuando Sam nos trajo hasta aquí en el tranvía. A los habitantes del barrio les concedieron veinticuatro horas para desalojar sus viviendas —mucho menos de lo que May y yo tuvimos para abandonar Shanghai—, pero ¿adónde podían ir? Según la ley, los chinos no pueden tener propiedades, y la mayoría de los caseros no quieren inquilinos chinos, de forma que la gente se apretuja en los pocos edificios que quedan del Chinatown original, donde vivimos nosotros, o en el Chinatown de City Market, que abastece a cultivadores y vendedores, y del que nos separan muchas manzanas y toda una cultura. Todos, incluida yo, añoramos a nuestras familias de China. Sin embargo, cuando cuelgo en la pared de mi dormitorio las fotografías que hemos logrado traer con nosotras, Yen-yen me grita:

—¡Estúpida! ¿Acaso quieres que tengamos problemas? ¿Y si vienen los inspectores de inmigración? ¿Cómo vas a explicarles quiénes son ésos?

—Son mis padres —replico—. Y ésas somos May y yo de pequeñas. No es ningún secreto.

—Todo es un secreto. ¿Ves alguna fotografía en esta casa? Quita eso de ahí y escóndelo antes de que lo tire a la basura.

Eso sucede la primera mañana, y pronto descubro que, aunque me encuentro en un país joven, en muchos aspectos es como si hubiera dado un gigantesco paso atrás en el tiempo.

La palabra cantonesa *fu yen*, «esposa», está compuesta por dos elementos. El primero significa «mujer», y el otro, «escoba». En Shanghai, May y yo teníamos sirvientes. Ahora yo soy la sirvienta. ¿Por qué sólo yo? No lo sé. Quizá porque tengo un bebé, quizá porque May no entiende a Yen-yen cuando ésta le dice en sze yup lo que ha de hacer, o quizá porque May no vive con el temor a que nos descubran, nos repudien —a ella por tener un hijo que no es de su marido, y a mí por no poder engendrar hijos— y nos echen a la calle. Así que todas las mañanas, cuando Vern se va a sus clases de noveno grado en el instituto Central Junior, y May, Sam y mi suegro se van a China City, yo me quedo en el apartamento y lavo —sobre una tabla— sábanas, ropa interior sucia, los pañales de Joy y la ropa sudada de los tíos, además de la de los solteros que periódicamente se hospedan en nuestra casa. Vacío la escupidera y otros recipientes para las cáscaras de pepitas de sandía que mordisquean mis parientes políticos. Friego el suelo y limpio las ventanas.

Mientras Yen-yen me enseña a preparar sopa, hirviendo un cogollo de lechuga y vertiendo salsa de soja sobre él, o a coger un cuenco de arroz, cubrirlo de manteca y rociarlo con salsa de soja para disimular el mal sabor, mi hermana sigue explorando los alrededores. Mientras yo pelo nueces que Yen-yen vende a los restaurantes o limpio la bañera donde mi suegro se baña todos los días, mi hermana conoce a gente. Mientras mi suegra me enseña a ser esposa y madre —funciones que ella desempeña con una frustrante combinación de ineptitud, buen humor y exagerada protección—, mi hermana se entera de dónde está todo.

Sam me dijo que me llevaría a China City —una atracción turística que están construyendo a dos manzanas de aquí—, pero todavía no he ido. En cambio, May va andando hasta allí todos los días y ayuda a preparar la Gran Inauguración. Me cuenta que dentro de poco trabajaré en el restaurante, la tienda de antigüedades, la tienda de curiosidades o dondequiera que nuestro suegro le haya dicho esa tarde; yo escucho con cierto recelo, sabiendo que no puedo elegir dónde quiero trabajar, pero agradeceré no seguir trabajando a destajo con Yen-yen: atando cebolletas en manojos, separando fresas por tamaño y calidad, pelando esas malditas nueces hasta que se me quedan los dedos manchados y agrietados, o —y esto es francamente repugnante— cultivando judías germinadas en la bañera entre baño y baño del viejo. Yo me quedo en casa con mi suegra y con Joy; mi hermana vuelve todos los días y nos habla de personas con nombres ridículos, como Peanut («cacahuete») o Dolly. En China City, May revisa nuestras cajas de ropa. Acordamos que, si íbamos a América, nos vestiríamos como americanas, pero ella insiste en traer sólo *cheongsams*. Escoge los más bonitos para ella, y pienso que quizá sea lo correcto. Yen-yen me dice:

—Ahora eres madre. Tu hermana todavía debe lograr que mi hijo engendre a mi nieto.

May me cuenta sus aventuras; tiene las mejillas sonrosadas de estar a la intemperie e irradia felicidad. Yo soy la hermana mayor y aun así siento envidia, la enfermedad de los ojos rojos. Siempre he sido la primera en descubrir cosas nuevas, pero ahora es May quien habla de las tiendas, los almacenes y las cosas divertidas que están planeando en China City. Me cuenta que la están construyendo con antiguos decorados de películas, y los describe con tanto detalle que, cuando por fin los vea, los reconoceré todos y sabré la historia de cada uno. Pero no puedo mentir. Me fastidia que May participe en los preparativos, mientras que yo tengo que quedarme con mi suegra y la niña en el mugriento apartamento, donde el polvo suspendido en el aire me produce ahogos. Me digo que todo esto sólo es pasajero, como Angel Island, y que pronto —no sé cómo— escaparemos de aquí.

Entretanto, el venerable Louie sigue ninguneándome: es su castigo por haber traído al mundo a una niña. Sam está muy alicaído y se pasea por el apartamento con gesto huraño, porque sigo negándome a tener relaciones esposo-esposa. Cada vez que se me acerca, cruzo los brazos y me sujeto los codos. Él se marcha avergonzado, como si lo hubiera humillado. Casi nunca me habla, y cuando lo hace es en el dialecto wu de las calles, como si yo no estuviera a su altura. Yen-yen reacciona a mi evidente infelicidad y frustración con una lección sobre el matrimonio:

—Tienes que acostumbrarte.

A principios de mayo, cuando ya llevamos dos semanas aquí, mi hermana pide permiso a Yen-yen para sacarnos a Joy y a mí a dar un paseo, y lo consigue.

—Al otro lado de La Plaza está Olvera Street, donde los mexicanos tienen tiendas para los turistas —me explica May señalando en esa dirección—. Más allá está China City. Desde allí, si subes por Broadway y tuerces hacia el norte, tendrás la impresión de haber entrado en una postal de Italia. Hay salamis colgados en las ventanas, y... ¡ay, Pearl, todo es tan raro y pintoresco como las calles de los rusos blancos de la Concesión Francesa! —Hace una pausa y ríe para sí—. Casi me olvido: aquí también hay una Concesión Francesa. La llaman French Town y está en Hill Street, a sólo una manzana de Broadway. Hay un hospital francés, cafeterías y... Pero eso no importa ahora. Vamos a dar un paseo por Broadway. Si vas por Broadway hacia el sur, llegas a unos cines y unos grandes almacenes americanos. Si vas hacia el norte y atraviesas Little Italy, llegas a otro Chinatown que están construyendo. Lo llaman el Nuevo Chinatown. Puedo llevarte allí cuando quieras.

Pero en este momento no me apetece.

—Esto no es como Shanghai, donde, pese a estar separados por razas, dinero y poder, nos veíamos todos los días —me aclara May a la semana siguiente, cuando nos lleva otra vez a dar una vuelta por el barrio—. Allí íbamos juntos por la calle, aunque no frecuentáramos los mismos clubs nocturnos. Aquí todos están separados de los demás: japoneses, mexicanos, italianos, negros y chinos. Los blancos están en todas partes, pero el resto estamos al fondo. Todos quieren ser un poco mejores que sus vecinos, aunque la diferencia sólo sea una cáscara de grano de arroz. ¿Recuerdas lo importante que era en Shanghai saber inglés y cómo la gente se enorgullecía de su acento británico o americano? Aquí, lo que te distingue es cómo hablas el chino, y dónde y con quién lo aprendiste. ¿Te lo enseñaron en una de las misiones de Chinatown? ¿Lo aprendiste en China? Pasa lo mismo que entre los hablantes de sze yup y los hablantes de sam yup. No se hablan entre sí. No hacen negocios entre sí. Por si fuera poco, los chinos nacidos en América menosprecian a la gente como nosotras y nos llaman «recién llegados» y «atrasados». Nosotros los menospreciamos porque sabemos que la cultura americana no es tan rica como la china. La gente también se agrupa por familias. Si eres un Louie, debes comprar en los establecimientos de los Louie, aunque te cobren cinco centavos más. Todos saben que los *lo fan* no los ayudarán, pero un Mock, un Wong o un SooHoo tampoco ayudará a un Louie.

May me enseña la gasolinera, aunque no conocemos a nadie que tenga automóvil. Pasamos delante de Jerry's Joint, un bar con comida y ambiente chinos, pero cuyo propietario no es chino. Todos los edificios que no albergan negocios son viviendas de algún tipo: pequeños apartamentos como el nuestro para familias, pensiones baratas para trabajadores chinos solteros como los tíos, y habitaciones cedidas por las misiones, donde los verdaderamente necesitados pueden dormir, comer y ganarse un par de dólares al mes a cambio de mantener limpio el lugar.

Tras un mes haciendo excursiones como ésa, alrededor del bloque, May me lleva a La Plaza.

—Antes, esto era el centro de la colonia española original. ¿Había españoles en Shanghai? —me pregunta casi alegremente—. No recuerdo a ninguno.

No tengo ocasión de contestar, porque está empeñada en enseñarme Olvera Street, que se halla justo enfrente de Sanchez Alley, al otro lado de La Plaza. Yo no tengo ningún interés especial en ir, pero como May lleva días quejándose e insistiendo, cruzo el recinto con ella y entro en un pasaje peatonal; está lleno de tenderetes de contrachapado pintados de colores llamativos donde se exponen camisas de algodón bordadas, pesados ceniceros de cerámica y pirulís. Los vendedores, ataviados con ropa de encaje, fabrican velas, soplan vidrio o confeccionan sandalias, mientras otros cantan y tocan instrumentos.

—¿Tú crees que en México la gente vive así? —pregunta May.

No sé si esto se parece a México pero, comparado con nuestro lúgubre apartamento, aquí reina una atmósfera festiva y vibrante.

—No tengo ni idea. Quizá sí.

—Pues si esto te parece bonito y divertido, espera a ver China City.

Seguimos bajando por la calle, y al poco rato May se para de golpe.

—Mira, allí está Christine Sterling. —Señala a una mujer blanca, mayor pero elegantemente vestida, sentada en el porche de una casa que parece hecha de barro—. Ella creó Olvera Street. Y también está detrás de China City. Todos dicen que tiene un gran corazón. Dicen que quiere ayudar a que los mexicanos y los chinos tengan sus propios negocios en estos tiempos difíciles. Ella llegó a Los Ángeles sin nada, como nosotras, y dentro de poco ya tendrá dos atracciones turísticas.

Llegamos al final de la manzana. Un grupo de coches americanos pasa lentamente por la calzada, tocando la bocina. Frente a Macy Street, veo el muro que rodea China City.

—Si quieres te llevo —propone May—. Lo único que hay que hacer es cruzar la calle.

Niego con la cabeza.

—Quizá otro día.

Volvemos a pasar por Olvera Street. May sonríe y saluda con la mano a los tenderos, que no le devuelven el saludo.


Mientras mi hermana trabaja con el venerable Louie y Sam prepara las cosas en China City, Yen-yen y yo nos encargamos del apartamento, nos ocupamos de Vernon cuando vuelve de la escuela y nos turnamos para coger a Joy durante las largas tardes, cuando la niña llora desconsoladamente, quién sabe por qué. Pero aunque pudiera salir a hacer visitas, ¿a quién iría a ver? Aquí sólo hay una mujer o una niña por cada diez hombres. A las muchachas de mi edad y la de May les prohíben salir con chicos, y de todas formas, los chinos que viven aquí no quieren casarse con ellas.

—Las nacidas aquí están demasiado americanizadas —nos explica tío Edfred un domingo, cuando viene a cenar—. Cuando sea rico, volveré a mi pueblo natal a por una esposa tradicional.

Algunos hombres, como tío Wilburt, tienen una esposa en China a la que no ven durante años.

—Hace una eternidad que no tengo relaciones esposo-esposa con mi mujer. Ir a China para eso sale demasiado caro. Estoy ahorrando para volver a China para siempre.

Con ese planteamiento, la mayoría de las muchachas chinas de aquí se quedan solteras. Entre semana van a la escuela americana y luego a la escuela de chino en una misión. Los fines de semana trabajan en los negocios familiares y reciben clases de cultura china en las misiones. Nosotras no encajamos con esas chicas, y somos demasiado jóvenes para encajar con las esposas y madres, que nos parecen atrasadas. Aunque hayan nacido aquí, la mayoría —como Yen-yen— no terminaron sus estudios elementales. Viven aisladas, vigiladas y sobreprotegidas.

Una noche de finales de mayo, treinta y nueve días después de nuestra llegada a Los Ángeles y unos días antes de la inauguración de China City, Sam llega a casa y me dice:

159

—Si quieres, puedes salir con tu hermana. Yo le daré el biberón a Joy.

No me convence la idea de dejarla con él, pero en las últimas semanas Joy reacciona bien a la torpeza con que Sam la coge, a cómo le susurra al oído y las cosquillas que le hace en la barriga. Como veo a la niña tranquila —y como sé que Sam prefiere que me marche para no tener que conversar conmigo—, me decido a salir con May. Vamos andando a La Plaza y nos sentamos en un banco; allí escuchamos la música mexicana que llega de Olvera Street y vemos unos niños jugando con una pelota hecha con una bolsa de papel rellena de periódicos arrugados y atada con una cuerda.

May ya no se empeña en mostrarme cosas ni en que cruce determinadas calles. Por fin podemos sentarnos y ser nosotras mismas durante unos minutos. En el apartamento no tenemos intimidad, porque todos pueden oírnos y vernos. Aquí, donde no hay oídos pendientes de nosotras, podemos hablar con libertad y confiarnos nuestros secretos. Recordamos a *mama*, *baba*, Tommy, Betsy, Z.G. e incluso a nuestros antiguos sirvientes. Hablamos de la comida que añoramos y de los olores y los sonidos de Shanghai, que tan lejanos nos parecen ahora. Al final dejamos de hablar de las personas y los lugares perdidos para concentrarnos en el presente. Sé cuándo Yenyen y el venerable Louie mantienen relaciones esposo-esposa porque oigo crujir su colchón. También sé que Vern y May todavía no han tenido esa clase de relaciones.

—Tú tampoco las has tenido con Sam —replica ella—. Debes hacerlo. Estás casada con él. Tenéis un bebé.

—¿Y por qué debo hacerlo cuando tú todavía no lo has hecho con Vern?

May esboza una mueca.

—¿Cómo quieres que lo haga? A Vern le pasa algo.

En Shanghai pensé que May se mostraba injusta, pero después de convivir con Vern —y he pasado mucho más tiempo con él que May—, he de admitir que mi hermana tiene razón. Y no se trata sólo de que Vern no haya madurado aún.

—No creo que sea retrasado mental —digo para animarla.

Ella descarta esa idea con un ademán de impaciencia.

—No es eso. Yo creo que está... dañado. —Recorre con la mirada el toldo de ramas que tenemos encima, como si allí fuera a encontrar la respuesta—. Habla, pero no mucho. A veces tengo la impresión de que no entiende lo que pasa alrededor. Otras veces se obsesiona por completo, como con esos aviones y barcos en miniatura que el viejo le compra para que los monte.

—Al menos se ocupan de él. ¿Te acuerdas de aquel niño que vimos en el barco, en el Gran Canal? Su familia lo tenía en una jaula.

Pero ella sigue hablando sin prestarme atención:

—Tratan a Vern como si fuera especial. Yen-yen le plancha la ropa y se la deja preparada en su habitación. Lo llama «niño-esposo».

—En eso se parece a *mama*. Nos llama a todos por el título o por el rango que ocupamos en la familia. ¡Hasta llama a su esposo venerable Louie!

Me sienta bien reír. *Mama* y *baba* lo llamaban así en señal de respeto; nosotras, porque no nos caía bien; y Yen-yen porque es así como lo ve.

—Yen-yen no tiene los pies vendados, pero es mucho más atrasada que *mama* —continúo—. Cree en fantasmas, espíritus, pociones, el zodíaco, en qué alimentos hay que comer y todas esas bobadas.

May suelta un bufido de fastidio.

—¿Te acuerdas de cuando cometí el error de decir que me había resfriado, y ella me preparó un té de jengibre y cebolletas secas para despejarme el pecho y me hizo respirar vapor de vinagre para aliviarme la congestión? ¡Fue asqueroso!

—Sí, pero funcionó.

—Ya —admite May—, pero ahora quiere que vaya al herborista y le pida algo que me haga más fértil y más atractiva para el niño-esposo. Según ella, la Oveja y el Cerdo son de los signos más compatibles.

—*Mama* siempre decía que el Cerdo tiene un corazón puro y es muy sincero y sencillo.

—Vern es sencillo, desde luego. —May se estremece—. Mira, lo he intentado. Quiero decir que... —Titubea—. Duermo en la misma cama que él. Muchos lo considerarían afortunado por tenerme allí. Pero él no hace nada, pese a que tiene todo lo que necesita allí abajo.

Deja la frase en el aire para que yo lo entienda. Ambas nos encontramos viviendo en un horrible limbo, matando el tiempo; pero cada vez que pienso que lo estoy pasando mal, recuerdo a mi hermana, que está en la habitación de al lado.

—Y luego, cuando voy a la cocina por la mañana —continúa—, Yen-yen me pregunta: «¿Dónde está tu hijo? Necesito un nieto.» La semana pasada, cuando volví de China City, me llevó a un rincón y me dijo: «Veo que has vuelto a recibir la visita de la hermanita roja.

Mañana comerás riñones de gorrión y piel de mandarina seca para fortalecer tu *chi*. El herborista dice que eso ayudará a que tu útero acoja la esencia vital de mi hijo.»

Su imitación de la voz chillona y aguda de Yen-yen me hace sonreír, pero May no lo encuentra gracioso.

—¿Por qué no te dan a ti riñones de gorrión y piel de mandarina? ¿Por qué no te envían al herborista? —inquiere.

Ignoro por qué el venerable Louie y su esposa nos tratan de forma diferente a Sam y a mí. Es cierto que Yen-yen tiene un título para todo el mundo, pero nunca la he oído llamarle nada a Sam: ni por un título, ni por su nombre americano, ni siquiera por su nombre chino. Y con la excepción del día que llegamos, mi suegro casi nunca habla conmigo ni con Sam.

—Sam y su padre no se llevan bien —comento—. ¿Te has fijado?

—Discuten mucho. El venerable Louie llama a Sam *toh gee* y *chok gin*. No sé qué significa, pero seguro que no son cumplidos.

—Significa «vago» y «necio». —No paso mucho tiempo con Sam, así que le pregunto a May—: ¿Crees que lo es?

—A mí no me lo parece. El viejo está empeñado en que Sam se encargue de los paseos en *rickshaw* cuando abran China City. Quiere que Sam conduzca los *rickshaws*. Y él se niega.

—No me extraña. ¿Quién iba a querer conducir *rickshaws*? —digo con un estremecimiento.

—Ya. Ni aquí ni en ningún otro sitio. Aunque sólo sea una atracción para turistas.

No me importaría seguir hablando de Sam, pero May vuelve a hablar de su marido.

—Lo normal sería que lo trataran como a los otros chicos de aquí y que trabajara con su padre cuando vuelve de la escuela. Podría ayudarnos a Sam y a mí a abrir cajas y poner los artículos en los estantes para cuando inauguren China City, pero el viejo insiste en que Vern se vaya directamente al apartamento a hacer los deberes. Creo que lo único que hace Vern es encerrarse en su habitación y trabajar en sus aviones en miniatura. Y por lo que he podido ver, no lo hace muy bien.

—Ya lo sé. Yo lo veo más que tú. Todos los días. —No sé si May detecta la amargura de mi voz, pero yo sí, y me apresuro a disimular—. Ya sabemos que un hijo varón es algo muy valioso. Quizá lo estén preparando para que se encargue del negocio cuando llegue el momento.

—Pero ¡si es el pequeño! ¿Cómo van a dejar que se encargue del negocio familiar? Eso no estaría bien. Además, Vern tendrá que aprender a hacer algo. Parece que quieran que sea un niño pequeño toda la vida.

—Quizá no quieran que se marche. Quizá no quieran que nadie se marche. Son muy atrasados. Vivimos todos juntos, el negocio es estrictamente familiar, tienen el dinero escondido y protegido, no nos dan nada para gastar...

Es verdad. May y yo no recibimos ninguna asignación para gastos domésticos, y, como es lógico, no podemos decir que necesitamos dinero para escapar de aquí y empezar desde cero.

—Parecen un puñado de campesinos —dice May con amargura—. Y mira cómo cocina Yen-ycn —añade—. ¿Qué clase de mujer china es?

—Nosotras tampoco sabemos cocinar.

—Pero ¡es que no nos educaron para saber cocinar! Íbamos a tener sirvientes que se encargarían de eso.

Nos quedamos un rato calladas, pensando en lo que May acaba de exponer, pero ¿qué sentido tiene soñar con el pasado? May mira hacia Sanchez Alley. La mayoría de los niños han regresado a sus casas.

—Será mejor que volvamos antes de que el venerable Louie nos deje en la calle.

Regresamos al apartamento cogidas del brazo. Estoy más animada. May y yo no sólo somos hermanas, sino también cuñadas. Durante miles de años, las cuñadas se han quejado de las dificultades de la vida en casa de sus maridos, donde viven bajo el puño de hierro de sus suegros y bajo los pulgares encallecidos de sus suegras. May y yo somos muy afortunadas: nos tenemos la una a la otra.

# Encantos del romanticismo oriental

El 8 de junio, casi dos meses después de nuestra llegada a Los Ángeles, cruzo por fin la calle y entro en China City para asistir a la Gran Inauguración. China City está rodeada de una Gran Muralla en miniatura (aunque resulta extraño llamarla «gran», ya que parece hecha con recortables de cartón montados sobre una estrecha tapia). Entro por la puerta principal y veo a unas mil personas reunidas en un gran espacio abierto, el Patio de las Cuatro Estaciones. Los dignatarios y las estrellas de cine pronuncian discursos, chisporrotean y estallan petardos, desfila un dragón, y los bailarines disfrazados de león juguetean. Los *lo fan* tienen un aire muy sofisticado y moderno: las mujeres visten traje de seda y abrigo de piel, guantes y sombrero, y llevan los labios pintados de colores brillantes; los hombres llevan traje, zapatos de costura inglesa y sombrero de fieltro. May y yo lucimos *cheongsams*, pero pese a lo elegantes y hermosas que estamos, tengo la impresión de que, comparadas con las americanas, parecemos extrañas y pasadas de moda.

—Los encantos del romanticismo oriental están entretejidos, como hilos de seda, en la tela de esta China City —proclama Christine Sterling desde el escenario—. Nos gustaría que vieran ustedes los brillantes colores de sus esperanzas e ideales, y que no se fijaran en sus imperfecciones, porque éstas desaparecerán con el paso de los años. Que los protagonistas de varias generaciones de la historia de China, que quienes han sobrevivido a catástrofes de todo tipo en su tierra natal, encuentren un nuevo refugio donde perpetuar su deseo de una identidad colectiva, seguir los pasos de sus antepasados y ejercer serenamente los oficios y las artes de sus mayores.

«Madre mía.»

—Dejen atrás el nuevo mundo de las prisas y la confusión —continúa Christine Sterling— y entren en el antiguo mundo de lánguido hechizo.

Las tiendas y los restaurantes abrirán sus puertas en cuanto terminen los discursos, y los empleados —incluidas Yen-yen y yo— tendrán que apresurarse a ocupar sus puestos. Mientras escuchamos, sostengo a Joy en brazos para que vea el espectáculo. Hay mucha gente, y la ondulación de la multitud y los empujones hacen que, poco a poco, nos separemos de Yen-yen. Tengo que ir al Golden Dragon Café, pero no sé dónde está. ¿Cómo es posible que me haya perdido en sólo una manzana rodeada por un muro? Pero el laberinto de callejones sin salida y senderos estrechos y retorcidos consigue desorientarme por completo. Cruzo una puerta y me encuentro en un patio con un estanque de peces y un puesto donde venden incienso. Aprieto a Joy contra mi pecho y me pego a la pared para dejar pasar los *rickshaws* —con el logo de Golden Rickshaws pintado— que pasean a los *lo fan* por las callejuelas. Los conductores gritan: «¡Paso! ¡Paso!» No se parecen en nada a los que he visto toda mi vida. Van muy emperifollados con inmaculados pijamas de seda, zapatillas bordadas y sombreros de culi de paja. Y no son chinos, sino mexicanos.

Una niña vestida de golfilla —sólo que más limpia— se contonea entre la multitud repartiendo planos del recinto. Cojo uno, lo abro y busco el sitio al que debo ir. En el mapa están marcados los lugares de interés: la Escalera del Cielo, el Puerto del Whangpoo, el Estanque del Loto y el Patio de las Cuatro Estaciones. En la parte inferior, dibujados con tinta china, dos hombres ataviados con túnica china y zapatillas se saludan. La leyenda reza: «Si se presta usted a iluminar con su presencia nuestra humilde ciudad, lo recibiremos con dulces, vinos y música excelentes, y con objetos de arte que delcitarán sus nobles ojos.» En el plano no aparece ninguno de los establecimientos del venerable Louie, todos con la palabra Golden en el nombre.

China City no es como Shanghai. Tampoco es como la ciudad vieja. Ni siquiera parece una aldea china. Se parece mucho a la China que May y yo veíamos en las películas hollywoodienses que proyectaban en Shanghai. Sí, es exactamente así. Los estudios Paramount han donado un decorado de *La octava esposa de Barbazul*, que se ha convertido en el Chinese Junk Café. Los obreros de la MGM han vuelto a montar la granja de Wang de *La buena tierra*, sin olvidar los patos y las gallinas del patio. Por detrás de la granja de Wang está el Pasaje de las Cien Sorpresas, donde los mismos carpinteros de la MGM han convertido una vieja herrería en diez boutiques de novedades, donde venden colgadores de joyas, tés perfumados y chales «españoles», con flecos y bordados, fabricados en China. Dicen que los tapices del templo de Kwan Yin tienen miles de años, y que la estatua se salvó del bombardeo de Shanghai. En realidad, como ocurre con la mayor parte de las cosas de China City, el templo se ha construido con sobrantes de decorados de la MGM. Hasta la Gran Muralla ha salido de una película, aunque debía de ser una de vaqueros en que había que defender un fuerte. Es evidente que el empeño de Christine Sterling en reutilizar su idea de Olvera Street para recrear un escenario chino va acompañado de un total desconocimiento de nuestra cultura, nuestra historia y nuestros gustos.

Mi mente me dice que estoy a salvo. Hay demasiada gente a mi alrededor para que alguien intente atraparme o hacerme daño, pero estoy nerviosa y asustada. Corro por otro callejón sin salida. Estrecho a Joy tan fuerte que la pobre empieza a llorar. Las personas con que me cruzo piensan que soy una mala madre. «¡No soy una mala madre! —quisiera gritarles—. Ésta es mi hija.» Presa del pánico, pienso que, si encuentro la entrada, sabré volver al apartamento. Pero el venerable Louie cerró con llave al salir, y no tengo llave. Agitada e inquieta, agacho la cabeza y me abro paso entre el gentío.

—¿Te has perdido? —dice una voz con el más puro acento del dialecto wu de Shanghai—. ¿Necesitas ayuda?

Levanto la cabeza y veo a un *lo fan* de cabello blanco, gafas y una poblada barba blanca.

—Tú debes de ser la hermana de May —añade—. ¿Eres Pearl?

Asiento con la cabeza.

—Me llamo Tom Gubbins. Todo el mundo me llama Bak Wah Tom, Tom *el Películas*. Tengo una tienda aquí, y conozco a tu hermana. Dime adónde quieres ir.

—Debo ir al Golden Dragon Café.

—Ah, sí, una de las muchas tiendas Golden. Aquí, todo lo que vale la pena lo dirige tu suegro —dice con aire de complicidad—. Ven conmigo. Te llevaré hasta allí.

No conozco a este hombre, y May nunca lo ha mencionado, pero quizá sea una de las muchas cosas que no me ha contado. Sin embargo, su acento shanghaiano me proporciona la tranquilidad que necesito. De camino al restaurante, él me señala varios negocios de mi suegro. En la Golden Lantern, la primera tienda que el venerable Louie tuvo en la antigua Chinatown, venden baratijas y curiosidades: ceniceros, palilleros y rascadores para la espalda. Por la ventana veo a Yen-yen hablando con unos clientes. Vern está sentado, solo, en un local diminuto, el Golden Lotus, vendiendo flores de seda. He oído cómo el venerable Louie alardeaba ante nuestros vecinos de lo poco que le había costado abrir esta tienda: «En China, las flores de seda son baratísimas. Aquí puedo venderlas por cinco veces su precio original.» Se burlaba de otra familia que había abierto un establecimiento de flores naturales. «Han pagado dieciocho dólares por la nevera en una tienda de segunda mano. Todos los días se gastarán cincuenta centavos en hielo. Tienen que comprar botes y jarrones donde poner las flores. ¡Eso ya son cincuenta dólares! ¡Demasiado dinero! ¡Un despilfarro! Y vender flores de seda no es difícil, porque hasta mi hijo sabe hacerlo.»

Veo el tejado del Golden Pagoda antes de llegar allí, y sé que a partir de ahora podré mirar hacia arriba para orientarme. El Golden Pagoda es un edificio de cinco plantas, con forma de pagoda. En este local, el venerable Louie —ataviado con una túnica azul de mandarín— planea vender sus mejores artículos: jarrones de cloisonné, porcelana fina, piezas con incrustaciones de nácar, muebles de teca labrada, pipas de opio, juegos de majong de marfil, y antigüedades. Por la ventana veo a May junto a mi suegro, charlando con una familia formada por cuatro personas, gesticulando animadamente y con una sonrisa tan amplia que hasta puedo verle los dientes. Parece cambiada, y al mismo tiempo es mi hermana de siempre. El *cheongsam* se le adhiere al cuerpo como una segunda piel. El cabello se le arremolina alrededor de la cara, y reparo en que se lo ha cortado y arreglado. ¿Cómo no me he dado cuenta hasta ahora? Pero lo que de verdad me sorprende es lo radiante que está. Hacía mucho tiempo que no la veía así.

—Es muy hermosa —dice Tom, como si me leyera el pensamiento—. Ya le he dicho que podría conseguirle trabajo, pero le da miedo que tú no lo apruebes. ¿Qué te parece, Pearl? Ya ves que no soy mala persona. ¿Por qué no lo piensas y lo comentas con May?

Entiendo lo que dice, pero no alcanzo a comprender el significado de sus palabras.

Al advertir mi confusión, Tom se encoge de hombros:

—Muy bien. Vamos al Golden Dragon.

Cuando llegamos, Tom mira por la ventana y dice:

—Me parece que te necesitan, así que no te entretendré. Pero si alguna vez necesitas algo, pásate por la Asiatic Costume Company. May te enseñará dónde está. Viene a visitarme todos los días.

Dicho eso, se da la vuelta y se pierde entre la muchedumbre. Abro la puerta del Golden Dragon Café y entro. Hay ocho mesas y una barra con diez taburetes. Detrás de la barra, tío Wilburt, con una camiseta blanca y un sombrero de papel de periódico, suda mientras maneja un *wok* humeante. A su lado, tío Charley corta ingredientes en trozos pequeños con un cuchillo de carnicero. Tío Edfred lleva un montón de platos al fregadero, mientras Sam lava vasos bajo el grifo de agua caliente.

—¿Alguien nos atiende? —grita un cliente.

Sam se seca las manos, se apresura a darme un bloc, me quita a Joy de los brazos y la pone en una caja de madera detrás de la barra. Trabajamos seis horas sin descanso. Cuando finaliza oficialmente la Gran Inauguración, Sam tiene la ropa manchada de comida y grasa, y a mí me duelen los pies, hombros y brazos, pero Joy está profundamente dormida en su caja. El venerable Louie y los demás pasan a recogernos. Los tíos se van adondequiera que vayan los solteros de Chinatown por la noche. Mi suegro cierra la puerta con llave y nos dirigimos al apartamento. Los hombres van delante, mientras que Yen-yen, May y yo los seguimos a la preceptiva distancia de diez pasos. Estoy agotada, y Joy me pesa como un saco de arroz, pero nadie se ofrece a llevarla.

El venerable Louie nos prohibió hablar en ninguna lengua que él no entienda, pero le hablo a May en dialecto wu, con la esperanza de que Yen-yen no nos delate y confiando en estar lo bastante lejos de los hombres para que no nos oigan.

—Me has estado ocultando cosas, May.

No estoy enfadada, sino dolida. Mientras yo permanecía encerrada en el apartamento, May se estaba forjando una nueva vida en China City. ¡Hasta se ha cambiado el peinado! Ay, cómo me duele eso ahora que lo he notado.

—¿Cosas? ¿Qué cosas? —Habla en voz baja. ¿Para que no nos oigan? ¿Para que yo no suba la voz?

—Habíamos decidido que cuando llegáramos aquí sólo llevaríamos ropa occidental. Dijimos que procuraríamos parecer americanas, pero lo único que me traes es esto.

—Ése es uno de tus *cheongsams* favoritos.

—No quiero ponerme *cheongsams*. Acordamos que...

168

May aminora el paso y me retiene por el hombro. Yen-yen sigue caminando, obediente, detrás de su marido y sus hijos.

—No quería decírtelo para no disgustarte —susurra. Se da unos golpecitos en los labios con los nudillos, vacilante.

—¿Qué pasa? Dímelo.

—Nuestros vestidos occidentales han desaparecido. Él —prosigue, apuntando a los hombres con la barbilla, pero sé que se refiere a nuestro suegro— quiere que sólo nos pongamos ropa china.

—¿Por qué?

—Escúchame, Pearl. He intentado explicarte cosas. He intentado enseñarte cosas, pero a veces eres peor que *mama*. No quieres saber. No quieres escuchar.

Sus palabras me hieren, pero May no ha terminado.

—Ya has visto que los empleados de Olvera Street llevan trajes mexicanos. Se lo exige la señora Sterling. Está en sus contratos de alquiler, y también en los nuestros de China City. Tenemos que vestir *cheongsams* para trabajar. La señora Sterling y sus socios *lo fan* quieren que parezca que no hemos salido nunca de China. El venerable Louie debía de saberlo cuando nos quitó la ropa en Shanghai. Piénsalo, Pearl. Nosotras creíamos que no tenía gusto ni criterio, pero él sabía exactamente qué buscaba, y sólo cogió lo que pensó que nos sería útil aquí. Lo demás lo dejó.

—¿Por qué no me lo habías contado antes?

—¿Cómo iba a hacerlo? Casi no te veo. He intentado convencerte para que salgas conmigo, pero tú te resistes a abandonar el apartamento. Tuve que llevarte a rastras a sentarnos un rato en La Plaza. No lo dices, pero sé que nos culpas a todos por dejarte en el apartamento. Aunque nadie te obliga a quedarte allí. No quieres ir a ningún sitio. ¡Ni siquiera había conseguido que cruzaras la calle para conocer China City hasta hoy!

—¿Qué me importan a mí estos sitios? No vamos a quedarnos aquí para siempre.

—Pero ¿cómo vamos a huir si no sabemos qué hay ahí fuera?

«Es que resulta más fácil no hacer nada. Es que tengo miedo», pienso, pero no lo digo.

—Eres como un pájaro al que han liberado de una jaula —continúa May  y que ya no sabe volar. Eres mi hermana, pero no sé qué te ha pasado. Ahora estás muy lejos de mí.

Subimos la escalera que conduce al apartamento. En la puerta, May vuelve a retenerme.

—¿Por qué ya no eres la hermana que tenía en Shanghai? Eras divertida. No le temías a nada. Ahora te comportas como una *fu yen*. —Hace una pausa—. Lo siento. No debería haber dicho eso. Ya sé que has sufrido mucho, y que tienes que dedicarle toda tu atención y tus cuidados a la niña. Pero te echo de menos, Pearl. Echo de menos a mi hermana.

Oímos a Yen-yen, que ya ha entrado, hablándole a su hijo:

—Niño-esposo, es hora de que vayas a acostarte. Ve a buscar a tu esposa e idos a la cama.

—Echo de menos a *mama* y *baba*. Echo de menos nuestra casa. Esto —añade May, abarcando con un brazo el oscuro pasillo— es muy duro. No puedo soportarlo sin ti.

Las lágrimas resbalan por sus mejillas. Se las enjuga con el dorso de la mano, respira hondo y entra en el apartamento para ir a acostarse con su niño-esposo.

Unos minutos más tarde, dejo a Joy en el cajón y me meto en la cama. Sam se aparta, como suele hacer, y yo me arrimo al borde del colchón, lejos de mi esposo y cerca de Joy. Tengo sentimientos y pensamientos confusos. Lo de la ropa es un golpe inesperado, pero ¿y las otras cosas que me ha dicho May? No me había dado cuenta de que ella también sufría. Y tiene razón. Yo tenía miedo: de salir del apartamento, de llegar hasta el final de Sanchez Alley, de ir a La Plaza, de recorrer Olvera Street y cruzar hasta China City. Estas últimas semanas, May se ha ofrecido en innumerables ocasiones a llevarme a China City, y yo siempre he encontrado alguna excusa para no ir.

Cojo la bolsita que me dio *mama* y que llevo colgada del cuello. ¿Qué me ha pasado? ¿Cómo me he convertido en una temerosa *fu yen*?

El 25 de junio, menos de tres semanas más tarde y a pocas manzanas de distancia, el Nuevo Chinatown celebra su Gran Inauguración. En cada extremo de la manzana se alzan grandes puertas labradas chinas, majestuosas y pintadas de colores vivos. Anna May Wong, la famosa estrella de cine, encabeza el desfile. Una banda de tambores integrada por muchachas chinas realiza una actuación ensordecedora. Luces de neón decoran el contorno de los edificios, pintados de colores llamativos y con toda clase de ornamentos chinos colgados en los aleros y balcones. Hay más petardos, los políticos que cortan las cintas y pronuncian discursos son más importantes, los movimientos de los bailarines que representan las danzas del dragón y el león son más sinuosos y acrobáticos. Hasta la gente que ha abierto tiendas y restaurantes aquí se considera mejor, más rica y más establecida que la de China City.

Se comenta que la inauguración de estos dos barrios chinos señala el inicio de una buena racha para los chinos de Los Ángeles. Yo opino que marca el inicio de una rivalidad. En China City tenemos que trabajar y esforzarnos más. Mi suegro se muestra implacable y nos impone un horario aún más duro. Es despiadado; a veces, hasta cruel. Nadie lo desobedece, pero no veo cómo vamos a ponernos a la altura del Nuevo Chinatown. ¿Cómo puedes competir cuando tu adversario está en una situación de clara ventaja? Y, tal como están las cosas, ¿cómo vamos a conseguir May y yo el dinero necesario para marcharnos de aquí?

# Aromas hogareños

Debería estar planeando adónde nos iremos, pero no hay nada que me anime a explorar más que mi estómago, donde se ha instalado la tristeza. Echo de menos cosas como los dulces cubiertos de miel, los pastelillos de rosa con azúcar y los huevos hervidos en té con especias. Como con la comida que prepara Yen-yen he adelgazado más que en Angel Island, observo a tío Wilburt y tío Charley, respectivamente el primer y el segundo cocinero del Golden Dragon, y procuro aprender de ellos. Me dejan acompañarlos a la carnicería Sam Sing, con su cerdo de pan de oro en el escaparate, a comprar cerdo y pato. Me llevan al mercado de pescado de George Wong, en Spring Street, que suministra a China City, donde me enseñan a comprar sólo los especímenes que todavía respiran. Cruzamos la calle y vamos a la tienda de comestibles International Grocery, y por primera vez desde que llegué aquí, vuelvo a percibir aromas hogareños. Tío Wilburt me compra, con dinero de su propio bolsillo, una bolsa de alubias negras saladas. Se lo agradezco tanto que, después, los tíos se turnan para comprarme otras chucherías: azufaifas, dátiles con miel, brotes de bambú, capullos de loto y setas. De vez en cuando, si en el restaurante hay un período de calma, me dejan pasar detrás de la barra y me enseñan a preparar un solo plato, y muy deprisa, con esos ingredientes especiales.

Los tíos vienen a cenar al apartamento todos los domingos. Un día le pregunto a Yen-yen si me dejará preparar la cena. La familia come lo que he cocinado. A partir de ese día, soy yo quien se encarga de la cena dominical. Al poco tiempo ya puedo prepararla en sólo media hora, siempre que Vern lave el arroz y Sam corte las verduras. Al principio, el venerable Louie no está satisfecho.

—¿Por qué debo dejar que derroches mi dinero en comida? ¿Por qué debo dejarte salir a comprar comida? —Y lo dice pese a que no le importa que vayamos al trabajo y volvamos andando, ni que sirvamos a perfectos desconocidos, blancos por si fuera poco.

—No derrocho su dinero —replico—, porque tío Wilburt y tío Charley pagan la comida. Y no voy sola, porque siempre estoy con ellos dos.

—¡Eso es peor todavía! Los tíos están ahorrando para volver a China. Todos, incluido yo, deseamos regresar a China; si no es a vivir, a morir, y si no es a morir, a que entierren nuestros huesos allí. —Como tantos chinos, el venerable Louie quiere ahorrar diez mil dólares y regresar a su pueblo natal convertido en un hombre rico; allí adquirirá unas cuantas concubinas, tendrá más hijos varones y se pasará el día bebiendo té. También quiere que lo consideren un «gran hombre», un concepto de lo más americano—. Cada vez que voy a China, compro tierras. Ya que no me permiten comprarlas aquí, las compraré allí. Sí, ya sé qué piensas, Pearl. Piensas: «Pero ¡si tú has nacido aquí! ¡Si eres americano!» Pues mira: quizá haya nacido aquí, pero en el fondo soy chino. Y acabaré volviendo a China.

Sus quejas y su habilidad para arrebatarles el protagonismo a los tíos son completamente previsibles, pero se lo perdono porque le gusta cómo cocino. Él nunca lo admitirá, pero hace algo aún mejor. Unas semanas más tarde, anuncia:

—Todos los lunes te daré dinero para que compres comida.

A veces estoy tentada de guardarme un poco de ese dinero, pero sé que mi suegro vigila cada centavo y cada receta, y que de vez en cuando habla con los empleados de la carnicería, la pescadería y la tienda de comestibles. Es tan precavido con su dinero que se niega a guardarlo en un banco. Lo tiene escondido en los diferentes establecimientos Golden, para protegerlo de cualquier desastre y de los banqueros *lo fan*.

Ahora que ya puedo ir sola a las tiendas, los vendedores empiezan a conocerme. Les gusto como clienta —aunque compre poco—, y para premiar mi lealtad a sus patos asados, su pescado o sus nabos en vinagre, me regalan calendarios. Las ilustraciones imitan el estilo chino, con intensos rojos, azules y verdes destacados sobre fondo blanco. En lugar de chicas bonitas reclinadas en sus tocadores, transmitiendo paz, relajación y sensualidad, los pintores han decidido plasmar paisajes inspirados de la Gran Muralla, la montaña sagrada de Emei, los místicos karsts de Kweilin, o retratar mujeres insulsas ataviadas con *cheongsams* confeccionados con una tela brillante de estampados geométricos, en posturas pensadas para transmitir las virtudes de la moralidad. Las obras de esos ilustradores son chillonas y comerciales, carentes de delicadeza y emoción; pero las cuelgo en las paredes del apartamento, como hacían los pobres más pobres de Shanghai, que las colgaban en sus miserables casuchas para poner un poco de color y esperanza en sus vidas. Los calendarios alegran el apartamento, igual que mis comidas, y mientras me los regalen, a mi suegro no le importa que los cuelgue.

El día de Nochebuena me levanto a las cinco de la mañana, me visto, dejo a Joy con mi suegra y voy con Sam a China City. Todavía es muy temprano, pero hace un calor inusual. Toda la noche ha soplado un viento muy cálido que ha dejado ramas rotas, hojas secas, confeti y otros restos de los parranderos de Olvera Street esparcidos por La Plaza y Main Street. Cruzamos Macy, entramos en China City y seguimos nuestra ruta habitual, que empieza en el puesto de *rickshaws* del Patio de las Cuatro Estaciones y luego bordea el corral de las gallinas y los patos de la Granja Wang. Todavía no he visto *La buena tierra*, pero tío Charley me ha aconsejado que la vea. «Es igual que China», me ha dicho. Tío Wilburt también me la ha recomendado: «Si vas, fíjate bien en la escena de la muchedumbre. ¡Salgo yo! En esa película verás a muchos tíos y tías de Chinatown.» Pero yo no voy al cine, ni entro en la granja, porque cada vez que paso por delante me acuerdo de la cabaña de las afueras de Shanghai.

Desde la Granja Wang, sigo a Sam por Dragon Road.

—Camina a mi lado —me invita Sam en sze yup, pero no acepto, porque no quiero que se haga ilusiones.

Si converso con él durante el día o hago algo como caminar a su lado, por la noche querrá tener relaciones esposo-esposa.

Todos los negocios Golden, excepto el de paseos en *rickshaw*, están en el óvalo donde confluyen Dragon Road y Kwan Yin Road. Ésta es la ruta por donde los *rickshaws* realizan su serpenteante paseo. En los seis meses que llevo trabajando aquí, sólo me he aventurado dos veces hasta el Estanque del Loto y la zona cubierta que acoge el teatro de ópera china, el salón recreativo y la Asiatic Costume Company de Tom Gubbins. Quizá China City no sea más que una manzana con forma extraña y bordeada por las calles Main, Macy, Spring y Ord —con más de cuarenta tiendas apretujadas entre los bares, restaurantes y otras «atracciones turísticas» como la Granja Wang—, pero hay enclaves muy bien delimitados dentro de sus muros, y la gente de esos enclaves raramente se relaciona con sus vecinos.

Sam abre el restaurante, enciende las luces y empieza a preparar café. Mientras relleno los saleros y pimenteros, los tíos y los otros empleados van llegando e inician sus tareas. Para cuando los pasteles están cortados y expuestos, han entrado los primeros clientes. Charlo con los habituales —camioneros y empleados de correos—, anoto los pedidos y se los paso a los cocineros.

A las nueve entran dos policías y se sientan a la barra. Me aliso el delantal y muestro una amplia sonrisa. Si no les damos de comer gratis, siguen a nuestros clientes hasta sus coches y los multan. Las dos últimas semanas han sido especialmente malas, porque los policías iban de una tienda a otra recogiendo «regalos» de Navidad. La semana pasada, tras decidir que no habían recibido suficientes obsequios, cerraron el aparcamiento, lo que impidió que vinieran clientes. Ahora estamos todos atemorizados y dispuestos a darles lo que nos pidan para que no perjudiquen al negocio.

Cuando se marchan los policías, un camionero le grita a Sam:

—¡Eh, amigo!, ¡dame un trozo de ese pastel de arándanos!, ¿quieres?

Quizá Sam todavía esté nervioso por la visita de los agentes, pues pasa por alto el pedido y sigue lavando vasos. Parece que haya transcurrido una eternidad desde que leí en mi manual que Sam iba a ser el encargado del restaurante, pero en realidad su puesto está entre un lavaplatos y un lavavasos. Lo observo mientras sirvo un menú de huevos, patatas, tostadas y café que cuesta treinta y cinco centavos, o un rollo de mermelada y un café por cinco centavos. Alguien le pide a Sam más café, pero él no se acerca con la cafetera hasta que el cliente, impaciente, da unos golpecitos con su taza. Media hora más tarde, el mismo cliente pide la cuenta, y Sam me señala. No intercambia ni una sola palabra con ningún cliente.

Pasa la hora punta de los desayunos. Sam recoge platos y cubiertos sucios, y yo voy detrás con un trapo húmedo limpiando las mesas y la barra.

—¿Por qué nunca hablas con los clientes? —le pregunto en inglés. Como no me contesta, insisto—: En Shanghai, los *lo fan* siem-

175

pre se quejaban de que los camareros chinos eran hoscos y maleducados. No querrás que nuestros clientes piensen eso de ti, ¿verdad?

Se lo ve apurado y se mordisquea el labio inferior.

—No sabes inglés, ¿verdad? —le pregunto en sze yup.

—Sólo poco —contesta. Y se corrige con una sonrisa avergonzada—: Sólo un poco. Muy poco.

—¿Cómo puede ser?

—Nací en China. ¿Por qué tendría que saber inglés?

—Porque viviste aquí hasta los siete años.

—De eso hace mucho tiempo. Ya no me acuerdo de nada.

—Pero ¿no lo estudiaste en China? —inquiero. Toda la gente que yo conocía en Shanghai estudiaba inglés. Hasta May, que no era muy buena alumna, sabe hablar inglés.

Sam no me contesta directamente:

—Puedo intentar hablarlo, pero los clientes no quieren entenderme. Y cuando me hablan, yo tampoco los entiendo. —Señala el reloj de pared y añade—: Tienes que irte.

Siempre me mete prisa para que me marche. Sé que va a algún sitio por las mañanas y por las tardes, igual que yo. Soy una *fu yen*, y no me corresponde preguntarle adónde va. Si Sam se ha aficionado al juego, o si paga a alguien para que tenga relaciones esposo-esposa con él, ¿qué puedo hacer? Si es un mujeriego, ¿qué puedo hacer? Si es un jugador como mi padre, ¿qué puedo hacer? Mi madre y mi suegra me han enseñado cómo debe comportarse una esposa, y sé que si tu marido te deja plantada, no puedes hacer nada para impedirlo. No sabes adónde va. Vuelve cuando quiere, y punto.

Me lavo las manos y me quito el delantal. Me dirijo a la Golden Lantern, y por el camino pienso en lo que me ha dicho Sam. ¿Cómo es posible que no sepa inglés? Mi inglés es perfecto —y sé que lo correcto y educado es decir «occidental» en lugar de *lo fan* o *fan gwaytze*, y «oriental» en lugar de «amarillo»—, pero comprendo que emplearlo no es la forma más indicada para conseguir una propina o una venta. La gente viene a China City a divertirse. A los clientes les gusta que chapurree el inglés, y a mí me resulta fácil después de oír a Vern, al venerable Louie y a tantos otros, que nacieron aquí pero lo hablan muy incorrectamente. En mi caso es teatro, pero en el de Sam es ignorancia; es un rasgo de campesino, y se me antoja tan desagradable como sus devaneos secretos con quién sabe quién.

Llego a la Golden Lantern, donde Yen-yen trabaja y cuida a Joy. Juntas, quitamos el polvo, barremos y sacamos brillo a los objetos expuestos. Cuando termino, juego un rato con Joy. A las once y media, dejo de nuevo a mi hija con Yen-yen y vuelvo al restaurante, donde, tan aprisa como puedo, sirvo hamburguesas por quince centavos. Nuestras hamburguesas no son tan buenas como las *chinaburguers* de Fook Gay's Café, que llevan judías germinadas salteadas, setas negras y salsa de soja; pero en cambio, tienen fama nuestros cuencos de pescado en salazón con cerdo, a diez centavos, y nuestros cuencos de arroz blanco y té, a cinco.

Después de comer, trabajo en el Golden Lotus, donde vendo flores de seda hasta que Vern llega de la escuela. Luego voy al Golden Pagoda. Quiero hablar con mi hermana de nuestros planes para el día de Navidad, pero ella está ocupada convenciendo a un cliente de que una pieza de laca se pintó en una balsa en medio de un lago para que ni una mota de polvo estropeara la perfección de su superficie, así que me pongo a barrer, quitar el polvo y sacar brillo.

Antes de regresar al restaurante, paso por la Golden Lantern, recojo a Joy y la llevo a dar un breve paseo por las callejuelas de China City. A Joy le encanta mirar los *rickshaws*, como a los turistas. Los paseos del Golden Rickshaw están muy solicitados; es la empresa más próspera del venerable Louie. Johnny Yee, uno de los empleados, conduce cuando hay que pasear a algún famoso o a algún fotógrafo que viene a tomar fotografías para algún anuncio, pero normalmente son Miguel, José y Ramón quienes hacen el trabajo. Se llevan propinas y cobran un pequeño porcentaje de los veinticinco centavos que cuesta cada paseo. Si convencen a un cliente para que compre una fotografía, que vale veinticinco centavos, se llevan un poco más.

Hoy, una clienta le da una patada a Miguel y luego lo golpea con el bolso. ¿Por qué lo hará? Porque puede. Nunca me llamó la atención cómo la gente trataba a los conductores de *rickshaw* en Shanghai. ¿Sería porque mi padre era el dueño del negocio? ¿Porque yo hacía como esa mujer blanca, y me creía por encima de los conductores? ¿Porque en Shanghai los conductores de *rickshaw* no eran mejores que los perros, mientras que ahora May y yo pertenecemos a la misma clase que ellos? Las tres preguntas tienen la misma respuesta: sí.

Vuelvo a dejar a Joy con su abuela, le doy un beso de buenas noches —porque no la veré hasta que llegue a casa— y paso el resto de la noche sirviendo cerdo agridulce, pollo con anacardos y *chop suey* —platos que jamás había visto en Shanghai y de los que ni siquiera había oído hablar— hasta la hora de cierre, a las diez. Sam se queda a

177

cerrar el local, y yo voy hacia el apartamento abriéndome paso entre la multitud que celebra la Nochebuena en Olvera Street, en lugar de ir sola por Main.

Me avergüenza que May y yo hayamos acabado aquí. Me culpo de que tengamos que trabajar tanto y de que nunca recibamos un solo céntimo de los *lo fan*. Un día, cuando le tendí la mano al venerable Louie y le pedí mi paga, él me escupió en la palma. «Os doy comida y techo —me espetó—. Tu hermana y tú no necesitáis ningún dinero.» Y se acabó la discusión; sólo que ahora empiezo a comprender qué valor tenemos May y yo. En China City, la mayoría de los empleados ganan entre treinta y cincuenta dólares mensuales. Los lavavasos, sólo veinte dólares, mientras que los lavaplatos y los camareros se llevan cuarenta o cincuenta. Tío Wilburt gana setenta, lo cual se considera un muy buen sueldo.

—¿Cuánto dinero has ganado esta semana? —le pregunto a Sam todos los sábados por la noche—. ¿Has ahorrado algo?

Confío en que algún día me dé parte de ese dinero para marcharme de aquí. Pero él nunca me dice cuánto gana. Se limita a agachar la cabeza, limpiar una mesa, recoger a Joy del suelo, o recorrer el pasillo para encerrarse en el lavabo.

Ahora, con la distancia, entiendo que en mi familia creyésemos que el venerable Louie era un hombre rico. En Shanghai éramos una familia adinerada. *Baba* dirigía su propio negocio. Teníamos una casa y sirvientes. Pensábamos que el venerable Louie era mucho más rico que nosotros. Ahora lo veo de otra manera. Un dólar americano daba para mucho en Shanghai, donde todo, desde la vivienda y la ropa hasta las esposas como nosotras, era barato. En Shanghai, mirábamos al venerable Louie y veíamos lo que queríamos ver: a un hombre que se daba importancia gracias al dinero que tenía. Tratando a *baba* con profundo desdén durante sus visitas, nos hacía parecer y sentir insignificantes. Pero era todo mentira, porque aquí, en la tierra de la Bandera Floreada, el venerable Louie, pese a estar mejor situado que la mayoría de los habitantes de China City, sigue siendo pobre. Sí, tiene cinco negocios, pero son pequeños —minúsculos, de hecho, de entre cincuenta y cien metros cuadrados—, y ni siquiera juntos son gran cosa. Al fin y al cabo, sus cincuenta mil dólares en mercancías no tienen ningún valor si nadie las compra. Sin embargo, si mi familia hubiera venido aquí, habría estado aún más abajo, con los empleados de lavandería, los lavavasos y los vendedores ambulantes de verdura.

Con ese espeluznante pensamiento subo la escalera del apartamento, me quito la apestosa ropa y la dejo apelotonada en un rincón de la habitación. Me meto en la cama e intento permanecer despierta para disfrutar de unos minutos de silencio y tranquilidad con mi pequeña, que ya duerme en su cajón.

El día de Navidad nos vestimos y reunimos con los demás en la habitación principal. Yen-yen y el venerable Louie están reparando unos jarrones que han llegado rotos; proceden de una tienda de curiosidades de San Francisco que ha cerrado. May remueve una olla de *jook* en el hornillo de la cocina. Vern está sentado con sus padres, mirando alrededor con cierta tristeza. Se ha criado aquí y va a una escuela americana, así que sabe qué es la Navidad. Estas dos últimas semanas ha traído decoraciones navideñas que había hecho en la clase de Plástica, pero por lo demás, en nuestra casa no hay ninguna referencia a estas fiestas: ni calcetines, ni árbol, ni regalos. Da la impresión de que a Vern le gustaría celebrar la Navidad, pero ¿qué puede hacer o decir él? Vive en la casa de sus padres y tiene que aceptar sus normas. May y yo nos miramos, miramos a Vern y volvemos a mirarnos. Entendemos cómo se siente. En Shanghai celebrábamos el nacimiento del Niño Jesús en la escuela de la misión, pero nuestros padres tampoco lo celebraban. Ahora que estamos aquí, queremos festejar la Navidad como los *lo fan*.

—¿Qué podemos hacer hoy? —pregunta May, optimista—. ¿Vamos a la iglesia de La Plaza y a Olvera Street? Habrá celebraciones.

—Nosotros no hacemos nada con esa gente —dice el venerable Louie.

—No digo que hagamos nada con ellos —replica May—. Sólo digo que sería interesante ver cómo lo celebran.

Pero mi hermana y yo ya hemos llegado a la conclusión de que no tiene sentido discutir con nuestros suegros. Podemos alegrarnos de tener un día de fiesta.

—Yo quiero ir a la playa —declara Vern. Habla tan poco que, cuando lo hace, sabemos que desea algo de verdad—. Quiero ir en tranvía.

—Está demasiado lejos —objeta su padre.

—Yo no necesito ver su mar —se burla Yen-yen—. Todo lo que necesito lo tengo aquí.

—Vosotros os quedáis en casa —dice Vern, sorprendiendo a todos.

May arquea las cejas. Veo que le apetece mucho ir a la playa, pero no pienso gastar el dinero de nuestra boda en algo tan frívolo; y, salvo en el restaurante, nunca he visto a Sam con dinero en las manos.

—Podemos pasarlo bien aquí —intervengo—. Podríamos ir a la parte *lo fan* de Broadway y mirar los escaparates de los grandes almacenes. Hay decoraciones navideñas por todas partes. Te gustará mucho, Vern.

—Quiero ir a la playa —insiste él—. Quiero ver el mar.

Como nadie dice nada, Vern retira su silla, va a su habitación y cierra de un portazo. Unos minutos más tarde reaparece con unos dólares en el puño.

—Pago yo —anuncia tímidamente.

Yen-yen intenta quitarle los billetes, y nos dice a los demás:

—Al Cerdo no le cuesta separarse de su dinero, pero no debéis aprovecharos de él.

Vern forcejea con su madre y levanta el brazo por encima de su cabeza para que ella no pueda quitarle el dinero.

—Es un regalo de Navidad para mi hermano, para May, Pearl y el bebé. *Mama* y *baba*, vosotros os quedáis en casa.

Es la vez que más lo oigo hablar, y me parece que no soy la única que lo piensa. Así que lo complacemos. Nos vamos los cinco a la playa, paseamos por el embarcadero y nos mojamos los pies en las frías aguas del Pacífico. Procuramos que Joy no se queme con el sol, muy intenso para la época en que estamos. El agua brilla bajo el cielo. A lo lejos, unas verdes colinas descienden hasta el mar. May y yo damos un paseo solas. Dejamos que el viento y el sonido de las olas se lleven nuestras preocupaciones. Cuando volvemos a donde están Vern y Sam con la niña, bajo una sombrilla, May dice:

—Vern ha sido muy generoso invitándonos a venir.

Es el primer comentario agradable que hace sobre él.


Dos semanas más tarde, un grupo de mujeres del Fondo Chino de Ayuda invita a Yen-yen a ir a Wilmington y unirse al piquete que han organizado en el astillero para protestar por el envío de chatarra a Japón. Estoy convencida de que el venerable Louie se negará cuando le pida permiso para acompañarlas, pero él nos sorprende a todos:

—Puedes ir si te llevas a Pearl y a May.

—Si me las llevo, te quedarás con muy pocos trabajadores —argumenta Yen-yen; el temor de que eso pueda pasar y de que su marido cambie de opinión hacen que le tiemble levemente la voz.

—No importa. No importa. Ya trabajarán más horas los tíos.

Yen-yen sería incapaz de hacer algo como sonreír abiertamente para expresar lo contenta que está, pero todos notamos el deje de emoción en su voz cuando nos pregunta:

—¿Queréis venir?

—Por supuesto —contesto.

Haría cualquier cosa con tal de reunir dinero para combatir a los japoneses, que han sido crueles y sistemáticos en su política de los «tres todos»: matarlos a todos, quemarlo todo y destruirlo todo. Mi deber es hacer algo por las mujeres chinas que están siendo violadas y asesinadas. Miro a May. Estoy segura de que querrá acompañarnos, aunque sólo sea para salir un poco de China City; pero ella se encoge de hombros:

—¿Qué podemos hacer nosotras? Sólo somos mujeres.

Pero yo quiero ir precisamente porque soy mujer. Yen-yen y yo vamos andando hasta el punto de reunión y subimos a un autobús que nos lleva a los astilleros. Las organizadoras nos entregan unas pancartas. Desfilamos y gritamos eslóganes, y yo experimento una sensación de libertad que le debo enteramente a mi suegra.

—China es mi hogar —dice Yen-yen de camino a Chinatown en el autobús—. Siempre será mi hogar.

Después de ese día, pongo una taza en la barra del restaurante para que los clientes dejen allí sus propinas. Llevo una insignia del Fondo Chino de Ayuda. Tomo parte en los piquetes para detener esos envíos de chatarra, y participo en otras manifestaciones para detener la venta de combustible de aviación a los micos. Hago todo eso porque llevo a Shanghai y China en el corazón.

# Tragar hiel para conseguir oro

Llega el Año Nuevo chino y lo celebramos como manda la tradición. El venerable Louie nos da dinero para comprarnos ropa. Consigo para Joy un conjunto que es un canto al Tigre, su signo: unas zapatillas con forma de cachorro de tigre y un sombrerito naranja y dorado, con dos orejas en lo alto y una cola hecha con hilo de bordar retorcido en la parte posterior. May y yo escogemos unos vestidos de algodón americanos con estampado de flores. Vamos a peinarnos a la peluquería. En casa, bajamos la imagen del Dios de la Cocina y la quemamos en el callejón; así, el dios viajará al más allá e informará de nuestro comportamiento de este último año. Guardamos los cuchillos y tijeras para que no se corte nuestra buena suerte. Yen-yen hace ofrendas a los antepasados de los Louie. Sus ruegos y oraciones son sencillos:

—Enviadle un hijo varón al niño-esposo. Que su mujer se quede embarazada. Enviadme un nieto.

En China City, colgamos farolillos rojos de gasa y pareados escritos en papel rojo y dorado. Contratamos a bailarines, cantantes y acróbatas para que diviertan a los niños y sus padres. En el restaurante buscamos ingredientes especiales y preparamos platos festivos de origen chino pero que satisfagan también al paladar occidental. Se prevé que acudirá mucha gente, así que el venerable Louie contrata a empleados de refuerzo para sus diferentes locales; donde necesita más ayuda es en el negocio de los paseos en *rickshaw*, pues espera que ése sea el más rentable del Año Nuevo.

—Tenemos que superar a los del Nuevo Chinatown —le dice a Sam la víspera de Año Nuevo—. ¿Cómo vamos a lograrlo si el día

182

más chino del año pongo a unos mexicanos a conducir mis *rickshaws*? Vern no es lo bastante fuerte, pero tú sí.

—Tendré mucho trabajo en el restaurante —objeta Sam.

El viejo ya le ha pedido otras veces que conduzca un *rickshaw*, y mi marido siempre ha encontrado alguna excusa para no hacerlo. No sé qué pasará el día de Año Nuevo, pero he visto otros días festivos. Nunca hemos estado tan desbordados de trabajo como para que yo no pudiera mantener mi rutina habitual en el restaurante, la floristería, la tienda de novedades y la de antigüedades. Sé que Sam miente, y también lo sabe el venerable Louie. En otras circunstancias, mi suegro se habría enfadado mucho, pero estamos en Año Nuevo y no deben pronunciarse palabras crueles.

La mañana del día de Año Nuevo, nos ataviamos con nuestra ropa nueva, anteponiendo la costumbre china a la norma impuesta por la señora Sterling respecto al atuendo en el trabajo. Son vestidos confeccionados en fábricas, pero nos encanta ir de estreno, y más aún si se trata de ropa occidental. Joy, que tiene once meses, está adorable con su sombrero y sus zapatillas de tigre. Soy su madre y, como es lógico, pienso que es preciosa. Tiene la cara redonda como la luna. Los iris de sus ojos, casi negros, están rodeados de un blanco tan limpio como la nieve recién caída. Tiene un cabello fino y suave. Su piel es blanca y translúcida como la leche de arroz.

Yo no creía en el horóscopo chino cuando *mama* nos hablaba de él, pero a medida que pasa el tiempo, voy entendiendo mejor algunos de sus comentarios sobre May y sobre mí. Ahora, cuando oigo a Yen-yen hablar de los rasgos del Tigre, veo claramente a mi hija. Como el Tigre, Joy puede ser temperamental y voluble. Tan pronto desborda alegría como rompe a llorar. Un minuto más tarde quizá intente trepar por las piernas de su abuelo, exigiendo su atención y consiguiéndola. Tal vez sea una niña inútil para el venerable Louie —siempre será Pan-di, «Esperanza de un hermano»—, pero el Tigre que hay en ella se ha abalanzado sobre el corazón de su abuelo. El mal genio de Joy supera al del venerable Louie, y creo que él la respeta por eso.

Percibo el momento exacto en que se estropea el día de Año Nuevo. May y yo estamos peinándonos en la habitación principal. Mientras, Yen-yen juega con Joy, que está tumbada en el suelo boca arriba; le hace cosquillas en la barriga, acercando y retirando la mano y modulando la voz para añadir suspense, pero las palabras que pronuncia no se corresponden con sus juguetones movimientos.

—*¿Fu yen* o *yen fu?* —pregunta Yen-yen mientras Joy grita de nerviosismo—. ¿Qué prefieres ser, esposa o criada? Todas las mujeres prefieren ser criadas.

La risa de Joy no enternece a su abuelo como en otras ocasiones. El venerable Louie observa con cara avinagrada desde la mesa.

—Una esposa tiene a su suegra —canturrea Yen-yen—. A una esposa la sacan de quicio sus hijos. Debe obedecer a su marido aunque éste se equivoque. Una esposa debe trabajar sin descanso, pero nunca recibe una palabra de agradecimiento. Es mejor ser criada y dueña de ti misma. Así, si quieres, puedes saltar al pozo. Si tuviéramos un pozo...

El venerable Louie aparta la silla y se levanta. Sin decir nada señala la puerta, y salimos del apartamento. Todavía es temprano, y ya se han pronunciado palabras aciagas.

Miles de personas acuden a China City, y la fiesta es un éxito. Tiran muchos petardos. Los bailarines disfrazados de dragón y león van de tienda en tienda retorciéndose y contoneándose. Todo el mundo lleva ropa de colores llamativos, y parece que un gran arco iris haya cubierto la tierra. Por la tarde llega aún más gente. Cada vez que miro por la ventana veo pasar un *rickshaw*. Por la noche, los conductores mexicanos están agotados.

A la hora de cenar, el Golden Dragon está atiborrado de clientela, y en la puerta hay una docena personas esperando a que se vacíe una mesa. Hacia las siete y media, mi suegro se abre paso a empujones entre los clientes.

—Necesito a Sam —dice.

Miro alrededor y veo a Sam preparando una mesa para ocho personas. El venerable Louie sigue mi mirada, cruza la sala y habla con mi marido. No oigo lo que le dice, pero Sam niega con la cabeza. Su padre insiste, y Sam vuelve a negar con la cabeza. A la tercera negativa, mi suegro lo agarra por la camisa. Sam le aparta la mano. Los clientes se quedan mirándolos, perplejos.

El venerable Louie levanta la voz y le espeta en sze yup, como si le lanzara un salivazo:

—¡No me desobedezcas!

—Te dije que no lo haría.

—*Toh gee! Chok gin!*

Llevo varios meses trabajando con Sam, y sé que no es vago ni necio. Su padre se lo lleva a rastras, tropezando con las mesas y abriéndose paso entre la gente que se apiña en la puerta. Los sigo afuera, y llego a tiempo de ver cómo mi suegro lo tira al suelo.

—¡Cuando te digo que hagas algo, tienes que obedecerme! Los otros conductores están cansados, y tú sabes hacer ese trabajo.

—No.

—Eres mi hijo y harás lo que te ordene —insiste el viejo, y le tiemblan los labios, pero enseguida vence ese momento de debilidad. Cuando vuelve a hablar, lo hace con dureza y frialdad—: Te lo he prometido todo.

Los turistas no entienden de qué discuten, pero tienen claro que no se trata de una de las representaciones con música y baile que se ofrecen por toda China City como parte de las celebraciones del Año Nuevo. Sin embargo, la escena les resulta entretenida. Cuando el viejo empieza a darle patadas a Sam por el callejón, yo los sigo junto con un grupo de curiosos. Sam no se defiende ni grita; se limita a encajar los golpes. ¿Qué clase de hombre es mi marido?

Cuando llegamos al puesto de *rickshaws*, en el Patio de las Cuatro Estaciones, el venerable Louie lo mira y dice:

—Eres un conductor de *rickshaw* y un Buey. Por eso te traje aquí. ¡Haz tu trabajo!

Mi marido palidece de miedo y vergüenza. Se levanta despacio del suelo. Es más alto que su padre, y por primera vez veo que eso le fastidia tanto al viejo como le fastidiaba a *baba* mi estatura. Sam da un paso hacia él, lo mira desde arriba y, con voz temblorosa, declara:

—No voy a conducir tus *rickshaws*. Ni ahora ni nunca.

De pronto parece que ambos se quedan presa del silencio subsiguiente. Mi suegro se sacude la túnica de mandarín. Sam mira hacia uno y otro lado, abochornado. Al verme, su cuerpo se encoge. Luego echa a andar a buen paso entre los sorprendidos turistas y los curiosos vecinos. Corro tras él.

Lo encuentro en el apartamento, en nuestra habitación sin ventanas. Tiene los puños apretados. Está colorado de rabia y humillación, pero mantiene los hombros rectos y la espalda erguida, y su tono es desafiante cuando dice:

—Llevo mucho tiempo sintiéndome incómodo y avergonzado delante de ti, pero ahora ya lo sabes. Te casaste con un conductor de *rickshaw*.

Mi corazón lo cree, pero mi cerebro duda.

—Pero si eres el cuarto hijo de...

—Sólo soy un hijo de papel. En China, la gente siempre te pregunta: *Kuei hsing?*, ¿cómo te llamas?, pero en realidad eso significa: «¿Cuál es tu precioso nombre de familia?» Louie sólo es un *chi ming*, un apellido de papel. En realidad soy un Wong. Nací en Low Tin, cerca de tu pueblo natal, en los Cuatro Distritos. Mi padre era campesino.

Me siento en el borde de la cama. Me da vueltas la cabeza. Un conductor de *rickshaw* y, por si fuera poco, un hijo de papel. Eso me convierte en una esposa de papel, así que ambos estamos aquí ilegalmente. Noto un ligero mareo. Sin embargo, recito los datos del manual:

—Tu padre es el venerable Louie. Naciste en Wah Hong. Viniste aquí de muy pequeño...

Sam niega con la cabeza.

—Ese niño murió en China hace muchos años. Vine a América utilizando sus papeles.

Recuerdo que cuando el comisario Plumb me mostró una fotografía de un niño pequeño, pensé que no se parecía mucho a Sam. ¿Por qué no me lo cuestioné? Necesito saber la verdad. Lo necesito por mí, por mi hermana y por Joy. Y necesito que Sam me lo cuente todo, sin que se encierre en sí mismo y me deje plantada, como suele hacer. Empleo una táctica que aprendí en los interrogatorios de Angel Island.

—Háblame de tu pueblo y de tu verdadera familia —pido, intentando que la emoción no me quiebre mucho la voz.

Si Sam me habla de esos recuerdos agradables, quizá luego me cuente la verdad sobre cómo se convirtió en un hijo de papel de los Louie. Pero él se queda mirándome con fijeza, como tantas veces desde el día que nos conocimos. Siempre he interpretado esa mirada como una expresión de lástima por mí, pero quizá lo que intentaba expresar era la lástima que sentía por nuestros problemas y nuestros secretos. Procuro imitar su expresión, y noto que lo hago sinceramente.

—Delante de nuestra casa había un estanque —murmura por fin—. Allí podía ir cualquiera, arrojar peces y criarlos. Metías una vasija en el agua y la sacabas llena de peces. Nadie tenía que pagar. Cuando el estanque se secó, los vecinos venían a recoger los peces del barro. Pero tampoco entonces les cobrábamos nada. Cultivábamos hortalizas y melones en un campo detrás de nuestra casa. Todos los años criábamos dos cerdos. No éramos ricos, pero tampoco pobres.

Eso, para mí, sí es pobreza. Su familia vivía de lo que obtenía de la tierra. Sam continúa con voz entrecortada, y tengo la impresión de que percibe que lo entiendo:

—Cuando llegó la sequía, mi abuelo, mi padre y yo tuvimos que trabajar mucho para que la tierra cediera a nuestros deseos. *Mama* iba a los demás pueblos y ganaba algún dinero ayudando a otros a plantar o cosechar arroz, pero a esos pueblos también les afectó la escasez de lluvias. Mi madre tejía tela y la llevaba al mercado. Intentaba ayudar, pero sus esfuerzos no bastaban. No se puede vivir del aire y el sol. Cuando murieron dos de mis hermanas, mi padre, mi segundo hermano y yo nos fuimos a Shanghai. Confiábamos en ganar suficiente dinero para volver a Low Tin y poner la granja en marcha de nuevo. *Mama* se quedó en casa con mis hermanos pequeños.

Pero en Shanghai no encontraron lo que buscaban, sino muchas penurias. No tenían contactos, así que no consiguieron empleo en las fábricas. El padre de Sam se puso a trabajar de conductor de *rickshaw*, y Sam, que acababa de cumplir doce años, y su hermano, que era dos años menor, realizaban trabajillos. Sam vendía cerillas en las esquinas; su hermano corría detrás de los camiones de carbón y recogía los trozos que caían para vendérselos a los pobres. En verano comían corteza de sandía recogida de los basureros, y en invierno subsistían a base de *jook* aguado.

—Mi padre trabajaba tantas horas como podía —prosigue Sam—. Al principio bebía té con dos terrones de azúcar para reponer fuerzas y refrescarse. Cuando empezó a escasear el dinero, sólo podía comprar el té más barato, hecho con los tallos de la planta, y lo tomaba sin azúcar. Luego, como tantos otros conductores de *rickshaw*, comenzó a fumar opio. Bueno, no opio de verdad, claro. Eso no podía permitírselo. Tampoco fumaba por placer. Lo necesitaba para estimularse, para seguir tirando del *rickshaw* cuando más calor hacía o cuando llegaba un tifón. Les compraba a los sirvientes de los ricos los posos que desechaban. El opio le proporcionaba un falso vigor, sus fuerzas se consumieron y su corazón se marchitó. No tardó en empezar a toser sangre. Dicen que un conductor de *rickshaw* nunca llega a los cincuenta años, y que la mayoría ya son viejos cuando cumplen treinta. Mi padre murió a los treinta y cinco. Lo envolví en una estera de paja y lo dejé en la calle. Entonces ocupé su lugar, tirando de un *rickshaw* y vendiendo mi sudor. Yo tenía diecisiete años, y mi hermano quince.

Mientras habla, pienso en todos los *rickshaws* que he utilizado y en que, en realidad, nunca me paré a pensar en quiénes eran los hombres que los conducían. No los veía como personas de carne y hueso, apenas parecían humanos. Recuerdo que muchos de ellos no llevaban zapatos ni camisa; recuerdo cómo se les notaban las vértebras y les sobresalían los omoplatos, y cómo sudaban incluso en invierno.

—Aprendí todos los trucos —continúa Sam—. Aprendí que durante la estación de lluvias podía ganarme una propina doble: llevando en brazos a mis clientes desde el *rickshaw* hasta la puerta para que no se les estropearan los zapatos. Aprendí a saludar con una reverencia a hombres y mujeres, a invitarlos a montar en mi *li-ke-xi*, a chapurrear fórmulas de cortesía. Disimulaba la vergüenza que sentía cuando se reían de mi pésimo inglés. Ganaba nueve dólares de plata al mes, pero aun así no podía enviarle dinero a mi familia en Low Tin. No sé qué fue de ellos. Seguramente habrán muerto. Ni siquiera pude ocuparme de mi hermano, que, junto con otros niños pobres, ayudaba a empujar los *rickshaws* por los empinados puentes del canal Soochow por unos peniques. Murió del mal de los pulmones sangrantes el invierno siguiente. —Hace una pausa; su pensamiento está en Shanghai. Al cabo me pregunta—: ¿Conoces la canción de los conductores de *rickshaw*?

No espera a mi respuesta y empieza a cantar:

> *Para comprar arroz, su gorra es el recipiente.*
> *Para comprar leña, sus brazos son el recipiente.*
> *Vive en una cabaña de paja.*
> *La luna es su única lámpara.*

Recuerdo esa melodía, que me transporta a las calles y los sonidos de Shanghai. Sam me habla de los apuros que pasó, pero yo siento nostalgia de mi hogar.

—Algunos conductores eran comunistas —prosigue—. Los oía quejarse de que, desde tiempos inmemoriales, se ha instado a los pobres a contentarse con la pobreza, y pensaba que yo no estaba hecho para eso. Mi padre y mi hermano no habían muerto para eso. Me gustaría haber podido cambiar su destino, pero cuando ellos murieron, yo sólo podía pensar en cómo alimentarme. Pensaba: «Si los líderes del Clan Verde empezaron conduciendo *rickshaws*, ¿por qué no puedo hacer yo lo mismo?» En Low Tin no había ido a la escuela; era el hijo de un campesino. Pero hasta los conductores de *rickshaw* entendían la importancia de la educación, y por eso el gremio de conductores subvencionaba escuelas en Shanghai. Aprendí el dialecto wu. Aprendí más inglés, no los rudimentos, pero sí algunas palabras.

Cuanto más habla, más se abre mi corazón a él. La primera vez que lo vi, en el jardín Yu Yuan, no me desagradó. Ahora veo cómo ha luchado para cambiar el rumbo de su vida y lo poco que lo he entendido. Habla *sze yup* con fluidez y el dialecto *wu* de las calles, mientras que su inglés es muy rudimentario. Siempre me ha dado la impresión de que se siente muy incómodo con la ropa que viste. Recuerdo que el día que nos conocimos llevaba un traje y unos zapatos nuevos. Debían de ser los primeros que tenía. Recuerdo los reflejos rojizos de su cabello y que creí, equivocadamente, que tendrían que ver con que era americano, en lugar de reconocerlos como una señal de malnutrición. Y luego está su actitud. Siempre me trata con deferencia; no como a una *fu yen*, sino como a una clienta a la que hay que complacer. Siempre saluda con una pequeña reverencia al venerable Louie y Yen-yen, no porque sean sus padres, sino porque es como un sirviente para ellos.

—No sientas lástima por mí —dice mi marido—. El campo habría acabado con mi padre de todas formas. Trajinar una carga de doscientos cincuenta *jin* suspendida de los extremos de una pértiga de bambú, o pasarse todo el día encorvado en los campos de arroz, no es bueno para nadie. Mis únicas ganancias las he obtenido trabajando con las manos y los pies. Empecé como tantos otros conductores de *rickshaw*, sin saber cómo se hacía; mis pies descalzos batían la calzada como hojas de palmera. Aprendí a meter la barriga, sacar pecho, levantar mucho las rodillas y estirar el cuello hacia delante. Con el tiempo, me hice con el «ventilador de hierro» de los conductores de *rickshaw*.

Recuerdo que mi padre empleaba esa expresión al hablar de sus mejores conductores. Se refería a su espalda dura y recta y al pecho ancho, abierto y fuerte como un ventilador de hierro. También recuerdo lo que decía *mama* de los nacidos en el año del Buey: que el Buey es capaz de hacer grandes sacrificios por el bien de su familia, que sabe llevar su carga y la de los demás, y que, aunque sencillo y resistente como la bestia de carga cuyo nombre lleva, vale su peso en oro.

—Si conseguía cuarenta y cinco peniques de cobre por una carrera, me consideraba afortunado —continúa Sam—. Cambiaba esos peniques por quince centavos de plata. Seguí cambiando mis peniques de cobre por centavos de plata, y éstos por dólares de plata. Si obtenía una buena propina, me ponía aún más contento. Pensaba que si conseguía ahorrar diez centavos todos los días, al cabo de mil días tendría cien dólares. Estaba dispuesto a tragar hiel para conseguir oro.

—¿Trabajaste para mi padre?

—No, al menos no tuve que sufrir esa humillación. —Sam acaricia mi brazalete de jade. Como no me aparto, él mete un dedo por el brazalete, y al hacerlo me roza suavemente el brazo.

—Entonces, ¿cómo encontraste al venerable Louie? ¿Y por qué tuviste que casarte conmigo?

—El Clan Verde dirigía la empresa más importante de *rickshaws*. Yo trabajaba para ellos. Muchas veces, el Clan Verde hacía de intermediario entre quienes aspiraban a convertirse en hijos de papel y quienes ofrecían esas plazas. En nuestro caso, hizo también de casamentero. Yo quería darle un giro a mi vida. El venerable Louie tenía una plaza de hijo de papel que quería vender...

—Y necesitaba *rickshaws* y dos novias —termino por él, y sacudo la cabeza para apartar los recuerdos que me trae todo esto—. Mi padre le debía dinero al Clan Verde. Lo único que le quedaba por vender eran sus *rickshaws* y sus hijas. May y yo estamos aquí. Los *rickshaws* también están aquí, pero sigo sin entender por qué estás tú aquí.

—El precio de mis papeles era de cien dólares por cada año de mi vida. Tenía veinticuatro años, así que el coste ascendía a dos mil cuatrocientos dólares; eso cubría el pasaje, así como comida y alojamiento cuando llegara a Los Ángeles. Ganando nueve dólares al mes jamás lograría reunir ese dinero. Ahora trabajo para saldar mi deuda con el viejo, y no sólo la mía, sino también la tuya y la de Joy.

—¿Por eso nunca nos pagan?

Sam asiente con la cabeza.

—El viejo se guarda nuestro dinero hasta que la deuda quede saldada. Por eso tampoco paga a los tíos. Ellos también son hijos de papel. Sólo Vern es hijo suyo de verdad.

—Pero tú no eres como los otros tíos...

—Eso es cierto. Los Louie me consideran un verdadero sustituto del hijo que se les murió. Por eso vivimos con ellos y por eso soy el encargado del restaurante, pese a que no tengo ni idea de cocina ni de negocios. Si los funcionarios de inmigración descubrieran que no soy quien digo ser, podrían detenerme y deportarme. Pero quizá podría evitar la deportación porque el viejo también me hizo socio del negocio.

—Sigo sin entender por qué necesitabas casarte conmigo. ¿Qué quiere él de nosotros?

—Sólo una cosa: un nieto. Por eso os compró. Quiere un nieto, cueste lo que cueste.

Se me encoge el estómago. El médico de Hangchow me dijo que seguramente no podré tener hijos, pero, si se lo cuento a Sam, tendré que revelarle por qué. En lugar de eso, digo:

—Si él te considera su verdadero hijo, ¿por qué tienes que devolverle el dinero?

Cuando me coge las manos, no me aparto, pese a que su tacto me aterra.

—Zhen Long —dice Sam con solemnidad. Ni siquiera mis padres me llamaban por mi nombre chino, Perla de Dragón. Suena a expresión de cariño—. Un hijo debe pagar sus deudas, por su propio bien, por el de su esposa y por el de sus hijos. En Shanghai, cuando me planteaba todo este acuerdo, pensé: «Cuando muera el viejo, me convertiré en un hombre de la Montaña Dorada con muchas empresas.» Y vine a América. Al principio había días en que lo único que deseaba era volver a casa. El pasaje sólo cuesta ciento treinta dólares en tercera clase. Creí que conseguiría reunir ese dinero guardándome las propinas, pero entonces llegasteis Joy y tú. ¿Qué clase de marido sería si os dejara aquí? ¿Qué clase de padre sería?

Desde que llegamos a Los Ángeles, May y yo no hemos cesado de pensar en formas de escapar. Nunca habríamos sospechado que Sam había estado planeando lo mismo.

—Empecé a pensar que Joy, tú y yo podríamos volver a China juntos, pero ¿cómo iba a permitir que nuestra hija viajase en la bodega de un barco? Quizá no sobreviviría al viaje. —Me aprieta las manos. Me mira a los ojos y yo no desvío la mirada—. No soy como los demás. Ya no quiero regresar a China. Aquí sufro mucho, todos los días, pero éste es un buen sitio para Joy.

—Pero China es nuestro hogar. Tarde o temprano, los japoneses se cansarán...

—Pero ¿qué puede ofrecerle China a Joy? ¿Qué puede ofrecernos a nosotros? En Shanghai, yo era conductor de *rickshaw*. Tú eras una chica bonita.

Ignoraba que Sam conociese ese detalle sobre nosotras. La forma en que lo dice me roba el orgullo que siempre he sentido por lo que hacíamos.

—No me gusta odiar a nadie, pero odio mi destino, y también el tuyo —dice Sam—. Aunque no podemos cambiar quiénes somos ni lo que nos ha pasado, ¿no crees que deberíamos intentar cambiar el destino de nuestra hija? ¿Qué futuro le espera en China? Aquí puedo devolverle al viejo lo que le debo y, por fin, comprar nuestra libertad. Entonces podremos darle a Joy una vida digna, una vida de oportunidades que ni tú ni yo tendremos nunca. Quizá hasta pueda ir a la universidad algún día.

Sam le habla a mi corazón de madre, pero mi lado más práctico, el que sobrevivió después de que *baba* lo perdiera todo y de que los micos destrozaran mi cuerpo, no ve cómo pueden cumplirse sus sueños.

—Nunca conseguiremos salir de aquí y librarnos de esta gente —replico—. Mira alrededor. Tío Wilburt lleva veinte años trabajando para el viejo y todavía no ha saldado su deuda.

—Quizá la haya saldado y esté ahorrando para volver a China convertido en un hombre rico. O quizá sea feliz tal como está. Tiene un empleo, un sitio donde vivir, una familia con la que cenar los domingos por la noche. Tú no sabes lo que es vivir en un pueblo sin electricidad ni agua caliente, en una cabaña con una sola habitación para toda la familia, dos a lo sumo. Sólo comes arroz y hortalizas, a menos que haya alguna fiesta o celebración; y eso ya exige un gran sacrificio.

—Lo único que digo es que un hombre solo apenas puede mantenerse a sí mismo. ¿Cómo vas a mantenernos tú a los cuatro?

—¿Cuatro? ¿Te refieres a May?

—Es mi hermana, y le prometí a mi madre que cuidaría de ella.

Sam lo piensa un momento.

—Tengo paciencia. Puedo esperar y trabajar duro. —Sonríe con timidez y añade—: Por las mañanas, cuando vas a la Golden Lantern a ayudar a Yen-yen y ver a Joy, yo trabajo en el templo de Kwan Yin, donde vendo incienso a los *lo fan* para que lo pongan en esos grandes quemadores de bronce. Debería decirles: «Tus sueños se harán realidad, porque las bendiciones de esta magnánima deidad son ilimitadas», pero no sé decirlo en inglés. Aun así, creo que la gente me compadece y por eso me compra incienso.

Se levanta y va hasta la cómoda. Está muy flaco, pero no entiendo cómo no he sabido reconocer su ventilador de hierro. Abre el primer cajón, rebusca un poco y regresa a la cama con un calcetín con el talón abultado. Le da la vuelta y vierte sobre el colchón un montón de monedas de cinco, diez y veinticinco centavos y unos cuantos billetes de dólar.

—Esto es lo que he ahorrado para Joy.

Paso las manos por encima del dinero.

—Eres muy bueno —digo, pero cuesta imaginar que esta miseria pueda cambiar la vida de Joy.

—Ya sé que no es mucho —admite—, pero es más de lo que ganaba trabajando de conductor de *rickshaw*, y aumentará. Y quizá, dentro de un año, pueda llegar a segundo cocinero. Si aprendo a ser primer cocinero, quizá llegue a ganar veinte dólares por semana. Cuando podamos permitirnos vivir por nuestra cuenta, trabajaré de vendedor ambulante de pescado o quizá de hortelano. Si me hago vendedor de pescado, siempre tendremos pescado para comer. Y si me hago hortelano, nunca nos faltarán hortalizas.

—Yo domino el inglés —propongo con vacilación—. Quizá podría buscar un empleo fuera de Chinatown.

Pero, francamente, ¿cómo se nos ocurre pensar que el venerable Louie nos soltará? Y aunque nos soltara, ¿no debería contarle a Sam toda mi verdad? ¡Menos lo de que Joy no es hija suya! Ese secreto es mío y de May, jamás lo revelaré; pero tengo que explicarle a mi marido lo que me hicieron los micos y cómo mataron a *mama*.

—Me he manchado con un barro que nunca lograré limpiar —empiezo titubeante, confiando en que sea cierto lo que decía *mama* sobre el Buey: que no te abandona en los momentos difíciles, que es fiel y se queda a tu lado, caritativo y bondadoso. ¿Qué puedo hacer sino creerlo?

Sin embargo, las emociones reflejadas en el rostro de Sam mientras le cuento mi historia —ira, asco y lástima— no me lo ponen fácil.

Cuando termino, mi marido dice:

—Pese a todo lo que tuviste que soportar, Joy nació sana. Nuestra hija se merece un buen futuro. —Acerca un dedo a mis labios para que no diga nada más—. Prefiero estar casado con una mujer de jade roto que con una de arcilla impecable. Mi padre siempre decía que cualquiera sabe añadir una flor más a un brocado, pero ¿cuántas mujeres son capaces de ir a buscar carbón en invierno? Hablaba de mi madre, que era una mujer buena y leal, como tú.

Oímos entrar a los demás en el apartamento, pero no nos movemos. Sam se inclina y me susurra al oído:

—En aquel banco del jardín Yu Yuan, te dije que me gustabas y te pregunté si yo te gustaba. Tú te limitaste a asentir con la cabeza. En un matrimonio concertado, eso es más de lo que se puede pedir. Nunca esperé ser feliz, pero ¿no deberíamos buscar la felicidad juntos?

Me vuelvo hacia él. Nuestros labios casi se tocan cuando musito:

—Y ¿no quieres tener más hijos? —Pese a lo cerca que me siento ahora de él, me cuesta confesarle toda la verdad—. Cuando nació Joy, los médicos de Angel Island me dijeron que no podré tener más hijos.

—De pequeños nos dicen que, si no tenemos un hijo varón a los treinta años, somos unos desgraciados. El peor insulto que puedes gritar en las calles es: «¡Ojalá mueras sin hijos varones!» Nos dicen que, si no tenemos un varón, deberíamos adoptar uno para perpetuar el nombre de la familia y para que nos cuide cuando nos convirtamos en antepasados. Pero si tienes un hijo que es... que tiene... que no puede... —Se esfuerza, como hemos hecho a menudo May y yo, por ponerle un nombre al problema de Vern.

—Compras un hijo —termino por él—, como hizo el venerable Louie contigo para que lo cuides a él y Yen-yen cuando se conviertan en antepasados.

—Sí, yo o el hijo que se supone que tendremos algún día. Un nieto les aseguraría una existencia feliz aquí y en el más allá.

—Pero yo no puedo darles ese nieto.

—Ellos no tienen por qué saberlo, y a mí no me importa. Y ¿quién sabe? Quizá Vern le haga un hijo varón a tu hermana, y así se habrán saldado todas las deudas y se habrán cumplido todas las obligaciones.

—Pero, Sam, yo no puedo darte un varón.

—Dicen que una familia está incompleta sin un hijo varón, pero yo soy feliz con Joy. Ella es sangre de mi sangre. Cada vez que me sonríe, me coge un dedo o me mira con sus negros ojos, sé que soy un hombre afortunado. —Mientras habla, me llevo su mano a la mejilla, y luego le beso las yemas de los dedos—. Pearl, quizá a nosotros nos haya tocado un mal destino, pero Joy es nuestro futuro. Si sólo tenemos una hija, podremos dárselo todo. Joy podrá tener la educación que yo no tuve. Quizá sea doctora o... Todo eso no importa mucho, porque ella siempre será nuestro consuelo y nuestra alegría.

Cuando me besa, le correspondo. Estamos sentados en el borde de la cama, así que lo único que tengo que hacer es rodearlo con los brazos y tumbarme. Pese a que hay más gente en el apartamento, y pese a que pueden oír los chirridos de la cama y los gemidos ahogados, Sam y yo tenemos relaciones esposo-esposa. Para mí no resulta fácil. Mantengo los ojos fuertemente cerrados, y el terror me atenaza el corazón. Procuro concentrarme en los músculos que trabajaban en los campos, que tiraban de un *rickshaw* por mi ciudad natal y que hace poco acunaban a nuestra Joy. Para mí, las relaciones esposo-esposa nunca irán acompañadas de fabulosos sentimientos de placer, de la liberación de nubes y lluvia, del sabor de un éxtasis primitivo, ni de ninguna de esas sensaciones que describen los poetas. Para mí, significa estar cerca de Sam; tiene que ver con la nostalgia que sentimos de nuestro país natal, con cómo echamos de menos a nuestros padres, y con los apuros de nuestra vida cotidiana en América, donde somos *wang k'uo nu*, esclavos de la tierra perdida, que viven para siempre bajo un gobierno extranjero.

Cuando Sam termina, dejo pasar un rato, me levanto y voy a buscar a Joy a la sala principal. Vern y May ya se han retirado a su habitación, pero el venerable Louie y Yen-yen se lanzan miradas de complicidad.

—¿Vas a darme un nieto? —me pregunta ella poniéndome a Joy en los brazos—. Eres una buena nuera.

—Serías mejor nuera si animaras a tu hermana a cumplir con su deber —añade el viejo.

No digo nada. Me llevo a Joy a mi habitación y la acuesto en el último cajón de la cómoda. Luego tomo la bolsita que llevo colgada del cuello. Abro el primer cajón y la guardo junto a la que May le regaló a Joy. Ya no la necesito. Cierro el cajón y me vuelvo hacia Sam. Me quito la ropa y me acuesto desnuda. Mientras él me acaricia el costado, encuentro el valor para hacerle una pregunta más:

—A veces también desapareces por la tarde. ¿Adónde vas?

Su mano se detiene en mi cadera.

—Pearl. —Pronuncia mi nombre, largo y suave—. En Shanghai yo no frecuentaba esos lugares, y nunca los frecuentaré aquí.

—Entonces, ¿dónde...?

—Vuelvo al templo, pero no para vender incienso, sino para hacer ofrendas a mi familia, a tu familia e incluso a los antepasados de los Louie.

—¿A mi familia?

—Acabas de contarme cómo murió tu madre, pero yo ya suponía que ella y tu padre habrían muerto. Porque, si siguieran con vida, no habríais venido aquí con nosotros.

Es inteligente. Me conoce bien y me entiende.

—También hice ofrendas a nuestros antepasados después de casarnos —agrega.

Asiento en silencio. Respecto a eso, Sam no había mentido en los interrogatorios de Angel Island.

—Yo no creo en esas cosas —confieso.

—Quizá deberías creer. Llevamos cinco mil años haciéndolo.

Volvemos a tener relaciones esposo-esposa, y se oyen sirenas a lo lejos.

Al levantarnos por la mañana, nos enteramos de que un incendio ha destruido China City. Algunos creen que ha sido un accidente y que las llamas las originaron unas brasas mal apagadas detrás del mercado de pescado de George Wong, mientras que otros insisten en que ha sido un incendio provocado por los comerciantes del Nuevo Chinatown, a quienes no les gusta la idea de Christine Sterling de construir una «pintoresca aldea china», o por la gente de Olvera Street, a la que no le gusta tener competidores. Seguirán circulando todo tipo de rumores, pero no importa quién haya provocado el incendio: una buena parte de China City ha quedado destruida o dañada.

# Hasta la luna más perfecta

El Dios del Fuego no discrimina. Enciende lámparas, hace que las luciérnagas resplandezcan, reduce pueblos a cenizas, quema libros, prepara comida y caldea familias. Lo único que podemos esperar es que un dragón —con su esencia de agua— apague los fuegos no deseados cuando éstos se produzcan. Tanto si crees en esas cosas como si no, lo más prudente es realizar ofrendas. Como lo expresaría un occidental, es mejor prevenir que curar. Después del incendio de China City, donde nadie tiene póliza de seguro, no se realizan ofrendas para apaciguar al Dios del Fuego ni para apelar a la benevolencia del dragón. Esa actitud no presagia nada bueno, pero me digo que en América la gente también dice que tales cosas sólo pasan una vez.

Se tardará casi seis meses en reparar las partes dañadas por el humo y el agua y en reconstruir las zonas destruidas. El venerable Louie ha salido más perjudicado que la mayoría, porque no sólo se ha quemado parte del dinero en efectivo que escondía en sus diversos locales, sino que parte de su riqueza real —su mercancía— se ha convertido en cenizas. La familia deja de ingresar dinero, pero invierte mucho en la reconstrucción, en encargar nuevas mercancías a sus fábricas de Shanghai y los emporios de Cantón (con la esperanza de que los cargamentos salgan de esas ciudades en barcos extranjeros y pasen por las aguas infestadas de japoneses sin percance alguno), y en alimentar, alojar y vestir a una familia de siete miembros y mantener a sus socios e hijos de papel, que viven en cercanas pensiones para solteros. Todo eso no le sienta nada bien a mi suegro.

Aunque éste se empeña en que May y yo nos quedemos junto a nuestros maridos y trabajemos a su lado, no tenemos nada que hacer.

Nosotras no sabemos utilizar ni el martillo ni la sierra. No hay mercancías que desembalar, desempolvar ni vender. No hay suelos que barrer, ventanas que limpiar ni clientes que atender. Aun así, May, Joy y yo vamos a China City todas las mañanas para ver cómo avanza la reconstrucción. A May no le parece mal el plan de Sam de quedarnos juntos y ahorrar dinero.

—Aquí nos alimentan —dice, demostrando por fin cierta madurez—. Sí, esperemos hasta que los cuatro podamos marcharnos juntos.

Por la tarde, solemos ir a la Asiatic Costume Company, que no ha sido afectada por el incendio, a visitar a Tom Gubbins. Tom alquila trajes y otros accesorios de atrezo, y ejerce de agente de extras chinos para los estudios cinematográficos, pero por lo demás es un misterio. Algunos dicen que nació en Shanghai. Otros, que desciende de chinos. Otros, que es medio chino. Otros, que no tiene ni una sola gota de sangre china. Algunos lo llaman tío Tom. Otros, Lo Fan Tom. Nosotros lo llamamos Bak Wah Tom, Tom *el Películas*, que es como él mismo se presentó cuando nos conocimos, el día de la Gran Inauguración de China City. De Tom aprendo que el misterio, lo equívoco y lo exagerado pueden aumentar tu reputación.

Tom ayuda a muchos chinos —les regala ropa, les compra la ropa vieja, les busca habitación, les encuentra trabajo, les consigue cita a las embarazadas en los hospitales donde no miran bien a los chinos, se deja interrogar por los inspectores de inmigración, que siempre andan en busca de comerciantes e hijos de papel—, pero poca gente le tiene simpatía. Quizá se deba a que trabajó de intérprete en Angel Island, donde lo acusaron de dejar embarazada a una mujer. Quizá sea porque le gustan las muchachas jóvenes, aunque otros dicen que le gustan los muchachos. Lo único que sé es que su cantonés es casi perfecto, y que su dialecto wu es excelente. A May y a mí nos encanta oírlo hablar en nuestro dialecto natal.

Tom quiere que mi hermana trabaje de extra en el cine; como es lógico, el venerable Louie se opone con el argumento de que es «un trabajo para mujeres con tres agujeros».

Es de lo más predecible; pero expresa los sentimientos de muchos ancianos, que creen que las actrices —ya sean de ópera, teatro o cine— no son mucho mejores que las prostitutas.

—Intenta convencer a tu suegro —le dice Tom a May—. Dile que uno de cada diez vecinos suyos trabaja en el cine. Es una buena forma de conseguir ingresos adicionales. Hasta podría conseguirle trabajo a él. En una semana ganaría más dinero del que gana en tres meses sentado en sus tiendas de antigüedades.

Esa idea nos hace reír.

Dicen que los habitantes de Chinatown se desempeñan muy bien ante las cámaras. Cuando los estudios cinematográficos comprendieron que podían contratar a un chino por sólo cinco dólares, utilizaron a nuestros vecinos para llenar los platós y para cubrir todo tipo de papeles sin texto en películas como *Stowaway*, *Horizontes perdidos*, *El general murió al amanecer*, *Las aventuras de Marco Polo*, la serie de Charlie Chan y, por supuesto, *La buena tierra*. Quizá la Gran Depresión esté remitiendo, pero la gente necesita dinero y está dispuesta a trabajar en lo que sea. Incluso a los habitantes del Nuevo Chinatown, más ricos que nosotros, les gusta trabajar de extras. Lo hacen por divertirse y para verse en la gran pantalla.

Yo no quiero trabajar en Haolaiwu. No porque sea anticuada, sino porque no soy lo bastante guapa. Mi hermana, en cambio, sí lo es, y está deseando aparecer en una película. Idolatra a Anna May Wong, aunque aquí todo el mundo la considere una vergüenza, porque siempre interpreta a prostitutas, criadas y asesinas. Pero cuando veo a Anna May en la pantalla, me acuerdo de cómo pintaba Z.G. a mi hermana. May, como Anna May, resplandece como una diosa.

Durante semanas, Tom nos suplica que le vendamos nuestros *cheongsams*.

—Normalmente, les compro la ropa a los que vuelven de un viaje a China, porque allí engordan mucho. O a los que llegan por primera vez, porque adelgazan mucho durante el viaje y la estancia en Angel Island. Pero ahora nadie va a China por culpa de la guerra, y quienes tienen la suerte de salir de allí suelen llegar con lo puesto. Pero vosotras sois diferentes. Vuestro suegro tuvo el detalle de traeros el vestuario.

No me importa vender nuestros vestidos —me fastidia tener que llevarlos para complacer a los turistas de China City—, pero May no quiere separarse de ellos.

—Pero ¡si son preciosos! —exclama indignada—. ¡Son parte de nosotras! Nuestros *cheongsams* están confeccionados en Shanghai. La tela provenía de París. Son elegantes, más elegantes que nada que haya visto aquí.

—Pero si vendemos algunos, podremos comprar vestidos nuevos, vestidos americanos —razono—. Estoy harta de llevar esta ropa. Parezco una recién desembarcada.

—Si la vendemos —replica con astucia—, ¿qué haremos cuando reabran China City? ¿Crees que el venerable Louie no se percatará de que ya no la tenemos?

Tom no da importancia a los temores de May:

—Es un hombre. No se fijará.

Pero claro que se fijará. Se fija en todo.

—Si le damos una parte de lo que nos pague Tom, no le importará —digo, confiando en no equivocarme.

—Pero no le deis demasiado. —Tom se acaricia la barba—. Dejad que piense que conseguiréis más dinero si seguís viniendo aquí.

Le vendemos un *cheongsam* cada una, los más viejos y feos, pero son espectaculares comparados con el resto de prendas de la colección de Tom. Cogemos el dinero y vamos por Broadway hacia el sur, hasta los grandes almacenes occidentales. Compramos vestidos de rayón, zapatos de tacón, guantes, ropa interior nueva y un par de sombreros; todo eso con lo que hemos obtenido por dos vestidos raídos, y nos sobra suficiente dinero para que nuestro suegro no se enfade con nosotras cuando se lo entreguemos. Entonces May inicia su campaña: lo incordia, lo engatusa y hasta coquetea con él para que ceda a sus deseos, como hacía con *baba* en el pasado.

—Te gusta que trabajemos —le dice—, pero ¿cómo vamos a hacerlo ahora? Bak Wah Tom dice que si trabajo en Haolaiwu puedo ganar cinco dólares al día. ¡Piensa lo que podría ganar en una semana! Y añade a eso el dinero extra que ganaré si llevo mi propia ropa. ¡Tengo muchos vestidos!

—No —responde el venerable Louie.

—Con mis bonitos trajes, seguro que me tomarían un primer plano. Por eso me pagarían diez dólares. Si consigo decir una frase, aunque sólo sea una, me pagarán veinte.

—No —insiste el viejo, pero esta vez me parece ver cómo cuenta el dinero mentalmente.

A May le tiembla el labio inferior. Se cruza de brazos y encoge el cuerpo para adoptar un aire lastimoso.

—En Shanghai era una chica bonita. ¿Por qué no puedo ser una chica bonita aquí?

La montaña se derrumba poco a poco. Tras varias semanas, nuestro suegro acaba cediendo.

—Una vez. Puedes hacerlo una sola vez.

Al oírlo, Yen-yen da un resoplido y sale de la habitación, Sam niega con la cabeza, asombrado, y yo me ruborizo de placer al ver que

May ha vencido a nuestro suegro a base de, simplemente, ser ella misma.

No sé cómo se titula su primera película, pero como mi hermana tiene su propia ropa, consigue el papel de prostituta en lugar del de campesina. Trabaja tres noches y duerme de día, así que no me cuenta su experiencia hasta que termina el rodaje.

—Me pasaba toda la noche sentada en un falso salón de té, mordisqueando pastelillos de almendra —recuerda con embeleso—. El ayudante de dirección me llamaba «tomatito». ¿Te imaginas?

Durante días, May llama «tomatito» a Joy, lo cual no tiene mucho sentido para mí. La siguiente vez que May trabaja de extra, vuelve a casa con una nueva expresión: «¿Qué demonios?» Por ejemplo: «¿Qué demonios has puesto en esta sopa, Pearl?»

Muchas veces, al regresar del estudio, se pone a alardear de lo que ha comido.

—Nos dan dos comidas al día, y muy buenas. ¡Comida americana! Tengo que ir con cuidado, Pearl, porque si no voy a engordar. Y entonces no cabré en mis *cheongsams*. Si no estoy perfecta, nunca me darán un papel con texto.

Entonces Tom le consigue otro trabajo y May se pone a régimen —ella, que es tan menuda y sabe lo que es pasar hambre por culpa de la guerra, la pobreza y la ignorancia—, y cuando termina, vuelve a ponerse a régimen para perder los kilos imaginarios que asegura haber ganado. Y todo eso con la esperanza de que algún director le dé un papel con texto. Hasta yo sé que los papeles con texto —excepto los de Anna May Wong y Keye Luke, que interpreta al hijo mayor de Charlie Chan— sólo se los dan a los *lo fan*, que se ponen maquillaje amarillo, se achinan los ojos con esparadrapo y fingen hablar inglés con acento chino.

En junio, a Tom se le ocurre otra idea, y May, encantada, se la traslada a nuestro suegro, que la adopta como si fuera suya.

—Joy es una niña muy guapa —le dice Tom a May—. Podría trabajar de extra.

—Con ella podrías ganar más dinero que conmigo —le transmite May al venerable Louie.

—Pan-di tiene mucha suerte para ser una niña —me confía el viejo—. Puede ganar dinero por su cuenta, y es sólo una cría.

No me convence la idea de que Joy pase tanto tiempo con su tía, pero una vez que el venerable Louie ha descubierto que puede ganar dinero explotando a un bebé...

—Aceptaré con una condición. —Puedo imponer condiciones porque, al ser la madre, sólo yo puedo firmar el documento que la autoriza a trabajar todo el día, y a veces por la noche, bajo la supervisión y el cuidado de su tía—. Joy se quedará con todo el dinero que gane.

Al venerable Louie no le gusta mi proposición. ¿Cómo iba a gustarle?

—Nunca más tendrás que comprarle ropa —lo presiono—. Nunca más tendrás que pagarle la comida. Nunca más le pagarás ni un solo centavo a tu Esperanza de un Hermano.

El viejo sonríe.


Cuando May y Joy no están trabajando, se quedan en el apartamento con Yen-yen y conmigo. A menudo, en las largas tardes mientras esperamos a que reabran China City, recuerdo las historias que me contaba *mama* de cuando era pequeña y vivía confinada en las habitaciones de las mujeres en su casa natal, con su abuela, su madre, sus tías, primas y hermanas, que tenían, como ella, los pies vendados. Las mantenían encerradas, y es lógico que ellas maquinaran para conseguir una buena posición, que abrigaran resentimientos y se criticaran unas a otras. Ahora, en América, May y Yen-yen se pelean por cualquier cosa, como dos tortugas en un cubo.

—El *jook* está demasiado salado —protesta May.

—Le falta sal —es la predecible respuesta de Yen-yen.

Cuando May se pasea por la sala principal con un vestido sin mangas, sin medias y con sandalias, Yen-yen la reprende:

—No deberías dejarte ver así en público.

—A las mujeres de Los Ángeles les gusta llevar las piernas y los brazos desnudos.

—Pero tú no eres una *lo fan* —le recuerda Yen-yen.

Aunque no hay mejor tema de discusión que Joy. Si Yen-yen dice «Debería ponerse un jersey», May replica «Se está achicharrando». Si Yen-yen observa: «Debería aprender a bordar», mi hermana le suelta: «Debería aprender a patinar.»

Lo que más le molesta a Yen-yen es que May trabaje en el cine y exponga a Joy a una actividad tan vulgar, y me culpa a mí por permitirlo.

—¿Por qué dejas que lleve a Joy a esos sitios? Supongo que quieres que tu hija se case algún día, ¿no? ¿Crees que algún hombre querrá a una novia que deja su sombra en esas historias inmorales?

Antes de que yo pueda contestar —de todas formas, seguramente no espera que conteste—, mi hermana objeta:

—No son historias inmorales. Lo que pasa es que no son para gente como tú.

—Las únicas historias verdaderas son las antiguas. Las que nos enseñan cómo hemos de vivir.

—Las películas también nos enseñan a vivir. Joy y yo ayudamos a contar historias de héroes y mujeres buenas; son historias románticas y modernas. No tratan de doncellas de la luna ni de muchachas fantasmagóricas que languidecen de amor.

—Eres demasiado ingenua —la increpa Yen-yen—. Por eso conviene que tu hermana te vigile. Necesitas aprender de tu *jie jie*. Ella sabe que son las historias de antes las que nos enseñan algo.

—¿Qué va a saber Pearl? —espeta May, como si yo no estuviera delante—. Es tan anticuada como nuestra madre.

¿Cómo se atreve a llamarme anticuada? ¿Y a compararme con *mama*? Aunque reconozco que, debido a la nostalgia que siento del hogar, el pasado y nuestros padres, me he vuelto como *mama* en muchos aspectos. Todas esas ideas antiguas sobre el zodíaco, la comida y otras tradiciones me reconfortan, pero no soy la única que mira hacia el pasado en busca de consuelo. May tiene veinte años, es lista, efervescente y bellísima, pero su vida —aunque lleve lindos vestidos y trabaje de extra— no es lo que ella imaginaba cuando éramos chicas bonitas en Shanghai. Ambas arrastramos decepciones, pero me gustaría que fuera un poco más comprensiva conmigo.

—Si tus películas te enseñan a ser romántica, ¿por qué tu hermana, que se queda conmigo todos los días, lo es mucho más que tú? —le pregunta Yen-yen.

—¡Yo soy romántica! —protesta May, cayendo como una tonta en la trampa.

Mi suegra sonríe.

—¡No lo bastante para darme un nieto! Ya deberías haber tenido un hijo.

Suelto un suspiro. Esta clase de discusiones entre suegra y nuera son más antiguas que la humanidad. Con estas conversaciones, me alegro de que la mayoría de los días May y Joy se marchen a los estudios cinematográficos y yo me quede a solas con Yen-yen.

Los martes, después de llevar la comida a nuestros maridos en China City, Yen-yen y yo vamos puerta por puerta a todas las pensiones, apartamentos y tiendas de Spring Street donde la gente compra los comestibles, e incluso hasta el Nuevo Chinatown, y recaudamos dinero para el Fondo Chino de Ayuda y la salvación nacional. Ya no sólo tomamos parte en piquetes. Ahora llevamos latas de comida vacías para utilizarlas como cuencos de mendigo; recorremos las calles Mei Ling, Gin Ling y Sun Mun, con el acuerdo de no regresar a casa hasta que las latas estén llenas hasta la mitad, como mínimo, de monedas de uno, cinco y diez centavos. En China, la gente se muere de hambre, así que también visitamos las tiendas de ultramarinos e instamos a los propietarios a donar comida china importada, que nosotras empaquetamos y volvemos a enviar al sitio del que procede: China, nuestro país natal.

Realizando esta labor conozco a mucha gente. Todo el mundo quiere saber mi apellido de soltera y de qué pueblo provengo. Conozco a muchísimos Wong. También a muchos Lee, Fong y Moy. El venerable Louie no se queja ni una sola vez de que me dedique a recorrer los dos barrios chinos de la ciudad ni de que todos los días conozca a desconocidos, porque siempre voy con mi suegra, que empieza a confiarse a mí no como a una nuera, sino como a una amiga.

—Me secuestraron de mi pueblo cuando era una cría —me cuenta un martes mientras regresamos del Nuevo Chinatown por Broadway—. ¿Lo sabías?

—No. Lo lamento —contesto, y mi respuesta no manifiesta ni la mitad de lo que siento. A mí me echaron de mi casa, pero no puedo imaginar lo que debe de ser que te saquen a la fuerza—. ¿Cuántos años tenías?

—¿Cuántos años? ¿Cómo voy a saberlo? No tengo a nadie que pueda decírmelo. Quizá cinco años. Quizá más, quizá menos. Recuerdo que tenía un hermano y una hermana. Recuerdo que en la calle principal de mi pueblo había castaños de agua. Recuerdo un estanque de peces, pero supongo que en todos los pueblos hay uno. —Hace una pausa y continúa—: Me marché de China hace mucho tiempo. La añoro todos los días y sufro cuando ella sufre. Por eso recaudo dinero para el Fondo Chino de Ayuda.

No me extraña que no sepa cocinar. Su madre no le enseñó, como a mí tampoco la mía, aunque por diferentes motivos. Yen-yen no siente la necesidad de comer mejor, porque ella no sabe lo que son la sopa de aleta de tiburón, la anguila del río Yangtsé ni la paloma estofada en hojas de lechuga. Siempre se ha aferrado a las tradiciones, como yo me aferro ahora a ellas: porque son un medio de supervivencia para el alma, una forma de retener a los fantasmas de la memoria. Quizá sea mejor tratar una tos con té de melón de invierno que untando el pecho con mostaza. Sí, igual que el sabor del jengibre impregna la sopa, sus arcaicas costumbres y sus anticuadas historias están calando en mí, me están cambiando, me están volviendo más china.

—¿Qué pasó después, cuando te secuestraron? —pregunto, conmovida.

Yen-yen se para en la acera; en cada mano lleva una bolsa llena de donativos.

—¿Tú qué crees? Ya has visto lo que les ocurre a las muchachas solteras que no tienen familia. Me vendieron como criada en Cantón. En cuanto tuve edad suficiente, me convertí en una chica con tres agujeros. —Levanta la barbilla—. Y un día, cuando tenía unos trece años, me metieron en un saco y me subieron a un barco. Y aparecí en América.

—¿Y Angel Island? ¿No te hicieron preguntas? ¿Por qué no te deportaron?

—Llegué antes de que abrieran Angel Island. A veces me miro en el espejo y me sorprende lo que veo. Todavía espero ver a aquella niña, pero no me gusta recordar esa época. ¿Qué me importa ya? ¿Crees que quiero recordar que fui la esposa de muchos hombres? —Echa a andar de nuevo, y yo me apresuro a alcanzarla—. He tenido relaciones esposo-esposa demasiadas veces. La gente le da mucha importancia a eso, pero ¿qué sentido tiene? El hombre entra. El hombre sale. Nosotras, las mujeres, nos quedamos igual. ¿Me entiendes, Pearl?

¿La entiendo? Sam no es como los soldados de la cabaña, de eso estoy segura. Pero ¿me quedo igual? Recuerdo todas las veces que he visto a Yen-yen durmiendo en el sofá. Normalmente, ese sofá siempre lo ocupa algún soltero: un inmigrante chino que aparece en la lista de socios del venerable Louie hasta que alguien que necesita un obrero barato salda su deuda. Pero cuando está desocupado, suelo encontrar a Yen-yen en el salón por la mañana, doblando las sábanas y recitando alguna excusa: «Ese viejo ronca como un búfalo de agua.» O: «Me duele la espalda. Este sofá es más cómodo que mi cama.» O: «Ese viejo dice que me muevo como un mosquito y no lo dejo dormir. Y si él no duerme, al día siguiente nos amarga la vida a todos, ¿no?» Ahora comprendo que el motivo por el que Yen-yen duerme en el sofá es el mismo por el que yo deseaba escapar de la cama de Sam: ella se ha acostado con tantos hombres que no quiere recordarlo.

Le pongo una mano en el brazo. Nuestras miradas se encuentran, y algo sucede entre ambas. No le cuento lo que me ocurrió. ¿Cómo voy a contárselo? Pero creo que Yen-yen entiende algo, porque dice:

—Es una suerte que hayas tenido a Joy y que la niña esté sana. Mi hijo... —Aspira entre los dientes y suelta el aire lentamente—. Quizá pasé demasiado tiempo en ese negocio. Llevaba casi diez años trabajando cuando el viejo me compró. Entonces había muy pocas chinas aquí, una por cada veinte hombres a lo sumo, pero él me consiguió a buen precio debido a mi trabajo. Yo estaba contenta, por fin podía marcharme de San Francisco y venir a Los Ángeles. Pero ya entonces él era como ahora: viejo y tacaño. Lo único que quería era un hijo varón, y se esforzó mucho para hacerme uno.

Yen-yen saluda con la cabeza a un hombre que barre la acera delante de su tienda. El hombre desvía la mirada para que no le pidamos un donativo.

—Cuando el viejo volvía a su pueblo natal a ver a sus padres, yo lo acompañaba —continúa mi suegra. Ya le he oído contar eso otras veces, pero ahora la escucho con otra actitud—. Cuando se iba a recorrer China para comprar mercancías, me dejaba en el pueblo. Debía de pensar que durante su ausencia me quedaría en casa, con su esencia dentro de mí, las piernas en alto, esperando a que nuestro hijo se afianzara en mi interior. Pero en cuanto él se marchaba, yo iba de pueblo en pueblo. Hablo sze yup, así que mi pueblo natal debe de estar en los Cuatro Distritos, ¿no? Todos los días buscaba un pueblo con castaños de agua y un estanque. No lo encontré nunca, y tampoco tuve ningún hijo. Me quedaba embarazada, pero todos los bebés se negaban a respirar el aire de este mundo. Cada vez que volvíamos a Los Ángeles, decíamos que habíamos tenido un hijo en China y lo habíamos dejado con sus abuelos. Así fue como nos trajimos a los tíos. Wilburt fue mi primer hijo de papel. Tenía dieciocho años, pero dijo que tenía once para que las fechas concordaran con nuestros papeles, donde afirmábamos que había nacido un año después del terremoto de San Francisco. Luego vino Charley. Con él no hubo problemas. Yo tenía un certificado de otro hijo nacido al año siguiente, en mil novecientos ocho, y Charley nació ese mismo año.

El venerable Louie tuvo que esperar mucho tiempo para que su inversión —su cosecha— madurara, pero su plan funcionó: consiguió mano de obra barata para sus empresas, con la que ganaba un dinero fácil.

—¿Y Edfred? —Yen-yen sonríe—. Edfred es hijo de Wilburt, ¿lo sabías?

No, no lo sabía. Hasta hace poco creía que todos esos hombres eran hermanos de Sam.

—Teníamos el certificado de un hijo nacido en mil novecientos once —continúa Yen-yen—, pero Edfred nació en mil novecientos dieciocho. Sólo tenía seis años cuando lo trajimos aquí, aunque en sus papeles decía que tenía trece años.

—¿Y nadie lo descubrió?

—Tampoco descubrieron que Wilburt no tenía once años. —Se encoge de hombros, como riéndose de la estupidez de los inspectores de inmigración—. En el caso de Edfred, dijimos que era pequeño y estaba poco desarrollado para su edad porque en el pueblo pasaba mucha hambre. Los inspectores tuvieron en cuenta que el niño no había recibido una «nutrición adecuada». Me aseguraron que ahora que estaba en el país que le correspondía, «se hincharía».

—Qué complicado es todo.

—Se supone que lo es. Los *lo fan* intentan impedirnos la entrada cambiando las leyes, pero cuanto más las complican, más fácil lo tenemos nosotros para engañarlos. —Hace una pausa para que yo asimile sus palabras—. Yo sólo tuve dos hijos. El primero nació en China. Lo trajimos aquí, donde teníamos una vida tranquila. Cuando cumplió siete años, lo llevamos al pueblo, pero el niño tenía un estómago americano, no un estómago de pueblo, y murió al poco tiempo.

—Lo siento mucho.

—Han pasado muchos años —dice Yen-yen casi con desenfado—. Pero no me rendí: seguí intentando concebir otro hijo. Y al final, ¡al final!, me quedé embarazada. El viejo estaba contento. Yo estaba contenta. Pero la felicidad no cambia tu destino. La comadrona que ayudó a nacer a Vernon supo enseguida que algo iba mal. Dijo que a veces ocurre cuando la madre es mayor. Yo debía de tener más de cuarenta años cuando nació Vernon. La comadrona tuvo que usar unas...

Se detiene frente a una tienda donde venden billetes de lotería, y deja las bolsas en el suelo para formar unas garras con las manos.

—Lo sacó con unas cosas así. Cuando salió, el niño tenía la cabeza deformada. La comadrona se la apretó por aquí y por allá, pero...

Vuelve a coger sus bolsas.

—Cuando Vern todavía era muy pequeño, el viejo quiso regresar a China a por otro hijo de papel. Teníamos el certificado, ¿lo entiendes? El último. Yo no quería ir. Mi hijo Sam había muerto en el pueblo, y no deseaba que Vern muriera también. El viejo me dijo: «No te preocupes. Alimentarás al pequeño.» Así que fuimos a China, recogimos a Edfred, subimos al barco y lo trajimos aquí.

—¿Y Vern?

—Ya sabes lo que dicen del matrimonio. Hasta un ciego puede conseguir una esposa. Hasta el hombre más necio puede conseguir una esposa. Hasta un hombre con parálisis puede conseguir una esposa. Todos tienen una sola obligación: traer al mundo un hijo varón. —Me mira con gesto lastimoso, pero su voluntad, fuerte como el jade, se refleja en su cara—. ¿Quién cuidará del viejo y de mí en el otro mundo si no tenemos un nieto que nos haga ofrendas? ¿Quién cuidará de mi hijo en el otro mundo si tu hermana no le da un hijo varón? Si no lo hace ella, Pearl, entonces tendrás que hacerlo tú, aunque sólo sea un nieto de papel. Por eso os mantenemos aquí. Por eso os alimentamos.

Mi suegra entra en la tienda para comprar el billete de lotería de todas las semanas —la eterna esperanza de los chinos—, pero yo me quedo muy preocupada.


Estoy impaciente por que May llegue a casa. En cuanto entra, le insisto para que venga conmigo a China City, donde Sam participa en los trabajos de reconstrucción. Nos sentamos los tres en unas cajas, y les cuento lo que me ha explicado Yen-yen. Nada de lo que digo los sorprende.

—Entonces es que no me habéis oído bien, o que yo no me he explicado. Yen-yen dice que iban al pueblo natal del viejo a ver a sus padres. Él siempre ha dicho que nació aquí, pero si sus padres vivían en China, eso es imposible.

Sam y May se miran y luego a mí.

—Quizá sus padres vivían aquí, lo tuvieron a él y luego regresaron a China.

—Puede ser —admito—. Pero si nació aquí y ha vivido aquí casi setenta años, ¿cómo se explica que su inglés sea tan pobre?

—Porque nunca ha salido de Chinatown —razona Sam.

Niego con la cabeza.

—Pensadlo bien. Si nació aquí, ¿por qué es tan leal a China? ¿Por qué nos dejó a Yen-yen y a mí tomar parte en el piquete y recaudar dinero para China? ¿Por qué siempre dice que quiere retirarse en

208

su país? ¿Por qué está tan desesperado por mantenernos unidos? Porque no es ciudadano americano. Y si no es ciudadano americano, las consecuencias para nosotros...

Sam se levanta.

—Quiero saber la verdad.

Encontramos al venerable Louie en un bar de Spring Street, tomando té y pastelillos con sus amigos. Al vernos, se levanta y viene a la puerta.

—¿Qué queréis? ¿Por qué no estáis trabajando?

—Tenemos que hablar contigo.

—Ahora no. Aquí no.

Pero no pensamos irnos si no nos ofrece las respuestas que buscamos. Nos conduce a una mesa lo bastante alejada de sus amigos para que éstos no puedan oírnos. Han pasado meses desde la pelea de Año Nuevo, pero en Chinatown todavía se murmura sobre aquel incidente. El venerable Louie ha intentado mostrarse más agradable, pero Sam todavía le guarda resentimiento, y no pierde el tiempo con sutilezas:

—Naciste en Wah Hong, ¿no?

El viejo entrecierra sus ojos de lagarto.

—¿Quién os ha dicho eso?

—No importa quién. ¿Es verdad o no? —replica Sam.

Él no contesta. Esperamos. Se oyen risas, conversaciones y el sonido de los palillos contra los cuencos. Al final, el viejo suelta un resoplido.

—No sois los únicos que están aquí bajo un falso supuesto —dice en sze yup—. Mirad a la gente que hay en este restaurante. Mirad a la gente que trabaja en China City. Mirad a la gente de nuestra manzana y nuestro edificio. Todo el mundo tiene una mentira. La mía es que no nací aquí. Cuando el terremoto y el incendio de San Francisco destruyeron todos los registros de nacimientos, yo me encontraba aquí y, según los cálculos de los americanos, tenía treinta y cinco años. Como tantos otros, fui a las autoridades y les dije que había nacido en San Francisco. No podía demostrar que era verdad, pero ellos tampoco podían demostrar que era falso. Así que ahora soy ciudadano... sobre el papel, igual que tú eres mi hijo sobre el papel.

—¿Y Yen-yen? Ella también vino aquí antes del terremoto. ¿También ella afirmó ser ciudadana americana?

El viejo frunce el ceño con expresión de fastidio.

—Ella es una *fu yen*. No sabe mentir ni guardar un secreto. Es evidente, ¿no? O no estaríais aquí.

Sam se frota la frente mientras asimila toda esta información.

—Si alguien descubre que no eres ciudadano americano, Wilburt, Edfred...

—Sí, todos nosotros, incluida Pearl, nos veremos en apuros. Por eso os mantengo unidos. —El viejo cierra una mano y aprieta el puño—. No podemos cometer errores, no podemos tener ningún desliz, ¿vale?

—¿Y yo? —pregunta May con voz titubeante.

—Vern sí nació aquí, así que tú, May, eres la mujer de un ciudadano de verdad. Entraste legalmente en el país y siempre estarás a salvo. Pero debes vigilar a tu hermana y su marido. Si las autoridades reciben algún informe negativo sobre ellos, los deportarán. Podrían deportarnos a todos excepto a ti, a Vern y a Pan-di; aunque estoy seguro de que la niña volvería a China con sus padres y sus abuelos. Confío en que nos ayudes a impedir que eso suceda, May.

Al oír eso, ella palidece.

—¿Qué puedo hacer yo?

El venerable Louie ofrece una sonrisa, pero por primera vez ese gesto no refleja crueldad.

—No te preocupes demasiado —dice. Y a Sam—: Ahora ya sabes mi secreto, y yo sé el tuyo. Estamos unidos para siempre, como verdaderos padre e hijo. No sólo nos protegemos el uno al otro, sino que también protegemos a los tíos.

—¿Por qué yo? —inquiere Sam—. ¿Por qué no alguno de ellos?

—Ya sabes por qué. Necesito que alguien se ocupe de mis negocios, cuide a mi verdadero hijo cuando yo muera, y me cuide a mí cuando esté en el otro mundo, pues Vern no podrá hacerlo. Ya sé que me consideras cruel y seguramente no me crees, pero te escogí para que fueras el sustituto de mi hijo. Siempre te consideraré mi hijo mayor, mi primogénito; por eso soy tan duro contigo. ¡Intento ser un padre como es debido! Te lo doy todo, pero tú has de hacer tres cosas. Primero, debes abandonar tus planes de huida. —Levanta una mano para acallarnos—. No os molestéis en negarlo. No soy estúpido; sé lo que pasa en mi propia casa, y estoy harto de preocuparme continuamente por ello. —Hace una pausa—. Segundo, debes dejar de trabajar en el templo de Kwan Yin. Para mí, eso es una vergüenza; mi hijo no debería necesitarlo. Y tercero, debes prometerme que cuidarás de mi hijo cuando llegue el momento.

Sam, May y yo nos miramos. May me envía un mensaje, casi suplicándome: «No quiero irme a ningún sitio. Quiero quedarme en Haolaiwu.» Sam, al que todavía no conozco muy bien, me coge una mano: «Después de todo, quizá esto sea una oportunidad. El viejo dice que me tratará como si fuera su verdadero primogénito.» Y yo... estoy cansada de huir. No se me da muy bien, y tengo una cría de la que ocuparme. Pero ¿vamos a vendernos por menos de lo que el venerable Louie pagó por nosotros?

—Si nos quedamos —dice Sam—, debes darnos más libertad.

—Esto no es una negociación —replica el viejo—. No tenéis nada con que negociar.

Pero Sam no se rinde.

—May ya trabaja de extra. Está contenta con su empleo. Ahora debes hacer lo mismo con Pearl: deja que ella vea qué hay fuera de China City. Y ya que me prohíbes trabajar en el templo, tendrás que pagarme. Si voy a ser tu primogénito, debes tratarme igual que a mi hermano.

—No sois lo mismo.

—Exacto. Yo trabajo mucho más que él. Y él se lleva una parte de los ingresos familiares. Necesito que me pagues a mí también. Padre —añade con deferencia—, sabes que es justo.

El anciano da unos golpecitos en la mesa con los nudillos, sopesando, calculando. Da un último golpe, el decisivo, y se pone en pie. Estira un brazo y le aprieta el hombro a Sam. Luego vuelve con sus amigos, con su té y sus pastelillos.

Al día siguiente compro un periódico, marco un anuncio por palabras y voy hasta una cabina telefónica, desde donde llamo para pedir información sobre un puesto en un taller de reparación de frigoríficos.

—Parece usted la candidata ideal, señora Louie —me dice una agradable voz—. Venga para que le hagamos una entrevista, por favor.

Pero cuando llego allí, el dueño me dice:

—No me di cuenta de que era usted china. Por su nombre pensé que quizá fuera italiana.

No consigo el empleo, y me pasa lo mismo varias veces. Al final presento una solicitud en los grandes almacenes Bullock's Wilshire. Me contratan para trabajar en el almacén, donde no tendrá que verme nadie. Gano dieciocho dólares semanales. Después de trabajar en China City, donde pasaba todo el día yendo del restaurante a las diferentes tiendas, permanecer en el mismo sitio me resulta fácil. Visto mejor que las otras empleadas del almacén y trabajo más que ellas. Un día, el subdirector me lleva a la tienda para que coloque unas mercancías y las mantenga en orden. Un par de meses más tarde —e intrigado por mi acento británico, que utilizo porque veo que le gusta—, me asciende a ascensorista. El trabajo es facilísimo y mecánico —subir y bajar, desde las diez de la mañana hasta las seis de la tarde—, y gano unos dólares más al mes.

Un buen día, al subdirector se le ocurre otra idea.

—Acabamos de recibir un cargamento de juegos de majong. Quiero que me ayudes a venderlos. Tú proporcionarás ambiente.

Me indica que me ponga un *cheongsam* barato enviado por el fabricante de los juegos, y luego me lleva a la planta baja, no lejos de la entrada principal, y me instala ante una mesa: mi mesa. Al final de la jornada he vendido ocho juegos. Al día siguiente voy a trabajar con uno de mis *cheongsams* más bonitos, de un rojo intenso con peonías bordadas. Vendo dos docenas de juegos. Cuando los clientes comentan que quieren aprender a jugar, el subdirector me pide que les dé clase un día por semana. Las clases se pagan, y yo recibiré un porcentaje. Me va tan bien que le solicito al subdirector que me deje presentar al examen escrito para otro ascenso. Cuando su jefe me pone una nota más baja de la que merezco por mi cabello, mi piel y mis ojos rasgados, comprendo que en Bullock's ya he alcanzado mi techo, pese a que vendo más que las dependientas de la sección de complementos.

Pero ¿qué puedo hacer? De momento estoy contenta con el dinero que gano. Le entrego una tercera parte a padre Louie, que es como todos lo llamamos desde que Sam y él llegaron a un acuerdo. Otra tercera parte la reservo para Joy. Y el resto me lo quedo para gastarlo como quiera.


El 2 de agosto de 1939, seis meses después del incendio, se celebra la segunda Gran Inauguración de China City. Hay ópera, desfile de dragón, baile de leones, magos, demonios danzarines y petardos cuidadosamente controlados. En los meses siguientes, la fragancia del incienso y las gardenias perfuma la atmósfera. En los callejones suena una suave música china. Los niños corretean entre los turistas. Nos visitan Mae West, Gene Tierney y Eleanor Roosevelt. Los *shriners* organizan actos a los que sus miembros acuden en masa. Otros grupos van al Chinese Junk Café —inspirado en el buque insignia de una flota corsaria dirigida por el pirata más grande de la historia, que resultó ser una mujer china—, «atracado» en el puerto del Whangpoo, a comer «rancho de piratas» y beber «ponche de piratas» preparado por «un experto mezclador, un hombre de palabras suaves y brebajes intensos». Las callejuelas están llenas de occidentales, pero China City nunca volverá a ser lo que era.

Quizá ya no venga tanta gente porque muchos de los escenarios originales, que fueron un reclamo excelente, son ahora reproducciones. Quizá no venga tanta gente porque el Nuevo Chinatown se considera más moderno y divertido. Mientras nosotros teníamos cerrado, el Nuevo Chinatown y sus luces de neón seducían a los visitantes con la promesa de largas noches, baile y diversión, mientras que China City —por mucho ponche de piratas que bebas— es apacible, tranquila y pintoresca, con sus estrechas callejas y sus empleados ataviados de aldeanos.

Dejo mi puesto en Bullock's y retomo la antigua rutina de limpiar y servir comidas en China City. Esta vez me pagan adecuadamente. May, en cambio, no quiere volver al Golden Pagoda.

—Bak Wah Tom me ha ofrecido un empleo a jornada completa —le explica a padre Louie—. Quiere que lo ayude a buscar extras, que me asegure de que todo el mundo tome puntual el autobús del estudio, y que haga de intérprete en los platós.

La escucho, asombrada. Yo haría mejor ese trabajo. Para empezar, hablo sze yup con fluidez; eso lo entiende hasta mi suegro.

—¿Y tu hermana? Ella es la más inteligente. Es ella quien debería hacer ese trabajo.

—Sí, mi *jie jie* es muy lista, pero...

Antes de que May pueda defender sus argumentos, el viejo prueba otra táctica:

—¿Por qué quieres alejarte de la familia? ¿No te gusta estar con tu hermana?

—A Pearl no le importa. Yo le he dado muchas cosas que de otra forma ella nunca tendría.

Últimamente, siempre que May quiere conseguir algo, me recuerda que si tengo una hija es gracias a ella, y que compartimos muchos secretos. ¿Debo interpretar sus palabras como una amenaza? ¿Me está insinuando que si le impido hacer esto le contará al viejo que Joy no es hija mía? No, nada de eso. Es una de esas ocasiones en que May lo ha calculado todo muy bien. Ésta es su forma de recordarme que tengo una hija preciosa, un marido que me quiere y un pequeño hogar para los tres en nuestro dormitorio, mientras que ella no tiene nada. ¿No debería ayudarla a que su vida sea más llevadera?

—May ya tiene experiencia con la gente de Haolaiwu —le digo a mi suegro—. Estoy segura de que lo hará muy bien.

Así que May empieza a trabajar para Tom Gubbins, y yo ocupo su puesto en el Golden Pagoda. Quito el polvo de todo el local. Limpio el suelo y las ventanas. Le preparo la comida a padre Louie y luego friego sus platos en un barreño; tiro el agua sucia a la calle, como si fuera la hija de un campesino. Y me encargo de cuidar a Joy.

Como todas las mujeres, me gustaría ser mejor madre. Joy tiene diecisiete meses y todavía lleva pañales, que yo le lavo a mano. Suele llorar por las tardes, y tengo que pasearla arriba y abajo durante horas para calmarla. Ella no tiene la culpa. Debido a sus horarios en los platós, no descansa bien por la noche, y durante el día apenas duerme siestas. Toma comida americana en los platós y escupe la comida china que yo le preparo. Trato de abrazarla, acunarla y hacer todas las cosas que se supone que hacen las madres, pero una parte de mí sigue sin gustarle tocar y que la toquen. Quiero a mi hija, pero Joy es Tigre y no tiene un carácter fácil. Y además está May, que ahora pasa mucho tiempo con ella. Empieza a germinar en mí una semilla de amargura que Yen-yen se dedica a nutrir. No debería escuchar a la anciana, pero no puedo rehuirla todo el tiempo.

—Tu hermana May sólo piensa en sí misma. Su hermoso rostro oculta un corazón malvado. Sólo tiene una obligación, y se niega a cumplirla. ¡Ay, Pearl! Tú te quedas aquí todo el día cuidando de tu hija inútil. Pero ¿dónde está el hijo de tu hermana? ¿Por qué no nos da un nieto? ¿Por qué, Pearl? ¿Por qué? Porque es egoísta, porque no piensa en ayudarte a ti ni a la familia.

No quiero creer que lo que dice Yen-yen sea cierto, pero no puedo negar que May está cambiando. Soy su *jie jie*, y debería intentar pararle los pies; pero mis padres y yo no sabíamos cómo hacerlo cuando era una cría, y tampoco sé cómo hacerlo ahora.

Por si fuera poco, May me llama a menudo desde el plató, baja la voz y me pregunta: «¿Cómo demonios le digo a esta gente que tiene que llevar la escopeta al hombro?» O: «¿Cómo demonios les digo que se arrimen unos a otros mientras los golpean?» Y yo le explico cómo decirlo en sze yup, porque no sé qué otra cosa hacer.

Por Navidad ya nos hemos adaptado a nuestra nueva vida. May y yo llevamos veinte meses aquí. Como ahora ganamos dinero, podemos escaparnos de vez en cuando y permitirnos pequeños lujos. Padre Louie nos llama derrochadoras, pero siempre calculamos bien en qué vamos a gastar el dinero. A mí me gustaría llevar un corte de pelo más moderno que los que hacen en Chinatown, pero cada vez que entro en una peluquería de la parte occidental de la ciudad, me dicen: «Aquí no cortamos el pelo a los chinos.» Al final, consigo que me lo corten después del horario comercial, para que los clientes occidentales no se ofendan por mi presencia. También me gustaría tener un coche —podríamos comprar un Plymouth de cuatro puertas, de segunda mano, por quinientos dólares—, pero para eso todavía hemos de ahorrar mucho.

Entretanto, vamos a los cines de Broadway. Aunque paguemos las entradas más caras, tenemos que sentarnos en el gallinero. Pero no nos importa, porque las películas nos levantan la moral. Aplaudimos al ver a May interpretando a una perdida que le pide perdón a una misionera, o a Joy interpretando a una niña huérfana que Clark Gable sube a un sampán. Cuando veo el hermoso rostro de mi hija en la pantalla, me avergüenzo de mi oscuro cutis. Voy a la farmacia y adquiero una crema facial con perlas molidas, con la esperanza de que mi semblante se vuelva tan claro como debería ser el rostro de la madre de Joy.

En el tiempo que llevamos aquí, May y yo hemos pasado de ser dos chicas bonitas zarandeadas por el destino que buscaban una forma de escapar, a ser dos jóvenes esposas no completamente satisfechas con su suerte. Aunque ¿qué jóvenes esposas lo están? Sam y yo tenemos relaciones esposo-esposa, pero May y Vern también. Lo sé porque las paredes son muy finas y se oye todo. Hemos aceptado y nos hemos adaptado a lo que nos conviene, y hacemos todo lo posible por hallar placer donde podemos. En Nochevieja, nos arreglamos y vamos al Palomar Dance Hall, pero no nos dejan entrar porque somos chinas. Plantada en una esquina de la calle, miro hacia arriba y veo una luna llena, borrosa y desdibujada por las luces y los gases de los tubos de escape. Como escribió un poeta: «Hasta la luna más perfecta se tiñe de tristeza.»

# TERCERA PARTE

## Destino

# Haolaiwu

Volvemos a estar en Shanghai. Los *rickshaws* pasan traqueteando. Hay mendigos acuclillados en las aceras, con los brazos extendidos y las palmas hacia arriba. En las ventanas cuelgan patos asados a la brasa. Los vendedores ambulantes hierven fideos, asan frutos secos y fríen tofu en sus carretillas. Los campesinos vienen a la ciudad cargados con fardos de pollos y patos vivos, y con trozos de cerdo colgando de pértigas que llevan a hombros. Las mujeres pasan con sus ceñidos *cheongsams*. Hay ancianos sentados en cajas, fumando en pipa, con las manos metidas en las mangas para calentarse. Una densa niebla se arremolina alrededor de nuestros pies y se extiende por los callejones y las oscuras esquinas. Por encima de nuestras cabezas, los farolillos rojos lo convierten todo en un sueño misterioso.

—¡A sus puestos! ¡Todos a sus puestos!

China se esfuma de mi pensamiento, y vuelvo al plató cinematográfico que he ido a visitar con May y Joy. Unos potentes focos iluminan el escenario. Una cámara se desplaza sobre unas guías. Un hombre coloca un micrófono con jirafa en lo alto. Estamos en septiembre de 1941.

—Deberías sentirte orgullosa de Joy —comenta May mientras le aparta un mechón de cabello de la cara—. En todos los estudios la gente se enamora de ella.

Joy está sentada en su regazo, con aspecto tranquilo pero atento. Tiene tres años y medio y es preciosa, «como su tía», dicen todos. Y May es una tía perfecta: le consigue papeles, la lleva a los platós, se asegura de que le den trajes bonitos y de que siempre esté en el sitio idóneo cuando el director busca una cara inocente que enfocar con la cámara. Desde hace aproximadamente un año, Joy pasa tanto tiempo con May que, cuando está conmigo, es como si estuviera con un cuenco de leche agria. Yo le impongo disciplina, la obligo a terminarse la cena, a vestir correctamente y a tratar con respeto a sus abuelos, tíos y personas mayores. May prefiere consentirla: le hace regalos, le da besos y le deja que pase toda la noche despierta cuando van a los rodajes.

De mí siempre han dicho que soy la hermana inteligente —lo dice hasta mi suegro—, pero lo que dos años atrás parecía una buena idea se ha convertido en un gran error. Cuando le di permiso a May para llevar a Joy a los platós, no pensé que le proporcionaría a mi hija un mundo diferente, divertido y completamente independiente. Cuando se lo comenté a May, ella frunció la frente y negó con la cabeza.

—No es eso. Ven con nosotras y verás lo que hacemos. Cuando veas lo bien que lo hace, cambiarás de opinión.

Pero no se trata sólo de Joy. May quiere alardear de su importancia, y se supone que yo tengo que enorgullecerme de ella. Llevamos haciéndolo así desde que éramos niñas.

Así que hoy, a última hora de la tarde, nos hemos subido a un autobús junto con algunos vecinos a los que mi hermana también ha conseguido trabajo. Al llegar al estudio, hemos ido directamente al departamento de vestuario, donde unas mujeres nos han dado ropa sin fijarse en las tallas. A mí me han dado una chaqueta sucia y unos pantalones holgados, muy arrugados. No me ponía algo así desde que May y yo huimos de China y languidecimos en Angel Island. Al intentar cambiarla, la chica de vestuario me ha dicho:

—Tienes que ir sucia, muy sucia, ¿entiendes?

May, que suele interpretar a muchachas sofisticadas y vivarachas, también se ha llevado ropa de campesina, así que estaremos juntas en la misma escena.

Nos cambiamos en una gran tienda, sin intimidad ni calefacción. Yo visto a mi hija todos los días, pero hoy su tía se ocupa de ella; tras quitarle el jersey de fieltro, la ayuda a ponerse unos pantalones tan oscuros, sucios y holgados como los suyos y los míos. Luego vamos a peluquería y maquillaje. Nos cubren el cabello con un pañuelo negro fuertemente atado. A Joy le han hecho varias coletas, hasta que parecía que de su cabeza brotaban unas exóticas plantas negras. Nos untan el rostro con maquillaje oscuro, y eso me recuerda el ungüento de cacao en polvo y crema limpiadora que May me ponía en la cara. Luego salimos para que nos rocíen de barro con una pistola.

Finalmente, a esperar en el falso Shanghai; el viento agita nuestros holgados pantalones negros, que parecen oscuros espíritus. Para los chinos nacidos aquí, esto es lo más cerca que estarán de la tierra de sus antepasados. A los que nacimos en China, el plató nos permite sentir, por un momento, que nos han transportado al otro lado del océano y retrocedido en el tiempo.

Debo admitir que me encanta ver qué bien se maneja mi hermana con el equipo de rodaje, y cómo la respetan los otros extras. May está contenta, sonríe y saluda a sus amigos; me recuerda a aquella niña de Shanghai. Sin embargo, a medida que avanza la noche, voy viendo cosas que me inquietan. Sí, hay un hombre que vende gallinas vivas, pero detrás de él hay un grupo de hombres sentados en cuclillas, jugando. En otra parte del decorado, unos fingen fumar opio. ¡En plena calle! Casi todos llevan trenza, pese a que la historia no sólo se desarrolla después de la instauración de la República, sino que tiene como fondo la invasión de los bandidos enanos, que se produjo veinticinco años más tarde. Y las mujeres...

Pienso en *El embrujo de Shanghai*, una película que May, Sam, Vern y yo vimos hace meses en el Million Dollar. Como Josef von Sternberg, el director, había vivido un tiempo en Shanghai, creímos que íbamos a ver algo que nos recordara a nuestra ciudad natal; pero no era más que otra historia en que una mujer fatal introduce a una muchacha blanca en el juego, el alcohol y quién sabe qué otros vicios. Los carteles de la película nos hicieron reír; rezaban: «La gente vive en Shanghai por muchas razones, la mayoría, infames.» En mi última época en Shanghai, hasta yo habría estado de acuerdo con esa opinión; pero aun así, me duele ver mi ciudad natal —el París de Asia— retratada bajo esa maléfica luz. Hemos visto ese enfoque en un sinfín de largometrajes, y ahora colaboramos en uno.

—¿Cómo puedes participar en esto, May? ¿No te da vergüenza? —pregunto.

Mi hermana me mira, confundida y dolida.

—¿Participar en qué?

—Aquí los chinos están representados como retrasados. Nos hacen reír como idiotas mostrando los dientes. Nos hacen gesticular porque se supone que somos estúpidos. O nos hacen hablar un inglés rudimentario.

—Sí, ya lo sé. Pero no me digas que esto no te recuerda a Shanghai.

—¡No se trata de eso! ¿Acaso no sientes ni pizca de orgullo por el pueblo chino?

—No sé por qué tienes esa manía de quejarte por todo —replica, disgustada—. Te he traído aquí para que vieras qué hacemos Joy y yo. ¿No estás orgullosa de nosotras?

—May...

—¿Por qué no te relajas y lo pasas bien? ¿Por qué no disfrutas viendo cómo Joy y yo ganamos dinero? Aunque no sea tanto como esos de ahí. —Señala a un grupo de falsos conductores de *rickshaw*—. Les he conseguido siete cincuenta al día durante una semana, siempre que lleven la cabeza completamente rasurada. No está mal para...

—Conductores de *rickshaw*, fumadores de opio y prostitutas. ¿Te gusta que la gente piense que somos eso?

—Si con «gente» te refieres a los *lo fan*, ¿por qué iba a importarme lo que piensen?

—Porque esto es insultante.

—¿Para quién? No son insultos contra nosotras. Además, esto no es más que parte de un camino. Hay personas —explica, refiriéndose a mí, por supuesto— que prefieren no tener trabajo a aceptar un empleo que consideran un menoscabo. Pero un trabajo como éste nos ofrece un principio, y de nosotros depende progresar a partir de ahí.

—Ya. Y esos hombres que hoy interpretan a conductores de *rickshaw* mañana serán los dueños del estudio, ¿no? —digo con escepticismo.

—Por supuesto que no —contesta, ya sin disimular su enojo—. Lo único que quieren es conseguir un papel con texto. Ya sabes que eso está muy bien pagado, Pearl.

Bak Wah Tom lleva un par de años cautivando a May con el sueño de un papel con texto, pero el sueño todavía no se ha hecho realidad, aunque Joy ya ha dicho algunas frases en diferentes películas. La bolsa donde guardo sus ganancias ha engordado mucho, y sólo es una cría. Entretanto, la tía de Joy está ansiosa por ganar sus propios veinte dólares por una frase, la que sea. De momento, se contentaría con algo tan sencillo como «Sí, señora.»

—Si pasarte toda la noche sentada por ahí, fingiendo ser una mala mujer, te ofrece tantas oportunidades —digo con cierta vehemencia—, ¿cómo es que todavía no has conseguido un papel con texto?

—¡Ya sabes por qué! ¡Te lo he explicado mil veces! Tom dice que soy demasiado guapa. Cada vez que un director me elige, la protago-

222

nista femenina me rechaza. No quieren competir con mi cara, porque saben que ganaré. Ya sé que suena a inmodestia, pero es lo que dice todo el mundo.

El equipo de rodaje ha colocado a los extras en sus puestos y añadido más elementos de atrezo para la siguiente toma. Se trata de una película «de advertencia» sobre la amenaza japonesa; si los japoneses son capaces de invadir China y desbaratar los intereses extranjeros, ¿no deberíamos preocuparnos todos? Hasta ahora, desde mi perspectiva, tras un par de horas rodando la misma escena callejera una y otra vez, todo esto tiene muy poco que ver con lo que experimentamos May y yo al huir de China. Pero cuando el director explica la siguiente escena, se me encoge el estómago.

—Van a caer bombas —explica por el megáfono—. No son de verdad, pero parecerá que lo son. Después, los japoneses irrumpirán en el mercado. Tenéis que echar a correr por ahí. Tú, el del carro: vuélcalo cuando salgas corriendo. Y quiero que las mujeres griten. Gritad muy fuerte, como si creyerais que vais a morir.

Cuando la cámara empieza a rodar, aprieto a Joy contra mi cadera, suelto un grito bastante conseguido y echo a correr. Lo hago una y otra vez. Por un instante he temido que esto me trajera malos recuerdos, pero no. Las bombas falsas no hacen temblar el suelo. Las explosiones no me dejan sorda. A nadie se le desgarran partes del cuerpo. No salen borbotones de sangre. Todo esto no es más que un juego, y divertido, como las piezas de teatro con que May y yo entreteníamos a nuestros padres. Y May tiene razón respecto a Joy: la niña sabe obedecer las indicaciones, esperar entre toma y toma, y llorar cuando la cámara empieza a rodar, como le han enseñado.

A las dos de la madrugada nos envían otra vez a la tienda de maquillaje, donde nos embadurnan la cara y la ropa con sangre falsa. Cuando volvemos al plató, a algunos los colocan en el suelo, despatarrados, con la ropa ensangrentada y los ojos abiertos e inertes. Ahora hay muertos y heridos tendidos a nuestro alrededor. A medida que avanzan los soldados japoneses, los demás tenemos que correr y gritar. No me cuesta hacerlo. Veo los uniformes color crema y oigo las pisadas de las botas. Uno de los extras —un campesino, como yo— tropieza conmigo, y yo grito. Cuando los falsos soldados avanzan con la bayoneta calada, intento huir pero me caigo. Joy se pone en pie y sigue corriendo entre los cadáveres, y yo me quedo atrás. Un soldado me empuja cuando trato de levantarme. Me quedo paralizada de miedo. A pesar de que los hombres que me rodean tienen cara de chinos, a pesar de que son mis vecinos disfrazados de enemigos, grito sin parar. Ya no estoy en un plató cinematográfico; estoy en una cabaña, en las afueras de Shanghai. El director grita:

—¡Corten!

May viene hacia mí con cara de preocupación.

—¿Estás bien? —pregunta mientras me ayuda a levantarme.

Todavía estoy tan alterada que no puedo hablar. Asiento con la cabeza, y ella me mira con gesto interrogante. No quiero hablar de lo que siento. No quise hablar de ello en China, cuando desperté en el hospital, y sigo sin querer hacerlo ahora. Le cojo a Joy de los brazos y la estrecho. Todavía tiemblo cuando el director se acerca con paso decidido.

—Lo has hecho estupendamente —me dice—. Podría haberte oído desde dos manzanas de distancia. ¿Puedes repetirlo? —Me mira como evaluándome—. ¿Varias veces más? —Como no contesto, añade—: Si lo haces, te pagaremos más. Y a la niña también. Para mí, un buen grito es como una frase, y la cara de la niña me viene muy bien.

Noto la mano de May apretándome el brazo.

—¿Puedes hacerlo? —insiste el director.

Aparto el recuerdo de la cabaña y pienso en el futuro de mi hija. Este mes podría guardar más dinero para ella.

—Lo intentaré —atino a decir.

Los dedos de mi hermana se me clavan en el brazo. Cuando el director vuelve a su silla, May me lleva aparte.

—Lo haré yo —me susurra—. Por favor, por favor, déjame hacerlo.

—La que ha gritado soy yo. Ya que he de pasarme la noche aquí, me gustaría hacer algo de provecho.

—Ésta podría ser mi gran oportunidad...

—Sólo tienes veintidós años...

—En Shanghai yo era una chica bonita —implora—. Pero esto es Hollywood, y no me queda mucho tiempo.

—A todos nos da miedo hacernos mayores. Pero yo también quiero hacerlo. ¿Acaso has olvidado que yo también era una chica bonita? —pregunto. Como no me contesta, utilizo el único argumento infalible—: La que ha recordado lo que pasó en aquella cabaña soy yo.

—Siempre usas esa excusa para salirte con la tuya.

Me aparto un poco, conmocionada por sus palabras.

—No puedo creer que me digas eso.

Lo que ocurre es que no quieres que yo tenga nada mío —espeta quejumbrosa.

¿Cómo puede decir eso después de lo mucho que me he sacrificado por ella? Mi resentimiento ha crecido con los años, pero nunca me ha impedido concederle todo lo que ella quiere.

—A ti siempre te ofrecen oportunidades —continúa, y su voz va cobrando fuerza.

Ahora entiendo su actitud: si no doy el brazo a torcer, está dispuesta a discutir conmigo delante de todos. Pero esta vez no pienso ceder tan fácilmente.

—¿Qué oportunidades?

—*Mama* y *baba* te enviaron a la universidad...

Eso es remontarse mucho en el tiempo, pero contesto:

—Tú no quisiste ir.

—A todo el mundo le caes mejor que yo.

—Eso es ridículo.

—Hasta mi propio esposo te prefiere. Siempre es muy simpático contigo.

¿Qué sentido tiene discutir con May? Nuestras desavenencias siempre han sido por lo mismo: por si nuestros padres la querían más a ella o a mí, por si una tenía algo mejor que la otra —un helado más rico, unos zapatos más bonitos o un marido más cordial—, o por si una quiere hacer algo a expensas de la otra.

—Sé gritar tan bien como tú —insiste—. Te lo ruego. Por favor, déjame hacerlo.

—¿Y Joy? —pregunto en voz baja, atacando su punto débil—. Ya sabes que Sam y yo estamos ahorrando para que algún día pueda ir a la universidad.

—Para eso faltan quince años, y estás dando por sentado que alguna universidad americana aceptará a una china. —Y sus ojos, que hace poco resplandecían de alegría y orgullo, me miran de pronto con odio.

Por un instante, retrocedo en el tiempo y me veo en nuestra cocina de Shanghai, cuando el cocinero intentaba enseñarnos a preparar albóndigas. La cosa empezó como un entretenimiento divertido y acabó en una pelea tremenda. Ahora, años más tarde, lo que se presentaba como una experiencia placentera se ha convertido en una situación desagradable. Miro a May y no sólo veo celos, sino también odio.

—Déjame hacer ese papel —insiste—. Me lo he ganado.

«Trabajas para Tom Gubbins —pienso—; no tienes que quedarte todo el día encerrada en ningún establecimiento Golden; puedes venir con mi hija a platós como éste y salir un rato de Chinatown y China City.»

—May...

—No empieces a recordarme tus agravios, porque no quiero oírlos. Te niegas a ver lo afortunada que eres. ¿No te das cuenta de lo celosa que estoy? No puedo evitarlo. Tú lo tienes todo. Tienes un marido que te quiere y con el que puedes hablar. Tienes una hija.

¡Ya está! Por fin lo ha dicho. La respuesta me sale tan deprisa que no tengo tiempo de pensar ni de refrenarla.

—Entonces, ¿por qué pasas más tiempo que yo con ella? —Mientras lo digo, recuerdo el viejo proverbio de que las enfermedades entran por la boca y los desastres salen por la boca, una forma de decir que las palabras pueden ser como bombas.

—Joy prefiere estar conmigo porque la abrazo y la beso, porque le doy la mano, porque la dejo sentarse en mi regazo.

—Así no es como educamos a los niños en China. Tocarse de ese modo...

—No pensabas igual cuando vivíamos con *mama* y *baba*.

—Cierto, pero ahora soy madre y no quiero que Joy se convierta en una porcelana resquebrajada.

—Que su madre la abrace no la convertirá en una mujer fácil.

—¡No me digas cómo tengo que educar a mi hija! —Al oír mi tono cortante, algunos extras nos miran con curiosidad.

—Tú no me dejas hacer nada, pero *baba* me prometió que, si aceptábamos casarnos, podría ir a Haolaiwu.

No es así como lo recuerdo. May está cambiando de tema y tergiversando las cosas.

—Estamos hablando de Joy —digo—, no de tus sueños absurdos.

—Ah, ¿sí? Hace un rato me acusabas de avergonzar al pueblo chino. Ahora dices que esto es malo para mí, pero que Joy y tú sí podéis hacerlo, ¿no?

Mi hermana tiene razón: esta situación me plantea un conflicto que no sé conciliar con mis ideas. No puedo pensar fríamente, pero creo que ella tampoco.

—Tú lo tienes todo —repite, y rompe a llorar—. Yo no tengo nada. ¿Por qué no me concedes este único deseo? ¡Por favor! ¡Por favor!

Cierro la boca y dejo que la ira me abrase por dentro. Me niego a admitir cualquier justificación para que ella —y no yo— represente ese papel en la película, pero luego hago lo que he hecho siempre: cedo ante mi *moy moy*. Es la única forma de disipar sus celos, de que mi resentimiento vuelva a su escondite y tenga tiempo de pensar cómo sacaré a Joy de este negocio sin provocar más fricciones. May y yo somos hermanas. Siempre discutiremos, pero siempre nos reconciliaremos. Eso es lo que hacen las hermanas: se pelean, señalan la fragilidad, los errores y desaciertos de la otra, muestran la inseguridad que arrastran desde la infancia, y luego hacen las paces. Hasta la próxima vez.

May se queda con mi hija y con mi papel en la escena. El director no advierte que mi hermana me ha suplantado. Para él, todas las chinas vestidas con pantalón negro, manchadas de sangre y barro falsos y con una niñita en brazos son intercambiables. Durante las horas siguientes, oigo gritar a May una y otra vez. El director nunca queda satisfecho, pero tampoco la reemplaza.

# Instantáneas

El 7 de diciembre de 1941, tres meses después de mi noche en el plató cinematográfico, los japoneses bombardean Pearl Harbor y Estados Unidos entra en guerra. El día 8 los japoneses atacan Hong Kong
(el día de Navidad, los británicos entregarán la colonia); y también
ese mismo día, a las diez en punto de la mañana, toman la Colonia
Internacional de Shanghai e izan su bandera en lo alto del Banco de
Hong Kong y Shanghai, en el Bund. Durante los cuatro años siguientes, los extranjeros que han sido lo bastante imprudentes para
quedarse en Shanghai viven en campos de internamiento, mientras que
en Estados Unidos, el gobierno cede el Centro de Inmigración de
Angel Island al ejército para alojar a prisioneros de guerra japoneses, italianos y alemanes. Aquí en Chinatown, tío Edfred —sin dar
a nadie ocasión de opinar— es uno de los primeros en alistarse en el
ejército.

—Pero ¿qué dices? ¿Por qué? —le pregunta tío Wilbert a su hijo
en sze yup.

—¡Por patriotismo! —contesta tío Edfred con júbilo—. ¡Quiero
luchar! Razón número uno: quiero ayudar a derrotar a nuestro enemigo común, Japón. Razón número dos: al alistarme, me convertiré
en ciudadano. En ciudadano de verdad. Al final, claro.

«Si sale con vida», pensamos los demás.

—Todos los empleados de lavandería se están alistando —añade
al ver nuestra falta de entusiasmo.

—¡Empleados de lavandería! ¡Bah! Hay personas que harían
cualquier cosa para no ser empleados de lavandería. —Tío Wilbert
aspira entre los dientes, preocupado.

—¿Qué has dicho cuando te han preguntado respecto a tu nacionalidad? —inquiere Sam, que siempre teme que descubran a alguno de nosotros y nos deporten a China—. Eres un hijo de papel. ¿Van a venir a buscarnos a todos?

—He admitido mi situación desde el principio. Les dije que llegué aquí con documentos falsos. Pero no mostraron mucho interés por eso. Cuando me preguntaron algo que pensé que podría perjudicaros a los demás, respondí: «Soy huérfano. ¿Quieren que luche o no?»

—Pero ¿no eres demasiado mayor? —tercia tío Charley.

—Según mis documentos, tengo treinta años, aunque en realidad sólo tengo veintitrés. Estoy sano y dispuesto a morir. ¿Por qué no iban a aceptarme?

Unos días más tarde, Edfred entra en el restaurante y anuncia:

—El Ejército me ha dicho que me compre calcetines. ¿Dónde los venden?

Lleva diecisiete años viviendo en Los Ángeles y todavía no sabe dónde ni cómo conseguir los artículos más indispensables. Me ofrezco a acompañarlo a la May Company, pero él dice:

—Quiero ir yo solo. Ahora debo aprender a apañármelas por mi cuenta.

Regresa un par de horas más tarde, cubierto de rasguños y con agujeros en las rodilleras de los holgados pantalones.

—He comprado los calcetines, pero al salir de la tienda, unos tipos me han llevado a empujones a un callejón. Me han tomado por japonés.

Mientras Edfred está en el campamento de entrenamiento de reclutas, padre Louie y yo revisamos todos los artículos de la tienda y retiramos las etiquetas de FABRICADO EN JAPÓN para sustituirlas por otras de PRODUCTO CHINO 100%. Mi suegro empieza a comprar artículos fabricados en México, y de ese modo empieza a competir directamente con los comerciantes de Olvera Street. Aunque parezca extraño, nuestros clientes no advierten la diferencia entre un objeto fabricado en China, Japón o México. Son todos extranjeros, y con eso les basta.

Nosotros también somos extranjeros, y eso nos convierte en sospechosos. Las asociaciones de familias de Chinatown imprimen letreros que rezan: CHINA: VUESTRA ALIADA, para colgar en los escaparates de nuestros negocios, en las ventanas de nuestras casas y en nuestros automóviles, para dejar claro que no somos japoneses. Hacen brazaletes e insignias, que nos ponemos para que no nos ataquen por la calle ni nos detengan para enviarnos a algún campo de internamiento. El gobierno, consciente de que la mayoría de los occidentales creen que todos los orientales se parecen, emite unos certificados especiales que verifican que somos «miembros de la raza china». No podemos bajar la guardia.

Pero cuando Edfred viene de visita a Los Ángeles después de recibir entrenamiento militar, la gente lo saluda por la calle.

—Cuando llevo el uniforme, sé que no van a apalearme en cualquier esquina. Así la gente sabe que tengo tanto derecho como cualquiera a estar aquí —explica—. Ahora ya tengo una tercera razón: en el Ejército me están ofreciendo una oportunidad justa, y no por ser chino, sino por ser un soldado uniformado que lucha por este país.

Ese día compro una cámara y tomo mi primera fotografía. Todavía tengo escondidas mis fotografías de *mama* y *baba*, porque los inspectores de inmigración realizan controles periódicos, pero ver a tío Edfred a punto de irse a la guerra es diferente. Va a luchar por América... y por China. Cuando vuelven los inspectores, les enseño, orgullosa, mi instantánea de tío Edfred: flaco como siempre, con su uniforme, sonriendo a la cámara con la gorra ladeada, después de habernos dicho: «A partir de ahora, llamadme Fred. Se acabó lo de Edfred. ¿Entendido?»

En la fotografía no aparece mi suegro, que estaba a unos metros de tío Edfred, desconsolado y asustado. Mi opinión sobre él ha cambiado en los últimos años. Aquí en Los Ángeles no tiene casi nada: es un ciudadano de tercera clase, se enfrenta a la misma discriminación que sufrimos todos y nunca podrá salir de Chinatown. Ahora su país de adopción, Estados Unidos, también está en guerra con Japón. Como los canales de navegación comercial están cerrados, ya no recibe mercancías de las fábricas de ratán y porcelana que tiene en Shanghai, ni gana dinero trayendo a socios de papel; en cambio, continúa enviando «dinero para té» a sus parientes de Wah Hong, no sólo porque un dólar americano da para mucho en China, sino porque la nostalgia que siente de su país natal nunca ha disminuido. Yen-yen, Vern, Sam, May y yo no tenemos a nadie a quien mandar dinero, así que los envíos de padre Louie son en nombre de todos nosotros, y van dirigidos a los pueblos, los hogares y las familias que hemos perdido.


—Los que no pueden luchar tienen que producir —nos dice tío Charley un día—. ¿Conocéis a los Lee? Se han marchado a la Lockheed a fabricar aviones. Dicen que allí hay sitio para mí, y no precisa-

230

mente preparando *chop suey*. Dicen que cada golpe que dé construyendo aviones será un golpe por la libertad de la tierra de nuestros antepasados y por la tierra de nuestro nuevo hogar.

—Pero tu inglés...

—Mi inglés no le importa a nadie mientras trabaje duro. Mira, Pearl, tú también podrías emplearte allí. Los Lee se han llevado a sus hermanas a trabajar con ellos. Ahora Esther y Bernice ponen remaches en las puertas de los bombarderos. ¿Quieres saber cuánto dinero ganan? Sesenta centavos por hora durante el día, y sesenta y cinco en el turno de noche. ¿Sabes cuánto voy a ganar? —Se frota los ojos; los tiene muy hinchados a causa de la alergia, y deben de dolerle—. Ochenta y cinco centavos por hora. Es decir, treinta y cuatro dólares por semana. Es un buen salario, Pearl.

En mi fotografía, tío Charley está sentado a la barra, con la camisa remangada, con un trozo de pastel delante y el delantal y el gorro de papel en un taburete vacío.

—¿Qué va a hacer mi hijo en la guerra? —se pregunta mi suegro cuando Vern, que en junio pasado se graduó en el instituto, donde no lo querían y no se tomaban la molestia de enseñarle nada, recibe su orden de reclutamiento—. Está mucho mejor en casa. Sam, ve con él y asegúrate de que lo entiendes.

—Lo acompañaré —dice Sam—, pero yo voy a alistarme. Yo también quiero ser ciudadano de verdad.

Padre Louie no intenta disuadirlo. La ciudadanía es importante, y el riesgo de ser interrogado puede afectar a mucha gente. Sin embargo, todos sabemos qué guerra es ésta. Estoy orgullosa de Sam, pero eso no significa que no esté preocupada. Cuando Sam y Vern regresan al apartamento, comprendo de inmediato que las cosas no han ido bien. A Vern lo han rechazado por razones obvias; en cambio, sorprendentemente, a Sam lo han clasificado como 4-F, no capacitado para el servicio militar.

—Me declaran inútil por tener los pies planos, pero bien que podía tirar de un *rickshaw* por las calles de Shanghai —se lamenta cuando nos quedamos a solas en nuestra habitación.

Una vez más, se siente denigrado y menospreciado. En muchos aspectos, sigue «tragando hiel».

Poco después, mi hermana toma una fotografía. En ella se aprecia cómo ha cambiado el apartamento desde que las tres llegamos aquí. En las ventanas hay persianas de bambú que pueden bajarse para tener más intimidad. En la pared del sofá hay cuatro calendarios que representan las cuatro estaciones; nos los regalaron hace cuatro años en el mercado Wong On Lung. El venerable Louie está sentado en una silla de madera, con aire ensimismado y solemne. Sam mira por la ventana; tiene la espalda erguida gracias a su ventilador de hierro, pero por su expresión se diría que acaba de recibir un puñetazo. Vern —satisfecho en compañía de su familia— está repantigado en el sofá con un avión en miniatura en las manos. Yo estoy sentada en el suelo, pintando una pancarta para anunciar la venta de bonos de guerra en China City y el Nuevo Chinatown. Joy está cerca de mí, confeccionando una bola de gomas elásticas. Yen-yen estruja trozos de papel de aluminio usado para formar bloques compactos. Más tarde llevaremos todo eso al Instituto Belmont y lo depositaremos en las cajas de colecta.

Para mí, esta fotografía muestra cómo nos sacrificamos, cada uno en su medida. Por fin podemos permitirnos una lavadora, pero no la compramos porque el metal escasea. Promocionamos el boicot a las medias de seda japonesas y llevamos medias de algodón, aplicándonos el lema: «Sé moderna, usa hilo de Escocia.» Por toda la ciudad se ven mujeres que se han unido al Movimiento Anti-seda. Todos padecemos la escasez de café, ternera, azúcar, harina y leche, pero en los bares y restaurantes chinos sufrimos aún más, porque los ingredientes como el arroz, el jengibre, las setas oreja de Judas y la salsa de soja ya no cruzan el Pacífico. Aprendemos a sustituir las castañas de agua por manzana cortada en trozos. Compramos arroz cultivado en Texas en lugar del aromático arroz de jazmín de China. A la margarina le agregamos un chorrito de colorante alimentario amarillo, la amasamos y la ponemos en moldes alargados para que parezca mantequilla cuando la cortamos en porciones en el restaurante. Sam consigue huevos en el mercado negro, a cinco dólares la caja. Guardamos la grasa del beicon en una lata de café, bajo el fregadero, y la llevamos al centro de colectas, donde nos han dicho que la emplearán en la producción de armamento. Ya no estoy resentida por pasar tanto tiempo pelando guisantes y ajos en el restaurante, porque ahora damos de comer a nuestros soldados, y tenemos que hacer cuanto podamos por ellos. En casa empezamos a tomar platos americanos —cerdo con judías, bocadillos calientes de fiambre con queso y rodajas de cebolla, atún con salsa de champiñones, y estofados hechos con polvitos Bisquick— que amplían nuestro abanico de ingredientes.

・ ・ ・

Instantánea: la fiesta de recaudación de fondos del Año Nuevo chino. Instantánea: la fiesta de recaudación de fondos del 10 de octubre. Instantánea: la Noche de China, con nuestras estrellas de cine favoritas. Instantánea: el Desfile del Cuenco de Arroz, en que las mujeres de Chinatown llevan una gigantesca bandera china, sujeta por los bordes, con la que recogen las monedas que les lanzan los transeúntes. Instantánea: el Festival de la Luna, en el que Anna May Wong y Keye Luke ejercen de maestros de ceremonia. Barbara Stanwyck, Dick Powell, Judy Garland, Kay Kyser y Laurel y Hardy saludan a la multitud. William Holden y Raymond Massey se pasean con aire elegante y desenvuelto, mientras las chicas de la banda de tambores Mei Wah desfilan formando una *V* de Victoria. Con el dinero recaudado se compra material médico, mosquiteras, máscaras antigás y artículos de primera necesidad para los refugiados, así como ambulancias y aviones, que se envían al otro lado del Pacífico.

Instantánea: Chinatown Canteen. May posa con los soldados, marineros y aviadores que, aprovechando las paradas de sus trenes, salen de la Union Station, cruzan la Alameda y visitan la cantina. Esos muchachos han venido de todos los rincones del país. Muchos de ellos jamás habían visto un chino, y dicen cosas como «¡Atiza!» y «¡Recórcholis!»; nosotros adoptamos esas expresiones y también las utilizamos. Instantánea: yo rodeada de aviadores enviados por Chiang Kai-shek a entrenarse en Los Ángeles. Es maravilloso oír sus voces, tener noticias de primera mano de nuestro país natal, y saber que China sigue luchando con valentía. Instantánea, instantánea, instantánea: Bob Hope, Frances Langford y Jerry Colonna vienen a actuar a la cantina. Muchachas de entre dieciséis y dieciocho años —ataviadas con delantal blanco, camisa roja, zapatos con cordones y calcetines rojos— se ofrecen voluntarias para bailar con los muchachos, repartir bocadillos y escuchar a quien lo necesite.

En mi fotografía favorita aparecemos May y yo en la cantina un sábado por la noche, poco antes de la hora de cierre. Llevamos gardenias en el cabello, que nos cae en suaves rizos alrededor de los hombros. Nuestros pronunciados escotes dejan al descubierto bastante piel, pero al mismo tiempo parecen infantiles y castos. Los vestidos son cortos, y no llevamos medias. Pese a que somos mujeres casadas, parecemos guapas y alegres. May y yo sabemos qué significa vivir una guerra, y no se parece en nada a vivir en Los Ángeles.

En los quince meses siguientes pasa mucha gente por la ciudad: soldados que van al teatro de operaciones del océano Pacífico o vuelven de él; esposas e hijos que viajan para visitar a sus esposos y padres, quienes se recuperan en hospitales militares; y diplomáticos, actores y vendedores de todo tipo que participan en las campañas civiles solidarias. Nunca pienso que veré a alguien conocido, pero un día, en el restaurante, una voz masculina pronuncia mi nombre:

—¿Pearl Chin? ¿Eres tú?

Me quedo mirando con fijeza al hombre que está sentado a la barra. Lo conozco, pero mis ojos se resisten a reconocerlo, porque siento una profunda y repentina humillación.

—¿No eres Pearl Chin, la muchacha que vivía en Shanghai? Tú conocías a mi hija Betsy.

Le pongo delante un plato de *chow mein*, me doy la vuelta y me seco las manos con un trapo. Si este hombre es, verdaderamente, el padre de Betsy —y lo es—, se tratará de la primera persona de mi pasado que vea cuán bajo he caído. Antes, yo era una chica bonita cuyo rostro decoraba las paredes de Shanghai. Era lo bastante lista y elegante para que me dejaran entrar en la casa de este hombre. Convertí a su hija, una joven sin ninguna gracia, en una persona con cierto estilo. Ahora soy la madre de una niña de cinco años, la esposa de un conductor de *rickshaw*, y la camarera de un restaurante de una atracción turística. Ofrezco una sonrisa forzada y me doy la vuelta de nuevo.

—Señor Howell. Me alegro mucho de volver a verlo.

Pero él no parece alegrarse mucho de verme. Lo encuentro triste y envejecido. Quizá yo me sienta humillada, pero su pena no tiene nada que ver con lo que yo siento.

—Fuimos a buscarte. —Se inclina sobre la barra y me agarra el brazo—. Creíamos que habías muerto en uno de los bombardeos, pero estás aquí.

—¿Y Betsy?

—Está en un campo japonés, cerca de la pagoda Lunghua.

El recuerdo del día que May y yo fuimos a volar cometas con Z.G. pasa, fugaz, por mi mente, pero digo:

—Pensaba que la mayoría de los americanos habían salido de Shanghai antes de...

—Betsy se casó —dice el señor Howell con tristeza—. ¿No lo sabías? Con un joven que trabajaba para la Standard Oil. Cuando mi mujer y yo nos marchamos, ellos se quedaron en Shanghai. Ya sabes cómo funciona el negocio del petróleo.

Salgo de detrás de la barra y me siento en un taburete junto a él, consciente de las miradas de curiosidad que me lanzan Sam, tío Wilburt y los otros empleados del restaurante. Me molesta que nos miren de esa forma —con la boca abierta, como mendigos callejeros—, pero el padre de Betsy no parece reparar en ello. Me gustaría decir que no me siento una desgraciada, pero admito que ese sentimiento está oculto bajo mi piel. Llevo casi cinco años en este país y todavía no he aceptado por completo mi situación. Es como si, al ver este rostro del pasado, todo lo bueno de mi vida actual quedara reducido a nada.

Seguramente el padre de Betsy todavía trabaja para el Departamento de Estado, así que quizá se haya percatado de mi desasosiego. Por fin rompe el silencio:

—Tuvimos noticias de Betsy después de que Shanghai se convirtiera en la Isla Solitaria. Pensábamos que estaría a salvo, porque se encontraba en territorio británico. Pero después del ocho de diciembre ya no pudimos hacer nada para recuperarla. Ahora los canales diplomáticos no funcionan muy bien. —Se queda contemplando su taza de café y sonríe con nostalgia.

—Betsy es fuerte —aseguro para animarlo—. Betsy siempre ha sido lista y valiente. —¿Es verdad lo que digo? Recuerdo que ella hablaba muy acaloradamente de política cuando lo único que May y yo queríamos era beber otra copa de champán o danzar un rato más en la pista de baile.

—Eso es lo que nos decimos mi esposa y yo.

—Lo único que pueden hacer es confiar en que todo vaya bien.

El señor Howell suelta un suspiro de resignación.

—No has cambiado nada, Pearl. Siempre le buscas el lado bueno a todo. Por eso te iban tan bien las cosas en Shanghai. Por eso saliste de allí antes de que empeorara la situación. Todas las personas inteligentes salieron a tiempo.

Como no digo nada, él se queda mirándome. Al cabo, dice:

—Estoy aquí por la visita de madame Chiang Kai-shek. La acompaño en su gira americana. La semana pasada estuvimos en Washington, donde pidió al Congreso dinero para ayudar a China en su lucha contra nuestro enemigo común, y recordó a los congresistas que China y Estados Unidos no pueden ser verdaderos aliados mientras siga vigente la Ley de Exclusión. Esta semana hablará en el Hollywood Bowl y...

—Participará en un desfile aquí, en Chinatown.

—Veo que estás al corriente.

—Iré al Bowl. Iremos todos; estamos deseando que ella venga aquí.

Al oírme hablar en plural, el señor Howell se fija en su entorno por primera vez. Advierto cómo sus tristes ojos ven más allá de sus recuerdos de una chica que quizá nunca existió. Repara en las manchas de mi ropa, en las diminutas arrugas que tengo alrededor de los ojos y en mis agrietadas manos. Luego se fija en lo pequeño que es el restaurante, en las paredes pintadas de color amarillo vómito, en el polvoriento ventilador que gira en el techo, y en los hombres enjutos, con brazaletes que rezan NO SOY JAPONÉS, que lo miran boquiabiertos, como si él fuera una criatura surgida del fondo del mar.

—Mi mujer y yo vivimos en Washington —dice, escogiendo las palabras—. Betsy se enfadaría mucho conmigo si no te invitara a venir a casa. Puedo conseguirte un empleo. Con tu facilidad para los idiomas, podrías ayudar mucho en las campañas civiles solidarias.

—Mi hermana está aquí conmigo —replico sin pensar.

—Tráete también a May. Tenemos mucho sitio. —Aparta su plato de *chow mein*—. No me gusta imaginarte aquí. Estás...

Es curioso, pero en ese momento lo veo todo con claridad. ¿Estoy destrozada? Sí. ¿Me he convertido en una víctima? Sí, en cierta manera. ¿Tengo miedo? Siempre. ¿Todavía ansío, en el fondo, largarme de aquí? Por supuesto que sí. Pero no puedo. Sam y yo hemos construido una vida para Joy. No es perfecta, pero es algo. La felicidad de mi familia significa para mí más que la posibilidad de empezar de nuevo.

Aunque en las fotografías se me vea sonreír, en la de este día aparezco en mi peor momento. El señor Howell —con abrigo y sombrero de fieltro— y yo posamos junto a la caja registradora, donde he enganchado un letrero hecho a mano que reza: CUALQUIER PARECIDO CON LOS JAPONESES ES PURAMENTE OCCIDENTAL. Normalmente nuestros clientes lo encuentran graciosísimo, pero en la fotografía no se ve a nadie sonreír. Aunque es una fotografía en blanco y negro, casi veo el rubor de vergüenza que colorea mis mejillas.

Unos días más tarde, toda la familia sube a un autobús y va al Hollywood Bowl. Como Yen-yen y yo hemos trabajado mucho recaudando dinero para el Fondo Chino de Ayuda, nuestra familia consigue buenos asientos detrás de la fuente que separa el escenario del público. Cuando madame Chiang sube al escenario con un *cheongsam* de brocado, aplaudimos con brío. Es hermosa, una visión espléndida.

—Ruego a las mujeres que están hoy aquí que se eduquen y se interesen por la política, tanto la de aquí como la de su país natal —proclama—. Ustedes pueden hacer que gire la rueda del progreso sin poner en peligro su papel de madres y esposas.

Escuchamos con atención cuando nos pide a nosotros y a los americanos que ayudemos a respaldar al Movimiento Femenino y a recaudar dinero para él, pero durante el discurso no paramos de admirar su aspecto. Mis ideas sobre la ropa vuelven a cambiar. Ahora entiendo que el *cheongsam*, que he tenido que llevar para complacer a los turistas de China City y cumplir las condiciones impuestas por la señora Sterling, también puede ser un símbolo de patriotismo y modernidad.

Cuando May y yo volvemos a casa, sacamos nuestros más valiosos *cheongsams* y nos los ponemos. Inspiradas por madame Chiang, queremos ser tan elegantes y leales a China como sea posible. Al instante volvemos a convertirnos en chicas bonitas. Sam nos toma una fotografía, y por un momento nos parece estar de nuevo en el estudio de Z.G. Pero más tarde me pregunto por qué no se nos ocurrió pedirle a Sam que nos tomara una fotografía a Yen-yen y a mí cuando nos invitaron a estrecharle la mano a madame Chiang Kai-shek.

Tom Gubbins se jubila y le vende su compañía a padre Louie. La empresa pasa a llamarse Golden Prop and Extras Company. Padre Louie pone a May al frente del negocio, pese a que ella no tiene ni idea de cómo dirigirlo. Ahora mi hermana gana 150 dólares semanales trabajando de directora técnica; su labor consiste en proporcionar a los estudios cinematográficos extras, trajes, piezas de atrezo, traductores y consejos. Sigue actuando en infinidad de películas, que ahora viajan por todo el mundo y se exhiben ante millones de espectadores para demostrar lo malvados que son los japoneses. Interpreta a personajes poco importantes: una desafortunada criada china, la sirvienta de un coronel, una campesina a la que salvan las misioneras blancas. Pero May es famosa, sobre todo, por los papeles en que grita, y, como la guerra continúa, ha interpretado a innumerables víctimas en *Tras el sol naciente*, *Bombas sobre Birmania*, *Mi encantadora esposa* (donde una americana intenta introducir a unos huérfanos chinos en Estados Unidos) y *China*, con el reclamo: «Alan Ladd y veinte chicas ¡atrapados por los crueles japoneses!» May tiene éxito en diferentes estudios, sobre todo en MGM. «Me llaman la cantonesa histriónica», se vanagloria. Se jacta de que en una ocasión ganó cien dólares en un solo día gracias a sus espectaculares gritos.

Más adelante, MGM le pide que busque extras para el rodaje de *La estirpe del dragón*, que se estrenará en el verano de 1944. May se pone en contacto con el cineclub chino de la esquina de Main y Alameda, frecuentado por miembros del Gremio de Extras Cinematográficos Chinos; se lleva una comisión del diez por ciento por cada extra contratado, y además trabaja en la película.

—He intentado que la Metro le diera a Keye Luke un papel de capitán japonés, pero no quieren arruinar su imagen de Hijo Número Uno de Charlie Chan —me explica—. Han encontrado la gallina de los huevos de oro, y no quieren echarla a perder. No es fácil cubrir todos los papeles. Necesito centenares de personas para los campesinos chinos. Para los soldados japoneses, el estudio me ha sugerido que contrate a camboyanos, filipinos y mexicanos.

Desde la noche que pasé en aquel plató cinematográfico, me debato entre la aversión que le tengo a Haolaiwu y mi deseo de reunir dinero para mi hija. Joy ha trabajado sin parar desde que empezó la guerra, y ya tengo mucho dinero ahorrado para costear sus estudios. Mi oportunidad para apartarla de ese mundo llega una noche, cuando vuelve con May del plató. Joy entra llorando y se va derecha a nuestra habitación, donde ahora tiene una camita en un rincón. May está furiosa. Yo también me enfado con Joy a veces, ¿qué madre no se enfada nunca con sus hijos?, pero es la primera vez que veo a May enfadada con mi hija.

—Tenía un papel estupendo para Joy como Tercera Hermana —dice furibunda—. Me encargué de que le dieran un traje bonito, y estaba preciosa. Pero justo antes de que el director la llamara, Joy se fue al lavabo. ¡Ha perdido su oportunidad! Y además, me ha puesto en ridículo. ¿Cómo ha podido hacerme eso?

—¿Cómo? —replico—. Tiene cinco años. Necesitaba ir al baño.

—Ya lo sé, ya lo sé —dice May negando con la cabeza—. Pero yo estaba muy ilusionada con ese papel.

No dejo escapar esta oportunidad:

—Pondremos a Joy a trabajar un tiempo con sus abuelos en una tienda. Así aprenderá a valorar más todo lo que haces por ella.

No añado que no dejaré que Joy vuelva a Haolaiwu, que en septiembre irá a una escuela americana, ni que no sé cómo voy a ahorrar el dinero necesario para que vaya a la universidad, pero May está tan furiosa que no pone pegas.

*La estirpe del dragón* sigue siendo lo más destacado de la carrera de May. Una de las posesiones más valiosas de mi hermana es la fotografía en que aparece con Katharine Hepburn en el plató. Ambas van vestidas de campesinas chinas. A la Hepburn le han achinado los ojos con esparadrapo y se los han maquillado con abundante perfilador negro. La famosa actriz no parece china ni por asomo, pero tampoco lo parecen Walter Huston ni Agnes Moorehead, que también tienen papeles principales en la película.

Pongo sobre mi cómoda una fotografía de Joy en el puesto de zumo de naranja que le hemos montado delante del Golden Dragon Café. Está rodeada de soldados que, en cuclillas, le hacen una señal de aprobación con el pulgar. Esa fotografía captura un momento concreto, pero es una escena que se repite día tras día, noche tras noche. A los soldados les encanta ver a mi hijita —que lleva unos pijamas de seda muy monos y el cabello recogido en coletas— exprimiendo naranjas. Pueden beber todo el zumo que quieran por diez centavos. Algunos toman tres o cuatro vasos sólo por el placer de contemplar a nuestra Joy, que, muy concentrada, frunce los labios y exprime sin parar. A veces miro esa fotografía y me pregunto si ella sabe lo duro que trabaja. ¿O lo ve como un descanso de los interminables rodajes y las exigencias de su tía? Otra ventaja: si los hombres se paran a contemplar a esta niñita china —una curiosidad— y se beben su zumo de naranja, que no los envenena, quizá entren a comer algo en el restaurante.

El 1 de septiembre preparo a Joy para ir al parvulario. Ella preferiría ir a la escuela Castelar de Chinatown, con Hazel Yee y los otros niños del vecindario. Pero Sam y yo no queremos que nuestra hija vaya al centro donde Vern aprobó todos los cursos aunque no aprendiera a leer, escribir ni sumar. Nosotros queremos que Joy progrese. Queremos que estudie fuera de Chinatown, y eso significa que Joy tendrá que decir que vive en otro barrio. También hay que enseñarle la historia oficial de la familia. Las mentiras de padre Louie sobre su ciudadanía pasaron a Sam, a los tíos y a mí. Ahora esas mentiras pasan a la tercera generación. Joy deberá tener mucho cuidado cuando solicite una plaza escolar o un empleo, incluso un certificado de matrimonio. Todo eso empieza ahora. Durante semanas ensayamos con ella como si se dispusiera a ser interrogada en Angel Island: ¿En qué calle vives? ¿A qué altura? ¿Dónde nació tu padre? ¿Por qué regresó a China de niño? ¿En qué trabaja tu padre? No le aclaramos qué es verdad y qué es mentira. Es mejor que Joy sólo maneje una falsa verdad.

—Todas las niñas deben saber estas cosas sobre sus padres —le explico mientras la arropo en su cama la noche anterior a su primer día de clase—. No le digas a tu maestra nada más que lo que te hemos dicho.

Al día siguiente, Joy se pone un vestido verde, un jersey blanco y unas medias rosa. Sam me fotografía con ella en el portal de nuestro edificio. La niña lleva una fiambrera nueva con el dibujo de una sonriente vaquera que saluda con la mano, montada a horcajadas en su fiel caballo. Contemplo a Joy con amor materno. Estoy orgullosa de ella, y de todos nosotros, por haber llegado tan lejos.

Sam y yo la llevamos en tranvía a la escuela de primaria. Rellenamos los formularios y mentimos respecto a nuestro domicilio. Luego acompañamos a Joy hasta su aula. Sam le coge una mano y la acerca a la señorita Henderson, quien se queda mirándola y pregunta:

—¿Por qué no os volvéis todos los extranjeros a vuestros países?

¡Tal cual! ¿Os imagináis? Tengo que contestar antes de que Sam descifre lo que la maestra acaba de decir.

—Porque éste es su país —respondo, imitando el acento de las madres británicas a las que veía paseando por el Bund con sus hijos—. Joy nació aquí.

Dejamos a nuestra hija con esa mujer. Sam no abre la boca mientras volvemos en tranvía a China City, pero al llegar al restaurante, con voz quebrada por la emoción, me dice al oído:

—Si le hacen algo, nunca se lo perdonaré y nunca me lo perdonaré a mí mismo.

Una semana más tarde, cuando voy a la escuela a recoger a Joy, la encuentro llorando en la acera.

—La señorita Henderson me ha enviado al despacho de la subdirectora —me explica mientras las lágrimas resbalan por sus mejillas—. Me han hecho muchas preguntas. Yo he contestado como me enseñaste, pero ella me ha llamado mentirosa y dice que no puedo volver.

Voy al despacho de la subdirectora, pero ¿qué puedo hacer o decir para que se retracte?

—Estamos muy atentos a estas infracciones, señora Louie —declara la robusta subdirectora—. Además, es evidente que su hija no pinta nada aquí. Llévela a la escuela de Chinatown. Allí será más feliz.

Al día siguiente llevo a Joy a la escuela Castelar, a sólo dos manzanas de nuestro edificio, en pleno corazón de Chinatown. Veo a niños de China, México, Italia y otros países europeos. Su maestra, la señorita Gordon, sonríe al darle la mano a Joy; la acompaña al aula y cierra la puerta. En las semanas y los meses siguientes, Joy —a la que hemos educado para que sea obediente y se abstenga de hacer cosas disparatadas como ir en bicicleta, y a la que nuestros vecinos regañan por reír demasiado fuerte— aprende a jugar a la rayuela y las tabas y a saltar al potro. Está contenta de ir a la misma clase que su mejor amiga, y la señorita Gordon parece una persona encantadora.

En casa hacemos cuanto podemos. Por mi parte, eso significa hablar en inglés con Joy siempre que sea posible, porque tendrá que ganarse la vida en este país y porque es americana. Cuando su padre, sus abuelos o sus tíos le hablan en sze yup, ella contesta en inglés. De paso, así Sam mejora su comprensión, aunque no la pronunciación. Sin embargo, los tíos siempre se ríen de Joy porque va a la escuela.

—Para las niñas, la educación sólo es un problema —advierte tío Wilburt—. ¿Qué quieres hacer? ¿Escapar de nosotros?

Su abuelo se convierte en mi aliado. Hace mucho, padre Louie nos amenazó a May y a mí con que si delante de él hablábamos cualquier lengua que no fuera sze yup, tendríamos que poner una moneda de cinco centavos en un tarro. Ahora le dice a Joy una cosa parecida:

—Si te oigo hablar otra cosa que no sea inglés, tendrás que poner una moneda de cinco centavos en mi tarro.

Joy habla inglés casi tan bien como yo, pero sigo sin imaginar cómo podrá liberarse completamente de Chinatown.

A finales de otoño, nos reunimos alrededor de la radio y nos enteramos de que el presidente Roosevelt ha pedido al Congreso que revoque la Ley de Exclusión que afecta a los chinos. «Las naciones, como los individuos, cometen errores. Debemos ser lo bastante honrados para reconocer nuestros errores del pasado y corregirlos.» Unas semanas más tarde, el 17 de diciembre de 1943, quedan revocadas todas las leyes de exclusión, tal como había insinuado el padre de Betsy.

Escuchamos el programa de Walter Winchell, quien anuncia:

«Keye Luke, el Hijo Número Uno de Charlie Chan, no ha podido ser el chino número uno en conseguir la nacionalidad estadounidense.»

Keye Luke está trabajando en una película ese día, así que un médico chino de Nueva York se convierte en el primer chino que consigue la nacionalidad. Sam celebra ese feliz momento tomando una fotografía de su hija con una mano en la cadera y la otra apoyada en la radio. ¡Nada de *cheongsams* para Joy! Desde que empezó la escuela y le regalamos esa fiambrera, a la niña le encantan las vaqueras y los trajes de vaquera. Su abuelo hasta le ha comprado unas botas camperas en Olvera Street, y una vez que Joy se pone el traje ya no hay manera de quitárselo. Sonríe, alegre. Aunque el resto de la familia no aparece en la fotografía, siempre recordaré que todos sonreíamos con ella.

Después de ese día, Sam y yo nos planteamos solicitar la nacionalidad, pero tenemos miedo, como muchos hijos de papel y las esposas que se colaron en el país con ellos.

—Yo ya tengo la ciudadanía tras hacerme pasar por hijo biológico de padre Louie. Tú tienes tu certificado de identidad por estar casada conmigo. ¿Por qué arriesgarnos a perder lo que tenemos? ¿Cómo vamos a confiar en el gobierno cuando a nuestros vecinos japoneses los envía a campos de internamiento? —me pregunta Sam—. ¿Cómo vamos a confiar en el gobierno si los *lo fan* nos miran como si fuésemos bichos raros, o como si fuésemos japoneses?

May no se encuentra en la misma situación que nosotros. Ella está casada con un ciudadano americano de verdad, y lleva cinco años viviendo en el país. Se convierte en la primera persona de nuestro edificio que consigue la nacionalidad.


Transcurren los meses y la guerra continúa. Procuramos llevar una vida lo más normal posible pensando en Joy, y nuestros esfuerzos obtienen su compensación. A Joy le va tan bien en la escuela que sus maestras de parvulario y de primer curso la recomiendan para un programa especial de segundo curso. Trabajo con Joy todo el verano para prepararla, y hasta la señorita Gordon —que ha mostrado un gran interés por sus progresos— viene al apartamento una vez a la semana para ayudarla con sus ejercicios de matemáticas y de comprensión de textos.

Quizá le esté exigiendo demasiado, porque la niña sufre un fuerte resfriado de verano. Luego, dos días después del bombardeo de Hiroshima, su resfriado se agrava. Tiene fiebre alta, se le inflama mucho la garganta y tose tanto que vomita. Yen-yen va al herborista, que le prepara una infusión amarga. Al día siguiente, mientras estoy trabajando, Yen-yen vuelve a llevar a Joy al herborista, que le insufla unas hierbas pulverizadas en la garganta. Sam y yo oímos por la radio que han lanzado otra bomba, esta vez sobre Nagasaki. El locutor dice que la destrucción causada por la bomba es terrible y muy extensa. Las autoridades de Washington son optimistas respecto al fin de la guerra.

Sam y yo cerramos el restaurante y vamos a toda prisa al apartamento, deseosos de compartir la noticia con el resto de la familia. Cuando llegamos, vemos que a Joy se le ha inflamado tanto la garganta que está empezando a ponerse morada. En otros sitios, la gente está contenta —muchos hijos, hermanos y maridos volverán pronto a casa—, pero Sam y yo estamos muy asustados y sólo podemos pensar en Joy. Queremos llevarla a que la vea un médico occidental, pero no conocemos a ninguno, y no tenemos coche. Estamos hablando de cómo encontrar un taxi cuando llega la señorita Gordon. En medio del alboroto por la noticia de las bombas, y angustiados por el estado de Joy, hemos olvidado que hoy nuestra hija tenía clase. En cuanto la señorita Gordon ve a Joy, me ayuda a envolverla en una manta, y luego la lleva en su coche al Hospital General, donde, según dice, «atienden a personas como ustedes». Pocos minutos después de llegar al hospital, un médico le practica una incisión en el cuello para que pueda respirar.

Menos de una semana después del encuentro de Joy con la muerte, termina la guerra, y Sam —conmocionado por haber estado tan cerca de perder a su hija— aparta trescientos dólares de nuestros ahorros y compra un Chrysler de segunda mano. Es un coche viejo y abollado, pero es nuestro. En la última fotografía de los años de la guerra, Sam está al volante del Chrysler; Joy, sentada en el parachoques; y yo, de pie junto a la puerta del pasajero. Nos disponemos a dar nuestro primer paseo dominical en coche.

# Diez mil felicidades

—Una gardenia por quince centavos —recita una melodiosa voz—. Dos por veinticinco centavos.

La niña situada detrás de la mesa es adorable. Su negro cabello reluce bajo las luces de colores, su sonrisa te cautiva, sus dedos parecen mariposas. Mi hija, mi Joy, tiene su propio «lugar de negocio», como ella lo llama, y lo lleva estupendamente para ser una niña de diez años. Los fines de semana, desde las seis de la tarde hasta medianoche, vende gardenias delante del restaurante, donde puedo vigilarla; pero ella no necesita que la protejan. Es un Tigre: valiente. Es mi hija: tenaz. Es la sobrina de su tía: hermosa. Tengo una buena noticia. Quiero hablar a solas con May para contársela, pero al ver a Joy vendiendo gardenias, ambas nos quedamos extasiadas y paralizadas.

—Mira qué preciosa es —susurra May—. Y qué bien lo hace. Estoy contenta de que le guste y de que gane algo de dinero. Al final todo ha salido bien, ¿verdad?

May está muy guapa esta noche: parece la esposa de un millonario con su vestido de seda roja. Viste muy bien, porque puede permitirse el lujo de gastar a su antojo el dinero que gana. Hace poco cumplió veintinueve años. ¡Cómo lloraba! Parecía que cumpliera ciento veintinueve. Pero para mí sigue siendo la misma que cuando éramos chicas bonitas. Sin embargo, ella está muy preocupada por los kilos de más y las arrugas. Últimamente, llena su almohada de hojas de crisantemo para despertar con los ojos limpios e hidratados.

—China City es una atracción turística, de modo que ¿quién puede vender más? Pues el más pequeño y el más mono —coincido—. Y Joy es muy lista. Está muy atenta para que no le roben nada.

—Por un centavo más, canto *God Bless America* —le dice Joy a una pareja que se ha parado junto a su mesa.

Sin esperar respuesta, se pone muy seria y empieza a cantar con voz alta y clara. En la escuela americana ha aprendido todas las canciones patrióticas —*My Country, 'Tis of Thee* y *You're a Grand Old Flag*—, además de temas como *My Darling Clementine* y *She'll Be Comin' Round the Mountain*—. En la Misión Metodista China de Los Angeles Street ha aprendido a cantar *Jesus Is All the World to Me* y *Jesus Loves Even Me* en cantonés. Entre el trabajo, la escuela americana y la escuela china —a la que asiste de lunes a viernes de cuatro y media a siete y media, y los sábados de nueve a doce—, es una niñita atareada pero feliz.

Joy me mira y sonríe mientras le tiende una mano a la pareja. Este truco —hacer pagar al cliente por cosas que quizá no quiera— lo ha aprendido de su abuelo. El marido le pone unas monedas en la palma y ella cierra la mano, rápida como un mono. Mete las monedas en una lata y le da una gardenia a la mujer. Una vez que ha terminado con un cliente, Joy lo despide rápidamente; eso también lo ha aprendido de su abuelo. Todas las noches cuenta el dinero y se lo entrega a Sam, que cambia las monedas por billetes; luego él me da esos billetes para que los guarde con el dinero para la universidad de la niña.

—Quince centavos por una gardenia —canturrea con expresión solemne pero encantadora—. Dos por veinticinco centavos.

Entrelazo un brazo con el de mi hermana.

—Vamos a tomar una taza de té. Joy no nos necesita.

—Pero no en el restaurante, ¿de acuerdo? —A May no le gusta que la vean en el restaurante, porque ya no tiene suficiente categoría para ella.

—De acuerdo.

Le hago una seña a Sam, que está detrás de la barra cocinando algo en un *wok*. Sam ha ascendido a segundo cocinero, pero puede vigilar a nuestra hija mientras yo tomo un té con May.

Recorremos las callejuelas de China City hacia la tienda de trajes y piezas de atrezo que ella heredó de Tom Gubbins. Hace diez años que llegamos a Los Ángeles; hace diez años que pisamos China City. La primera vez que entré por la puerta de la Gran Muralla en miniatura no tenía ninguna conexión con este sitio. Ahora nos sentimos como en casa: es un lugar conocido, cómodo y muy querido. Ésta no es la China de mi pasado —las bulliciosas calles de Shanghai, los mendigos, la diversión, el champán, el dinero—, pero aquí encuentro cosas que me la recuerdan: los risueños turistas, los tenderos ataviados con trajes tradicionales, los olores provenientes de los bares y restaurantes, y la despampanante mujer que va a mi lado y que resulta que es mi hermana. Mientras caminamos, veo mi imagen reflejada en los escaparates y me transporto a nuestra infancia: recuerdo cómo nos vestíamos en nuestra habitación y nos mirábamos en el espejo, cómo contemplábamos nuestros retratos de chicas bonitas colgados en las paredes, cómo íbamos juntas por la calle Nanjing y nos sonreíamos en los escaparates, y cómo Z.G. capturaba y pintaba nuestra belleza perfecta.

Ahora hemos cambiado. Yo tengo treinta y dos años y ya no soy una madre inexperta, sino una mujer satisfecha consigo misma. Mi hermana está en la flor de la vida. En su interior todavía arde el deseo de que la miren y admiren. Cuanto más lo alimenta, más necesita. Nunca está satisfecha. Lleva esa enfermedad en los huesos desde que nació; es una Oveja y necesita que la cuiden, la acaricien y admiren. No es Anna May Wong y nunca lo será, pero sigue trabajando en películas y consigue papeles más variados —de cajera antojadiza, doncella risueña pero inepta, estoica esposa de un empleado de lavandería— que cualquier otro habitante de Chinatown. Eso la convierte en una estrella del vecindario, y en una estrella para mí.

Abre la puerta de su tienda y enciende una lámpara, y de pronto nos encontramos rodeadas de las sedas, los bordados y las plumas de martín pescador del pasado. Mi hermana prepara té, lo sirve y entonces me pregunta:

—¿Y bien?, ¿qué es eso que ansías contarme?

—Diez mil felicidades —digo—. Estoy embarazada.

May da una palmada.

—¿En serio? ¿Estás segura?

—He ido al médico. —Sonrío—. Dice que es seguro.

May se levanta y me abraza. Luego se aparta y dice:

—Pero ¿cómo? Creía que...

—Tenía que intentarlo, ¿no? Ya hace tiempo que el herborista me dio bayas de goji, ñame chino y sésamo negro para la sopa y otros platos.

—Es un milagro.

—Más que un milagro. Era tan improbable, tan imposible...

—Me alegro mucho, Pearl. —Su alegría es un reflejo de la mía—. Cuéntamelo todo. ¿De cuánto estás? ¿Cuándo nacerá el bebé?

—Estoy de dos meses.

—¿Ya se lo has dicho a Sam?

—Eres mi hermana. Quería contártelo a ti primero.

—¡Un hijo! —exclama, y sonríe—. ¡Vas a tener un precioso hijo varón!

Todo el mundo tiene ese deseo, y me sonrojo de placer con sólo oír esa palabra: varón.

Luego el rostro de May se ensombrece.

—¿Estás segura de que puedes?

—Creo que sí, aunque el médico dice que soy demasiado mayor, y además están mis cicatrices.

—Hay mujeres mayores que tú que tienen hijos —replica ella, pero eso no es lo mejor que podría decirme, teniendo en cuenta que muchas veces achacamos los problemas de Vern a la edad de Yen-yen. May esboza una mueca al reparar en la falta de tacto de su comentario. No me pregunta nada sobre mis cicatrices, porque nunca hablamos de cómo me las hice, así que empieza a hacerme preguntas más típicas sobre mi estado—. ¿Tienes mucho sueño? ¿Tienes mareos? Recuerdo que... —Sacude la cabeza, como si quisiera deshacerse de esos recuerdos—. Dicen que la vida sólo se prolonga si tienes hijos. —Estira un brazo y me toca el brazalete de jade—. Piensa en lo contentos que se habrían puesto *mama* y *baba*. —De pronto sonríe, y nuestros pensamientos tristes se desvanecen—. ¿Sabes qué significa esto? Que Sam y tú debéis compraros una casa.

¿Una casa?

—Llevas muchos años ahorrando.

—Sí, pero ese dinero es para que Joy vaya a la universidad.

Ella lo descarta con un ademán.

—Ya tendrás tiempo de ahorrar para eso. Además, padre Louie os ayudará con la casa.

—No veo por qué. Tenemos un acuerdo con él...

—Sí, pero ha cambiado. ¡Y esto es para su nieto!

—Quizá sí, pero, aunque él decidiera ayudarnos, yo no querría separarme de ti. Eres mi hermana y mi mejor amiga.

May esboza una sonrisa tranquilizadora.

—No vas a perderme. No podrías perderme aunque quisieras. Ahora tengo coche. Vayas a donde vayas, iré a visitarte.

—Pero no será lo mismo.

—Claro que sí. Además, vendrás a trabajar a China City todos los días. Yen-yen querrá cuidar a su nieto. Y yo necesitaré ver a mi sobrino. —Me coge las manos—. Tenéis que compraros una casa, Pearl. Sam y tú os lo merecéis.

Sam está emocionadísimo. Aunque una vez me dijo que no le importaba no tener ningún hijo varón, es un hombre, y sé que lo deseaba y necesitaba. Joy se pone a dar saltos de alegría. Yen-yen llora, pero le preocupa mi edad. Padre Louie quiere comportarse como corresponde a un patriarca, intenta encerrar sus emociones en los puños, pero no puede evitar sonreír de oreja a oreja. Vern se planta a mi lado, un amable pero pequeño protector. No sé si parezco más alta y erguida porque me siento feliz o si lo que pasa es que Vern se vuelve tímido a mi lado, porque lo encuentro más bajo y robusto, como si su columna vertebral se encogiera y su pecho se ensanchara. Ya debería haber abandonado el encorvamiento de la adolescencia, pero a menudo advierto que se inclina hacia delante y pone las manos sobre los muslos, como si necesitara apuntalarse para soportar la fatiga o el aburrimiento.

El domingo, los tíos vienen a cenar para celebrarlo. Nuestra familia —como muchas de Chinatown— está creciendo. La población china de Los Ángeles se ha doblado desde que May y yo llegamos aquí. Y no se debe a que hayan revocado la Ley de Exclusión. Cuando se anunció, pensamos que era una noticia maravillosa, pero con el nuevo cupo sólo dejan entrar en el país a ciento cinco chinos cada año. Como siempre, la gente encuentra formas de burlar la ley. Tío Fred se ha traído a su mujer gracias a la Ley de Reagrupamiento Familiar. Mariko es una muchacha atractiva y tranquila; es japonesa, pero no se lo tenemos en cuenta. (La guerra terminó y ahora ella forma parte de nuestra familia, qué remedio.) Algunos se han traído a sus esposas gracias a otras leyes, y cuando hay hombres y mujeres juntos, nacen niños. Mariko ha tenido dos hijas, una detrás de otra. Todos queremos a Eleanor y Bess, pese a ser mestizas, aunque no las vemos tanto como nos gustaría. Fred y Mariko no viven en Chinatown. Han sabido aprovechar las leyes de ayuda a los veteranos para comprar una casa en Silver Lake, cerca del centro.

Los hombres llevan camiseta de tirantes y beben cerveza de la botella. Yen-yen —con unos holgados pantalones negros, una chaqueta negra de algodón y un collar de jade precioso— juega con Joy y las hijas de Mariko. May revolotea por la sala con un fino vestido de algodón de estilo americano, de falda amplia con cinturón. Padre

Louie chasquea los dedos y nos sentamos a la mesa. Todos cogen sus mejores bocados con los palillos y me los ponen en el cuenco. Todos tienen algún consejo que darme. Y, curiosamente, todos están de acuerdo en que deberíamos buscar una casa donde criar al nieto de los Louie. May tenía razón: padre no sólo se ofrece a ayudarnos a pagarla, sino que nos propone pagarla a medias con la única condición de que su nombre aparezca también en las escrituras.

—Las parejas casadas están empezando a vivir separadas de sus suegros —comenta—. Parecería raro que no tuvierais vuestro propio hogar.

(Después de diez años, ya no teme que huyamos. Ahora somos su verdadera familia, y Yen-yen y él son la nuestra.)

—En este apartamento no se respira bien —interviene Yen-yen—. El niño necesitará un sitio donde jugar al aire libre, no un callejón.

(Pero para Joy estaba bien.)

—Espero que haya sitio para un poni —suspira Joy.

(No va a tener ningún poni, por mucho que aspire a ser vaquera.)

—Ahora que ha terminado la guerra, han cambiado muchas cosas —tercia tío Wilburt, manifestando, por fin, un optimismo sincero—. Puedes ir a bañarte a la piscina Bimini. Puedes sentarte donde quieras en el cine. Hasta podrías casarte con una *lo fan*.

—Pero ¿quién querría casarse con una *lo fan*? —pregunta tío Charley.

(Las leyes han cambiado, pero eso no significa que hayan cambiado las actitudes, ni en los orientales ni en los occidentales.)

Joy alarga un brazo sobre la mesa, sujetando los palillos, para coger un trozo de carne de cerdo. Su abuela le da un manotazo.

—¡Come sólo de la bandeja que tienes delante!

Joy retira la mano, pero Sam mete sus palillos en la bandeja de la carne de cerdo y le llena el cuenco a su hija. Sam es un hombre —y pronto será el padre de un precioso varón—, por lo que Yen-yen no le corrige sus modales, pero más tarde le echará un sermón a Joy sobre la necesidad de ser virtuosa, elegante, cortés, educada y obediente, lo cual significa, entre otras cosas, aprender a coser y bordar, ocuparse de la casa y utilizar correctamente los palillos. Y todo eso lo dirá una mujer que no sabe hacer ninguna de esas cosas.

—Se han abierto muchas puertas —afirma tío Fred. Ha vuelto de la guerra con una caja llena de medallas. Su inglés, que ya era bastante bueno al principio, ha mejorado durante el servicio, pero con nosotros todavía habla en sze yup. Pensábamos que volvería a trabajar en el Golden Dragon Café, pero no—. Miradme a mí: el gobierno me ayuda a pagarme la universidad y la vivienda. —Levanta su botella de cerveza—. ¡Gracias, Tío Sam, por ayudarme a ser dentista! —Da un sorbo y añade—: El Tribunal Supremo dice que podemos vivir donde queramos. A ver, ¿dónde os gustaría vivir?

Sam se pasa una mano por el cabello y luego se rasca la nuca.

—Donde nos acepten. Tampoco quiero vivir donde no nos quieran.

—Por eso no te preocupes. Ahora los *lo fan* son mucho más tolerantes con nosotros. Muchos han pasado por las Fuerzas Armadas. Han conocido a gente de los nuestros y han combatido a su lado. Os recibirán bien en todas partes.

Más tarde, cuando todos se marchan a sus casas y Joy ya duerme en el sofá del salón (que es donde duerme ahora), Sam y yo seguimos hablando del bebé y de la posibilidad de mudarnos.

—Si tuviéramos nuestra propia casa, podríamos hacer lo que quisiéramos —dice Sam en sze yup. Y añade en inglés—: Tendríamos intimidad. —En chino no hay ninguna palabra que exprese el concepto de intimidad, pero nos encanta la idea—. Y todas las esposas sueñan con alejarse de sus suegras.

Yo no me siento dominada por Yen-yen, pero la idea de salir de Chinatown y darles a Joy y a nuestro bebé nuevas oportunidades me anima mucho. Sin embargo, nosotros no somos como Fred. No podemos acogernos a las leyes de ayuda a los veteranos para adquirir una casa. Ningún banco le concedería un préstamo a un chino, y no confiamos en los bancos americanos porque no queremos deberles dinero a los americanos. Pero Sam y yo hemos ahorrado, y tenemos escondido nuestro dinero en un calcetín y en el forro del sombrero que yo llevaba puesto cuando salí de China. Si nuestras aspiraciones son modestas, quizá sí podamos comprar algo.

Sin embargo, no es tan fácil como ha dicho tío Fred. Busco en Crenshaw, donde, según me dicen, sólo podemos comprar al sur de Jefferson. Pruebo en Culver City, pero el agente inmobiliario ni siquiera me enseña las casas. Encuentro una que me gusta en Lakewood, pero los vecinos firman una petición para que no se instalen chinos en el barrio. Voy a Pacific Palisades, pero las normas todavía especifican que no se pueden vender casas a nadie de origen etíope o mongol. Oigo excusas de todo tipo: «No alquilamos a orientales», «No vendemos a orientales», «La casa no les gustará, porque ustedes son orientales». Y la consabida de: «Por teléfono nos pareció que eran italianos.»

Tío Fred —que combatió en la guerra y demostró su valor— nos anima a no rendirnos, pero Sam y yo no somos de los que gritan y lloran porque nos han robado, pegado o discriminado. Sólo podríamos comprar una casa fuera de Chinatown si encontráramos un vendedor tan desesperado que no le importara ofender a sus vecinos, pero ya empiezo a ponerme nerviosa con la perspectiva de mudarme. O quizá no esté nerviosa; quizá sienta añoranza por adelantado. Después de perder todo lo que tenía en Shanghai, ¿cómo voy a perder lo que hemos construido en Chinatown?

Me esfuerzo mucho para gestar a mi hijo a la manera china. Tengo las preocupaciones típicas de toda futura madre, pero no se me olvida que mi seno materno fue invadido y casi destruido. Voy al herborista, que me examina la lengua, me toma el pulso y me receta *an tai yin*, «fórmula del feto tranquilo». También me receta *shou tai wan*, «píldoras de la longevidad del feto». No estrecho la mano de desconocidos, porque una vez oí a *mama* decirle a una vecina que eso podía provocar que el niño naciera con seis dedos. Cuando May me compra un arcón de madera de alcanforero para guardar la ropa que le estoy cosiendo al bebé, recuerdo las creencias de *mama* y lo rechazo, porque parece un ataúd. Empiezo a examinar mis sueños, porque recuerdo lo que decía *mama* de ellos: si sueñas con zapatos, es señal de mala suerte; si sueñas que se te caen los dientes, morirá alguien de la familia; y si sueñas con excrementos, tendrás problemas graves. Todas las mañanas me froto la barriga, y me alegro de que mis sueños estén libres de esos malos augurios.

Durante las celebraciones de Año Nuevo, visito a un astrólogo, quien me dice que mi hijo nacerá en el año del Buey, igual que su padre.

—Tu hijo tendrá un corazón puro. Será inocente y fiel. Será fuerte y nunca lloriqueará ni se lamentará.

Todos los días, cuando los turistas se van de China City, acudo al templo de Kwan Yin a hacer ofrendas para que el bebé nazca sano. Cuando era una chica bonita en Shanghai, menospreciaba a las madres que iban a los templos de la ciudad vieja, pero ahora que soy mayor, comprendo que la salud de mi hijo es más importante que las aspiraciones de modernidad.

Por otra parte, no soy estúpida. Pese a todo, seré una madre americana, así que también voy a un médico americano. Sigue sin gustarme que los doctores occidentales vistan de blanco y pinten sus consultorios de blanco —el color de la muerte—, pero lo acepto porque haría cualquier cosa por mi bebé. Cualquier cosa, en este caso, significa dejar que el doctor me examine. Los únicos hombres que han visto mis genitales son mi marido, los médicos de Hangchow que me curaron y los soldados que me violaron. No me agrada la idea de que ese hombre me toque y me mire ahí. Y tampoco me gusta nada lo que dice:

—Señora Louie, si logra llevar a término este embarazo, podrá considerarse afortunada.

Sam es consciente de los peligros y, con discreción, advierte de ellos a los miembros de la familia. A partir de ese momento, Yen-yen se niega a dejarme cocinar, lavar los platos o planchar la ropa. Padre ordena que me quede en el apartamento, ponga los pies en alto y duerma. ¿Y mi hermana? Se ocupa más de Joy, la acompaña a la escuela americana y a la china. No sé muy bien cómo explicar esto. May y yo llevamos años peleándonos por Joy. Ella le regala ropa bonita que compra en los grandes almacenes —un precioso vestido de fiesta de plumeti azul cielo, otro con un nido de abeja exquisito, y una blusa con volantes—, mientras que yo le coso ropa cómoda y práctica —jerséis hechos con dos pedazos de fieltro, chaquetas chinas con mangas raglán confeccionadas con retales, y vestidos amplios de cloqué (que llamamos «tela atómica» porque nunca se arruga). May le compra zapatos de charol, mientras que yo insisto en comprarle zapatos de cordones. May es divertida, y yo soy la que impone las normas. Sé perfectamente por qué mi hermana quiere ser la tía perfecta; ambas lo sabemos. Pero ahora no me preocupo por esas cosas, y dejo que Joy se separe de mí y corra a los brazos de su tía, a sabiendas de que nunca tendré que competir con May por el amor de mi hijo.

Quizá porque es consciente de que me está robando a Joy, mi hermana me regala a Vern.

—Quiero que esté contigo todo el tiempo —me dice—, para asegurarme de que no te pasa nada. Vern puede ocuparse de tareas sencillas como preparar el té. Y si hay alguna emergencia, que no la habrá, puede venir a avisarnos.

Lo lógico sería que el ofrecimiento de May complaciera a Sam, pero a mi marido no le hace ninguna gracia. ¿Está celoso? ¿Cómo puede ser? Vern es un hombre hecho y derecho, pero, a medida que pasamos más días juntos, parece ir encogiéndose en proporción inversa al crecimiento de mi barriga. Sin embargo, Sam no deja que Vern se siente a mi lado en la cena ni en ninguna otra comida. El resto de la familia lo acepta y tiene en cuenta que Sam va a ser padre.

Pasamos horas hablando de nombres. Ahora no es como cuando May y yo tuvimos que decidir el de Joy. Padre Louie tendrá el honor y el deber de elegir el nombre de su nieto, pero eso no significa que los demás no tengan una opinión ni intenten influenciarlo.

—Deberíais ponerle Gary, como Gary Cooper —propone mi hermana.

—A mí me gusta mi nombre. Vern.

Sonreímos y decimos que no es mala idea, pero nadie quiere ponerle a un niño el nombre de una persona tan deficiente que, de haber nacido en China, la habrían dejado morir a la intemperie.

—A mí me gustan Kit, como Kit Carson, y Annie, como Annie Oakley. —Eso, por supuesto, lo dice mi hija vaquera.

—Llamémoslo como alguno de los barcos que traían a los chinos a California: Roosevelt, Coolidge, Lincoln, Hoover... —tercia Sam.

Joy suelta una risita.

—¡Papá! ¡Ésos son presidentes, no barcos!

Joy se burla muchas veces de su padre por lo poco que conoce la lengua inglesa y las costumbres americanas. Eso debería, como mínimo, herir su sensibilidad. Y debería castigar a Joy por tener tan poco respeto filial. Pero Sam está tan contento con el cercano nacimiento de su hijo que no presta atención a la afilada lengua de su hija. Me digo que tengo que corregir ese rasgo de Joy. Si no, acabará siendo como May y yo de jóvenes: groseras con nuestros padres y descaradamente desobedientes.

Algunos vecinos también proponen nombres. Uno llamó a su hijo como el médico que lo ayudó a venir al mundo. Otro llamó a su hija como una enfermera que había sido especialmente amable. Los nombres de comadronas, maestros y misioneras abundan en toda Chinatown. Recuerdo que la señorita Gordon le salvó la vida a Joy, así que propongo llamar Gordon a nuestro hijo. Gordon Louie me evoca a un hombre inteligente, próspero y occidental.

Cuando entro en el quinto mes de embarazo, tío Charley anuncia que regresa a su pueblo natal convertido en Hombre de la Montaña Dorada.

—La guerra ha terminado y los japoneses se han retirado de China. He ahorrado suficiente dinero y puedo vivir muy bien allí —explica.

Celebramos un banquete, le estrechamos la mano y lo acompañamos en coche al puerto. Da la impresión de que, por cada esposa que llega a Chinatown, un hombre regresa a China. Quienes siempre se han considerado ciudadanos temporales encuentran ahora su final feliz. Pero padre Louie, que siempre ha dicho que quería regresar a Wah Hong, no insinúa ni una sola vez la posibilidad de cerrar las empresas Golden y llevarnos a China. ¿Por qué querría volver a su pueblo natal si por fin va a tener el nieto que tanto ansiaba, un niño que será ciudadano americano por nacimiento, que venerará a su abuelo cuando éste se vaya al más allá, que aprenderá a jugar al béisbol y tocar el violín, y que estudiará Medicina?

Cuando entro en el sexto mes, recibo una carta con sellos de China. Abro el sobre precipitadamente y encuentro una misiva de Betsy. No puedo creer que esté viva. Betsy sobrevivió a su estancia en el campo de internamiento japonés junto a la pagoda Lunghua, pero su marido no. «Mis padres quieren que vaya con ellos a Washington a recuperarme —escribe—, pero nací en Shanghai. Esta ciudad es mi hogar. ¿Cómo voy a marcharme? ¿No se merece la ciudad donde nací que contribuya a su reconstrucción? He trabajado con huérfanos...»

Su carta me recuerda que hay una persona de la que sí me gustaría tener noticias. Incluso después de tantos años, sigo pensando en Z.G. Me pongo una mano sobre el prominente vientre, noto moverse al niño y visito mentalmente a mi pintor de Shanghai. No lo añoro, ni añoro Shanghai. Lo que pasa es que estoy embarazada y sensible, porque mi pasado es sólo eso: pasado. Mi hogar está aquí, con esta familia que he forjado con los restos de una tragedia. La maleta que he de llevarme al hospital está preparada y espera junto a la puerta de nuestro dormitorio. En el bolso tengo cincuenta dólares metidos en un sobre, para pagar el parto. Cuando nazca el niño, vendrá a un hogar donde todos lo querrán.

# El aire de este mundo

Estamos acostumbrados a oír que las historias sobre mujeres carecen de importancia. Al fin y al cabo, ¿qué valor tiene lo que ocurre en el salón, la cocina o el dormitorio? ¿A quién le importan las relaciones entre madres, hijas y hermanas? La enfermedad de un bebé, el sufrimiento y el dolor de un parto, los esfuerzos por mantener a la familia unida durante la guerra, en la pobreza o incluso en épocas de bonanza están considerados asuntos insignificantes comparados con las historias de los hombres, que luchan contra la naturaleza para obtener cosechas, que libran batallas para proteger a su patria, que se esfuerzan por mejorar y alcanzar la perfección. Nos dicen que los hombres son fuertes y valientes, pero creo que las mujeres saben resistir, aceptar la derrota y soportar el dolor físico y psicológico mucho mejor que los hombres. Los hombres de mi vida —*baba*, Z.G., mi marido, mi suegro, mi cuñado y mi hijo— se enfrentaron, cada uno en su medida, a esas grandes batallas masculinas; pero sus corazones, muy frágiles, se marchitaron, se encorvaron, se paralizaron, se pudrieron, se partieron o se deshicieron al enfrentarse a las pérdidas que las mujeres afrontan a diario. Como hombres, deben mantenerse firmes ante la tragedia y los obstáculos, pero son vulnerables como los pétalos de una flor.

Así como oímos decir que las historias sobre mujeres son insignificantes, también oímos que las cosas buenas siempre llegan por pares y que las cosas malas llegan de tres en tres. Si se estrellan dos aviones, no nos sorprende que se estrelle un tercero. Si muere una estrella de cine, sabemos que morirán otras dos. Si nos damos en un dedo del pie y perdemos las llaves del coche, sabemos que aún ha de pasar otra cosa mala para que se complete el ciclo. Lo único que podemos hacer es confiar en que se abolle el parachoques, aparezca una gotera en el techo o perdamos el empleo, y no que alguien muera, se divorcie, o estalle otra guerra.

Las tragedias de la familia Louie llegan en forma de cascada larga y devastadora, como una catarata, como una presa abierta bruscamente, como una ola gigantesca que rompe, destruye y luego se lleva los restos mar adentro. Nuestros hombres intentan aparentar fortaleza, pero somos May, Yen-yen y yo quienes hemos de calmarlos y ayudarlos a soportar el dolor, la angustia y la vergüenza.


Estamos a principios del verano de 1949, y la melancolía de junio es peor de lo habitual, sobre todo por la noche. Una densa niebla llega desde el mar y queda suspendida sobre la ciudad como una manta empapada. El médico me avisa de que cualquier día empezaré a tener contracciones, pero quizá este tiempo haya adormecido a mi bebé, o quizá no quiera venir a un mundo tan gris y frío cuando está rodeado de calor en mi vientre. No me preocupo. Me quedo en casa y espero.

Esta noche, Vern y Joy me hacen compañía. Vern no se encuentra muy bien últimamente, así que está durmiendo en su habitación. A Joy le queda sólo una semana para terminar quinto curso. Desde donde estoy sentada, en la mesa del comedor, la veo acurrucada en el sofá, ceñuda. No le gusta practicar las tablas de multiplicar ni comprobar lo rápido que completa las páginas de divisiones complejas que su maestra le ha dado para aumentar su velocidad y precisión.

Vuelvo a hojear el periódico. Hoy lo he releído mil veces, creyendo y luego negándome a creer lo que leía. La guerra civil está destrozando mi país natal. El Ejército Rojo de Mao Tse-tung avanza por China con la misma firmeza con que lo hicieron los japoneses en su día. En abril, sus tropas tomaron Nanjing. En mayo se hicieron con Shanghai. Recuerdo a los revolucionarios de los bares que solía frecuentar con Z.G. y Betsy. Recuerdo que Betsy se hacía aún más mala sangre que ellos, pero ¿hasta el punto de tomar el país? Sam y yo hemos hablado mucho de esto. Sus padres eran campesinos. No tenían nada. Si hubieran sobrevivido, se habrían beneficiado de un gobierno comunista, pero yo provenía de la *bu-er-ch'iao-ya*, la clase burguesa. Si mis padres vivieran, estarían sufriendo mucho. Aquí, en Los Ángeles, nadie sabe qué va a pasar, pero todos ocultamos nuestra preocupación tras sonrisas forzadas, palabras vacías y la falsa apariencia de tranquilidad que presentamos a los occidentales, que temen a los comunistas mucho más que nosotros.

Voy a la cocina a preparar té. Estoy delante del fregadero, llenando la tetera, cuando noto un chorro de líquido entre las piernas. ¡Ya está! Por fin he roto aguas. Miro hacia abajo, sonriendo, pero lo que baja por mis piernas y forma un charco en el suelo no es agua, sino sangre. Me atenaza un miedo surgido de esa parte baja de mi anatomía y asciende hasta mi corazón, que late con fuerza. Pero esto sólo es un leve temblor, comparado con lo que sucede a continuación. Una contracción me aprieta toda la cintura y empuja hacia abajo con tanta ferocidad que pienso que el bebé saldrá despedido de mi cuerpo. Pero eso no sucede. Ni siquiera sé si podría suceder. Pero cuando me pongo una mano debajo del vientre y presiono hacia arriba, sale otro chorro de líquido entre mis piernas. Aprieto los músculos, voy hasta la puerta de la cocina arrastrando los pies y llamo a mi hija:

—Joy, ve a buscar a tu tía. —Espero que May esté en su despacho y no fuera, con la gente del estudio con la que sale para consolidar sus contactos—. Si no la encuentras en su despacho, ve al Chinese Junk. Le gusta quedar allí con sus amigos para cenar.

—Ah, mamá...

—¡Ahora mismo! ¡Corre!

Joy me mira. Sólo puede ver mi cabeza, que asoma por la puerta de la cocina, y lo agradezco. Sin embargo, mi rostro debe de delatar algo, porque ella no protesta como suele. En cuanto sale del apartamento, cojo unos trapos de cocina y me los pongo en la entrepierna. Me siento en una silla y me agarro a los reposabrazos para no gritar cada vez que llega otra contracción. Vienen demasiado seguidas. Algo va mal, muy mal.

Cuando Joy vuelve con May, ésta me echa un vistazo, agarra a mi hija por un brazo antes de que pueda ver nada y la aparta.

—Ve al restaurante, Joy. Busca a tu padre. Dile que vaya al hospital.

Joy se marcha, y mi hermana viene a mi lado. Un untuoso pintalabios rojo ha convertido su boca en una ondulante anémona. El perfilador negro agranda sus ojos. Lleva un vestido de raso sin hombros azul lavanda, tan ceñido como un *cheongsam*. El aliento le huele a ginebra y carne. Me mira un momento a los ojos y luego me levanta la falda. Intenta no revelar nada poco reconfortante, pero la conozco demasiado bien. Ladea la cabeza y ve los trapos empapados de sangre. Se muerde levemente el labio inferior. Me alisa otra vez la falda hasta cubrirme las rodillas.

—¿Podrás andar hasta mi coche o prefieres que pida una ambulancia? —pregunta, tan serena como si estuviera preguntando si prefiero ponerme su sombrero rosa o el azul con el ribete de armiño.

No quiero causar molestias ni gastar dinero.

—Vamos en tu coche, si no te importa que se manche.

—¡Vern! —grita May—. Te necesito, Vern.

Mi cuñado no contesta y May va a buscarlo. Vuelven al cabo de un par de minutos. El niño-esposo debía de estar durmiendo, porque va despeinado y con la ropa arrugada. Al verme se pone a lloriquear.

—Cógela por un lado —ordena May—. Yo la cogeré por el otro.

Me levantan entre los dos y bajamos la escalera. Mi hermana me sujeta con fuerza, pero parece que Vern se esté desmoronando bajo mi peso. Esta noche hay una fiesta en La Plaza, y la gente se aparta al ver que sujeto algo entre las piernas, y que mi hermana y Vern me llevan en volandas. A nadie le gusta ver a una mujer embarazada; a nadie le gusta ser testigo de algo tan íntimo. May y Vern me suben al asiento trasero del coche y vamos al Hospital Francés, que está a sólo unas manzanas. May deja el coche en la puerta y entra corriendo para pedir ayuda. Miro por la ventana las luces del aparcamiento. Respiro despacio, metódicamente. Mi barriga reposa sobre mis manos, pesada y quieta. Me recuerdo que mi bebé es Buey, como su padre. Ya de niño, el Buey tiene fuerza de voluntad y resistencia. Me digo que mi hijo está haciendo lo que le marca su carácter, pero tengo mucho miedo.

Otra contracción, la peor hasta ahora.

May vuelve con una enfermera y un hombre, ambos vestidos de blanco. Gritan órdenes, me ponen en una camilla y me entran al hospital tan deprisa como pueden. May va a mi lado, mirándome y hablándome.

—No te preocupes. Todo irá bien. Tener un hijo es doloroso para que nos enteremos de que la vida es una cosa muy seria.

Me agarro a los laterales metálicos de la camilla y aprieto los dientes. El sudor me empapa la frente, la espalda, el pecho, y sin embargo tiemblo de frío.

Lo último que dice mi hermana cuando me meten en la sala de partos es:

—Lucha por mí, Pearl. Lucha por tu vida, como has hecho otras veces.

Mi bebé nace, pero no llega a respirar el aire de este mundo. La enfermera lo envuelve en una sábana y me lo pone en brazos. Tiene las pestañas largas, la nariz respingona y una boca diminuta. Mientras abrazo a mi hijo y contemplo su triste carita, el médico hace su trabajo. Por último, se incorpora y me dice:

—Tenemos que operarla, señora Louie. Vamos a dormirla.

Cuando la enfermera se lleva a mi hijo, sé que no volveré a verlo. Las lágrimas me resbalan cuando me ponen una mascarilla que me tapa la nariz y la boca. Agradezco la negrura que lo invade todo.

Abro los ojos. Mi hermana está sentada al lado de mi cama. Los restos de su pintalabios rojo sólo son una mancha. El perfilador le ha tiznado la cara. Su elegante vestido azul lavanda parece gastado y arrugado. Pero aun así está hermosa, y me transporto a otros tiempos, cuando ella me acompañaba en otra habitación de hospital. Doy un suspiro, y May me coge la mano.

—¿Dónde está Sam? —pregunto.

—Con la familia. Están fuera, en el pasillo. Si quieres, puedo ir a buscarlos.

Necesito a mi marido como el aire que respiro, pero ¿cómo voy a mirarlo a la cara? «Ojalá mueras sin hijos varones»: el peor insulto que puedes recibir.

El médico viene a verme.

—No me explico cómo ha podido llevar tan lejos este embarazo, señora Louie. Ha estado a punto de morir.

—Mi hermana es muy fuerte —dice May—. Ha estado peor otras veces. Tendrá otro hijo.

El doctor niega con la cabeza.

—Me temo que no podrá tener más hijos. —Se vuelve y me mira—. Es una suerte que ya tenga una hija.

May me aprieta la mano con firmeza.

—Eso ya te lo dijeron los médicos hace años, y mira qué ha pasado. Sam y tú podéis intentarlo otra vez.

Creo que son las peores palabras que he oído jamás. Me gustaría gritar: «¡He perdido a mi bebé!» ¿Cómo es posible que mi hermana no entienda lo que siento? ¿Cómo es posible que no entienda lo que significa haber perdido a la persona que he llevado nueve meses nadando dentro de mí, a la que amaba con todo mi corazón, en quien tenía puestas tantas esperanzas? Pero no, las palabras de May no son las peores que podría oír.

—Me temo que eso será imposible. —El médico encubre el horror de sus palabras con esa extraña alegría *lo fan* y una sonrisa tranquilizadora—. Se lo hemos extirpado todo.

No quiero llorar delante de este hombre. Concentro la mirada en mi brazalete de jade, que no ha cambiado en todos estos años y que no cambiará después de mi muerte. Siempre será duro y frío, un simple trozo de piedra. Sin embargo, para mí es un objeto que me ata al pasado, a personas y lugares que han desaparecido para siempre. Su inalterable perfección es un recordatorio físico para seguir viviendo, para mirar hacia el futuro, para cuidar lo que tengo. Me recuerda que debo resistir. Viviré un día tras otro, paso a paso, porque mi voluntad de continuar es muy fuerte. Me digo eso y blindo mi corazón para ocultar mi dolor, pero no me ayuda cuando la familia entra en la habitación.

Yen-yen tiene el rostro flácido. Padre tiene los ojos apagados y negros como dos trozos de carbón. A Vern la noticia lo afecta físicamente, y se encoge como una calabaza después de una terrible tormenta. Pero Sam... ¡Ay, Sam! Aquella noche de hace diez años, cuando me contó su vida, dijo que no necesitaba tener un hijo, pero estos últimos meses he visto cuánto deseaba, cuánto necesitaba un varón que llevara su apellido, que lo venerara cuando se convirtiera en antepasado, que viviera todos los sueños que él tiene pero que nunca verá cumplidos. Le di esperanzas, y ahora las he destruido.

May echa a los demás de la habitación para que Sam y yo podamos quedarnos a solas. Pero mi marido —ese hombre con pecho de ventilador de hierro, que parece tan fuerte, capaz de levantar cualquier peso, capaz de asumir una humillación tras otra— no puede ensanchar su pecho para soportar mi dolor.

—Mientras esperábamos... —empieza, pero no acaba la frase. Entrelaza las manos a la espalda y empieza a pasearse por la habitación, tratando de dominarse. Al final vuelve a intentarlo—: Mientras esperábamos, le he pedido a un doctor que examinara a Vernon. Le he dicho que mi hermano tiene el aliento débil y la sangre clara —explica, como si nuestros conceptos chinos significaran algo para el médico.

Me gustaría hundir la cara en su tibio y fragante pecho, absorber la fuerza de su ventilador de hierro, oír la firmeza de su corazón, pero él rehúye mi mirada.

Se para a los pies de la cama y se queda mirando un punto fijo más allá de mi cabeza.

—Tengo que volver con ellos. Quiero que los médicos le hagan pruebas a Vern. Quizá puedan hacer algo por él.

Pese a que no han podido salvar a nuestro hijo...

Sam sale de la habitación, y yo me tapo la cara con las manos. He sufrido el peor fracaso que puede sufrir una mujer, y mi marido, para enterrar su dolor, ha trasladado su preocupación al miembro más débil de la familia. Mis suegros no vuelven, e incluso Vern se queda fuera. Ésa es la costumbre cuando una mujer pierde a un valioso hijo varón, pero aun así me duele.

May se ocupa de todo. Se sienta a mi lado cuando lloro. Me ayuda a ir al lavabo. Cuando se me hinchan los pechos —lo cual me produce un fuerte dolor— y viene la enfermera para sacarme la leche y tirarla, mi hermana la echa de la habitación y lo hace ella misma. Sus dedos son suaves, tiernos y cuidadosos. Añoro a mi marido; lo necesito. Pero si Sam me ha abandonado cuando más lo necesitaba, May ha abandonado a Vern. El quinto día de mi estancia en el hospital, May me cuenta por fin lo que ha pasado.

—Vern tiene el mal de los huesos blandos. Aquí lo llaman tuberculosis ósea. Por eso se está encogiendo. —Siempre ha sido una llorona, pero esta vez no llora. Sus esfuerzos para contener las lágrimas delatan lo mucho que ha acabado queriendo al niño-esposo.

—¿Y eso qué quiere decir?

—Que somos sucios, que vivimos como cerdos.

Nunca la había oído hablar con tanta amargura. Nosotras crecimos creyendo que el mal de los huesos blandos y su hermano, el mal de los pulmones sangrantes, eran señales de pobreza y suciedad. Se consideraba la enfermedad más vergonzosa, más terrible que las que transmitían las prostitutas. Esto es aún peor que haber perdido a mi hijo, porque es un mensaje notorio a nuestros vecinos —y a los *lo fan*— de que somos pobres, impuros y sucios.

—Suele atacar a los niños, que mueren cuando se les derrumba la columna vertebral —continúa mi hermana—. Pero Vern no es ningún niño, así que los médicos no saben cuánto tiempo durará. Lo único que saben es que el dolor dará paso al entumecimiento, la debilidad y, por último, la parálisis. Pasará el resto de su vida en la cama.

—¿Y Yen-yen? ¿Y padre?

May niega con la cabeza y las lágrimas se desbordan.

—Es su hijito.

—¿Y Joy?

—Yo me ocupo de ella.

La tristeza se apodera de su voz. Entiendo perfectamente lo que significa para ella que yo haya perdido al bebé. Volveré a ser una madre a jornada completa para Joy. Quizá debería sentirme triunfante por eso, pero me dejo invadir por nuestras penas compartidas.

Más tarde, esa noche, Sam viene a hablar conmigo. Se queda a los pies de mi cama, como si se sintiera incómodo. Está pálido y tiene los hombros encorvados de soportar la carga de dos tragedias.

—Imaginé que el chico podía estar enfermo. Reconocí algunos de los síntomas de la enfermedad de mi padre. Mi hermano nació con un destino maldito. Nunca le ha hecho daño a nadie y se ha portado bien con todos nosotros, y sin embargo habría sido imposible cambiar su destino.

Se refiere a Vern, pero podría estar hablando de cualquiera de nosotros.

Esta doble tragedia une a la familia como nadie podría haber imaginado. May, Sam y padre vuelven al trabajo; llevan el dolor y la desesperación alrededor del cuello, como un yugo. Yen-yen se queda en el apartamento para cuidar de mí y de Vern. (El médico no lo aprueba. «Vern estaría mejor en un sanatorio u otra institución», nos dice; pero si a los chinos nos tratan mal en la calle, donde puede verlo todo el mundo, ¿cómo vamos a dejar a Vern en manos de los *lo fan* tras unas puertas cerradas?) Los socios de papel de padre Louie nos sustituyen en China City. Pero el destino todavía no ha terminado con nosotros.

En agosto, un segundo incendio destruye China City casi por completo. Se salvan algunos edificios, pero todas las empresas Golden quedan reducidas a ruinas calcinadas, excepto tres *rickshaws* y la empresa de alquiler de trajes y contratación de extras de May. Y nadie tiene póliza de seguro. China está enredada en una guerra civil, y padre Louie no puede volver a su país natal para reponer su stock de antigüedades. Podría comprar las antigüedades aquí, pero todo es demasiado caro después de la guerra mundial, y además, gran parte de los ahorros que escondía en China City se han convertido en cenizas.

De todas formas, aunque tuviéramos los recursos para reabastecer las tiendas, a Christine Sterling ya no le interesa reconstruir China City. Convencida de que el incendio fue provocado, decide que no quiere recrear sus ideas de romanticismo oriental en Los Ángeles.

Es más, ya no desea relacionarse con los chinos, ni que éstos mancillen su mercado mexicano de Olvera Street. Convence al ayuntamiento para que declare ruinosa la manzana de Chinatown entre Los Angeles Street y Alameda, y así dejar espacio para una vía de acceso a la autopista. Por ahora, lo único que quedará del Chinatown original es la hilera de edificios entre Los Angeles Street y Sanchez Alley donde vivimos nosotros. Los vecinos se oponen al proyecto, pero nadie tiene muchas esperanzas.

Nuestro hogar está en peligro, pero todavía no podemos preocuparnos por eso, porque hemos de trabajar duro para reabrir el negocio familiar. Mientras algunos deciden seguir renqueando y quedarse en los restos de China City, padre Louie abre otra Golden Lantern en el Nuevo Chinatown, y la surte con los artículos más baratos que puede comprar a los mayoristas de la ciudad, que reciben sus mercancías de Hong Kong y Taiwán. Ahora Joy tiene que pasar más tiempo allí, vendiendo lo que ella llama «cachivaches» a turistas que no saben distinguir lo bueno de lo malo, para que su abuelo pueda descansar un poco. En la tienda nueva hay poco movimiento, pero Joy se entretiene con cualquier cosa. Y cuando no hay nadie en la tienda, que es lo más habitual, lee.

Sam y yo decidimos montar nuestro propio restaurante con parte de nuestros ahorros. Sam busca un local y lo encuentra en Ord Street, media manzana al oeste de China City, pero tío Wilburt no quiere venir con nosotros. Decide aprovechar que, desde que terminó la guerra, los *lo fan* tienen un creciente interés por la comida china, y abre su propio restaurante chino en Lakewood. Nos entristece ver marchar al último de los tíos, pese a que eso significa que por fin Sam será el cocinero jefe.

Nos preparamos para la Gran Inauguración: renovamos el local, creamos menús y pensamos cómo anunciarnos. En la parte trasera del restaurante hay un pequeño despacho, separado por un cristal, desde donde May dirigirá su negocio. Mi hermana guarda las piezas de atrezo y los trajes en un pequeño almacén de Bernard Street; dice que no necesita estar sentada en medio de tantos trastos todos los días y que, además, conseguir empleo para ella y otros extras es más provechoso que el negocio de alquiler. Le pide a un fotógrafo del barrio que venga a tomar fotografías. El restaurante lleva mi nombre, pero en la imagen aparecen May y Joy junto a la barra, cerca del letrero que reza: PEARL'S COFFEE SHOP: COMIDA CHINA Y AMERICANA DE PRIMERA CALIDAD.

A principios de octubre de 1949 se inaugura Pearl's Coffee Shop, Mao Tse-tung funda la República Popular China y levanta el Telón de Bambú. No sabemos cómo será de permeable ese telón, ni qué supondrá para nuestro país natal, pero la inauguración del restaurante tiene mucho éxito. Ofrecemos un menú económico que combina especialidades americanas y chino-americanas: rosbif, pastel de manzana con helado de vainilla y café, o cerdo agridulce, galletas de almendras y té. Pearl's Coffee Shop está siempre impecable. La comida se prepara con ingredientes frescos y es consistente. Frente a nuestra puerta hay clientes haciendo cola noche y día.


Padre Louie sigue mandando dinero a su pueblo natal; tiene que enviar un giro telegráfico a Hong Kong y pagar a alguien para que introduzca el dinero en la República Popular China y lo lleve hasta Wah Hong. Sam trata de disuadirlo:

—¿Y si los comunistas confiscan el dinero? Eso podría ser perjudicial para la familia del pueblo.

Yo tengo otros temores:

—¿Y si el gobierno americano nos tacha de comunistas? Ésa es la razón por la que muchos ya no mandan dinero a China.

Y es verdad. Muchos chinos establecidos por todo el país han dejado de enviar dinero a sus familias porque todo el mundo está asustado y perplejo. Las cartas que recibimos de China nos dejan aún más desconcertados.

«Estamos contentos con el nuevo gobierno —escribe un primo tercero de mi suegro—. Ahora todos somos iguales. Han obligado a los terratenientes a compartir su riqueza con el pueblo.»

«Si tan contentos están, ¿por qué hay tantos intentando salir del país?», nos preguntamos. Me refiero a hombres como tío Charley, que volvieron a China con todos sus ahorros. En América habían sufrido y soportado la humillación de ser considerados ciudadanos de tercera, pero resistieron, convencidos de que en su país de origen los esperaban la felicidad, la prosperidad y el respeto; sin embargo, a su regreso a China se han enfrentado a un destino adverso: los tratan como a temidos terratenientes, capitalistas y perros falderos del imperialismo. Los más desafortunados mueren en los campos o las plazas de los pueblos; los menos desafortunados huyen a Hong Kong, donde mueren arruinados y consumidos. Unos pocos afortunados regresan a América; tío Charley es uno de ellos.

—¿Los comunistas te lo quitaron todo? —le pregunta Vern desde la cama.

—No pudieron —contesta, frotándose los hinchados ojos y rascándose el eccema—. Cuando llegué, Chiang Kai-shek y los nacionalistas todavía estaban en el poder. Pidieron a todo el mundo que cambiara su oro y su moneda extranjera por certificados del gobierno. Imprimieron miles de millones de yuanes chinos, pero eso no sirvió de nada. Un saco de arroz, que en su día costaba doce yuanes, pronto pasó a costar sesenta y tres millones de yuanes. Para ir a comprar, la gente llevaba el dinero en carretillas. Un sello de correos valía el equivalente de seis mil dólares americanos.

—¿Estás criticando al generalísimo? —pregunta Vern con inquietud—. Será mejor que no lo hagas.

—Lo único que digo es que cuando llegaron los soldados comunistas, ya no me quedaba nada.

Tantos años de esfuerzo con la promesa de regresar a China convertido en un Hombre de la Montaña Dorada, y ahora se encuentra de nuevo como empezó: trabajando de lavavasos para la familia Louie.

Recobro las fuerzas y voy a trabajar con Sam, lo cual resulta maravilloso en muchos aspectos. Puedo ver a mi marido, pero también puedo estar con May todos los días hasta las cinco, cuando vuelvo a casa a preparar la cena y ella se va al General Lee's o Soochow —que se han trasladado al Nuevo Chinatown— a encontrarse con directores de casting y otra gente del mundo del cine. A veces parece mentira que seamos hermanas. Yo me aferro a mis recuerdos de nuestro hogar de Shanghai; May se aferra a sus recuerdos de cuando era una chica bonita. Yo llevo un delantal sucio y un gorrito de papel; ella lleva preciosos vestidos confeccionados con telas de los colores de la tierra: siena, violeta, celedón y azul lago de montaña.

Me avergüenzo de mi aspecto hasta el día en que mi vieja amiga Betsy —que, ahora que China está cerrada a cal y canto, se dirige hacia la costa Este para reunirse con sus padres— entra en el restaurante. Tenemos la misma edad —treinta y tres años—, pero ella parece veinte años mayor que yo. Está muy delgada, casi esquelética, y tiene el cabello canoso. No sé si eso es consecuencia del tiempo que pasó en el campo de internamiento japonés o de las adversidades de los últimos meses.

—Nuestro Shanghai ha desaparecido —me dice cuando la llevo al despacho de May, donde tomamos un té—. Nunca volverá a ser lo que era. Shanghai era mi hogar, pero nunca volveré a verlo. Nadie volverá a verlo.

May y yo nos miramos. Hubo momentos muy duros en que pensamos que nunca podríamos regresar a Shanghai por culpa de los japoneses. Cuando terminó la guerra, abrigamos nuevas esperanzas de que algún día iríamos de visita, pero esto parece diferente. Esto parece definitivo.

# Miedo

Es casi mediodía del segundo sábado de noviembre de 1950. Dentro de poco he de ir a buscar a Joy y su amiga Hazel Yee a la nueva Iglesia Metodista China, donde reciben clases de chino. Bajo corriendo la escalera, recojo el correo y vuelvo a subir presurosa al apartamento. Echo un vistazo a las facturas y separo dos cartas. Una lleva matasellos de Washington D.C. Reconozco la caligrafía de Betsy y me meto el sobre en el bolsillo. La otra carta va dirigida a padre Louie y viene de China. La dejo en la mesa del salón junto con las facturas para que mi suegro la vea cuando llegue a casa esta noche. Luego cojo mi bolsa de la compra y un jersey, bajo a la calle, camino hasta la iglesia y me quedo esperando a Joy y Hazel en la puerta.

Cuando Joy era pequeña, yo quería que aprendiera a hablar y escribir chino. El único sitio donde podía hacerlo —y hay que reconocer que las misioneras fueron muy listas— era en una de las misiones de Chinatown. No bastaba con que pagáramos un dólar mensual por las clases —cinco días y medio por semana—, ni que la niña tuviera que ir a catequesis los domingos, sino que, además, uno de sus padres debía asistir también al servicio dominical, lo cual llevo haciendo con regularidad desde hace siete años. Aunque muchos padres protestan por esta norma, a mí me parece un intercambio justo. Y a veces hasta me gusta escuchar los sermones, que me recuerdan a los que oía en Shanghai cuando vivía allí.

Abro la carta de Betsy. Hace trece meses que Mao tomó el poder en China, y cuatro meses y medio que Corea del Norte —con la ayuda del Ejército Popular de Liberación chino— invadió Corea del Sur. Hace sólo cinco años, China y Estados Unidos eran aliados.

Ahora, de la noche a la mañana, la China comunista se ha convertido en el segundo enemigo más odiado de Estados Unidos, detrás de Rusia. Estos dos últimos meses, Betsy me ha escrito varias veces para contarme que han puesto su lealtad en tela de juicio porque se quedó en China mucho tiempo, y que su padre es uno de los que el Departamento de Estado ha acusado de comunista y «chino de adopción». Cuando vivíamos en Shanghai, llamar a alguien «chino de adopción» era un cumplido; ahora, en Washington, es como llamarlo infanticida. Betsy me escribe:

> *Mi padre está metido en un buen lío. ¿Cómo pueden echarle en cara cosas que escribió hace veinte años criticando a Chiang Kai-shek y lo que estaba haciendo en China? Dicen que es simpatizante de los comunistas, y le reprochan que ayudara a «perder China». Mi madre y yo confiamos en que pueda conservar el empleo. Si acaban despidiéndolo, espero que le dejen la pensión. Por suerte, todavía tiene amigos en el Departamento de Estado que lo conocen bien y saben la verdad.*

Mientras doblo la carta y la guardo en el sobre, me pregunto qué puedo contestarle. No creo que a Betsy le ayude que le diga que todos tenemos miedo.

Joy y Hazel salen corriendo a la calle. Tienen doce años y llevan siete semanas en sexto curso. Se creen ya mayores, pero son chinas y todavía no están desarrolladas físicamente. Las sigo; van contoneándose por la calle camino del restaurante, cogidas de la mano y hablándose al oído. Paramos un momento en una carnicería de Broadway a recoger un kilo de *char siu*, la carne de cerdo especiada a la barbacoa que constituye el ingrediente secreto del *chow mein* de Sam. Hoy la tienda está abarrotada de clientes, y todos tienen miedo, como desde que empezó esta nueva guerra. Hay gente que se refugia en el silencio. Otros se hunden en la depresión. Y algunos, como el carnicero, están enojados.

—¿Por qué no nos dejan en paz? —pregunta en sze yup a nadie en particular—. ¿Acaso tengo yo la culpa de que Mao quiera extender el comunismo? ¡Yo no tengo nada que ver con eso!

Nadie discute con él. Todos pensamos lo mismo.

—¡Siete años! —exclama mientras golpea un trozo de carne con su cuchillo—. Sólo hace siete años que anularon la Ley de Exclusión. Ahora el gobierno *lo fan* ha aprobado una nueva ley para encerrar a los comunistas si se produce una emergencia nacional. Cualquiera que alguna vez haya dicho una sola palabra contra Chiang Kai-shek es sospechoso de ser comunista. —Blande el cuchillo—. Y ni siquiera hace falta que hables mal de él. ¡Basta con que seas chino y vivas en este infierno de país! ¿Sabéis qué significa eso? ¡Que todos vosotros sois sospechosos!

Joy y Hazel han dejado de hablar entre sí y miran al carnicero con los ojos muy abiertos. Lo único que una madre quiere es proteger a sus hijos, pero yo no puedo proteger a Joy de todo. Cuando paseamos juntas por la calle, no siempre puedo evitar que se fije en los titulares de los periódicos. Puedo pedirles a los tíos que no hablen de la guerra cuando vienen a cenar los domingos, pero la noticia está por todas partes, y la gente habla.

Joy es demasiado pequeña para entender que, con la suspensión del hábeas corpus, cualquiera —incluidos sus padres— puede ser detenido y retenido indefinidamente. Ignoramos qué entienden los *lo fan* por «emergencia nacional», pero todavía tenemos muy reciente en la memoria el internamiento de los japoneses. Hace poco, cuando el gobierno les dio veinticuatro horas a nuestras organizaciones locales —desde la Asociación de Beneficencia hasta el Club Juvenil— para que le entregaran la lista de sus miembros, a muchos de nuestros vecinos les entró pánico, porque sabían que su nombre aparecería en la lista de al menos uno de los cuarenta grupos investigados. Entonces leímos en el periódico chino que el FBI había instalado micrófonos en las oficinas de la Asociación de Empresas de Lavandería y que había decidido investigar a todos los suscriptores del *China Daily News*. Desde entonces, me alegro muchísimo de que padre Louie esté suscrito al *Chung Sai Yat Po*, el periódico pro-Kuomintang, procristiano y proasimilación, y que sólo de vez en cuando compre el *China Daily*.

No sé contra qué arremeterá el carnicero a continuación, pero no quiero que las niñas lo oigan. Cuando decido marcharme, el hombre se calma lo suficiente para que le haga mi pedido. Mientras envuelve el *char siu* en papel rosa, me cuenta en tono más comedido:

—Aquí en Los Ángeles no estamos tan mal, señora Louie. Pero tenía un primo en San Francisco que prefirió suicidarse a que lo detuvieran. No había hecho nada malo. Me han hablado de otros a los que han enviado a la cárcel y que ahora están a la espera de que los deporten.

—Todos hemos oído esas historias. Pero ¿qué podemos hacer?

Él me da la carne.

—Hace mucho tiempo que tengo miedo, y estoy harto. ¡Harto! Y frustrado...

Como su voz empieza a subir de nuevo, saco a las niñas de la tienda. Joy y Hazel guardan silencio durante el resto del corto camino hasta el restaurante. Una vez dentro, nos dirigimos a la cocina. May, que está en su despacho hablando por teléfono, sonríe y nos saluda con la mano. Sam está preparando la pasta para rebozar el cerdo agridulce que tanto éxito tiene entre nuestra clientela. No puedo evitar fijarme en que utiliza un cuenco más pequeño que el del año pasado, cuando abrimos el restaurante. Esta nueva guerra nos ha hecho perder muchos clientes; ya han cerrado algunos negocios de Chinatown. Y fuera de Chinatown le temen tanto a China que muchos chinos americanos han perdido el empleo.

Quizá no tengamos tanta clientela como antes, pero no lo estamos pasando tan mal como otros. En casa economizamos mucho. Comemos más arroz y menos carne. Además, tenemos a May, que todavía dirige su negocio de alquiler, trabaja de agente y aparece de vez en cuando en alguna película o algún programa de televisión. En cualquier momento, los estudios empezarán a producir películas sobre la amenaza del comunismo. Cuando eso ocurra, May tendrá mucho trabajo. El dinero que gane irá a parar a la hucha familiar y todos lo compartiremos.

Le doy a Sam el *char siu*, y luego les preparo a las niñas un refrigerio que combina el gusto chino y el occidental: cacahuetes, unas rodajas de naranja, cuatro galletas de almendras y dos vasos de leche. Las niñas dejan los libros en la mesa de trabajo. Hazel se sienta y espera con las manos entrelazadas sobre el regazo; mientras, Joy va hasta la radio que tenemos en la cocina para distraer al personal y la enciende.

Le hago una seña:

—Esta tarde nada de radio.

—Pero mamá...

—No quiero discutir. Hazel y tú tenéis que hacer los deberes.

—Pero ¿por qué?

«Porque no quiero que oigáis más malas noticias», pienso, pero no lo digo. No me gusta mentirle a mi hija, pero estos últimos meses me he inventado mil excusas para no dejarla escuchar la radio: tengo migraña, o su padre está de mal humor, incluso algún seco «porque lo digo yo», que surte efecto pero no puedo usar todos los días. Aprovechando que hoy está Hazel, pruebo una nueva excusa:

—¿Qué pensaría la madre de Hazel si os dejara escuchar la radio? Queremos que tengáis sobresalientes en la escuela. No quiero que la señora Yee se enfade conmigo.

—Pero si hasta ahora siempre nos has dejado —replica Joy. Yo niego con la cabeza y ella recurre a su padre—: ¡Papá!

Sam ni siquiera se molesta en levantar la vista:

—Obedece a tu madre.

Joy apaga la radio, vuelve a la mesa y se sienta al lado de Hazel. Por suerte, Joy es una niña obediente, porque estos últimos cuatro meses han sido difíciles. Soy mucho más moderna que las otras madres de Chinatown, pero no tanto como a Joy le gustaría. Le he explicado que muy pronto recibirá la visita de la hermanita roja y qué significa eso respecto a los chicos, pero no encuentro la forma de hablar con ella sobre esta nueva guerra.

May entra en la cocina. Besa a Joy, le palmea la mejilla a Hazel y se sienta enfrente de ellas.

—¿Cómo están mis chicas favoritas? —pregunta.

—Bien, tía May —contesta Joy sombríamente.

—No pareces muy entusiasmada. Anímate. Es sábado. Ya ha terminado la escuela china y tienes el resto del fin de semana libre. ¿Qué te gustaría hacer? ¿Queréis que os lleve al cine?

—¿Podemos ir, mami? —me pregunta Joy, animada.

Hazel, a quien es evidente que le encantaría pasar la tarde en el cine, dice:

—Yo no puedo. Tengo deberes de la escuela americana.

—Y Joy también —añado.

May respeta mi criterio sin vacilar:

—Entonces será mejor que los hagáis.

Desde que murió mi hijo, mi hermana y yo estamos muy unidas. Como habría dicho *mama*, somos como grandes vides con las raíces entrelazadas. Cuando yo estoy deprimida, May está contenta. Cuando yo estoy contenta, ella está deprimida. Cuando yo engordo, ella adelgaza. Cuando yo adelgazo, ella sigue perfecta. No tenemos por qué compartir emociones u opiniones, pero quiero a mi hermana tal como es. Ya no le guardo ningún resentimiento; al menos hasta la próxima vez que ella hiera mis sentimientos o que yo haga algo que la irrite o la frustre.

—Si queréis, puedo ayudaros —les dice May a las niñas—. Si terminamos los deberes deprisa, quizá podamos salir a comprar un helado.

Joy me interroga con sus brillantes ojos.

—Podréis ir si termináis los deberes.

May apoya los codos en la mesa:

—A ver, ¿qué tenéis? ¿Matemáticas? Eso se me da bastante bien.

—Tenemos que presentar ante la clase una noticia actual... —explica Joy.

—Sobre la guerra —termina Hazel.

Presiento que tendré jaqueca. ¿No podría ser la maestra un poco más sensible respecto a ese tema?

Joy abre su bolsa, saca un *Los Ángeles Times* doblado y lo extiende sobre la mesa. Señala una noticia y dice:

—Pensábamos hacer ésta.

May la lee en voz alta:

—«Hoy, el gobierno de Estados Unidos ha dado órdenes de impedir que los estudiantes chinos que estudian en América regresen a su país de origen, por temor a que se lleven secretos científicos y tecnológicos. —Hace una pausa, me mira y sigue leyendo—: El gobierno también ha prohibido los envíos de dinero a la China continental e incluso a la colonia británica de Hong Kong, desde donde ese dinero podría cruzar la frontera. A quienes sean descubiertos enviando dinero a sus familiares de China se les impondrá una multa de diez mil dólares y cumplirán una condena de hasta diez años de cárcel.»

Me meto una mano en el bolsillo y toco la carta de Betsy. Si la situación es peligrosa para alguien como el señor Howell, podría ser mucho peor para las personas como padre Louie, que llevan años enviando «dinero para el té» a sus parientes y pueblos de China.

—«En respuesta a estas medidas —continúa May—, las Seis Empresas, la organización chino-americana más poderosa de Estados Unidos, ha organizado una violenta campaña anticomunista con la esperanza de detener las críticas y reducir los ataques que se han producido en los barrios chinos de todo el país.» —Levanta la vista—. ¿Vosotras tenéis miedo, niñas? —pregunta. Joy y Hazel asienten con la cabeza—. Pues no tengáis miedo. Vosotras nacisteis aquí. Sois americanas. Tenéis todo el derecho a vivir en este país. No tenéis nada que temer.

Estoy de acuerdo en que tienen derecho a estar aquí, pero creo que hacen bien en estar asustadas. Procuro imitar el tono que adopté la primera vez que previne a Joy sobre los chicos: calmado pero serio.

—Pero debéis tener cuidado. Algunos os mirarán y verán a unas niñas de piel amarilla e ideología roja. —Frunzo el entrecejo y añado—: ¿Me entendéis?

—Sí —responde Joy—. En clase hemos hablado de eso con la maestra. Dice que, debido a nuestro aspecto, algunas personas podrían identificarnos con el enemigo, aunque seamos ciudadanas.

Al oírla, comprendo que debo esforzarme más para protegerla. Pero ¿cómo? Nunca nos han enseñado a defendernos de las miradas maliciosas ni de los rufianes callejeros.

—Quiero que vayáis juntas a la escuela y que volváis juntas, como os dije. Haced vuestras tareas escolares y...

—Típico de tu madre —me corta May—. Preocuparse, preocuparse, preocuparse. Nuestra madre era igual. Pero ¡miradnos ahora! —Se inclina sobre la mesa y le coge una mano a cada niña—. Todo irá bien. Nunca debéis disimular lo que sois. Guardar secretos así no conduce a nada bueno. Bueno, terminemos los deberes y vayamos a por ese helado.

Las niñas sonríen. Mientras redactan el trabajo, May sigue hablando con ellas, animándolas a profundizar en los temas abordados en el artículo del periódico. Quizá mi hermana esté tomando la actitud más correcta. Quizá las niñas sean demasiado pequeñas para tener miedo. Y quizá si redactan el trabajo sobre esa noticia, no sean tan ignorantes respecto a lo que sucede a su alrededor como lo éramos May y yo cuando vivíamos en Shanghai. Pero ¿me gusta? No, no me gusta nada.

Esa noche, después de cenar, padre Louie abre la carta que ha recibido de Wah Hong. «No necesitamos nada. No hace falta que nos envíes dinero», aseguran en ella sus parientes.

—¿Crees que es auténtica? —le pregunta Sam.

Padre Louie le pasa la carta a mi marido, que la examina antes de pasármela a mí. La caligrafía es sencilla y clara. El papel parece gastado y maltratado, como el de las cartas que hemos recibido hasta ahora.

—La firma parece la misma —observo, y le tiendo la hoja a Yen-yen.

—Debe de ser auténtica —comenta ella—. Le ha costado llegar hasta aquí.

Una semana más tarde nos enteramos de que uno de los primos de mi suegro intentó escapar, pero fue capturado y ejecutado.

Me digo que un Dragón no debería estar tan asustado. Pero estoy asustada. Si sucede algo aquí —y se me ocurren cientos de posibilidades—, no sé qué haré. América es nuestro hogar, pero no pasa un solo día sin que tema que el gobierno encuentre la forma de echarnos del país.

Justo antes de Navidad recibimos una notificación de desalojo. Necesitamos otro sitio donde vivir. Sam y yo podríamos seguir ahorrando dinero para Joy y alquilar una vivienda para nosotros solos, pero lo único que tenemos —nuestra fuerza— proviene de la familia. Es una idea anticuada y china, pero Yen-yen, padre, Vern y Sam son las únicas personas que nos quedan a May y a mí en el mundo. Todos los miembros de la familia contribuyen en algo, excepto Vern y Joy, y a mí me corresponde la tarea de encontrar un nuevo hogar para todos.

No hace mucho, llena de optimismo por el próximo nacimiento de nuestro hijo, estuve buscando una vivienda para Sam y para mí, pero los agentes inmobiliarios me rechazaron y se negaron a enseñarme las casas pese a que las leyes habían cambiado. Hablé con gente que había adquirido una casa y se había mudado por la noche, y que por la mañana había encontrado el jardín lleno de basura. Entonces Sam dijo que se iría a vivir «a cualquier sitio donde nos acepten». Somos chinos, y somos una familia de tres generaciones que ha decidido vivir junta. Sólo conozco un sitio donde nos aceptarán sin reservas: Chinatown.

Voy a ver un pequeño bungalow cerca de Alpine Street. Me han dicho que tiene tres dormitorios pequeños, un porche cerrado que puede utilizarse como dormitorio y dos cuartos de baño. El terreno está rodeado por una valla baja de tela metálica por la que trepa un rosal Cecile Brunner sin flores. Un enorme pimentero se agita suavemente en el patio. El jardín es un rectángulo seco. Las caléndulas que quedan del verano yacen marchitas y marrones. También hay crisantemos, pero están mustios y parece que no los hayan podado nunca. Por encima de mi cabeza, un infinito cielo azul promete otro invierno soleado. No necesito entrar en la casa para saber que he encontrado nuestro hogar.

He llegado a la conclusión de que, por cada cosa buena que pasa, ha de pasar algo malo. Cuando estamos haciendo las maletas, Yen-yen comenta que está cansada. Se sienta en el sofá del salón y se muere. Un infarto, dicen los médicos, causado por el exceso de trabajo que conllevaba cuidar a Vern; pero nosotros sabemos que no es eso. Yen-yen ha muerto de tristeza: su hijo se ha derrumbado ante sus ojos; su nieto ha nacido muerto; la mayor parte de la riqueza de su familia, que les costó años acumular, ha quedado reducida a cenizas; y ahora esta mudanza. El funeral es modesto. Al fin y al cabo, Yen-yen no era una persona importante, sino sólo una esposa y una madre. Los dolientes se inclinan tres veces ante su ataúd. Luego celebramos un banquete de diez mesas, de diez comensales cada una, en el restaurante Soochow, donde nos sirven los platos indicados para la ocasión, condimentados con sencillez.

La muerte de Yen-yen supone un duro golpe para todos. Yo no puedo parar de llorar, y padre Louie guarda un silencio lastimoso. Pero ninguno tiene tiempo de pasar el duelo recluido, en silencio, jugando al dominó —como se acostumbra aquí, en Chinatown—, porque a la semana siguiente nos mudamos a la casa nueva. May anuncia que no puede dormir con Vern, y todo el mundo lo entiende. A nadie —por muy cariñoso y leal que sea— le gustaría dormir al lado de una persona que tiene sudores nocturnos y una llaga purulenta en la espalda que apesta a pus, sangre y putrefacción, como olían los pies vendados de *mama*. Ponemos dos camas individuales en el porche cerrado, una para mi hermana y otra para mi hija. No había previsto esta posibilidad, y me preocupa, pero no puedo hacer nada. May guarda su ropa en el armario de Vern —y un arco iris de vestidos de seda, raso y brocado sobresale por la puerta; los bolsos a juego casi se caen del estante, y sus zapatos, teñidos de todos los colores, cubren el suelo—; Joy tiene dos cajones inferiores del armario empotrado de la ropa blanca que hay en el pasillo, junto al cuarto de baño que comparte con padre Louie y May.

Ahora cada uno debe encontrar una manera de ayudar a la familia. Recuerdo una de las frases célebres de Mao, que ha sido objeto de burla en la prensa americana: «Todo el mundo trabaja, todo el mundo come.» Cada uno tiene una tarea: May sigue contratando extras para películas y los nuevos programas de televisión, Sam regenta el restaurante Pearl, padre Louie se ocupa de la tienda de curiosidades, Joy estudia en la escuela y ayuda a la familia en su tiempo libre. Yen-yen se ocupaba de su hijo enfermo, y ahora ese trabajo recae sobre mí. Me llevo bien con Vern, pero no quiero convertirme en enfermera. Cuando entro en su habitación, el olor a carne enferma me golpea en el rostro. Cuando se sienta, su columna vertebral se dobla hacia abajo y parece un crío. Tiene los músculos fofos y pesados, como cuando se te duerme un pie. Sólo aguanto un día, y luego voy a hablar con mi suegro para apelar la decisión.

—Cuando no quieres ayudar a la familia, suena como si vivieras en América —me dice.

—Es que vivo en América —contesto—. Quiero mucho a mi cuñado, ya lo sabes. Pero no es mi marido. Es el marido de May.

—Pero tú tienes buen corazón, Pearl. —Se le quiebra la voz—. Eres la única en quien puedo confiar para que se ocupe de mi hijo.

Me digo que el destino es inevitable y que lo único seguro es la muerte, pero me pregunto por qué el destino tiene que ser siempre tan trágico. Los chinos creemos que podemos hacer muchas cosas para mejorarlo: coser amuletos en la ropa de nuestros hijos, pedir ayuda a los maestros de *feng shui* para escoger fechas propicias, y confiar en la astrología para que nos diga si debemos casarnos con una Rata, un Gallo o un Caballo. Pero ¿dónde está mi fortuna, el bien que se supone que ha de llegar en forma de felicidad? Estoy en una casa nueva, pero en lugar de mimar a mi hijo varón, tengo que cuidar a Vern. Y estoy cansada y desmoralizada. El miedo no me abandona nunca. Necesito ayuda. Necesito que alguien me escuche.

El domingo siguiente voy a la iglesia con Joy, como suelo. Escuchando las palabras del reverendo, recuerdo la primera vez que Dios entró en mi vida, cuando yo era una cría. Un *lo fan* vestido de negro me abordó en la calle, delante de nuestra casa de Shanghai. Quería venderme una Biblia por dos peniques. Entré en casa y le pedí el dinero a *mama*. Ella me apartó diciendo: «Dile a ese hombre que venere a sus antepasados. Así las cosas le irán mejor en el más allá.»

Salí a la calle, le pedí disculpas al misionero por hacerle esperar y le transmití el mensaje de *mama*. Entonces él me regaló la Biblia. Era mi primer libro y yo estaba entusiasmada, pero esa noche, después de acostarme, *mama* la tiró a la basura. Sin embargo, el misionero no desistió y me invitó a ir a jugar en la misión metodista. Más tarde me propuso que asistiera a la escuela de la misión, también gratis. *Mama* y *baba* no podían rechazar una oferta así. Cuando May tuvo edad suficiente, empezó a ir conmigo a aquella escuela. Pero todas las ideas sobre Jesús no calaron en nosotras. Nosotras éramos «cristianas de arroz»: nos aprovechábamos de la comida y las clases de los diablos extranjeros, pero desdeñábamos sus palabras y sus creencias. Cuando nos convertimos en chicas bonitas, los pocos zarcillos de cristianismo que se nos habían adherido se secaron y murieron. Además, después de lo que le pasó a China, a Shanghai y a mi casa durante la guerra, después de lo que nos pasó a *mama* y a mí en aquella cabaña, me convencí de que no podía haber un Dios único, benévolo y compasivo.

Y ahora tenemos todas nuestras tribulaciones y pérdidas recientes, de las que la muerte de mi hijo ha sido la peor. Todas las hierbas chinas que tomé, todas las ofrendas que realicé, todas las preguntas sobre el significado de mis sueños... Nada pudo salvarlo, porque yo buscaba ayuda en la dirección equivocada. Sentada en el banco de madera de la iglesia, sonrío para mí mientras recuerdo al misionero que encontré en la calle hace tantos años. Siempre decía que la conversión sincera era inevitable. Ahora ha llegado, por fin. Me pongo a rezar: no por padre Louie, cuya vida dedicada al trabajo está llegando a su fin; no por mi marido, que lleva las cargas de la familia sobre su ventilador de hierro; no por mi bebé, que está en el más allá; no por Vern, cuyos huesos se derrumban ante mis ojos; sino para alcanzar la paz mental, para dar sentido a todas las desgracias de mi vida, y para creer que quizá todo este sufrimiento obtenga su recompensa en el cielo.

# Eternamente hermosa

Riego las berenjenas y los tomates; luego el pepino que trepa por la espaldera, junto a la incineradora. Cuando termino, enrollo la manguera, paso por debajo del tendedero y vuelvo al porche. Es una mañana de domingo del verano de 1952; todavía es temprano, pero parece que hará un calor abrasador. Me gusta esta expresión —un calor abrasador— porque describe muy bien el clima de esta ciudad, que es como el del desierto. En Shanghai había tanta humedad que teníamos la sensación de estar cociéndonos.

Cuando nos mudamos a esta casa, le dije a Sam: «Quiero que siempre tengamos comida, y también quiero tener un trocito de China.» Él, con la ayuda de dos de los tíos, labró el jardín para que yo plantara un huerto. Resucité los crisantemos, que el otoño pasado florecieron con gran esplendor, y planté unos esquejes de geranio que han crecido hasta convertirse en matas exuberantes que adornan el porche cerrado. Estos dos últimos años he añadido tiestos con orquídeas barco, un naranjo chino y azaleas. Probé con las peonías —las flores más queridas en China—, pero aquí nunca hace suficiente frío para que crezcan adecuadamente. También fracasé con los rododendros. Sam me pidió que plantara bambú, y ahora nos pasamos la vida cortándolo y arrancando los brotes nuevos que aparecen en sitios inadecuados.

Subo los escalones del porche; dejo el delantal sobre la lavadora, hago las camas de May y Joy y luego voy a la cocina. Sam y yo somos copropietarios de la casa junto con el resto de la familia, pero como soy la mujer de mayor edad, la cocina es mi territorio, y es ahí donde guardo mi riqueza, literalmente. Ahora hay dos latas de café bajo el fregadero: una para la grasa de beicon y otra para el dinero que ahorramos para los estudios universitarios de Joy. Un hule cubre la mesa, y hay un termo de agua caliente preparado para el té. En un fogón siempre hay un *wok*; en otro, una olla donde hierven las hierbas para el tónico de Vern. Preparo una bandeja de desayuno y salgo al pasillo.

La habitación de Vern es la de un eterno niño. Aparte del armario donde May guarda su ropa —el único recordatorio de que Vern está casado—, está decorada con las maquetas que él ha montado y pintado. Unos aviones de combate cuelgan del techo con hilo de pescar. Barcos, submarinos y coches de carreras ocupan las estanterías.

Mi cuñado está despierto, escuchando un programa de radio sobre la guerra de Corea y la amenaza del comunismo, y trabajando en una de sus maquetas. Dejo la bandeja, enrollo las persianas de bambú y abro la ventana para que a Vern no le afecte mucho la cola que está utilizando.

—¿Quieres algo más?

Él me sonríe con ternura. Lleva tres años con la enfermedad de los huesos blandos, pero parece un crío que haya faltado a la escuela por un resfriado.

—¿Pintura y pinceles?

Se los pongo al alcance.

—Hoy tu padre se quedará contigo. Si necesitas algo, llámalo y vendrá.

No me preocupa dejarlos solos en casa, porque sé exactamente lo que harán: Vern trabajará en su maqueta, tomará una comida sencilla, se hará las necesidades encima y seguirá un rato más con su maqueta. Padre Louie realizará algunas tareas simples en la casa, preparará la comida sencilla de su hijo, irá a la esquina a comprar los periódicos para no tener que limpiar a Vern, y dormirá hasta nuestro regreso.

Le digo adiós con la mano a Vern y voy al salón, donde Sam está arreglando el altar familiar. Se inclina ante la fotografía de Yen-yen. Como no tenemos fotografías de todas las personas que nos han dejado, mi marido ha puesto una de las bolsitas de *mama* en el altar y un *rickshaw* en miniatura que representa a *baba*. En una cajita hay un poco de cabello de mi hijo. Sam venera a la familia con frutas de cerámica artesanales.

Me encanta esta habitación. He enmarcado y colgado fotografías de la familia en la pared del sofá. Desde que vivimos aquí, todos los inviernos ponemos un árbol de Navidad en el rincón y lo decoramos con bolas rojas. Festoneamos las ventanas con luces navideñas para que la sala resplandezca con la noticia del nacimiento de Jesús. Las noches más frías, May, Joy y yo nos turnamos para acercarnos a la rejilla de la calefacción hasta que nuestros camisones de franela se hinchan y parecemos muñecos de nieve.

Joy ayuda a su abuelo a sentarse en su sillón reclinable y le sirve el té. Estoy orgullosa de que sea una niña china como es debido. Respeta a su abuelo, el mayor de la familia, más que a nadie, incluso más que a sus padres. Sabe que no es sólo que su abuelo deba estar enterado de todo lo que ella hace, sino que tiene derecho a decidir. Padre Louie quiere que Joy aprenda a bordar, coser, limpiar y cocinar. Después de las clases, Joy va a la tienda de curiosidades y se ocupa de muchas de las tareas que antes realizaba yo: quitar el polvo, barrer, sacar brillo.

—Es importante que se prepare para ser una futura esposa y la madre de mis bisnietos —dice padre Louie, y todos intentamos complacerlo.

Y aunque hemos perdido toda esperanza de volver a China, mi suegro todavía asegura:

—No queremos que Pan-di se vuelva demasiado americana. Algún día todos regresaremos a China.

Estas ideas nos indican que está perdiendo el juicio. Cuesta creer que antaño nos mandara a todos con tanta autoridad o que le tuviéramos miedo. Lo llamábamos «el viejo», pero ahora es un anciano, se debilita lentamente, se aleja de nosotros poco a poco, y va perdiendo sus recuerdos, su fuerza y su conexión con las cosas que siempre le han interesado: el dinero, los negocios y la familia.

Joy se despide de su abuelo con una inclinación de la cabeza, y luego me acompaña a la iglesia metodista para asistir al servicio dominical. Nada más terminar el sermón, vamos a la plaza central del Nuevo Chinatown para reunirnos con Sam, May, tío Fred, Mariko y sus hijas en una de las salas de reuniones del barrio. Nos hemos integrado en un grupo —una especie de asociación— compuesto por miembros de las iglesias congregacionalista, presbiteriana y metodista de Chinatown. Nos juntamos una vez al mes. Nos ponemos de pie, muy erguidos y orgullosos, con una mano sobre el corazón, y recitamos el Juramento de Lealtad. A continuación, salimos en tropel a Bamboo Lane y subimos a nuestros coches para ir a la playa de Santa Mónica. Sam, May y yo vamos en el asiento delantero de nuestro

Chrysler; Joy y las dos hijas de los Yee —Hazel y su hermana pequeña, Rose—, apretujadas en el asiento trasero. Nos dirigimos hacia el
oeste formando una caravana que recorre Sunset Boulevard. Nos
adelantan automóviles con alerones enormes, y sus parabrisas lanzan
destellos al sol estival. Pasamos ante las anticuadas casas de madera
de Echo Park, las mansiones de estuco rosa y las palmeras de Beverly
Hills; torcemos por Wilshire Boulevard y continuamos hacia el oeste. Vemos supermercados enormes que parecen hangares de bombarderos B-29, aparcamientos y jardines del tamaño de campos de
fútbol, y cascadas de buganvillas y campanillas.

Joy sube la voz para insistir sobre algo que les está diciendo a
Hazel y Rose, y sonríe. Todos dicen que mi hija poseee don de len-
guas. Tiene catorce años y habla perfectamente inglés y los dialectos
sze yup y wu, y su dominio del chino escrito también es excelente.
Por el Año Nuevo chino, o si hay algo que celebrar, la gente le pide
que escriba unos pareados con su delicada caligrafía, que, según opinión de todos, todavía conserva la pureza de la infancia. Ese elogio
no es suficiente para mí. Sé que Joy puede crecer más espiritualmen-
te, y aprender más sobre la raza blanca si va a la iglesia fuera de Chinatown, y eso es precisamente lo que hacemos una vez al mes.

—Dios nos ama a todos —le recuerdo a mi hija—. Él quiere que
te ganes bien la vida y que seas feliz. Y lo mismo pasa con América.
En Estados Unidos puedes lograr cualquier cosa que te propongas. En
cambio, de China no se puede decir lo mismo.

También se lo comento a Sam, porque las palabras y creencias
cristianas han arraigado en mí. Además, mi fe en Dios y Jesús forma
parte del patriotismo y la lealtad que siento por el país natal de mi
hija. Y por supuesto, hoy en día ser cristiano va fuertemente unido al
sentimiento anticomunista. Nadie quiere que lo acusen de ser un
comunista ateo. Cuando nos preguntan sobre la guerra de Corea,
decimos que somos contrarios a la intervención de la China comunista; cuando nos preguntan sobre Taiwán, decimos que apoyamos
al generalísimo y a madame Chiang Kai-shek. Decimos que estamos a favor del rearme moral, de Jesús y de la libertad. Resulta práctico asistir a una iglesia occidental, como lo era ir a una misión cuando vivía en Shanghai.

—Debes ser consciente de estas cosas —le digo a mi marido,
pues me he convertido a la religión del Dios único y él lo sabe.

Quizá a Sam no le guste, pero asiste a las reuniones de la parro-
quia porque nos quiere a mí, a nuestra familia, a tío Fred y a sus hijas,

y porque le gustan estas excursiones que lo hacen sentirse americano. De hecho, aunque a Joy se le ha pasado por fin la etapa de vaquera, casi todo nos hace sentirnos más americanos. Los días como hoy, Sam olvida las connotaciones religiosas de la salida y se entrega a sus cosas: preparar la comida, comer tajadas de sandía sin temor a que le hayan inyectado agua sucia de río, y disfrutar de la compañía de la familia. Considera que estas excursiones son puramente sociales y que participamos en ellas únicamente por el bien de nuestros hijos.

Estaciona en un aparcamiento junto al muelle de Santa Mónica y bajamos del coche. Al caminar por la arena nos quemamos los pies; extendemos las mantas y montamos las sombrillas. Sam y Fred ayudan a los otros padres a cavar un hoyo para la barbacoa. May, Mariko y yo ayudamos a las otras madres a distribuir cuencos de patatas, judías y ensalada de fruta, boles de gelatina con malvavisco, castaña y zanahoria rallada, y bandejas de fiambre. En cuanto el fuego está preparado, les llevamos a los hombres fuentes con alas de pollo marinadas en soja, miel y semillas de sésamo, y costillas de cerdo maceradas en salsa *hoisin* y cinco especias. El aire del mar se mezcla con el aroma de la carne asada; los niños juegan en la orilla; los hombres se encargan de la barbacoa; y las mujeres nos sentamos en las mantas a charlar. Mariko se queda un poco apartada. Tiene a la pequeña Mamie en brazos y vigila a sus otras hijas mestizas, Eleanor y Bess, que están construyendo un castillo de arena.

A mi hermana todos la llaman tía May. Ella tampoco cree en el Dios único, como Sam. ¡Ni mucho menos! Trabaja muchas horas, y a veces se queda hasta muy tarde preparando a los extras para un rodaje, o pasa toda la noche en el plató. Al menos, eso me cuenta. Sinceramente, no sé adónde va, pero tampoco se lo pregunto. Incluso cuando está durmiendo en casa, el teléfono puede sonar a las cuatro o cinco de la madrugada; a veces es alguien que acaba de perder todo su dinero apostando y necesita un trabajo. Nada de todo eso encaja bien con mis creencias cristianas, y por eso me gusta traer a mi hermana a estas excursiones a la playa.

—Mira a esa recién llegada —dice May, ajustándose las gafas de sol y el sombrero.

Ladea disimuladamente la cabeza hacia Violet Lee, que hace visera con sus largos y afilados dedos y escudriña el océano, donde Joy y sus amigas, cogidas de la mano, saltan por encima de las olas. Aquí hay muchas mujeres que, como Violet, acaban de bajar del barco. Ahora, casi el cuarenta por ciento de la población china de Los Ángeles la componen mujeres, pero Violet no es una esposa ni una novia de guerra. Su marido y ella vinieron a estudiar a la Universidad de Los Ángeles: ella, Bioingeniería, y Rowland, Ingeniería. Cuando China cerró las fronteras, se quedaron atrapados aquí con su hijo pequeño. No son hijos de papel, socios de papel ni empleados, pero aun así son *wang k'uo nu*, esclavos de la tierra perdida.

Violet y yo nos llevamos bien. Ella tiene las caderas estrechas, y eso, según mi madre, revela que una mujer tiene talento para la conversación. ¿Es mi mejor amiga? Miro a mi hermana de soslayo. No, nunca. Violet es una buena amiga, como en su día lo fue Betsy. Pero May no sabe de qué habla. Es cierto que algunas mujeres que hemos conocido últimamente parecen recién llegadas —igual que nosotras en su momento—, pero muchas son como Violet: tienen estudios, han llegado a este país con su propio dinero, no han tenido que pasar ni una sola noche en Chinatown, y se han comprado bungalows y casas en Silver Lake, Echo Park o Highland Park, donde los chinos son bien recibidos. No sólo no viven en Chinatown, sino que tampoco trabajan allí. No son empleados de lavandería, sirvientes, empleados de restaurante ni dependientes de tiendas de curiosidades. Son la flor y nata de China, los que pudieron permitirse el lujo de salir del país. Y ya han llegado mucho más lejos de lo que nosotros llegaremos. Ahora Violet da clases en la Universidad del Sur de California, y Rowland trabaja en la industria aeroespacial. Sólo acuden a Chinatown para ir a la iglesia y comprar comida. Se han unido a nuestro grupo para que su hijo conozca a otros niños chinos.

May se fija en un muchacho.

—¿Crees que a ese recién llegado le interesa nuestra NA? —pregunta con recelo. El recién llegado al que se refiere es el hijo de Violet; NA es mi hija nacida en América.

—Leon es un chico muy agradable y muy buen estudiante —contesto mientras lo veo zambullirse ágilmente en el mar—. Es el mejor de su clase en la escuela, igual que Joy en la suya.

—Me recuerdas a *mama* hablando de Tommy y de mí —bromea May.

No veo nada malo en que Leon y Joy se conozcan —replico, y por una vez no me ofende que me haya comparado con *mama*. Al fin y al cabo, la razón por la que existe esta asociación es que queremos que los niños y niñas se conozcan y que, algún día, puedan casarse entre sí. La expectativa implícita es que se casen con alguien de origen chino.

—Joy tiene suerte de que no vayan a concertarle una boda. —May suelta un suspiro—. Pero incluso cuando se trata de animales, siempre es preferible un pura raza a un chucho.

Cuando pierdes tu patria, ¿qué conservas y qué abandonas? Nosotros sólo hemos conservado lo que se podía salvar: la comida china, el idioma chino, la costumbre de enviar dinero a la familia Louie que sigue en el pueblo. Pero ¿y el matrimonio concertado para mi hija? Sam no es Z.G., pero es un hombre bueno. Y Vern, pese a haber sido siempre imperfecto, nunca ha pegado a May ni ha perdido dinero en las apuestas.

—No le des prisa para que se case —continúa mi hermana—. Deja que estudie —agrega, cuando eso es algo por lo que llevo trabajando prácticamente desde el día en que nació Joy—. En Shanghai no tuve las mismas oportunidades que tú —se lamenta—, pero Joy debería ir a la universidad, como hiciste tú. —Hace una pausa para que asimile sus palabras, como si fuera la primera vez que las oigo—. Pero me encanta que tenga tan buenos amigos —añade, mientras las niñas vuelven a cogerse de las manos al acercarse una gran ola—. ¿Te acuerdas de cuando podíamos reír así? No concebíamos que pudiera pasarnos nada malo.

—La felicidad no tiene nada que ver con el dinero —digo con convencimiento. Pero May se muerde el labio inferior, y comprendo que mi comentario no ha sido nada acertado—. Cuando *baba* lo perdió todo, pensamos que era el fin del mundo...

—Lo era. Nuestras vidas habrían sido muy diferentes si *baba* hubiera ahorrado nuestro dinero en lugar de perderlo jugando; por eso ahora trabajo tanto para ganarlo.

«Para ganarlo y para gastártelo en ropa y joyas», pienso, pero no lo menciono. Nuestras diferentes actitudes respecto al dinero son una de las cosas que la sacan de quicio.

—Lo que quiero decir —insisto, con la esperanza de no irritarla más— es que Joy tiene la suerte de tener amigos, como yo tengo la suerte de tenerte a ti. Cuando se casó, *mama* no volvió a ver a sus hermanas, pero tú y yo nos tendremos siempre. —Le paso un brazo por los hombros y la sacudo cariñosamente—. A veces pienso que algún día acabaremos compartiendo una habitación, como cuando éramos pequeñas, sólo que estaremos en una residencia para ancianos. Comeremos juntas. Venderemos números de rifa juntas. Haremos manualidades juntas...

—Iremos a la primera sesión juntas —añade May sonriendo.

—Y cantaremos salmos juntas.

May frunce el entrecejo. He cometido otro error, y me apresuro a arreglarlo:

—¡Y jugaremos al majong! Seremos dos mujeres rollizas retiradas que juegan al majong y se quejan por todo.

May asiente con la cabeza mientras mira con añoranza hacia el oeste, más allá del mar y el horizonte.


Cuando llegamos a casa, encontramos a padre Louie dormido en su sillón. Les doy sombreros de paja a Joy, Hazel y Rose y las envío al patio trasero, donde recogen granos de pimienta del suelo, llenan sus sombreros y se lanzan las inofensivas bolitas rosa, riendo, chillando y correteando entre las plantas. Sam y yo vamos a la habitación de Vern a cambiarle el pañal. La ventana abierta no ayuda mucho a eliminar el olor a enfermedad, pus y excrementos. May prepara el té. Nos sentamos unos minutos para contarle a Vern lo que hemos hecho hoy, y luego vuelvo a la cocina para preparar la cena.

Lavo el arroz, corto jengibre y ajo, troceo carne de ternera. Antes de empezar a cocinar, envío a las hijas de los Yee a su casa. Mientras preparo la ternera *lo mein* con curry y tomate, Joy pone la mesa, una tarea que en Shanghai siempre realizaban nuestros sirvientes bajo la atenta mirada de *mama*. Joy coloca los palillos y se asegura de que ninguno quede torcido, porque eso significaría que quien los utilice perderá un barco, un avión o un tren (aunque nadie tiene previsto ir a ninguna parte). Mientras sirvo la comida en la mesa, Joy va a buscar a su tía, su padre y su abuelo. He tratado de inculcarle las cosas que *mama* intentó enseñarme a mí. La diferencia es que mi hija presta atención y ha aprendido. Nunca habla durante la cena, algo en lo que May y yo siempre fallábamos. Nunca se le caen los palillos, porque trae mala suerte, ni los deja dentro del cuenco de arroz, porque eso sólo se hace en los funerales y sería descortés hacia su abuelo, que últimamente piensa a menudo en su propia muerte.

Después de cenar, Sam ayuda a padre a volver a su sillón. Yo limpio la cocina mientras May le lleva un plato de comida a Vern. Estoy con las manos metidas en el agua jabonosa, contemplando el jardín, que brilla a la última luz de la tarde estival, cuando oigo llegar a mi hermana por el pasillo. Luego oigo un grito ahogado, un respingo tan fuerte y brusco que de pronto me entra un miedo terrible. ¿Será Vern? ¿Padre? ¿Joy? ¿Sam?

Corro hasta la puerta de la cocina y asomo la cabeza. May está plantada en medio del salón, con el plato vacío de Vern en la mano, las mejillas coloradas y una expresión que no logro descifrar. Mira fijamente hacia el sillón de padre, así que pienso que mi suegro ha fallecido. Me digo que la muerte no ha escogido un mal día para presentarse. Padre tiene más de ochenta años, ha pasado un día tranquilo con su hijo, ha cenado con su familia y ninguno de nosotros puede estar descontento con las relaciones familiares.

Entro en el salón, dispuesta a enfrentarme a este triste momento, y me quedo paralizada como mi hermana: mi suegro se encuentra perfectamente. Está sentado con los pies en alto en su sillón reclinable, con su larga pipa en la boca, y con un ejemplar de *China Reconstructs* en las manos. Verlo leyendo esa revista ya es bastante sorprendente. Proviene de la China Roja y es una herramienta de propaganda comunista. Circulan rumores de que el gobierno tiene espías en Chinatown que se enteran de quién compra publicaciones como ésa. Padre Louie, de quien no se puede decir en absoluto que sea partidario del régimen comunista, nos ha advertido que no vayamos al estanco ni a la papelería donde venden esa revista bajo mano.

Pero lo que me sorprende no es la revista, sino la portada, que mi suegro nos muestra con orgullo. La imagen que aparece en ella nos resulta familiar, aunque nosotras no leamos esa clase de publicaciones: el esplendor de la Nueva China representado por dos jóvenes vestidas de campesinas, con las mejillas coloradas, los brazos cargados de frutas y hortalizas, ensalzando el nuevo régimen; todo plasmado con intensos tonos rojos. Y esas dos chicas bonitas somos May y yo. El pintor, que ha adoptado el estilo de los comunistas, con imágenes exuberantes y muy realzadas, resulta fácilmente identificable por la delicadeza y la precisión de sus pinceladas. Z.G. está vivo, y no se ha olvidado de mí ni de mi hermana.

—He ido al estanco mientras Vern dormía. Mirad —dice padre Louie sin disimular su orgullo por la imagen de la portada. May y yo ya no aparecemos anunciando jabón, polvos de tocador ni leche infantil en polvo, sino una cosecha espléndida frente a la pagoda Lunghua, donde Z.G. y nosotras fuimos un día a volar cometas—. Todavía sois chicas bonitas.

Padre habla en un tono casi triunfal. Se ha pasado la vida trabajando, y ¿para qué? No ha podido volver a China. Su esposa ha muerto. Su hijo es como una chinche reseca y más o menos igual de sociable. No ha tenido nietos. Sus negocios han quedado reducidos a una mediocre tienda de curiosidades. Pero hay una cosa que sí hizo bien, muy bien: consiguió dos chicas bonitas para Vern y Sam.

May y yo, vacilantes, damos unos pasos hacia él. Es difícil explicar cómo me siento: estoy conmocionada por vernos tal como éramos hace quince años, con las mejillas coloradas, los ojos brillantes y una sonrisa cautivadora; estoy un poco asustada por constatar que hay revistas como ésa en la casa; y estoy casi loca de alegría por saber que Z.G. sigue con vida.

Sam aparece a mi lado haciendo aspavientos, muy emocionado.

—¡Sois vosotras! ¡Sois May y tú! —exclama.

Me sonrojo como si me hubieran descubierto. Y es que me han descubierto. Miro a May en busca de ayuda. Como buenas hermanas, siempre hemos sabido transmitirnos mucho con la mirada.

—Esto debe de haberlo pintado Z.G. Li —dice ella sin alterarse—. Qué bonito que nos haya recordado así. Pearl está preciosa, ¿verdad?

—Os ha pintado exactamente como yo os veo —declara Sam, demostrando ser un buen marido y un cuñado cariñoso—. Siempre hermosas. Eternamente hermosas.

—Sí, hermosas —concede May alegremente—, aunque ninguna de las dos hemos estado jamás tan guapas con ropa de campesina.

Esa noche, cuando todos se han acostado, voy a reunirme con mi hermana. Nos sentamos en su cama, cogidas de la mano, y nos quedamos contemplando la revista. Por mucho que quiera a Sam, una parte de mí se alegra de saber que, al otro lado del océano, en Shanghai —porque tengo que creer que Z.G. está allí—, en un país al que no puedo volver, el hombre que amé hace tanto tiempo todavía me ama.

Una semana más tarde, nos damos cuenta de que la debilidad y el letargo de padre son algo más que síntomas del enlentecimiento propio de la vejez. Está enfermo. El médico nos dice que es cáncer de pulmón y que no se puede hacer nada. La muerte de Yen-yen fue tan repentina y llegó en un momento tan inconveniente que no tuvimos ocasión de prepararnos para su muerte ni llorar su pérdida. Esta vez, cada uno reflexiona a su manera sobre los errores cometidos en el pasado y procura corregirlos en el tiempo que le queda.

En los meses siguientes recibimos muchas visitas. Todos hablan con respeto de mi suegro, lo consideran un Hombre de la Montaña

Dorada; sin embargo, estos últimos días, cuando lo miro sólo veo a un hombre destrozado. Ha trabajado mucho, pero ha perdido sus negocios y sus propiedades en China y casi todo lo que había conseguido aquí. Ahora, al final, tiene que depender de su hijo de papel para la vivienda, la comida, la pipa de la noche y los ejemplares de *China Reconstructs* que Sam compra bajo mano en la tienda de la esquina.

El único consuelo de padre en estos meses finales, mientras el cáncer le come los pulmones, son las fotografías que recorto de la revista y cuelgo en la pared junto a su sillón. Lo veo muchas veces con lágrimas en sus descarnadas mejillas, contemplando el país del que se marchó de joven: las montañas sagradas, la Gran Muralla y la Ciudad Prohibida. Dice que odia a los comunistas, porque es lo que ha de decir todo el mundo, pero todavía siente un amor por la tierra, el arte, la cultura y la gente de China que no tiene nada que ver con Mao, con el Telón de Bambú ni con el miedo a los rojos. Y él no es el único que siente nostalgia de su patria. Muchos de los primeros en llegar a América, como tío Wilburt y tío Charley, vienen a casa y también se quedan contemplando esas imágenes de su hogar perdido; sienten un profundo amor por China, sin importarles en qué se ha convertido. Pero las cosas se precipitan y padre no tarda en morir.

El funeral es el acontecimiento más importante de la vida de una persona, más relevante que un nacimiento, un cumpleaños o una boda. Como padre era un hombre y vivió más de ochenta años, su funeral es mucho más lujoso que el de Yen-yen. Alquilamos un Cadillac descapotable para recorrer Chinatown con un gran retrato de padre Louie, enmarcado con flores, en el asiento trasero. El chófer del coche fúnebre lanza monedas por la ventanilla para contentar a los demonios maléficos y los fantasmas que podrían intentar cerrarle el paso. Detrás va una banda de música que interpreta canciones populares chinas y marchas militares. En la sala donde se celebra la ceremonia, trescientas personas se inclinan tres veces ante el ataúd y otras tres veces ante nosotros, los miembros de la familia. Ofrecemos monedas a los dolientes para dispersar el *sa hee* —el aire impuro relacionado con la muerte— y caramelos para eliminar el sabor amargo de la misma. Todos visten de blanco: el color del luto, el color de la muerte. Luego vamos al restaurante Soochow, donde se celebra el *gaai wai jau*, el banquete tradicional «sencillo» de siete platos a base de pollo, marisco y verduras al vapor, cuya finalidad es «paliar la pena», desearle al difunto una larga vida en el más allá, ayudarnos a superar la pérdida y animarnos a dejar atrás los vapores de la muerte antes de volver a casa.

Durante tres meses, mientras dura el período de luto riguroso, las mujeres vienen a casa a jugar al dominó con May y conmigo. A veces me sorprendo contemplando las fotografías que colgué en la pared, encima del sillón de padre. No sé por qué, pero no me decido a retirarlas.

# Una pizca de oro

—¿Por qué no puedo ir? —protesta Joy—. Tía Violet y tío Rowland dejan ir a Leon.

—Leon es un chico —le recuerdo.

—Sólo cuesta veinticinco centavos. ¡Por favor!

—Tu padre y yo pensamos que no está bien que una chica de tu edad vaya sola por la ciudad y...

—No iré sola. Van todos mis amigos.

—Tú no eres todos tus amigos. ¿Quieres que la gente te mire y vea porcelana resquebrajada? Tienes que proteger tu cuerpo como si fuera una pieza de jade.

—Mamá, lo único que quiero es ir a la disco-fiesta del International Hall.

A veces Yen-yen decía que una pizca de oro no podía comprar una pizca de tiempo, pero hasta hace poco no he empezado a entender lo valioso que es el tiempo y lo deprisa que pasa. Estamos en el verano de 1956, el verano posterior a la graduación de Joy en el instituto. En otoño irá a la Universidad de Chicago, donde estudiará Historia. Chicago está muy lejos, pero hemos decidido dejarla ir. La matrícula es más cara de lo previsto, pero Joy ha conseguido una beca parcial, y May también contribuirá. No pasa un día sin que Joy pida que la dejemos ir a algún sitio. Si decimos que sí a lo de la disco-fiesta —sea eso lo que sea—, luego tendremos que dejarla ir a otra cosa: un baile con orquesta, una fiesta de cumpleaños en MacArthur Park, o una celebración que implique coger un autobús.

—¿Qué crees que va a pasar? —insiste Joy—. Sólo vamos a poner discos y bailar un poco.

May y yo también decíamos esas cosas cuando vivíamos en Shanghai, y no salimos muy bien paradas.

—Eres demasiado pequeña para salir con chicos —razono.

—¿Demasiado pequeña? Pero ¡si tengo dieciocho años! Tía May se casó con tío Vern cuando tenía mi edad.

«Y ya estaba embarazada», pienso.

Sam intenta tranquilizarme y me reprocha ser demasiado estricta.

—Te preocupas demasiado —dice—. A Joy todavía no le interesan los chicos.

Pero ¿a qué chica de su edad no le interesan los chicos? A mí me interesaban. A May también. Ahora, cuando Joy me replica, desdeña lo que le digo o se marcha de la habitación cuando le pido que se quede, hasta mi hermana se ríe de mí por enfadarme, y dice: «Nosotras a su edad hacíamos exactamente lo mismo.»

«¡Y mira cómo hemos acabado!», me gustaría contestarle.

—Nunca he ido a un partido de fútbol ni a un baile —sigue protestando Joy—. Las otras chicas han ido al Palladium y al Biltmore. Yo nunca puedo hacer nada.

—Te necesitamos en el restaurante y la tienda. Tu tía también necesita que la ayudes.

—¿Para qué quiero trabajar si no me pagáis?

—Todo el dinero...

—Va a la hucha familiar. Ahorráis para pagarme la universidad. Ya lo sé. ¡Ya lo sé! Pero sólo faltan dos meses para que me marche a Chicago. ¿No queréis que me divierta? Es mi última oportunidad de ver a mis amigos. —Se cruza de brazos y suspira como si fuera la persona más agobiada del mundo.

—Puedes hacer lo que quieras, pero has de sacar buenas notas. Si no deseas estudiar...

—...tendré que apañármelas sola —termina ella, recitando la cantinela con gesto de hastío.

Soy la madre de Joy y la veo con ojos de madre. Su negro y largo cabello encierra el azul de montañas lejanas. Sus ojos son negros como un lago en otoño. No se alimentó bien en el útero, y es más menuda que May y que yo. Por eso parece una doncella de tiempos lejanos —ágil como las ramas de un sauce agitadas por la brisa, delicada como el vuelo de las golondrinas—, pero por dentro sigue siendo un Tigre. Puedo intentar domarla, pero mi hija no puede eludir su naturaleza esencial, como yo no puedo eludir la mía. Desde que se graduó, no para de quejarse de la ropa que le hago. «Es ridícula», dice. Yo se la coso con amor, y lo hago porque en Los Ángeles no hay ningún sitio como el Madame Garnet's de Shanghai, donde te hacían vestidos que se adaptaban perfectamente a tu silueta. Lo que más le molesta es su sensación de falta de libertad, pero sé muy bien las cosas que hacíamos May y yo —sobre todo May; en realidad, sólo May— cuando éramos jóvenes.

Todo esto no pasaría si padre Louie siguiera vivo. Ya hace cuatro años que murió. Sam, Joy y yo podríamos haber aprovechado su muerte para vivir solos, pero no lo hicimos. Sam hizo una promesa cuando padre lo acogió como algo más que un hijo de papel. Quizá yo ya no crea en los antepasados, pero Sam enciende incienso para padre Louie y le hace ofrendas de comida y ropa de papel por Año Nuevo y en otras fiestas. ¿Cómo íbamos a abandonar a Vern, que ha vivido más años de los que esperábamos? Cuando preguntara por sus padres, como hace todos los días, ¿quién le explicaría que han muerto? ¿Cómo íbamos a dejar que May se encargase de su marido, dirigiera la Golden Prop and Extras y la tienda de curiosidades, y llevase la casa? Pero no se trata sólo de la lealtad a la familia y las promesas hechas. También seguimos teniendo mucho miedo.

Todos los días oímos malas noticias. El cónsul americano en Hong Kong ha acusado a la comunidad china de tendencia a cometer fraude y perjurio, porque los chinos «no tienen un equivalente al concepto occidental del juramento». Dice que todos los que pasan por su despacho con intención de viajar a Estados Unidos utilizan documentos falsos. El Centro de Inmigración de Angel Island lleva mucho tiempo cerrado, pero el cónsul ha concebido nuevos procedimientos que requieren contestar cientos de preguntas, rellenar docenas de formularios y realizar declaraciones juradas, análisis de sangre, radiografías y huellas dactilares, y todo eso para evitar que los chinos entren en América. Afirma que casi todos los que ya viven aquí —incluidos los que vinieron a buscar oro hace más de cien años y los que ayudaron a construir el ferrocarril transcontinental hace unos ochenta años— entraron ilegalmente, y que no se puede confiar en ellos. Nos acusa de traficar con drogas, utilizar pasaportes y otros documentos falsos, falsificar dólares y cobrar ilegalmente de la Seguridad Social y las ayudas a los veteranos. Peor aún: asegura que durante décadas los comunistas enviaron a América hijos de papel —como Sam, Wilburt, Fred y tantos otros— como espías. Insiste en que hay que investigar a todos los chinos afincados aquí.

Joy lleva años hablándonos de los simulacros de ataque nuclear que realizan en la escuela. Ahora parece que vivamos siempre en posición fetal, encerrados en casa con la familia, confiando en que las ventanas, las paredes y las puertas no se hagan añicos, ardan y queden reducidas a cenizas. Ésas son las razones de seguir juntos: el amor que sentimos unos por otros y el miedo a que le pase algo a alguien; nos hemos esforzado por encontrar un equilibrio y un orden, pero, ahora que no está padre Louie, todos vamos un poco a la deriva, en especial mi hija.

—Tú no tendrás que lavarles la ropa a los *lo fan*, prepararles la comida, limpiar su casa ni abrir sus puertas —le digo—. Tampoco tendrás que ser oficinista ni empleada de una tienda. Cuando tu padre y yo llegamos aquí, nuestro único objetivo era abrir nuestro propio restaurante y, quizá algún día, vivir en una casa.

—Papá y tú lo habéis conseguido.

—Sí, pero tú puedes conseguir mucho más. Cuando tu tía y yo llegamos aquí, sólo unos pocos afortunados podían ejercer una profesión. Puedo contarlos con los dedos de una mano. —Y lo hago—: Y.C. Hong, el primer abogado chino-americano de California; Eugene Choy, el primer arquitecto chino-americano de Los Ángeles; Margaret Chung, la primera doctora chino-americana del país...

—Eso ya me lo has contado mil veces.

—Porque quiero que entiendas que tú puedes ser doctora, abogada, científica o contable. Puedes hacer lo que quieras.

—¿Hasta trepar a un poste de teléfonos? —pregunta con ironía.

—Sólo deseamos que llegues a lo más alto —replico con calma.

—Por eso voy a ir a la universidad. No quiero trabajar en el restaurante ni en la tienda.

Yo tampoco quiero, y eso es precisamente lo que procuro que entienda. Sin embargo, una parte de mí lamenta profundamente que Joy se avergüence tanto de nuestras empresas familiares, que son lo que le ha proporcionado un techo, ropa y comida. Intento explicárselo, y no por primera vez.

—Los hijos de la familia Fong son médicos y abogados, pero siguen ayudando en el Fong's Buffet —le recuerdo—. Uno de los chicos trabaja en los tribunales por la mañana. Por la noche, los jueces van a cenar a su restaurante y le preguntan: «¿No nos conocemos de algo?» ¿Y el hijo de los Wong? Estudió en la Universidad del Sur de California, pero no le avergüenza ayudar a su padre en la gasolinera los fines de semana.

—No puedo creer que me pongas como ejemplo a Henry Fong. Siempre te lamentas de que se ha vuelto demasiado europeo porque se casó con esa chica de familia escocesa. Y Gary Wong sólo pretende compensar a su familia porque les dio un disgusto casándose con una *lo fan* y trasladándose a Long Beach para vivir como un eurasiático. Me alegro de que te hayas vuelto tan tolerante.

Así es como transcurre el último verano de Joy en casa: con una discusión tras otra. En una de las reuniones de la iglesia, Violet me confía que a ella le pasa lo mismo con Leon, que en otoño se marchará a estudiar a Yale.

—A veces es tan desagradable como un pescado arrumbado detrás de un sofá. Aquí hablan del pájaro que abandona el nido. Leon está impaciente por echar a volar. Es mi hijo, sangre de mi sangre, pero no sabe que una parte de mí también quiere verlo marchar. ¡Vete! ¡Vete! ¡Y llévate tu hedor contigo!

—Es culpa nuestra —le digo por teléfono otra noche, cuando me llama llorando: Leon se ha quejado de que a ella, por su acento, siempre la llamarán extranjera, y cree que si le preguntan de dónde es debería contestar que de Taipei, en Taiwán, y no de Pekín, en la República Popular China, porque si no J. Edgar Hoover y sus agentes del FBI podrían acusarla de espía comunista—. Educamos a nuestros hijos para que fueran americanos, pero también queríamos que fueran hijos chinos bien educados.

May, consciente de la discordia que reina en la casa, le ofrece a Joy un trabajo de extra. Mi hija se muestra entusiasmada.

—¡Mamá! ¡Por favor! Tía May dice que si voy a trabajar con ella, tendré mi propio dinero para libros, comida y ropa de abrigo.

—Ya hemos ahorrado para eso —respondo, aunque no es del todo cierto. Ese dinero adicional nos vendría muy bien; pero lo último que quiero es que Joy se vaya con May.

—Nunca me dejas hacer nada —protesta mi hija.

May no interviene; se limita a mirarnos, consciente de que, al final, el pícaro Tigre se saldrá con la suya. Así que Joy se va a trabajar con su tía varias semanas. Todas las noches, cuando vuelve a casa, entretiene a su padre y a su tío con relatos de sus andanzas en el plató, pero aun así, siempre encuentra alguna forma de criticarme. May me aconseja que no tenga en cuenta su rebeldía; me dice que eso forma parte de la cultura actual, y que Joy sólo intenta integrarse con los chicos americanos de su edad. Mi hermana no entiende lo confundida que estoy. Todos los días libro una batalla interior: quiero que Joy sea patriótica y tenga todas las oportunidades que le brinda el hecho de ser americana. Y al mismo tiempo, me lamento por no haber sabido enseñarle a ser una buena hija, bien educada y fiel a las tradiciones chinas.

Dos semanas antes de que Joy se marche a la Universidad de Chicago, voy al porche cerrado a darle las buenas noches. Mi hermana está en su cama, en un extremo del porche, hojeando una revista. Joy está sentada en su propia cama, cepillándose el cabello y escuchando a Elvis Presley en el tocadiscos. La pared de su cama está cubierta de fotografías de Elvis y James Dean, que murió el año pasado.

—Mamá —dice cuando voy a darle un beso—, he estado pensando una cosa.

A estas alturas, ya sé que ese preámbulo no augura nada bueno.

—Siempre dices que tía May era la más hermosa de las chicas bonitas de Shanghai.

—Sí —respondo mirando a mi hermana, que aparta los ojos de la revista—. Todos los pintores la adoraban.

—Pues si es así, ¿por qué tu cara siempre es la figura principal en esas revistas que compra papá, ya sabes, las que vienen de China?

—Eso no es verdad —replico, pero sí que lo es.

En estos cuatro años, desde que padre Louie trajo a casa aquel ejemplar de *China Reconstructs*, Z.G. ha diseñado otras seis portadas donde la cara de May y la mía son perfectamente reconocibles. En los viejos tiempos, los artistas como Z.G. utilizaban a chicas bonitas para anunciar una vida de lujos. Ahora utilizan los carteles, los calendarios y los anuncios para transmitir las convicciones del Partido Comunista a las masas de analfabetos y al mundo exterior. Las escenas en tocadores, salones y cuartos de baño han sido sustituidas por temas patrióticos: May y yo con los brazos estirados como si quisiéramos alcanzar el brillante futuro; las dos con pañuelo en la cabeza, empujando carretillas llenas de piedras para ayudar a construir una presa; o en un arrozal, plantando brotes de arroz. En todas las portadas, mi rostro —de rosadas mejillas— y mi cuerpo —de esbeltas líneas— es la figura central, mientras que mi hermana ocupa una posición secundaria detrás de mí, sosteniendo un cesto en que yo pongo hortalizas, sujetándome la bicicleta, o con la cabeza gacha, cargando algo a la espalda mientras yo miro al cielo. Siempre aparece algún detalle de Shanghai en la ilustración: el río Whangpoo visto desde la ventana de una fábrica; el jardín Yu Yuan de la ciudad vieja, donde unos soldados uniformados entrenan con sus fusiles; el espléndido

Bund, convertido en un escenario gris y soso por el que desfilan obreros. Los tonos sutiles, las posturas románticas y los bordes difuminados que tanto le gustaban a Z.G. han sido sustituidos por figuras bordeadas de negro y pintadas de un solo color plano, casi siempre rojo, rojo, rojo.

Joy se levanta y recorre el porche. Examina las portadas que May ha colgado en la pared, junto a su cama.

—El pintor debía de quererte mucho —comenta mi hija.

—Qué va, eso es imposible —dice May para encubrirme.

—Deberías fijarte mejor —replica Joy—. ¿No ves lo que ha hecho el pintor? Dos jóvenes delgadas, pálidas y elegantes, como debías de ser tú entonces, tía May, han sido sustituidas por dos trabajadoras robustas, sanas y fuertes, como mamá. ¿No me has dicho que el abuelo siempre se lamentaba porque mamá tenía cara de campesina, por las mejillas coloradas? Su cara es perfecta para los comunistas.

A veces las hijas son crueles. A veces dicen cosas sin mala intención, pero eso no significa que sus palabras no hieran. Me doy la vuelta y me quedo mirando el huerto para ocultar mis sentimientos.

—Por eso creo que a la que quiere es a ti, tía May. ¿No lo ves?

Respiro hondo; una parte de mi cerebro escucha a mi hija, y la otra reinterpreta lo que ha dicho antes. Al decir: «Debía de quererte mucho», no se refería a mí, sino a May.

—Porque, mira —prosigue Joy—: aquí está mamá, la campesina perfecta para el país, pero fíjate cómo ha pintado tu rostro, tía May. Es precioso. Pareces una diosa o algo así.

Mi hermana no dice nada, pero supongo que está examinando las fotografías.

—Seguro que si el pintor os viera ahora —continúa Joy—, no os reconocería.

Con esas palabras, mi hija consigue herirnos a las dos, pinchando nuestra parte más sensible y vulnerable. Me hinco las uñas en las palmas para controlar mis emociones. Con una sonrisa, me doy la vuelta y poso las manos en los hombros de Joy.

—He venido a darte las buenas noches. Métete en la cama. —Y con tono despreocupado, añado—: Ah, May, ¿puedes ayudarme con la contabilidad del restaurante? No me cuadran los números.

Mi hermana y yo llevamos toda una vida juntas componiendo sonrisas falsas y eludiendo situaciones desagradables. Salimos del porche fingiendo que Joy no nos ha herido con sus comentarios, pero en cuanto llegamos a la cocina, nos abrazamos para darnos fuerza y consuelo. ¿Cómo pueden dolernos tanto las palabras de Joy después de tantos años? Porque todavía llevamos dentro los sueños de lo que podría haber sido, de lo que debería haber sido, de lo que desearíamos que todavía pudiera ser. Eso no significa que no estemos contentas. Lo estamos, pero los deseos románticos de nuestra infancia todavía no nos han abandonado del todo. Como dijo Yen-yen hace muchos años: «A veces me miro en el espejo y me sorprende lo que veo.» Y cuando yo me miro todavía espero ver a aquella chica de Shanghai, no a la esposa y madre en que me he convertido. ¿Y May? No ha cambiado nada. Sigue hermosa, eternamente joven.

—Joy sólo es una niña —le digo—. Nosotras también decíamos y hacíamos tonterías cuando teníamos su edad.

—Al final todo vuelve al principio —replica May.

Me pregunto si estará pensando en el significado original de ese aforismo: que hagamos lo que hagamos en esta vida, siempre volveremos al principio, y tendremos hijos que nos desobedecerán, nos harán daño y nos decepcionarán, igual que nosotros desobedecíamos, hacíamos daño y decepcionábamos a nuestros padres. ¿O está pensando en Shanghai y en que, en cierto modo, desde que nos marchamos no hemos hecho sino prolongar los últimos días que pasamos allí, condenadas a revivir eternamente la pérdida de nuestros padres, Z.G. y nuestra casa, y a sobrellevar las consecuencias de mi violación y el embarazo de May?

—Joy nos dice esas cosas tan hirientes para que estemos unidas —declaro, repitiendo algo que me dijo Violet el otro día—. Sabe que cuando se marche, nos quedaremos muy tristes.

May desvía la mirada; tiene los ojos llorosos.

A la mañana siguiente, cuando voy al porche, veo que han desaparecido las portadas de *China Reconstructs* que colgaban de las paredes.


Estamos en el andén de la Union Station, despidiéndonos de Joy. May y yo llevamos faldas con mucho vuelo, ahuecadas por las enaguas y ceñidas a la cintura con estrechos cinturones de piel. La semana pasada tintamos los zapatos de tacón de aguja para que hicieran juego con los vestidos, guantes y bolsos. Fuimos al Palace Salon a rizarnos el pelo y cardarlo hasta que alcanzó una altura impresionante; ahora nos protegemos el peinado con un pañuelo de colores vivos anudado bajo la barbilla. Sam lleva su mejor traje y tiene una expresión triste. Y Joy está loca de alegría.

De su bolso, May saca la bolsita con las tres monedas, las tres semillas de sésamo y las tres habichuelas que le regaló *mama*. Me ha preguntado si podía regalársela a Joy. Yo le he dicho que sí, pero me habría gustado pensármelo mejor. May le cuelga la bolsita del cuello y dice:

—El día que naciste te di esto para que te protegiera. Ahora espero que lo lleves mientras estés lejos de nosotros.

—Gracias, tía —responde Joy, y aprieta la bolsita—. No pienso exprimir una naranja más, ni vender una sola gardenia más, en toda mi vida —promete al abrazar a su padre—. No volveré a llevar vestidos de tela atómica ni esos horribles jerséis de fieltro —me promete después de besarme—. No quiero ver otro rascador de espalda ni otra pieza de porcelana de Cantón.

Soportamos su frivolidad, la escuchamos y le damos nuestros mejores consejos y nuestras últimas palabras: la queremos, debe escribirnos todos los días, puede llamarnos por teléfono si tiene algún problema, ha de comerse primero las albóndigas que le ha hecho su padre y luego las galletas y la mantequilla de cacahuete que le hemos puesto en el cesto. Joy sube al tren; la ventanilla la separa de nosotros mientras se despide con la mano y dice, moviendo los labios: «¡Os quiero! ¡Os echaré de menos!» Cuando el tren se pone en marcha, caminamos por el andén diciéndole adiós con la mano y llorando hasta que la perdemos de vista.

Al regresar a casa, es como si hubieran cortado la electricidad. Ya sólo quedamos cuatro, y la tranquilidad, sobre todo durante el primer mes, es tan insoportable que May se compra un Ford Thunderbird nuevo, y Sam y yo un televisor. May viene a casa después del trabajo, cena algo deprisa, le da las buenas noches a Vern y se marcha de nuevo. Los demás nos sentamos en el salón y vemos *La ley del revólver* y *Cheyenne*, recordando cómo le gustaban las vaqueras a Joy.

—«Queridos mamá, papá, tía May y tío Vern —leo en voz alta. Estamos sentados alrededor de la cama de Vern—. En vuestra carta me preguntabais si os añoraba. ¿Cómo contestar a esa pregunta sin ofenderos? Si os digo que me estoy divirtiendo, os haré daño. Si os digo que estoy triste, os preocuparéis por mí.»

Miro a los demás. Sam y May asienten con la cabeza. Vern retuerce la sábana con los dedos. No acaba de entender que Joy se haya marchado; tampoco entiende del todo que sus padres hayan muerto.

—«Pero creo que a papá le gustaría que dijera la verdad —continúo—. Estoy muy contenta y me lo paso muy bien. Las clases son interesantes. Estoy haciendo un trabajo sobre un escritor chino llamado Lu Hsün. Supongo que no habréis oído hablar de él...»

—¡Ja! —salta mi hermana—. Podríamos contarle muchas cosas. ¿Te acuerdas de lo que escribió sobre las chicas bonitas?

—Sigue leyendo, sigue leyendo —pide Sam.

Joy no viene a casa por Navidad. No nos molestamos en poner un gran árbol. Sam compra un arbolito de apenas medio metro, que colocamos sobre la cómoda de Vern.

Hacia finales de enero, el entusiasmo inicial de Joy deja paso, por fin, a la añoranza:

*¿Cómo puede la gente vivir en Chicago? Aquí hace mucho frío. Nunca sale el sol, y el viento no para de soplar. Gracias por la ropa interior de abrigo que me comprasteis en la tienda de excedentes del Ejército, pero ni siquiera con eso consigo calentarme. Aquí todo es blanco —el cielo, el sol, la cara de la gente—, y los días son demasiado cortos. No sé qué echo más de menos, si ir a la playa o pasearme por los platós con tía May. Hasta añoro el cerdo agridulce que prepara papá en el restaurante.*

Ese último comentario es grave. El cerdo agridulce es el peor plato *lo fan*: demasiado dulce y demasiado empanado.

En febrero, mi hija escribe:

*Confiaba en que alguno de mis profesores me diera trabajo para las vacaciones de primavera. ¿Cómo es posible que ninguno tenga nada que ofrecerme? En la clase de Historia me siento en la primera fila, pero el profesor les reparte asignaciones a todos antes que a mí. Si se acaban, mala suerte.*

Le contesto:

*La gente siempre te dirá que no puedes hacer esto o aquello, pero no olvides que puedes hacer cualquier cosa que te propongas. No dejes de ir a la iglesia. Allí siempre te aceptarán, y podrás comentar la Biblia. Es conveniente que la gente sepa que eres cristiana.*

Me responde:

*Todos me preguntan por qué no vuelvo a China. Les digo que no puedo volver a un sitio donde no he estado nunca.*

En marzo, de repente, Joy se anima.
—Quizá sea porque ha terminado el invierno —insinúa Sam.
Pero no es eso, porque sigue quejándose del interminable invierno. Lo que pasa es que hay un chico...

*Mi amigo Joe me pidió que me uniera a la Asociación de Estudiantes Chinos Democristianos. Me gustan los miembros del grupo. Hablamos de integración, matrimonios mixtos y relaciones familiares. Cocinamos y comemos juntos. Estoy aprendiendo mucho, y por suerte veo caras amigas.*

Dejando aparte a ese tal Joe, quienquiera que sea, me alegro de que Joy se haya unido a un grupo cristiano. Sé que allí entablará amistades. Después de leerles la carta a todos, escribo nuestra respuesta:

*Tu padre quiere que nos cuentes cómo te van los estudios este trimestre. ¿Sigues bien las clases? Tía May quiere saber cómo visten las chicas de Chicago y si puede enviarte algo. Yo no tengo mucho más que añadir. Aquí todo sigue igual, o casi igual. Hemos cerrado la tienda de curiosidades; el negocio no marchaba tan bien como para contratar a alguien que se ocupara de vender todos esos «cachivaches», como tú los llamas. El restaurante sí funciona bien, y tu padre tiene mucho trabajo. Tío Vern quiere saber algo más de Joe.*

(En realidad Vern no ha hecho ningún comentario sobre Joe, pero los demás estamos muertos de curiosidad.)

*Ya conoces a tu tía: siempre trabajando. ¿Qué más? Bueno, ya sabes cómo están las cosas por aquí. Todos temen que los llamen comunistas. Cuando alguien tiene problemas en el trabajo, o en las rivalidades amorosas, una solución fácil es acusar al otro de*

*ser comunista. «¿Sabías que fulano es comunista?» Ya sabes cómo*
*es la gente: le gusta cotillear, perseguir el viento y cazar sombras.*
*Si alguien vende muchos artículos, debe de ser comunista. Si una*
*chica rechaza mis atenciones, debe de ser comunista. Por suerte,*
*tu padre no tiene enemigos, y a tu tía no la corteja nadie.*

Ésa es mi manera —un tanto rebuscada, ya lo sé— de intentar
sonsacarle algo más sobre ese amigo suyo. Pero mi hija es tan avispa-
da como yo y adivina mis intenciones. Como de costumbre, espero a
que estemos todos en casa antes de leer la carta, reunidos alrededor
de la cama de Vern.

*Joe os gustaría. Está haciendo el curso de preparación para la ca-*
*rrera de Medicina. Los domingos va a la iglesia conmigo. Ya sé*
*que quieres que rece, pero en la Asociación Cristiana no rezamos.*
*En las reuniones tampoco hablamos de Jesús. Hablamos de las*
*injusticias cometidas contra personas como papá y tú y los abue-*
*los. Hablamos de lo que les ha pasado a los chinos en el pasado y de*
*lo que sigue pasándoles a los negros. El fin de semana tomamos*
*parte en un piquete frente a Montgomery Ward porque se niegan*
*a contratar a negros. Joe piensa que las minorías tienen que ayu-*
*darse. Joe y yo solicitamos firmas. Me gusta pensar en los proble-*
*mas de los demás, para variar.*

Cuando llego al final de la carta, Sam pregunta:
—¿Crees que ese Joe habla sze yup? No quiero que nuestra hija
se case con alguien que no conozca nuestro dialecto.
—¿Quién ha dicho que es chino? —inquiere May.
Nos ponemos a discutir.
—Se trata de una asociación china —razona Sam—. Tiene que
ser chino.
—Y van juntos a la iglesia —añado.
—¿Y qué? Siempre la has animado a ir a la iglesia fuera de Chi-
natown para que conociera a otro tipo de personas —tercia May, y
tres pares de ojos acusadores me fulminan.
—Se llama Joe —digo—. Es un buen nombre. Suena chino.
Mientras miro ese nombre escrito con la pulcra caligrafía de Joy
e intento discernir quién será ese Joe, mi hermana —mi hermanita
diabólica de siempre— nombra a otros Joes:
—Joe DiMaggio, Joseph Stalin, Joseph McCarthy...

—Escríbele —interrumpe Vern—. Dile que los comunistas no son buenos amigos. Tendrá problemas.

Pero no es eso lo que le digo a Joy. Escribo algo mucho más sutil: «¿Cuál es el apellido de Joe?»

A mediados de mayo recibo su respuesta:

*Ay, mamá, qué graciosa eres. Os imagino a ti, a papá, a tía May y tío Vern sentados y preocupados por esto. El apellido de Joe es Kwok, ¿vale? A veces hablamos de ir a China a ayudar a nuestros paisanos. Según Joe, los chinos tenemos un proverbio que dice: «Miles y miles de años para China.» Ser chino y llevar esa carga a las espaldas y en el corazón puede resultar muy pesado, pero también puede ser una fuente de orgullo y felicidad. Dice: «¿No deberíamos participar en lo que está sucediendo en nuestro país natal?» Hasta me ha acompañado a sacarme el pasaporte.*

Me quedé preocupada cuando Joy se marchó a Chicago. Me preocupé cuando vi que nos añoraba. Me preocupé cuando supe que salía con un chico del que no sabíamos nada. Pero esto es diferente. Esto me hace temblar de miedo.

—China no es su país natal —gruñe Sam.

—Ese Joe es comunista —dice Vern, pero él ve comunistas por todas partes.

—No es más que amor —opina May con tono despreocupado, pero detecto inquietud en su voz—. Cuando están enamoradas, las chicas dicen y hacen estupideces.

Doblo la carta y la guardo en el sobre. Desde tan lejos no podemos hacer nada, pero me pongo a salmodiar algo más que una oración, una especie de súplica desesperada: «Devuélvela a casa, devuélvela a casa, devuélvela a casa.»

# Dominó

Llega el verano y Joy vuelve a casa. Nos deleitamos con su voz suave y melodiosa. Intentamos no tocarla, pero le damos palmaditas en la mano, le alisamos el cabello y le arreglamos el cuello de la blusa. Su tía le regala revistas de cine firmadas, diademas de colores y unas pantuflas moradas con plumas de avestruz. Yo le preparo sus platos preferidos: cerdo cocido al vapor con huevos de pato, ternera *lo mein* al curry con tomate, alitas de pollo con judías negras, y, de postre, tofu de almendras con macedonia de fruta. Sam le trae algún capricho todos los días: pato asado de la carnicería Sam Sing, pastel de nata con fresas de la pastelería Phoenix, y cerdo *bao* de esa tiendecita de Spring Street que tanto le gusta a ella.

Pero ¡cuánto ha cambiado Joy en estos nueve meses! Lleva pantalones pirata y blusas de algodón sin mangas y entalladas, que destacan su diminuta cintura. Se ha cortado el pelo como un chico. También ha cambiado su carácter. No me refiero a que nos plante cara o nos insulte, como hacía los últimos meses antes de irse a Chicago. No es eso, sino que ha regresado creyendo que sabe más que nosotros sobre viajes (ha ido a Chicago y ha vuelto en tren, y ninguno de nosotros ha subido a un tren desde hace años), sobre finanzas (tiene su propia cuenta bancaria y su propio talonario de cheques, mientras que Sam y yo todavía guardamos nuestro dinero en casa, donde el gobierno —o quien sea— no pueda quitárnoslo); pero sobre todo ha cambiado su idea de China. ¡Qué discursos tenemos que oír!

Joy se exhibe ante el más moderado de la familia, su tío Vern. Si el Cerdo, con su carácter inocente, tiene algún defecto, es que confía en todo el mundo y cree cualquier cosa que le digan, aunque se lo diga un extraño, un estafador o una voz por la radio. Los programas anticomunistas que lleva años escuchando por la radio han influenciado sus opiniones sobre la República Popular China. Pero ¿qué clase de objetivo es Vern? No es una buena elección. Cuando Joy proclama: «Mao ha ayudado al pueblo de China», lo único que sabe decir su tío es: «En China no hay libertad.»

—Mao quiere que los campesinos y obreros tengan las mismas oportunidades que papá y mamá quieren que tenga yo —insiste ella, inflexible—. Por primera vez, la gente del campo puede ir a la escuela y la universidad. Y no sólo los chicos. Mao dice que las mujeres deben recibir «el mismo salario por el mismo trabajo».

—Tú nunca has estado en China —le recuerda Vern—. No sabes nada de...

—Sé mucho sobre China. Participé en un montón de películas sobre China cuando era pequeña.

—China no es como la pintan en las películas —tercia su padre, que normalmente se mantiene al margen de esas discusiones.

Joy no discute con él. Y no porque Sam intente controlarla, como haría todo padre chino que se preciara, ni porque ella sea una obediente hija china. Joy es como una perla en la palma de la mano de Sam: eternamente preciosa; y para ella, él es el sólido suelo que pisa: siempre firme y seguro.

May aprovecha ese paréntesis para aclarar las cosas:

—China no es como un plató de cine. De allí no puedes marcharte cuando las cámaras dejan de rodar.

Creo que es lo más severo que le he oído decirle a Joy, pero esa leve reprimenda actúa como una aguja clavada en el corazón de mi hija. De pronto, Joy se concentra en May y en mí, dos hermanas que nunca se han separado, que son íntimas amigas y cuyo lazo es más profundo de lo que ella podría imaginar.

—En China, las chicas no se visten como a ti y tía May os gusta que me vista —me dice un par de días más tarde, mientras plancho unas camisas en el porche—. Cuando conduces un tractor, no puedes llevar vestido. Las chicas tampoco tienen que aprender a bordar. No tienen que ir a la iglesia ni a la escuela china. Y sus padres no se pasan la vida machacándolas con que deben obedecer.

—Puede ser —replico—, pero tienen que obedecer al presidente Mao. ¿Qué diferencia hay entre eso y obedecer al emperador o a tus padres?

—En China no hay carencias. Todo el mundo tiene para comer.

—Su réplica no es una respuesta, sino otro eslogan que ha aprendido en sus clases o de su amigo Joe.

—Quizá tengan para comer, pero ¿y la libertad?

—Mao cree en la libertad. ¿No has oído hablar de su última campaña? Dice: «Que florezcan cien flores.» ¿Sabes qué significa? —No espera a que conteste—: Ha invitado a la gente a criticar la nueva sociedad...

—Y no acabará bien.

—¡Ay, mamá! ¡Eres tan...! —Me mira fijamente, buscando la palabra exacta—. Siempre sigues a los otros pájaros. Sigues a Chiang Kai-shek porque la gente de Chinatown lo sigue. Y ellos lo siguen porque piensan que deben hacerlo. Todo el mundo sabe que es un ladrón. Cuando huyó de China, robó dinero y obras de arte. ¡Mira cómo viven ahora él y su mujer! ¿Por qué América apoya al Kuomintang y a Taiwán? ¿No sería mejor tener lazos con China? Es un país mucho más grande, con más habitantes y más recursos. Joe dice que es mejor hablar con la gente antes que cerrarse en banda.

—Joe, Joe, Joe —suspiro—. Nosotros ni siquiera lo conocemos, y tú te crees todo lo que te cuenta de China. ¿Ha estado allí alguna vez?

—No —admite de mala gana—, pero le gustaría ir. Y a mí también, para ver dónde vivíais tía May y tú en Shanghai, y para visitar nuestro pueblo natal.

—¿Ir al interior de China? Te voy a decir una cosa. Para una Serpiente, no es fácil volver al infierno después de haber probado el cielo. Y tú no eres ninguna Serpiente. Sólo eres una niña que no tiene idea de nada.

—Estoy estudiando...

—Olvídate de las clases. Olvídate de lo que te ha contado ese chico. Sal y mira alrededor. ¿No te has fijado en los nuevos forasteros que se pasean por Chinatown?

—Siempre habrá nuevos *lo fan* —replica sin darle importancia.

—No son *lo fan* como los de antes. Son agentes del FBI.

Le hablo de uno que últimamente recorre Chinatown a diario haciendo preguntas. Inicia su ruta en la International Grocery de Spring, pasa por Ord y recorre Broadway hasta la plaza central del Nuevo Chinatown, donde visita el restaurante General Lee's. Desde allí continúa hasta la tienda de comestibles Jack Lee, en Hill; llega hasta la parte más nueva del Nuevo Chinatown, al otro lado de la calle, para visitar las tiendas de la familia Fong, y luego vuelve al centro.

—¿Qué buscan? La guerra de Corea ha terminado...

—Pero el miedo que el gobierno le tiene a la China Roja no ha desaparecido. Es peor que antes. ¿En la universidad no te han hablado del efecto dominó? Un país sucumbe ante el comunismo, luego otro, luego otro. Los *lo fan* tienen miedo. Y cuando tienen miedo, se portan mal con la gente como nosotros. Por eso debemos apoyar al generalísimo.

—Te preocupas demasiado.

—Yo le decía lo mismo a mi madre, pero ella tenía razón. Están pasando cosas muy graves. Tú no te has enterado porque no estabas aquí. —Suspiro otra vez. ¿Qué puedo hacer para que lo entienda?—. Mira, el gobierno puso en marcha una cosa llamada Programa de Confesión. Funciona en todo el país, seguramente también en Chicago. Vienen a preguntarnos, o mejor dicho, nos atemorizan para que confesemos quiénes han entrado en el país como hijos de papel. Conceden la ciudadanía a quienes delatan a sus amigos, vecinos, socios, incluso a los miembros de su familia que vinieron aquí ilícitamente. Quieren saber quién ganó dinero trayendo hijos de papel. El gobierno habla del efecto dominó. Pues bien, aquí en Chinatown, si das un nombre, eso también crea un efecto dominó que no sólo afecta a un miembro de la familia, sino a todos los socios de papel y a todos los hijos de papel y parientes y amigos que conoces. Pero los que más les interesan son los comunistas. Si delatas a un comunista, entonces seguro que te dan la ciudadanía.

—Todos somos ciudadanos. No somos culpables de nada.

Sam y yo llevamos años debatiéndonos entre el deseo americano de compartir, ser sinceros y contarle la verdad a Joy, y nuestra creencia china, profundamente arraigada, de que nunca hay que revelar nada. Ha ganado la costumbre china, y no le hemos contado la verdad sobre nuestra situación, ni la de sus tíos y su abuelo, por dos razones muy simples: no queríamos que se preocupara y no queríamos que cometiera una indiscreción. Joy se ha hecho mayor, pero cuando iba al parvulario aprendimos que hasta los errores más pequeños pueden acarrear graves consecuencias.

Cuelgo la camisa de Sam en una percha y me siento al lado de mi hija.

—Quiero contarte cómo buscan sospechosos, para que tengas cuidado si se te acerca alguien. Buscan a gente que haya enviado dinero a China.

—El abuelo Louie enviaba dinero.

—Exacto. Y también buscan a personas que hayan intentado sacar a su familia de China, legalmente, después de que cerraran las fronteras. Quieren saber a quién somos leales, si a China o a Estados Unidos. —Hago una pausa para ver si me sigue—. Nuestra forma de pensar china no siempre funciona aquí. Nosotros creemos que si somos humildes, respetuosos y sinceros, entenderemos mejor cualquier situación, impediremos que otros salgan perjudicados y todos llegaremos a buen puerto. Ahora, esa forma de pensar podría perjudicarnos a nosotros y a terceros.

Respiro hondo y le digo algo que no me he atrevido a contarle por carta.

—¿Te acuerdas de la familia Yee? —pregunto. Claro que se acuerda: ella era muy amiga de la hija mayor, Hazel, y pasaba mucho tiempo con los otros hijos de los Yee en las reuniones de la asociación—. Pues el señor Yee es un hijo de papel. Hizo entrar a la señora Yee por Winnipeg.

—¿Es un hijo de papel? —repite Joy sorprendida, quizá impresionada.

—Decidió confesar para poder quedarse con su familia, porque los cuatro hijos son ciudadanos americanos. Admitió que había traído a su esposa con documentos falsos. Ahora él es ciudadano americano, pero Inmigración ha iniciado un procedimiento de deportación contra la señora Yee, porque ella es una esposa de papel. Todavía tienen dos hijos que no han cumplido diez años. ¿Qué van a hacer esos niños sin su madre? Inmigración quiere devolverla a Canadá. Al menos no tendrá que ir a China.

—Quizá estuviera mejor en China.

Cuando oigo eso, no sé quién habla. ¿Un loro tonto que debe repetir todo lo que le dice Joe, o, desde un sitio más profundo, una erupción de la estupidez deliberada e infantil de su madre biológica?

—¡Estás hablando de la madre de Hazel! ¿Es así como te gustaría que pensara ella si a mí me enviaran a China?

Espero su réplica, pero como no dice nada, doblo la tabla de planchar, la guardo y voy a ver qué hace Vern.

Esa noche, Sam lleva a Vern al sofá para que podamos cenar y ver juntos *La ley del revólver*. Hace calor, así que la cena es fresca y sencilla: sólo unas grandes tajadas de sandía que hemos enfriado en la nevera. Estamos intentando seguir el diálogo entre la señorita Kitty y el sheriff Matt Dillon cuando Joy se pone a hablar otra vez de la República Popular China. Durante nueve meses, su ausencia ha sido como un agujero en la familia. Hemos echado de menos su voz y su hermoso rostro. Pero en ese tiempo hemos llenado ese hueco con la televisión, con tranquilas conversaciones entre los cuatro y con pequeños proyectos que hacíamos May y yo. Joy sólo lleva dos semanas en casa y parece ocupar demasiado espacio con sus opiniones, su necesidad de atención, su deseo de decirnos cuán equivocados y atrasados estamos, y su costumbre de enfrentarnos a su tía y a mí, cuando lo único que queremos nosotros es ver si el sheriff besará o no a la señorita Kitty.

Sam, que normalmente acepta cualquier cosa que diga su hija, no aguanta más y le pregunta en sze yup, con tono sosegado:

—¿Acaso te arrepientes de ser china? Porque una hija china como es debido estaría callada y dejaría que sus padres y sus tíos vieran la televisión.

Es una pregunta absolutamente inoportuna, porque de pronto Joy empieza a soltar cosas espantosas. Se burla de nuestra frugalidad:

—¿De ser china? No veo por qué ser chino implique guardar los recipientes de soja para usarlos de papelera. —Se ríe de mí—: Sólo los chinos supersticiosos creen en el zodíaco. El Tigre esto, el Tigre lo otro. —Ofende a sus tíos—: ¿Y qué me decís de las bodas concertadas? Mira a tía May, casada para siempre con un hombre que... —vacila, como hemos hecho todos alguna vez, hasta que logra salir del paso—: que nunca le hace una demostración de afecto. —Arruga la cara, esboza una mueca de asco y añade—: Y mirad cómo vivís, todos juntos.

Al oírla, me parece oírnos a May y a mí hace veinte años. Me entristece recordar cómo tratábamos a nuestros padres, pero cuando Joy empieza a criticar a Sam...

—Y si ser chino significa ser como tú... La ropa te apesta a cocina. Tus clientes te insultan. Y los platos que preparas son demasiado grasientos y salados, rebosantes de glutamato de sodio.

Esas palabras hieren profundamente a su padre. A diferencia de May y de mí, él siempre ha querido a Joy sin condiciones y sin cortapisas.

—Mírate en el espejo —replica él sin alterarse—. ¿Qué crees que eres? ¿Qué crees que ven los *lo fan* cuando te miran? Para ellos no eres más que un trozo de *jook sing*, bambú hueco.

—Háblame en inglés, papá. Llevas casi veinte años viviendo aquí. ¿Todavía no dominas el idioma? —Parpadea varias veces y añade—: Eres tan... tan... Eres como un recién llegado.

Se produce un silencio cruel y profundo. Al darse cuenta de lo que acaba de hacer, Joy ladea la cabeza, se alborota el corto cabello y compone una sonrisa que me recuerda a la de May cuando era pequeña. Es una sonrisa que dice: «Soy traviesa, soy desobediente, pero no tienes más remedio que quererme.» Comprendo, aunque Sam no pueda entenderlo, que todo esto no tiene mucho que ver con Mao, Chiang Kai-shek, Corea, el FBI o la vida que hemos llevado estos veinte años, sino con cómo se siente nuestra hija respecto a su familia. Cuando éramos jóvenes, May y yo creíamos que *mama* y *baba* eran anticuados, pero Joy se avergüenza de nosotros.

«A veces crees que tienes todo el día de mañana por delante —solía decir *mama*—. Cuando brille el sol, piensa en la hora a la que no brillará, porque incluso cuando estás sentada en tu casa con las puertas cerradas, la desgracia puede caer desde arriba.» Cuando mi madre vivía, yo no le hacía caso, y no le presté suficiente atención mientras me hacía mayor; pero, después de tanto tiempo, he de admitir que fue la previsión de *mama* lo que nos salvó. De no haber sido por los ahorros que tenía escondidos, habríamos muerto todos en Shanghai. Un instinto profundo la animó a seguir cuando May y yo estábamos casi paralizadas de miedo. Fue como una gacela que, en una situación desesperada, siguió con la idea de salvar a sus crías del león. Sé que tengo que proteger a mi hija —de ella misma, de Joe y de sus ideas románticas sobre la China Roja, para que no cometa los errores que estropearon mi futuro y el de May—, pero no sé cómo hacerlo.


Cuando voy al restaurante para recoger la comida de Vern, veo que el agente del FBI aborda a tío Charley en la acera. Paso por su lado —tío Charley actúa como si no me conociera de nada—, entro en el restaurante y dejo la puerta abierta de par en par. Dentro, Sam y nuestros empleados siguen trabajando mientras aguzan el oído para escuchar la conversación entre el agente y tío Charley. May sale de su despacho, y nos quedamos junto a la barra fingiendo charlar, pero observando y escuchándolo todo.

—Así que volviste a China, Charley —dice de pronto el agente en sze yup, y en voz tan alta que miro a May sorprendida. Parece que no sólo quiere que oigamos lo que dice, sino que sepamos que habla con fluidez el dialecto de nuestro distrito.

—Fui a China —admite tío Charley. Apenas podemos oírlo porque le tiembla la voz—. Perdí todos mis ahorros y regresé aquí.

—Nos han dicho que te han oído hablar mal de Chiang Kai-shek.

—Eso no es cierto.

—Lo dice la gente.

—¿Qué gente?

El hombre no contesta, sino que pregunta:

—¿No es cierto que culpas a Chiang Kai-shek de haber perdido tu dinero?

Charley se rasca el cuello, cubierto de rubor, y se humedece los labios.

El agente espera un poco, y luego inquiere:

—¿Dónde están tus papeles?

Tío Charley mira hacia el restaurante en busca de ayuda, ánimo o una posible huida. El agente —un *lo fan* muy corpulento, de pelo rubio rojizo y pecas en la nariz y las mejillas— sonríe y dice:

—Sí, vamos adentro. Me encantará conocer a tu familia.

Entra en el restaurante, y tío Charley lo sigue con la cabeza gacha. El *lo fan* va directamente hacia Sam, le enseña su placa y dice en sze yup:

—Soy el agente especial Jack Sanders. Usted es Sam Louie, ¿verdad? —Sam asiente con la cabeza—. Siempre digo que no tiene sentido perder el tiempo con estas cosas. Nos han informado de que compraba usted el *China Daily News*.

Sam se queda inmóvil, evaluando al desconocido, pensando la respuesta y procurando borrar toda emoción de su rostro. Los escasos clientes, que no han entendido las palabras del agente, pero que sin duda saben que su placa no puede significar nada bueno, contienen la respiración y esperan.

—Compraba ese periódico para mi padre —contesta mi marido en sze yup, y en la cara de nuestros clientes se refleja la decepción por no poder seguir el diálogo—. Murió hace cinco años.

—Ese periódico apoya a los rojos.

—Mi padre lo leía a veces, pero estaba suscrito al *Chung Sai Yat Po*.

—Ya, pero parece que simpatizaba con Mao.

—En absoluto. ¿Por qué iba a simpatizar con Mao?

—Entonces, ¿por qué compraba también la revista *China Reconstructs*? ¿Y por qué ha seguido usted comprándola después de la muerte de su padre?

De pronto siento ganas de ir al servicio. Sam no puede contestar la verdad: que el rostro de su mujer y el de su cuñada aparecen en las portadas de esa publicación. ¿O el agente ya lo sabe? Quizá mira a esas atractivas muchachas con uniforme verde y estrellas rojas en la gorra, y piensa que todos los chinos son iguales.

—Tengo entendido que en el salón de su casa, encima del sofá, hay colgadas ilustraciones de esa revista. Imágenes de la Gran Muralla y del Palacio de Verano.

Eso significa que alguien —un vecino, un amigo, un competidor que conoce nuestra casa— nos ha delatado. ¿Por qué no retiramos esas fotografías cuando murió padre?

—En sus últimos meses, a mi padre le gustaba contemplar esas imágenes.

—A lo mejor simpatizaba tanto con la China Roja que quería volver a su país...

—Mi padre era ciudadano americano. Nació aquí.

—Entonces enséñeme sus documentos.

—Está muerto —repite Sam—, y no tengo sus documentos aquí.

—En ese caso, quizá deberíamos ir a su casa. ¿O prefiere venir a mi despacho? Podría traer también sus documentos. Me gustaría creerlo, pero debe demostrar su inocencia.

—¿Demostrar mi inocencia o demostrar que soy ciudadano?

—Es lo mismo, señor Louie.

Al regresar a casa con la comida de Vern, no comento el incidente. No quiero que se preocupen. Cuando mi hija me pregunta si puede salir por la noche, le digo con tono despreocupado:

—De acuerdo. Pero procura volver antes de medianoche.

Joy cree que por fin ha conquistado a su madre, pero lo que quiero es que se marche de casa.

Cuando vuelven Sam y May, quitamos de las paredes las fotografías de las que hablaba el agente. Sam mete en una bolsa todos los ejemplares del *China Daily News* que mi suegro guardaba porque contenían algún artículo interesante. Ordeno a May que busque en su cajón y saque todas las portadas en que aparecemos retratadas por Z.G.

—No creo que sea necesario —objeta.

—Haz el favor de no discutir conmigo, por una vez —contesto con aspereza. Como ella no se mueve, suelto un suspiro de impaciencia y añado—: Sólo son ilustraciones de revista. Si no vas a buscarlas tú, iré yo.

May frunce los labios y se dirige al porche. Empiezo a buscar fotografías que puedan parecer —y es una palabra que nunca creí que emplearía— incriminatorias.

Mientras Sam da un último repaso a la casa, May y yo llevamos a la incineradora todo lo que hemos recogido. Le prendo fuego a mi montón de fotografías y espero a que May arroje las portadas que aprieta contra el pecho. Como no se mueve, se las arrebato y las lanzo al fuego. Mientras veo cómo la cara —mi cara— que Z.G. pintó con tanto esmero y tanta perfección se retuerce entre las llamas, me pregunto por qué dejamos que esas revistas se colaran en casa. Sé cuál es la respuesta. Sam, May y yo no somos muy distintos de padre Louie. Nos hemos convertido en americanos en la ropa, la comida, el idioma y el deseo de que Joy tenga una educación y un futuro; pero ni una sola vez, en todos estos años, hemos dejado de añorar nuestro país natal.

—No nos quieren aquí —digo en voz baja, con la vista clavada en las llamas—. Nunca nos han querido. Van a intentar engañarnos, pero tenemos que engañarlos a ellos.

—Quizá Sam debería confesar y acabar con todo esto —propone May—. Así conseguiría la nacionalidad, y no tendríamos que preocuparnos más.

—Sabes perfectamente que no basta con que Sam confiese su situación. Tendría que acusar a otros: a tío Wilburt, tío Charley, a mí...

—Deberíais confesar todos a la vez. Así conseguiríais la ciudadanía legal. ¿Acaso no la quieres?

—Claro que la quiero. Pero ¿y si el gobierno miente?

—¿Por qué iba a mentir?

—¿Cuándo no ha mentido? —espeto. Y añado—: ¿Y si deciden deportarnos? Si demuestran que Sam es un inmigrante ilegal, podrían deportarlo.

Mi hermana reflexiona un momento y replica:

—No quiero perderos. Le prometí a padre Louie que no permitiría que os mandaran a China. Sam debe confesar por el bien de Joy, por tu bien, por el bien de todos. Esto es una posibilidad de amnistía, de reunir a la familia y de librarnos por fin de nuestros secretos.

No entiendo por qué no ve o no quiere ver los problemas a que nos exponemos, pero ella está casada con un verdadero ciudadano, entró en el país como su esposa legal, y no se enfrenta a la misma amenaza que Sam y yo.

Me pasa un brazo por los hombros y me estrecha.

—No te preocupes, Pearl —dice para tranquilizarme, como si yo fuera la *moy moy* y ella la *jie jie*—. Contrataremos a un abogado para que se encargue de todo.

—¡No! Ya pasamos por esto una vez, en Angel Island. Vamos a trabajar juntos para dar la vuelta a sus acusaciones, como hicimos en Angel Island. Debemos desconcertarlos. Lo importante es que nos mantengamos firmes en nuestra versión.

—Sí, tienes razón —aprueba Sam, que aparece en la oscuridad y echa otro montón de periódicos y recuerdos al fuego—. Pero ante todo debemos demostrar que somos los americanos más leales que jamás han existido.

A May no le gusta la idea, pero es mi *moy moy* y la cuñada de Sam, y tiene que obedecer.

A Joy —a quien hemos contado lo menos posible, convencidos de que su ignorancia contribuye a dar solidez a nuestra historia— y a May no las llaman para interrogarlas, y nadie viene a casa a entrevistar a Vern. Pero en las cuatro semanas siguientes, a Sam y a mí —muchas veces juntos, para que yo pueda traducir cuando nos pasan del agente especial Sanders al agente Mike Billings, que trabaja para Inmigración, no entiende ni una sola palabra de chino y es igual de simpático que el comisario Plumb de Angel Island— nos someten a numerosos interrogatorios. A mí me preguntan sobre mi pueblo natal, un sitio donde no he estado nunca. A Sam le preguntan por qué sus presuntos padres lo dejaron en China cuando tenía siete años. Nos preguntan la fecha de nacimiento de padre Louie. Nos preguntan —con una sonrisa de condescendencia— si conocemos a alguien que ganara dinero vendiendo plazas de hijo de papel.

—Alguien debía de beneficiarse de eso —insinúa Billings con fingida complicidad—. Sólo tienen que decirnos quién.

Nuestras respuestas no lo ayudan en su investigación. Le decimos que durante la guerra recogíamos papel de aluminio y vendíamos bonos de guerra. Le decimos que le estreché la mano a madame Chiang Kai-shek.

—¿Tiene una fotografía que lo demuestre? —inquiere Billings, pero ésa es la única fotografía que no tomamos ese día.

A principios de agosto, Billings cambia de táctica.

—Si es verdad que su presunto padre nació aquí, ¿por qué siguió enviando dinero a China cuando debería haber dejado de hacerlo?

—El dinero iba dirigido al pueblo de sus antepasados —contesto—. Su familia lleva cinco generaciones allí.

—¿Y por eso su marido continúa mandando dinero a China?

—Hacemos lo que podemos por nuestros parientes, que han quedado atrapados allí en una situación tremendamente adversa —respondo.

Entonces Billings rodea la mesa, levanta a Sam agarrándolo por las solapas y le grita en la cara:

—¡Reconózcalo! ¡Envía dinero porque es comunista!

No hace falta que lo traduzca para que Sam comprenda lo que ha dicho el agente, pero lo hago, con el mismo tono pausado que he utilizado desde el principio, para demostrarle a Billings que nada de lo que diga nos apartará de nuestra historia, nuestra seguridad y nuestra verdad. Pero de pronto Sam —que no ha vuelto a ser el mismo desde la noche en que Joy se burló de él por cómo cocinaba y por su inglés, y que no ha dormido bien desde que el agente Sanders fue a nuestro restaurante— se levanta de un brinco, apunta a Billings con un dedo y lo llama comunista. Ambos se ponen a gritar («¡No, el comunista es usted!» «¡No, es usted!»), y yo me quedo sentada, repitiendo la frase en ambos idiomas. Billings está cada vez más furioso, pero Sam sigue firme y tranquilo. Al final Billings cierra la boca, se deja caer en la silla y se queda mirándonos con odio. No tiene ninguna prueba contra Sam, del mismo modo que Sam no tiene ninguna prueba contra él.

—Si no quiere confesar, señor Louie, ni revelarnos quién ha vendido documentos falsos en Chinatown, quizá pueda contarnos algo sobre sus vecinos.

Sam recita serenamente un aforismo, y yo lo traduzco:

—«Barre la nieve acumulada delante de tu puerta, y no te preocupes por la escarcha acumulada en el tejado de la casa contigua.»

Parece que vamos ganando, pero en el forcejeo y la lucha, los brazos delgados no pueden vencer a las piernas gruesas. El FBI e Inmigración interrogan a tío Wilburt y tío Charley, que se niegan a confesar, hablar de nosotros o admitir que padre Louie les vendió los papeles. «Quienes no hunden a los perros que se están ahogando pueden considerarse personas decentes», reza otro aforismo chino.

El domingo, cuando tío Fred viene a cenar con su familia, le pedimos a Joy que salga afuera con las niñas, para que él pueda explicarnos cómo fue la visita del agente Billings a su casa de Silver Lake. El período que Fred pasó en el ejército, sus años en la universidad y su consultorio de odontología le han borrado el acento casi por completo. Vive muy bien con Mariko y sus hijas mestizas. Tiene la cara redonda y llena, y ahora también un poco de barriga.

—Le dije que soy veterano, que serví en el ejército y luché por Estados Unidos —nos cuenta—. Y él me miró y dijo: «Y consiguió la ciudadanía.» ¡Pues claro que conseguí la ciudadanía! Eso es lo que prometió el gobierno. Entonces sacó unos documentos y me invitó a echarles un vistazo. ¡Era mi expediente de inmigración de Angel Island! ¿Os acordáis de los manuales? Bueno, pues está todo en el expediente. Hay información sobre el viejo y sobre Yen-yen. Contiene nuestras fechas de nacimiento y resume toda nuestra historia, porque todos estamos conectados. Me preguntó por qué no conté la verdad sobre mis presuntos hermanos cuando me alisté en el ejército. No contesté.

Le da la mano a Mariko. Ella está pálida de miedo, el mismo miedo que nos atenaza a todos.

—No me importa que se metan con nosotros —continúa Fred—. Pero cuando la toman con nuestras hijas, que nacieron aquí... —Niega con la cabeza haciendo una mueca de disgusto—. La semana pasada, Bess llegó a casa llorando. Su maestra de quinto grado les había puesto una película sobre la amenaza comunista. Salían rusos con gorro de piel, y chinos... bueno, como nosotros. Al final de la película, el narrador pedía a los alumnos que llamaran al FBI o la CIA si veían a alguien que les pareciera sospechoso. ¿Quién parecía sospechoso en la clase? Mi Bess. Ahora sus amigas no quieren jugar con ella. Y también me preocupa lo que pueda pasarles a Eleanor y la pequeña Mamie. Siempre les recuerdo a las niñas que se llaman como las primeras damas, y les digo que no han de temer nada.

Pero claro que han de temer. Todos tenemos miedo.

Cuando te sujetan bajo el agua, sólo piensas en respirar. Recuerdo lo que sentí por Shanghai después de que cambiara nuestra vida: de pronto, las calles que siempre me habían parecido emocionantes apestaban a excrementos; de pronto, las mujeres hermosas no eran más que muchachas con tres agujeros; de pronto, el dinero y la prosperidad lo volvían todo triste, disoluto y trivial. En cambio, durante estos días difíciles y espeluznantes veo Los Ángeles y Chinatown de una forma muy diferente. Las palmeras, la fruta y las hortalizas de mi jardín, los geranios de los tiestos que hay delante de las tiendas y en los porches de las casas parecen brillar y temblar, llenos de vida, incluso en pleno verano. Miro las calles y veo promesas. En lugar de niebla tóxica, corrupción y fealdad, veo esplendor, libertad y tolerancia. No soporto que el gobierno nos persiga con sus terribles acusaciones —ciertas, lo sé— sobre nuestra ciudadanía, pero aún soporto menos la idea de que mi familia y yo podamos perder este sitio. Sí, sólo es Chinatown, pero es mi hogar, nuestro hogar.

En esos momentos lamento los años de nostalgia y tristeza por Shanghai, y haber convertido mi ciudad en una serie de remembranzas doradas de personas, lugares y comida que, como Betsy me ha escrito tantas veces, ya no existen ni volverán a existir. Me reprocho interiormente: ¿cómo es posible que durante todos estos años no haya visto lo que tenía ante mis ojos? ¿Cómo es posible que no haya disfrutado de lo que tenía a mi alcance en lugar de suspirar por unos recuerdos que no eran más que cenizas y polvo?

Desesperada, llamo a Betsy a Washington para ver si su padre puede ayudarnos. Pese a que a él también lo persiguen, Betsy me promete que intentará hacer algo por Sam.

—Mi padre nació en San Francisco —dice Sam con su pésimo acento inglés.

Han pasado cuatro días desde la cena con Fred, y ahora Sanders y Billings se han presentado en casa sin avisar. Sam está sentado en el borde del sillón reclinable de padre Louie; los agentes, en el sofá. Yo estoy en una silla de madera, deseando que Sam me deje hablar por él. Tengo la misma sensación que cuando aquel matón del Clan Verde nos dio el ultimátum en la casa de mis padres, hace muchos años: «Os doy tres días.»

—Entonces, demuéstrelo. Enséñeme el certificado de nacimiento del señor Louie —le exige Billings.

—Mi padre nació en San Francisco —insiste Sam con firmeza.

—Nació en San Francisco —repite el agente con tono burlón—. Cómo no, porque fue allí donde hubo un terremoto y un incendio. No somos estúpidos, señor Louie. Para que hubieran nacido tantos chinos en Estados Unidos antes de mil novecientos seis, cada china de las que estaban aquí debería haber tenido quinientos hijos. Aunque se hubiera producido un milagro y hubiera pasado eso, ¿cómo se explica que sólo nacieran varones y ninguna hembra? ¿Acaso las mataron?

—Yo todavía no había nacido —contesta Sam en sze yup—. No viví aquí...

—Tengo su expediente de Angel Island. Queremos enseñarle algo. —Billings pone dos fotografías sobre la mesita de centro. La primera es la del niño con que el comisario Plumb intentó engañarme hace muchos años. En la otra aparece Sam el día de su llegada a Angel Island, en 1937. Comparando las dos fotografías, es evidente que las personas que muestran no pueden ser la misma—. Confiese y háblenos de sus falsos hermanos. No haga sufrir a su mujer y su hija por lealtad a unos hombres que no han salido en su ayuda.

Sam examina las fotografías, se apoya en el respaldo del sillón y dice con voz temblorosa:

—Yo soy un hijo verdadero de padre. Pregúntele a hermano Vern.

Tengo la impresión de que su ventilador de hierro se está derrumbando ante mis ojos, pero no sé por qué. Me pongo detrás de su sillón y apoyo las manos en el respaldo para que mi marido sepa que estoy allí, y entonces lo comprendo: Joy está en la puerta de la cocina, justo enfrente de Sam. Él teme por ella y está avergonzado de sí mismo.

—¡Papá! —exclama Joy, y se acerca—. Haz lo que te piden. Diles la verdad. No tienes nada que ocultar. —No tiene ni la más remota idea de cuál es la verdad, pero es tan inocente (y, lo siento, lo diré, tan estúpida como su tía) que dice—: Si les cuentas la verdad, todo se arreglará. ¿No es eso lo que me enseñaste?

—¿Lo ve? Hasta su hija quiere que nos diga la verdad —señala Billings.

Pero Sam no se aparta de su versión.

—Mi padre nació en San Francisco.

Joy sigue llorando y suplicando. Vern gimotea en la otra habitación. Yo me quedo allí plantada, sin saber qué hacer. Y May está fuera, trabajando en una película, comprándose un vestido nuevo o qué sé yo.

Billings abre su maletín, saca una hoja y se la da a Sam, que no entiende el inglés escrito.

—Si firma este documento y reconoce que entró ilegalmente en el país, le retiraremos la ciudadanía, que de todas formas no es auténtica. Una vez que haya firmado el papel y confesado, le daremos inmunidad, una nueva ciudadanía, ciudadanía de verdad, con la condición de que nos diga todo lo que sepa sobre sus amigos, parientes y vecinos que hayan entrado ilegalmente en el país. Sobre todo nos interesan los otros hijos de papel que trajo su presunto padre.

—Está muerto. ¿Qué importa eso ya?

—Recuerde que tenemos su expediente. ¿Cómo es posible que tuviera tantos hijos? ¿Cómo es posible que tuviera tantos socios?

¿Dónde están ellos ahora? Y no se moleste en hablarnos de padre Louie. Ya lo sabemos todo sobre él. Consiguió la ciudadanía por medios legales. Limítese a hablar de los otros y díganos dónde podemos encontrarlos.

—¿Qué les harán?

—No se preocupe por eso. Preocúpese sólo por usted mismo.

—¿Y me darán documentos?

—Le daremos la ciudadanía legal, como ya le he dicho. Pero si no confiesa, tendremos que deportarlo a China. ¿Acaso su mujer y usted no quieren quedarse con su hija, para evitarle problemas?

Joy, sorprendida, se yergue.

—Quizá su hija sea una alumna sobresaliente, pero estudia en la Universidad de Chicago —continúa Billings—, que es una guarida de comunistas. ¿Saben con qué gente se ha relacionado? ¿Saben qué ha estado haciendo? Pertenece a la Asociación de Estudiantes Chinos Democristianos.

—Es un grupo cristiano —intervengo, pero cuando miro a Joy, su rostro se ensombrece.

—Dicen que son cristianos, señora Louie, pero es un frente comunista. La relación de su hija con ese grupo es el motivo de que investigáramos a su marido. Su hija ha participado en piquetes y ha solicitado firmas. Si nos ayudan, pasaremos por alto esas infracciones. Su hija nació aquí, y sólo es una cría. —Mira a Joy, que llora en medio del salón—. Seguramente ella no sabía lo que hacía, pero si a ustedes los envían a China, ¿cómo van a ayudarla? ¿Quieren arruinarle la vida también a ella?

Billings le hace una seña a Sanders, que se levanta.

—Ahora nos marchamos, señor Louie, pero no podemos prolongar mucho este asunto. Si no nos dice lo que queremos saber, tendremos que investigar más minuciosamente a su hija. ¿Entendido?

Cuando los agentes salen, Joy se sienta junto a su padre y solloza inconsolablemente.

—¿Por qué nos hacen esto? ¿Por qué? ¿Por qué?

Me arrodillo junto a mi hija, la abrazo y miro a Sam, buscando en su rostro la esperanza y la fuerza que siempre me ha transmitido.

—Me marché de mi país para ganarme la vida —dice él, absorto en una sombría desesperación—. Vine a América en busca de una oportunidad. Lo hice lo mejor que pude.

—Claro que sí.

Me mira con resignación.

—No quiero que me deporten —dice con tristeza.

—No lo harán. —Le aprieto el brazo—. Pero en caso de que te deporten, yo iré contigo.

Él me mira.

—Eres muy buena, pero ¿y Joy?

—Iré con vosotros, papá.

Estamos los tres abrazados, y entonces recuerdo algo que dijo Z.G. hace mucho tiempo: hablaba de *ai kuo*, el amor por la patria, y *ai jen*, el sentimiento por la persona amada. Sam se enfrentó al destino y se marchó de China, y ni siquiera después de todo lo ocurrido ha dejado de creer en América, pero por encima de todo ama a Joy.

—Estoy bien —dice Sam en inglés, dándole unas palmaditas en la cabeza a Joy. Luego vuelve a hablar en sze yup—: Id con Vern. ¿No lo oís en su habitación? Necesita ayuda. Está asustado.

Las dos nos levantamos. Le seco las lágrimas a mi hija. Joy va hacia la habitación de Vern, y Sam me coge la mano. Enrosca un dedo en el brazalete de jade y me retiene para demostrarme lo mucho que me quiere.

—No te preocupes, Zhen Long —me dice.

Luego me suelta y se queda mirándose la mano un momento, frotando las lágrimas de su hija con los dedos.

Cuando entro en la habitación de Vern, lo encuentro muy agitado. Murmura frases incoherentes sobre Mao y su eslogan «Que florezcan cien flores», y dice que ahora el presidente condena a muerte a todos a los que antes animó a criticar al gobierno. Está tan confundido que no puede separar eso de lo que ha oído decir en el salón. Mientras desvaría —está tan alterado que se ha manchado el pañal, y cada vez que se retuerce o golpea la cama con los puños rezuma un olor repugnante—, lamento que mi hermana no esté en casa. Lamento por enésima vez que no se ocupe de su marido. Joy y yo tardamos bastante en tranquilizarlo y limpiarlo. Cuando por fin volvemos al salón, Sam se ha marchado.

—Tenemos que hablar sobre ese grupo al que perteneces —le digo a Joy—, pero esperaremos a que vuelva tu padre.

Ella no intenta disculparse. Con la absoluta certeza que le confieren su juventud y haberse criado en América, dice:

—Todos somos ciudadanos, y éste es un país libre. No pueden hacernos nada.

Suspiro.

—Ya lo hablaremos con tu padre.

Voy al cuarto de baño de mi habitación para limpiarme el olor de Vern. Me lavo las manos y la cara, y cuando levanto la cabeza veo el reflejo del espejo, por encima de mi hombro...

—¡Sam! —grito.

Me vuelvo hacia el compartimento del inodoro, donde Sam cuelga de una soga. Le abrazo las oscilantes piernas y lo levanto para quitarle peso del cuello. Todo se oscurece ante mis ojos, mi corazón se desmenuza como el polvo y mis gritos de horror me ensordecen.

# El infinito océano humano

No suelto a Sam hasta que Joy coge un taburete y un cuchillo y corta la soga. No me separo de él cuando vienen a llevárselo a la funeraria. Le doy todos los cuidados que puedo, tocándolo con todo el amor y el cariño que no podía demostrarle cuando estaba vivo. Luego May me recoge en la funeraria y me lleva a casa. En el coche me dice:

—Sam y tú erais un par de patos mandarines, siempre juntos. Como un par de palillos, idénticos, siempre en armonía.

Le agradezco esas palabras, pero no me ayudan.

Me quedo levantada toda la noche. Oigo a Vern dando vueltas en su cama, en la habitación de al lado, y a May consolando a mi hija en el porche, hasta que al final la casa se queda en silencio. «Hay quince cubos sacando agua del pozo, siete suben y ocho bajan»; significa que me asaltan la ansiedad y las dudas, y que no puedo dormir, porque si me duermo me acosarán los sueños. Me quedo de pie junto a la ventana, donde una suave brisa agita mi camisón. Se diría que la luna me ilumina sólo a mí. Dicen que los matrimonios se deciden en el cielo, que el destino puede juntar hasta a las personas más alejadas, que todo está determinado antes del nacimiento, y que por mucho que nos alejemos de nuestro camino, por mucho que cambie nuestra suerte —para bien o para mal—, lo único que podemos hacer es cumplir lo que nos marca el destino. Eso es, en suma, nuestra bendición y nuestro tormento.

Los reproches abrasan mi piel y hurgan en mi corazón. No tuve suficientes relaciones esposo-esposa con Sam. A menudo lo veía como un simple conductor de *rickshaw*. Dejaba que mi anhelo del pasado le hiciese sentir que él no era suficiente, que nuestra vida no era suficiente, que Los Ángeles no era suficiente. Peor aún: no le di suficiente apoyo en sus últimos días. Debí luchar más contra el FBI e Inmigración para solucionar nuestros problemas. ¿Por qué no vi que Sam ya no podía seguir llevando nuestra carga con su ventilador de hierro?

Por la mañana temprano, sin pasar por el porche, salgo por la puerta principal y voy a la parte trasera de la casa. En nuestra comunidad se producen muchos suicidios, pero tengo la impresión de que la muerte de Sam ha añadido otro grano de sal al infinito océano humano de desgracia y dolor. Imagino a mis vecinos, al otro lado de la alambrada de mi jardín cubierta de rosas, languideciendo y expresando una tristeza inmemorial. En ese momento de silencio y dolor sé qué tengo que hacer.

Vuelvo a mi habitación, busco una fotografía de Sam y la llevo al altar familiar del salón. La pongo junto a las de Yen-yen y padre. Miro los objetos que Sam puso en el altar para representar a otros seres queridos que hemos perdido: mis padres, sus padres y hermanos, y nuestro hijo. Espero, por el bien de Sam, que su versión del más allá exista y que ahora él esté con todos ellos, mirándonos desde el Mirador de las Almas Perdidas, y que pueda vernos a mí, a Joy, May y Vern. Enciendo incienso e inclino la cabeza tres veces. Sin importar lo que siento por mi único Dios, prometo hacer esto a diario hasta el día de mi muerte, cuando me reuniré con Sam en su cielo o en el mío.

Creo en un único Dios, pero también soy china, así que en el funeral de Sam cumplo ambas tradiciones. En el funeral chino —el rito más importante— expresamos por última vez nuestro respeto hacia la persona que nos ha dejado, le damos la última oportunidad de salvar su prestigio, y les hablamos a los jóvenes de los logros y hazañas de su antepasado más reciente. Deseo todo eso para Sam. Escojo el traje con que descansará en su ataúd. Le pongo fotografías mías y de Joy en los bolsillos, para que las tenga con él cuando vaya al cielo de los chinos. Me aseguro de que todos vamos vestidos de negro, y no de blanco como marca la tradición china. Recitamos oraciones para dar gracias por Sam, para pedir bendiciones y perdón para los vivos, y piedad para todos. No hay banda de música; sólo está Bertha Hom tocando el órgano: *Amazing Grace, Nearer, My God, to Thee* y *America the Beautiful*. Luego celebramos un banquete sencillo, modesto y solemne en el Soochow: de cinco mesas, sólo cincuenta personas; es un funeral minúsculo comparado con el de padre

Louie, más reducido aún que el de Yen-yen, debido al miedo que tienen nuestros vecinos, amigos y clientes. Siempre puedes contar con la gente para que acuda a tu fiesta cuando estás en un momento de esplendor, pero no esperes que te envíen carbón cuando lleguen las nevadas.

Me siento a la mesa principal, entre mi hermana y mi hija. Se comportan debidamente, pero ambas se sienten culpables: May por no haber estado en casa cuando pasó, y Joy por considerarse la causante del suicidio de su padre. Debería decirles que no piensen en esas cosas. Nadie, absolutamente nadie, podría haber previsto que Sam cometería esa locura. Pero al hacerlo, nos ha librado a todos de futuras investigaciones. Como me dijo el agente Billings cuando vino a casa tras la muerte de Sam:

—Ahora que su esposo y su suegro están muertos, no podemos demostrar nada. Y resulta que podríamos estar equivocados sobre el grupo en que se integró su hija. Son buenas noticias para usted, pero le daré un pequeño consejo: en septiembre, cuando su hija vuelva a la universidad, dígale que se mantenga apartada de cualquier tipo de organización china, por si acaso.

Lo miré y repliqué:

—Mi suegro nació en San Francisco. Mi esposo siempre fue ciudadano americano.

¿Cómo pude ser tan clara con Inmigración y, en cambio, me siento incapaz de hablar con mi hermana y consolar a mi hija? Ambas están sufriendo, pero no puedo ayudarlas. Necesito que ellas me ayuden a mí. Pero incluso cuando lo intentan —trayéndome tazas de té, mostrando sus ojos enrojecidos e hinchados, sentándose en mi cama cuando lloro—, me invade una inmensa tristeza y una inmensa rabia. ¿Por qué tuvo que participar Joy en ese grupo? ¿Por qué no le demostró a su padre el debido respeto en las últimas semanas? ¿Por qué May siempre animaba a Joy a adoptar un estilo americano en la ropa, el peinado y la actitud? ¿Por qué no nos ayudó a Sam y a mí cuando tuvimos problemas? ¿Por qué no se ocupó de su marido todos estos años, y sobre todo el día de la muerte de Sam? Si se hubiera ocupado de Vern, como debe hacer una buena esposa, yo podría haber evitado que Sam tomara esa trágica decisión. Sé que es mi dolor el que habla. Es más fácil sentir rabia hacia ellas que dolor por la muerte de Sam.

Violet y su marido, que también están sentados a nuestra mesa, recogen las sobras de la comida para que me las lleve a casa. Tío Wilburt se despide. Tío Fred, Mariko y las niñas se marchan. Tío Charley se queda un rato más, pero ¿qué puede decir él? ¿Qué puede decir ninguno de ellos? Agacho la cabeza, les estrecho la mano a la manera americana y les doy gracias por haber venido; hago todo lo posible para ser una buena viuda. Una viuda...

Durante el período de luto, se supone que la gente ha de venir a visitarnos, traer comida y jugar al dominó, pero como ocurrió con el funeral, la mayoría de nuestros amigos y vecinos prefieren mantenerse alejados. Tienen tema para cotillear, pero no comprenden que en cualquier momento mis problemas podrían convertirse en sus problemas. Sólo Violet nos visita. Por primera vez en la vida, agradezco que haya alguien, aparte de May, dispuesto a consolarme.

En muchos aspectos, Violet, con su empleo y su casa en Silver Lake, está más integrada que nosotros, pero se arriesga viniendo aquí, porque ella y su marido Rowland tienen mucho más que temer que Sam y yo. Al fin y al cabo, se quedó atrapada con su familia en este país cuando se cerraron las fronteras de China. Los empleos de Violet y Rowland, que antes parecían tan impresionantes, ahora los convierten en sospechosos. Quizá sean espías enviados aquí para hacerse con la tecnología y los conocimientos de Estados Unidos. Pese a todo, Violet supera su miedo y viene a verme.

—Sam era un buen Buey —comenta—. Era un hombre íntegro y llevaba la carga de la rectitud. Obedecía las reglas de la naturaleza, y empujaba con paciencia la Rueda del Destino. No le temía a su destino. Sabía qué tenía que hacer para salvaros a ti y a Joy. Un Buey siempre hace lo necesario para proteger el bienestar de su familia.

—Pearl no cree en el zodíaco chino —interviene May.

No sé por qué lo ha dicho. Es cierto que no siempre he creído en esas cosas, pero en el fondo sé que mi hermana siempre será Oveja, que yo siempre seré Dragón, que Joy siempre será Tigre, y que mi marido era Buey: fiable, metódico, tranquilo y, como Violet ha dicho, el que llevaba más cargas. Ese comentario, como muchas de las cosas que dice May, demuestra lo poco que me conoce. ¿Cómo he tardado tanto en comprenderlo?

Violet no replica a sus palabras. Se limita a darme unas palmaditas en la rodilla y a recitar un viejo proverbio:

—Todo lo que es ligero y puro flota hacia arriba para convertirse en cielo.

En toda mi vida no ha habido tres kilómetros llanos ni tres días soleados. Siempre he sido valiente, pero ahora estoy destrozada. Mi dolor es como una masa de densas nubes que no puede dispersarse. Soy incapaz de pensar en nada más allá de la negrura de mi ropa y mi corazón.

Esa noche —después de llevarle la cena a Vern y apagar la luz de su habitación, cuando Joy ha salido con las hijas de los Yee a charlar y tomar té—, May llama a la puerta de mi habitación. Me levanto a abrir. Voy en camisón, despeinada, y tengo la cara hinchada de tanto llorar. Mi hermana lleva un vestido tubo de raso verde esmeralda, el pelo cardado hasta una altura increíble, y luce unos pendientes de diamantes y jade. Va a algún sitio. No le pregunto adónde.

—El segundo cocinero no se ha presentado en el restaurante —me dice—. ¿Qué quieres que haga?

—No me importa. Haz lo que creas más conveniente.

—Sé que estás pasándolo mal, y lo siento mucho, de verdad. Pero te necesito. No te imaginas la presión a que estoy sometida: el restaurante, Vern, la responsabilidad de la casa, el negocio... Hay muchísimo trabajo.

Y a continuación se pregunta en voz alta cuánto debería cobrarle a una empresa de producción por los extras, los trajes y las piezas de atrezo como carretillas, carros de comida y *rickshaws*.

—Siempre calculo los alquileres sobre un diez por ciento del valor real del artículo —dice. Comprendo que intenta sacarme de la habitación, que vuelva a comunicarme con la vida y la ayude como siempre, pero la verdad es que no sé nada sobre su negocio, y ahora mismo no me importa—. Quieren alquilar un material para varios meses, quizá un año, y parte de los artículos que les interesan, como los *rickshaws*, son irreemplazables. ¿Cuánto crees que debería cobrar? Cada uno cuesta unos doscientos cincuenta dólares, así que podría pedirles veinticinco dólares por semana. Pero estoy pensando que podría cobrar más, porque si les pasa algo, ¿dónde voy a comprar otros?

—Cualquier cosa que decidas me parecerá bien.

Empiezo a cerrar la puerta, pero May coge el picaporte y la mantiene abierta.

—Podrías darte una ducha y yo podría peinarte —propone—. Si te vistes, saldremos a dar un paseo...

—No quiero que cambies tus planes por mí —digo, pero pienso: «¿Cuántas veces, en el pasado, me dejó en casa con nuestros padres en Shanghai, en el apartamento con Yen-yen, y ahora con Vern, para poder salir y hacer... lo que sea que haga?»

—Tienes que empezar a...

—Sólo han pasado dos semanas.

Me mira con dureza.

—Debes salir y estar con tu familia. Joy se irá pronto a Chicago. Necesita que hables con ella...

—No me digas cómo he de tratar a mi hija.

Me agarra por la muñeca, alrededor del brazalete de *mama*.

—Pearl. —Me sacude un poco la muñeca—. Sé que esto es terrible para ti, una tristeza inmensa. Pero todavía eres joven y hermosa. Tienes a tu hija. Me tienes a mí. Y lo has tenido todo. Mira cómo te quiere Joy. Mira cómo te quería Sam.

—Sí, y está muerto.

—Ya lo sé, ya lo sé —dice compasiva—. Yo sólo procuraba ayudar. Jamás pensé que pudiera suicidarse.

Sus palabras quedan suspendidas ante mis ojos, como caracteres elegantemente caligrafiados; en medio de un denso silencio, los leo una y otra vez, hasta que al final pregunto:

—¿Qué quieres decir?

—Nada. No quiero decir nada.

Mi hermana nunca ha sabido mentir.

—¡May!

—¡Está bien! ¡De acuerdo!

Me suelta la muñeca, levanta las manos y las sacude con gesto de frustración. Luego va hacia el salón. La sigo; ella se detiene, se vuelve y dice precipitadamente:

—Le conté al agente Sanders lo de Sam.

—¿Que hiciste qué? —Mis oídos se niegan a registrar la enormidad de su traición.

—Le conté al FBI lo de Sam. Pensé que eso ayudaría.

—Pero ¿por qué? —pregunto, sin dar crédito a sus palabras.

—Lo hice por padre Louie. Antes de morir, parecía intuir lo que iba a pasar. Me obligó a prometerle que haría cuanto fuera necesario para manteneros a salvo a ti y a Sam. Él no quería que la familia se separara...

—Lo que no quería era que Vern se quedara solo contigo —espeto. Pero eso no es lo relevante. Lo que está diciendo May no puede ser verdad. Por favor, que no lo sea.

—Lo siento, Pearl. —Y entonces, de una tirada, suelta el resto de su confesión—: A veces el agente Sanders me acompañaba cuando volvía a casa del trabajo. Me hacía preguntas sobre Joy, y también sobre Sam y sobre ti. Me dijo que teníamos una oportunidad de amnistía. Me dijo que si le contaba la verdad sobre la situación de Sam, podríamos trabajar juntos para conseguir su nacionalidad y la tuya. Creí que si le demostraba que era una buena americana, él se convencería de que vosotros también lo erais. ¿Lo entiendes? Tenía que proteger a Joy, pero también me daba miedo perderte. Eres mi hermana, la única persona que me ha querido siempre tal como soy, que siempre ha estado a mi lado y ha cuidado de mí. Si hubierais hecho lo que os dije, contratar a un abogado y confesar, podríais haberos convertido en americanos de pleno derecho. Nunca más habríais tenido miedo, y nunca nadie podría habernos separado. Pero Sam y tú seguisteis mintiendo. La idea de que Sam pudiera suicidarse jamás se me pasó por la cabeza.

Adoro a May desde el día que nació, pero durante demasiado tiempo he sido una especie de luna que gira alrededor de un planeta fascinante. Ahora la ira acumulada a lo largo de toda una vida hierve dentro de mí y se desborda. Mi hermana, la estúpida de mi hermana.

—Vete de esta casa.

Ella me mira, displicente y atónita, como una buena Oveja.

—Vivo aquí, Pearl. ¿Adónde quieres que vaya?

—¡Vete! —grito.

—¡No me iré! —Ésta es una de las pocas veces en que me ha desobedecido tan abiertamente. Luego, con una voz áspera pero contundente, repite—: No me iré. Esta vez me vas a escuchar. Lo de la amnistía tenía sentido. Era lo más prudente.

Sacudo la cabeza y me niego a escuchar.

—Me has destrozado la vida.

—Te equivocas. Sam destrozó su propia vida.

—Muy propio de ti, May: echarle la culpa a otro en lugar de asumir tu responsabilidad.

—No habría hablado con Sanders si hubiera pensado que su pondría algún problema para vosotros. No puedo creer que pienses eso de mí. —Va adquiriendo fuerza, ahí plantada con su vestido verde esmeralda—. Sanders y el otro agente os estaban ofreciendo una oportunidad...

—Si llamas oportunidad a la intimidación...

—Sam era un hijo de papel. Estaba aquí ilegalmente. Me culparé de su muerte el resto de mi vida, pero eso no cambia que era lo correcto tanto para ti como para nuestra familia. Lo único que teníais que hacer era decir la verdad...

—¿No te planteaste las consecuencias?

—¡Claro que sí! Pero repito: Sanders dijo que si Sam y tú confesabais, os concederían la amnistía. ¡Amnistía! Habrían sellado vuestros papeles, os habríais convertido en ciudadanos legales y todo habría terminado. Pero erais demasiado testarudos, demasiado rústicos e ignorantes para ser americanos.

—¿Te atreves a culparme de lo sucedido?

—No es eso, Pearl.

Pero ¡lo ha dicho! Estoy tan furiosa que no puedo pensar.

—Quiero que salgas de esta casa —digo, hirviendo de cólera—. No quiero volver a verte. Jamás.

—Siempre me has culpado de todo —replica con voz serena, muy serena.

—Porque todo lo malo que me ha pasado en la vida ha sido por tu culpa.

Me mira a los ojos, como preparada para oír lo que tengo que decir. Bien, si eso es lo que quiere...

—*Baba* te quería más a ti —empiezo—. Siempre se sentaba a tu lado. *Mama* te quería tanto que se sentaba enfrente de ti para contemplar a su hermosa hija y no a la otra, la fea de mejillas coloradas.

—Siempre has padecido la enfermedad de los ojos rojos. —Resopla con desdén, como si mis acusaciones fueran insignificantes—. Siempre me has tenido envidia y celos, pero era a ti a quien mimaban. ¿Quién quería más a quién? Te lo diré. A *baba* le gustaba mirarte a ti. Y *mama* se sentaba a tu lado. Los tres siempre hablabais en sze yup, teníais vuestro propio idioma secreto; y a mí me dejabais fuera.

Esas palabras me dejan atónita. Siempre he creído que mis padres me hablaban en sze yup para proteger a May de una cosa u otra, pero ¿y si lo hacían como señal de cariño, como una forma de demostrar que yo era especial para ellos?

—¡No! —exclamo, tanto para May como para mí—. Eso no es verdad.

—*Baba* te quería lo suficiente para criticarte. *Mama* te quería lo suficiente para comprarte crema de perlas. A mí nunca me regaló nada valioso: ni crema de perlas ni su brazalete de jade. A ti te mandaron a la universidad. A mí nadie me preguntó si quería ir. Y fuiste, pero ¿hiciste algo con tus estudios? Mira a tu amiga Violet. Ella sí hizo algo, pero ¿tú? Todo el mundo quiere venir a América por las oportunidades que ofrece este país. Pero tú no aprovechaste las que se te presentaron. Preferías ser víctima, una *fu yen*. Pero ¿qué importa a quién quisieran más *baba* y *mama*, o si yo tuve las mismas oportunidades que tú? Ellos están muertos y ha pasado mucho tiempo.

Pero para mí no, y sé que para ella tampoco. La competición por el cariño de nuestros padres se ha repetido en nuestra batalla por Joy. Ahora, después de toda una vida juntas, por fin decimos lo que de verdad sentimos. El tono de nuestro dialecto wu sube y baja, estridente, cáustico y acusador, mientras vaciamos todo el mal que hemos acumulado en nuestro interior y nos culpamos mutuamente por los fracasos y desgracias que nos han acaecido. No he olvidado la muerte de Sam, y sé que ella tampoco, pero no podemos controlarnos. Quizá sea más fácil pelear por las injusticias que hemos soportado durante años que enfrentarme a la traición de May y el suicidio de Sam.

—¿Sabía *mama* que estabas embarazada? —pregunto, expresando una sospecha que tengo desde hace años—. Ella te quería. Me hizo prometer que cuidaría de ti, mi *moy moy*, mi hermana pequeña. Y he cumplido. Te llevé a Angel Island, donde me humillaron. Y desde entonces estoy encerrada en Chinatown, cuidando a Vern y trabajando en la casa mientras tú vas a Haolaiwu, vas a fiestas, te diviertes y haces lo que sea que hagas con esos hombres. —Entonces, como estoy furiosa y dolida, digo algo que sé que lamentaré el resto de mis días; pero como en gran medida es cierto, sale de mi boca antes de que pueda impedirlo—: Tuve que cuidar a tu hija incluso después de que muriera mi bebé.

—Siempre has estado resentida por tener que cuidar de ella, pero también has hecho todo lo posible para alejarla de mí. Cuando Joy era pequeña, la dejabas con Sam en el apartamento cuando yo te llevaba a dar paseos...

—No lo hacía por eso. —¿O sí?

—Y nos culpabas a mí y a todos los demás por tener que quedarte en casa. Pero cuando alguno de nosotros se ofrecía a quedarse un rato con Joy, tú te negabas.

—Eso no es verdad. La dejaba ir contigo a los platós.

—Y luego ya no me dejaste hacer ni siquiera eso —replica con tristeza—. Yo la quería. Pero ella siempre fue una carga para ti. Tienes una hija. Yo no tengo nada. Los he perdido a todos: a mi madre, a mi padre, a mi hija...

—¡Y yo me dejé violar por un montón de japoneses para protegerte!

Mi hermana asiente con la cabeza, como si ya esperase oír eso.

—¿Otra vez tengo que oír lo de tu sacrificio? ¿Otra vez? —Respira hondo para serenarse—. Estás disgustada, y lo entiendo. Pero nada de todo eso tiene que ver con lo de Sam.

—¡Claro que tiene que ver! Todo lo que nos ha pasado tiene que ver con tu hija ilegítima o con lo que los micos me hicieron.

Se le tensan los músculos del cuello y su rabia alcanza el mismo nivel que la mía.

—Si de verdad quieres hablar de aquella noche, perfecto, porque llevo muchos años esperando este momento. Nadie te pidió que salieras de nuestro escondite. *Mama* te dijo que te quedaras escondida. Ella quería que estuvieras a salvo. Fue contigo con quien habló en sze yup, susurrándote su amor en ese dialecto, como hacía siempre, para que yo no la entendiera. Pero comprendí que a ti te quería lo suficiente para decirte palabras cariñosas, y a mí no.

—Estás tergiversando la realidad, como siempre, pero esta vez no servirá de nada. *Mama* te quería tanto que se enfrentó ella sola a esos soldados. Yo no podía permitir que lo hiciera. Tenía que ayudarla. Tenía que salvarte.

Mientras hablo, los recuerdos de aquella noche me invaden. ¿Será consciente mi madre, dondequiera que esté, de todo lo que he sacrificado por mi hermana? ¿Me quería *mama*? ¿O aquel día volví a decepcionarla, por última vez? Pero no tengo tiempo para pensar en eso, porque May está delante de mí con los brazos en jarras, con su hermoso rostro crispado de exasperación.

—Eso pasó una noche. ¿Qué es una noche comparada con toda una vida? ¿Cuánto tiempo llevas utilizando esa excusa, Pearl? ¿Cuánto la utilizaste para mantener la distancia entre tú y Sam, entre tú y yo? En el hospital, cuando delirabas, me dijiste cosas que seguramente no recuerdas. Me dijiste que *mama* gruñó cuando entraste en la habitación donde estaban los soldados. Me dijiste que creías que se enfadó porque no me estabas protegiendo. Creo que te equivocas, y que *mama* debió de sentirse desesperada al ver que no ibas a salvarte. Eres madre, Pearl. Sabes que lo que digo es cierto.

Sus palabras son como una bofetada, pero tiene razón: si Joy y yo nos encontráramos en la misma situación...

—Consideras que has sido muy valiente y que has renunciado a mucho —continúa. No detecto repulsa ni provocación en su voz, sólo una gran angustia, como si fuera ella la que ha sufrido—. Pero en realidad has sido cobarde, miedosa, débil e insegura todos estos años. Ni una sola vez me has preguntado qué más pasó en la cabaña aquella noche, ni una sola vez se te ha ocurrido preguntarme qué sentí cuando *mama* murió en mis brazos. Nunca me has preguntado dónde y cómo la enterré. ¿Quién crees que se encargó de eso? ¿Quién crees que te sacó de la cabaña, cuando lo más sensato habría sido dejarte morir allí?

No me gustan sus preguntas y aún me gustan menos las respuestas que pasan por mi cabeza.

—Yo sólo tenía dieciocho años —prosigue—. Estaba embarazada y muerta de miedo. Pero te cargué en la carretilla. Te llevé al hospital. Te salvé la vida, Pearl, y después de tantos años todavía arrastras resentimiento, miedo y sentimiento de culpa. Crees que te has sacrificado mucho para cuidar de mí, pero tus sacrificios sólo han sido excusas. En realidad fui yo quien se sacrificó para cuidar de ti.

—Eso es mentira.

—¿En serio? —Hace una breve pausa y añade—: ¿Alguna vez has pensado cómo ha sido mi vida aquí? ¿Ver a mi hija todos los días y mantener las distancias con ella? ¿O tener relaciones esposo-esposa con Vern? Piénsalo, Pearl. Vern nunca ha llegado a ser un verdadero marido.

—¿Qué quieres decir?

—Que nunca habríamos acabado aquí, en este sitio que por lo visto te ha causado tanta desgracia, de no haber sido por ti. —La agresividad desaparece de su voz, y sus palabras escarban en lo más hondo de mí, estremeciendo mi sangre y mis huesos—. Dejaste que una noche, una noche terrible y trágica, te hiciera correr y correr. Y yo te seguí porque soy tu *moy moy*. Porque te quiero y sabía que habías quedado marcada para siempre, que nunca podrías ver la belleza y la fortuna de tu vida.

Cierro los ojos y procuro serenarme. No quiero volver a oír su voz. No quiero volver a verla.

—¿Por qué no te marchas? —le suplico.

Pero May insiste:

—Contéstame con sinceridad. ¿Estaríamos aquí, en América, de no haber sido por ti?

Esa pregunta se me clava como un afilado cuchillo, porque gran parte de lo que dice es verdad. Pero todavía estoy tan enfadada y dolida porque haya delatado a Sam que respondo con la peor maldad:

—No, claro que no. ¡No estaríamos en América si tú no hubieras tenido relaciones esposo-esposa con un chico que ni siquiera tenía nombre! Y si no me hubieras obligado a adoptar a tu hija...

—Sí tenía nombre —me corta May, con una voz suave como las nubes—. Se llamaba Z.G.

Creía que me había hecho todo el daño posible, pero por lo visto me equivocaba.

—¿Cómo pudiste? ¿Cómo pudiste hacerme eso? Sabías que estaba enamorada de él.

—Sí, lo sabía —admite—. Z.G. lo encontraba muy gracioso... cómo lo mirabas durante las sesiones, el día que fuiste a suplicarle... pero yo me sentía muy mal.

Retrocedo unos pasos, tambaleándome. Una traición detrás de otra.

—No te creo. Esto debe de ser otra de tus mentiras.

—¿De verdad? Hasta Joy se dio cuenta: en las portadas de *China Reconstructs*, ¿quién tenía mejillas coloradas de campesina y qué cara estaba pintada con amor?

Mientras habla, las imágenes del pasado pasan atropelladamente: May con la cabeza apoyada en el pecho de Z.G. mientras bailaban; Z.G. pintando hasta el último pelo de su cabeza; Z.G. esparciendo peonías alrededor de su cuerpo desnudo...

—Lo siento —dice—. Ha sido una crueldad. Sé que lo has llevado en tu corazón todos estos años, pero no era más que un enamoramiento infantil de hace mucho tiempo. ¿No te das cuenta? Z.G. y yo... —Se le quiebra la voz—. Tú has tenido toda una vida con Sam. Z.G. y yo sólo tuvimos unas semanas.

—¿Por qué me lo ocultaste?

—Sabía que estabas enamorada de él. Por eso no te dije nada. No quería hacerte daño.

Y así es como comprendo lo que no he sabido ver en todo este tiempo:

—Z.G. es el padre de Joy.

—¿Quién es Z.G.?

Es la única voz que querríamos no haber oído. Me vuelvo y veo a Joy plantada en el umbral de la cocina; sus ojos son como dos guijarros negros en el fondo de un cuenco de narcisos. Su mirada —fría, inexpresiva, implacable— revela que lleva mucho rato escuchando. Estoy destrozada por la muerte de Sam y por el repaso de nuestras vidas que May acaba de hacer, pero que Joy haya oído esta conversación me produce verdadero horror. Doy un par de pasos hacia mi hija, pero ella se aparta.

—¿Quién es Z.G.? —repite.

—Es tu verdadero padre —contesta mi hermana con voz dulce y llena de amor—. Y yo soy tu verdadera madre.

Nos quedamos las tres plantadas como estatuas. Nos veo a May y a mí con los ojos de Joy: una madre —que ha intentado enseñar a su hija a ser dócil a la manera china y brillante a la manera americana— con un camisón viejo, y la cara enrojecida de llorar, de pena y rabia; y otra madre —que ha sido indulgente con su hija, le ha comprado regalos y la ha acercado a la sofisticación y el dinero de Haolaiwu—, radiante y elegantemente vestida. Además, liberada de dos décadas de secretos, May parece haber encontrado cierta paz, pese a todo lo que ha pasado esta noche. Mi hermana y yo nos hemos peleado por zapatos, por quién ha tenido una vida mejor y por quién es más lista y más guapa, pero esta vez no tengo ninguna posibilidad. Sé quién ganará. Siempre me he preguntado por mi destino. No ha bastado con que perdiera a mi hijo y a mi marido. Ahora, las lágrimas por la mayor de las pérdidas resbalan por mis mejillas.

# Cuando se nos pone el cabello blanco

Me tumbo en la cama con un agujero enorme en el pecho, donde antes tenía el corazón. Destrozada: así es como me siento. Oigo a May y Joy murmurando. Más tarde se oyen gritos y portazos, pero no salgo a luchar por mi hija. Ya no tengo fuerzas para luchar. Aunque quizá nunca las he tenido. Quizá May tenga razón sobre mí. Soy débil. Quizá siempre he sido miedosa, una víctima, una *fu yen*. May y yo crecimos en el mismo hogar, con los mismos padres, y sin embargo ella siempre ha sabido apañárselas sola. Ha aprovechado todas las oportunidades que se le han presentado: mi buena disposición a adoptar a Joy, trabajar con Tom Gubbins y todo lo que eso conllevó, sus constantes ganas de salir y divertirse; mientras que yo siempre he aceptado las adversidades, considerándolas producto de mi mala suerte.

Más tarde oigo el grifo del cuarto de baño y la cisterna del inodoro. Joy abre y cierra sus cajones del armario de la ropa blanca. Cuando por fin la casa se queda en silencio, mi pensamiento viaja hasta sitios más profundos y oscuros. Mi hermana ha hecho que me plantee las cosas de una forma completamente nueva, pero nada de eso cambia lo que le ha sucedido a Sam. ¡Eso nunca se lo perdonaré! Sólo que... sólo que quizá May tenga razón respecto a la amnistía. Quizá fue un error terrible no entregarnos voluntariamente, lo que terminó en tragedia en el caso de Sam. Pero ¿por qué no nos contó May que iba a delatarnos, aunque pensara hacerlo por nuestro propio bien? Sé perfectamente la respuesta: a Sam y a mí siempre nos asustó todo lo nuevo. Nos daba miedo dejar a nuestra familia e instalarnos en nuestra propia casa, miedo marcharnos de Chinatown, miedo dejar que nuestra hija se convirtiera en lo que nosotros mismos afirmábamos querer ser: americanos. Aunque May hubiera intentado decírnoslo, no la habríamos escuchado.

Sé que los peores aspectos del Dragón pueden llevarme a ser testaruda y orgullosa. Si enfureces a una mujer Dragón, el cielo se viene abajo. De hecho, esta noche el cielo se ha venido abajo, pero necesito decirle a Joy que ella es y siempre será mi hija, y que no me importa lo que sienta por mí, por Sam o por su tía, porque yo siempre la querré. Deseo que entienda cuánto la hemos querido y protegido, y lo orgullosa que estoy de ella y de que esté iniciando su propio camino. Espero que sepa perdonarme. En cuanto a May, no sé si encontraré la forma de absolverla, ni si quiero hacerlo. No sé si quiero mantener relación con ella, pero estoy dispuesta a darle la oportunidad de explicármelo todo otra vez.

Debería ir al porche, despertarlas a las dos y hacer todo eso ahora mismo, pero es tarde y todo está en silencio, y esta noche terrible ya han sucedido demasiadas cosas.

—¡Despierta! ¡Despierta! ¡Joy se ha marchado!

Abro los ojos. Mi hermana me está sacudiendo con el rostro desencajado. Me incorporo y el miedo me embarga súbitamente.

—¿Qué?

—Joy se ha ido.

Me levanto y corro hacia el porche. Las dos camas están deshechas; respiro hondo e intento calmarme.

—Quizá ha salido a dar un paseo. O ha ido al cementerio.

May niega con la cabeza. Luego mira un papel arrugado que tiene en la mano y dice:

—Esto estaba encima de su cama.

Alisa el papel y me lo da.

*Mamá:*

*Ya no sé quién soy. Ya no entiendo este país, que ha matado a papá. Sé que pensarás que estoy aturdida y que digo estupideces. Quizá tengas razón, pero necesito encontrar respuestas. Quizá China sea mi verdadero hogar, al fin y al cabo. Después de lo que tía May me contó anoche, creo que debería conocer a mi verdadero padre. No te preocupes por mí, mamá. Confío mucho en China y en todo lo que el presidente Mao está haciendo por el país.*

*Joy*

Respiro hondo y las palpitaciones remiten. Sé que Joy no dice en serio lo que ha escrito. Es un Tigre. Es normal que se agite y se sacuda —eso es lo que representa su nota—, pero es imposible que haya hecho lo que dice. Sin embargo, May teme que sí.

—¿Qué podemos hacer? —me pregunta cuando la miro.

—No estoy preocupada, y tú tampoco deberías estarlo. —Me fastidia que mi hermana empiece el día con otro drama cuando yo confiaba en poder hablar con ella, pero le pongo una mano sobre el brazo para serenarnos—. Anoche Joy estaba muy trastornada. Todas lo estábamos. Habrá ido a casa de los Yee a hablar con Hazel. Ya verás como vuelve a la hora del desayuno.

—Pearl... —Traga saliva y respira hondo—. Anoche Joy me preguntó por Z.G. Le dije que creo que todavía vive en Shanghai porque en sus portadas de revista siempre aparece algo relacionado con la ciudad. Estoy segura de que intentará viajar allí.

Lo descarto con un ademán.

—Joy no irá a China a buscar a Z.G. No puede subirse a un avión y volar a Shanghai. —Enumero los motivos con los dedos, con la esperanza de que mi lógica tranquilice a May—. Mao lleva ocho años en el poder. Los occidentales no pueden entrar en China. Estados Unidos no tiene relaciones diplomáticas...

—Podría volar a Hong Kong —me interrumpe con voz entrecortada—. Es una colonia británica. Desde allí podría entrar en China andando, como las personas que contrataba padre Louie para que le llevaran el dinero a su familia de Wah Hong.

—Ni lo pienses. Joy no es comunista. Todos esos cuentos eran sólo eso: cuentos.

May señala la nota:

—Quiere conocer a su verdadero padre.

Me resisto a aceptarlo.

—Joy no tiene pasaporte.

—Sí tiene. ¿No te acuerdas? Ese amigo suyo, Joe, la ayudó a sacárselo.

Me flaquean las rodillas. May me sujeta y me ayuda a llegar hasta la cama y sentarme. Prorrumpo en llanto.

—Esto no, por favor —gimo—. Después de lo de Sam, no.

May intenta consolarme, en vano. El sentimiento de culpa no tarda en apoderarse de mí.

—No sólo se trata de su padre. —Mis palabras salen desgarradas y quebradas—. Todo su mundo se ha derrumbado. Todo lo que ella creía conocer ha resultado falso. Está huyendo de nosotras. De su verdadera madre y de mí.

—No digas eso. Su verdadera madre eres tú. Vuelve a leer la nota. A mí me llama tía, y a ti mamá. Joy es tu hija.

El miedo y la pena atenazan mi corazón, pero me aferro a una palabra: mamá.

May me enjuga las lágrimas.

—Es tu hija —repite—. No llores más. Tenemos que pensar.

Tiene razón. Debo recuperarme y hemos de pensar cómo impedir que mi hija cometa un terrible error.

—Necesitará mucho dinero si quiere llegar a China —digo.

May entiende a qué me refiero. Ella es más moderna que yo, y guarda el dinero en el banco; pero Sam y yo seguíamos la tradición de padre Louie y teníamos nuestros ahorros en casa. Vamos a la cocina, miro debajo del fregadero y saco la lata de café donde guardo casi todo el dinero. Vacía. Aun así, no pierdo la esperanza.

—¿Cuándo calculas que se ha marchado? —pregunto—. Os quedasteis hablando hasta muy tarde...

—¿Cómo no la oí levantarse? ¿Cómo no la oí hacer la maleta?

Yo me hago los mismos reproches, y una parte de mí todavía está enojada y confundida por mi conversación de anoche con May, pero digo:

—Ahora eso no importa. Tenemos que concentrarnos en Joy. No puede haber llegado muy lejos. Todavía podemos encontrarla.

—Sí, claro. Vamos a vestirnos. Iremos en dos coches...

—¿Y Vern? —Ni siquiera en estos traumáticos momentos logro olvidar mis responsabilidades.

—Tú ve a la Union Station. Yo dejaré preparado a Vern y luego iré a la estación de autobuses.

Pero Joy no está en la estación de tren, ni en la de autobuses. May y yo volvemos a encontrarnos en casa. Cuesta creer que de verdad intente viajar a China, pero si queremos tener alguna posibilidad de detenerla, hemos de actuar imaginando lo peor. Trazamos un nuevo plan. Yo voy al aeropuerto y May se queda en casa haciendo unas llamadas: a la familia Yee, para saber si Joy les ha dicho algo a sus hijas; a los tíos, por si les pidió consejo sobre la forma de llegar a China; y a Betsy y su padre, en Washington, para comprobar si existe alguna forma de impedir que Joy salga del país. No tengo suerte en el aeropuerto, pero May recibe dos informaciones turbadoras. Primero, Hazel Yee le dice que esta mañana Joy la llamó llorando desde el aeropuerto para decirle que se marchaba del país. Hazel no la creyó y no le preguntó adónde iba. Segundo, el padre de Betsy dice que Joy puede solicitar y recibir un visado para entrar en Hong Kong al aterrizar allí.

Como todavía no hemos comido, May abre dos latas de sopa de pollo Campbell's y las pone a calentar en un fogón. Yo me siento a la mesa, miro a mi hermana y sufro por mi hija. Mi hermosa y temeraria Joy se dirige al único lugar a donde no debería ir: la República Popular China. Por mucho que crea haber aprendido de China por las películas, por su amigo Joe, por ese estúpido grupo al que se unió y por lo que puedan haberle enseñado sus profesores en Chicago, mi hija no sabe lo que hace. Obedece a su naturaleza Tigre; lo que la impulsa a actuar son la rabia, la confusión y el entusiasmo mal dirigido. La mueven las pasiones y las ambiguas emociones de anoche. Como le he explicado a May, creo que lo que intenta en realidad es huir de nosotras, las dos mujeres que han peleado por ella desde que nació, y no sólo buscar a su verdadero padre. Y Joy no entiende lo traumático —por no decir peligroso— que puede resultar que encuentre a Z.G.

Pero si Joy no puede escapar de su naturaleza esencial, yo tampoco puedo escapar de la mía. El instinto maternal es muy fuerte. Pienso en mi madre y en todo lo que hizo para salvarnos del Clan Verde y protegernos de los japoneses. Quizá a *mama* le resultara muy difícil tomar la decisión de dejar atrás a *baba*, pero lo hizo. Seguro que la aterraba entrar en la habitación donde estaban aquellos soldados, pero tampoco vaciló. Ahora mi hija me necesita. Por muy peligroso que sea el viaje y por muy graves que sean los riesgos, tengo que encontrarla. Joy debe saber que estaré a su lado y que la apoyaré incondicionalmente en cualquier situación.

Mis labios esbozan una débil sonrisa cuando comprendo que, por una vez, me va a ayudar no ser ciudadana de Estados Unidos. No tengo pasaporte norteamericano, sino sólo un Certificado de Identidad que me permitirá salir de este país que nunca me ha querido. Me queda un poco de dinero guardado en el forro del sombrero, pero no basta para llegar a China. Vender el restaurante me llevaría demasiado tiempo. Podría ir al FBI y confesarlo todo o más, decirles que soy una comunista rabiosa de la peor calaña, para que me deportaran...

May sirve la sopa en tres cuencos y vamos a la habitación de Vern. Lo encontramos pálido y aturdido. No muestra interés por la comida y retuerce las sábanas con nerviosismo.

—¿Dónde está Sam? ¿Dónde está Joy?

—Lo siento, Vern. Sam ha muerto —le dice May, supongo que por enésima vez este día—. Y Joy se ha escapado de casa. ¿Entiendes, Vern? Joy no está aquí. Se ha marchado a China.

—China es un sitio muy malo.

—Ya lo sé.

—Quiero que venga Sam. Quiero que venga Joy.

—Intenta tomarte la sopa.

—Iré a buscar a Joy —anuncio—. Quizá pueda encontrarla en Hong Kong, pero si es necesario entraré en China.

—China es un sitio muy malo —repite Vern—. Allí te mueres.

Dejo mi cuenco en el suelo.

—¿Puedes prestarme dinero, May?

Mi hermana no vacila:

—Claro que sí, pero no sé si tengo suficiente.

¿Cómo va a tenerlo si se lo ha gastado todo en ropa, joyas, distracciones y en su flamante automóvil? Rechazo esos reproches y me recuerdo que May también ha ayudado a pagar esta casa y los estudios de Joy.

—Yo sí —dice Vern—. Tráeme barcos. Muchos barcos.

May y yo nos miramos sin comprender.

—¡Necesito barcos!

Le doy el que encuentro más cerca. Vern lo coge y lo tira al suelo. La maqueta se rompe, y de su interior sale un rollo de billetes sujetos con una goma.

—Mi dinero de la hucha familiar —explica él—. ¡Más barcos! ¡Dame más!

Entre los tres, destrozamos su colección de barcos, aviones y coches de carreras. El viejo era tacaño, pero también justo. Y claro, le dio a su hijo su parte de la hucha familiar, incluso después de que se quedara inválido. Pero Vern, a diferencia del resto, no se gastó su parte. Sólo lo he visto utilizar dinero en una ocasión: el día que nos llevó a la playa en tranvía, la primera Navidad que pasamos en Los Ángeles.

Juntamos los billetes y los contamos sobre la cama de Vern. Hay más que suficiente para un billete de avión, y hasta para sobornos, si fuera necesario.

—Iré contigo —dice May—. Estando juntas la cosas siempre nos han ido mejor.

—No; debes quedarte aquí. Tienes que cuidar de Vern, del restaurante, la casa, los antepasados...

—¿Y si encuentras a Joy y las autoridades no os dejan salir del país?

Eso la preocupa, y a Vern también. Y yo estoy aterrorizada. Si no nos preocupáramos, seríamos estúpidos. Sonrío y digo:

—Eres mi hermana, y eres muy lista. Así que empieza a pensar cómo solucionar ese supuesto.

Mientras May asimila mis palabras, casi puedo ver cómo en su mente se va formando una lista de tareas.

—Voy a llamar otra vez a Betsy y a su padre —dice—. Y escribiré al vicepresidente Nixon. Cuando era senador, Nixon ya ayudó a algunos a salir de China. Conseguiré que nos ayude.

Pienso: «No va a ser fácil», pero no lo digo. No soy ciudadana de Estados Unidos y no tengo pasaporte de ningún país. Y nos enfrentamos a la China Roja. Pero no me queda más remedio que creer que, llegado el caso, mi hermana logrará sacarnos de China, porque ya lo hizo una vez, cuando huimos de Shanghai.

—He pasado mis primeros veintiún años en China y mis últimos veinte en Los Ángeles —le digo a May con firmeza, reflejo de mi determinación—. No tengo la impresión de volver a casa. Siento que estoy perdiendo mi hogar. Cuento contigo para que Joy y yo sigamos teniendo algo aquí cuando regresemos.

Al día siguiente, meto en una maleta el Certificado de Identidad que me entregaron en Angel Island y la vieja ropa de campesina que me compró May para salir de China. Cojo unas fotografías de Sam para darme valor, y otras de Joy para enseñárselas a la gente que encuentre en mi viaje. Voy al altar familiar y me despido de Sam y los demás. Recuerdo algo que dijo May hace tiempo: «Al final, todo vuelve al principio.» Por fin comprendo lo que quiso decir: no sólo repetimos nuestros errores, sino que también se nos ofrecen oportunidades para remediarlos. Hace veinte años perdí a mi madre cuando huíamos de China; ahora vuelvo a China, convertida en madre, para poner las cosas —muchas cosas— en su sitio. Abro la caja donde Sam guardó la bolsita que me regaló *mama*. Me la cuelgo del cuello. Esa bolsita ya me ha protegido en otros viajes, y espero que la que May le regaló a Joy cuando se marchaba a la universidad la esté protegiendo ahora.

Me despido del niño-esposo y le doy las gracias, y May me lleva en coche al aeropuerto. Mientras veo pasar las palmeras y las casas de estuco, repaso mi plan: iré a Hong Kong, me pondré la ropa de campesina y cruzaré la frontera. Iré al pueblo natal de los Louie y al de los

Chin, pues ambos son sitios de los que Joy ha oído hablar, aunque mi corazón de madre intuye que allí no la encontraré. Joy ha ido a Shanghai a buscar a su verdadero padre e indagar sobre el pasado de su madre y su tía, y yo pienso seguirla hasta allí. Claro que temo que me maten, pero más temo todas las cosas que todavía podríamos perder.

Miro a mi hermana mientras conduce con gesto de firme determinación. Recuerdo esa expresión de cuando May era una cría, de cuando escondió nuestro dinero y las joyas de *mama* en la barca del pescador. Todavía tenemos mucho que decirnos si queremos hacer las paces. Hay cosas que nunca le perdonaré, y otras por las que necesito pedirle disculpas. May se equivoca de medio a medio sobre lo que significa para mí vivir en América. Quizá no tenga papeles, pero después de tantos años me considero americana. Y no quiero renunciar a eso, después de lo que me ha costado conseguirlo. Me he ganado la ciudadanía con penalidades; me la he ganado por Joy.

En el aeropuerto, vamos hasta la puerta de embarque. Una vez allí, May dice:

—Ya sé que nunca me perdonarás por lo de Sam, pero, por favor, ten presente que sólo intentaba ayudaros.

Nos abrazamos, pero no derramamos ni una lágrima. Pese a todas las cosas desagradables que han pasado y que nos hemos dicho, May es mi hermana. Los padres mueren, las hijas crecen y se casan, pero las hermanas son para siempre. May es la única persona que me queda en el mundo que comparte mis recuerdos de infancia, de mis padres, de nuestro Shanghai, de nuestras luchas, de nuestros sufrimientos, y sí, también de nuestros momentos de felicidad y triunfo. Mi hermana es la única persona que me conoce de verdad, como yo la conozco a ella. Lo último que me dice es:

—Cuando se nos pone el cabello blanco, todavía nos queda el amor de nuestra hermana.

Al dirigirme al embarque, me pregunto si hay algo que podría haber hecho de otra forma. Me gustaría haberlo hecho todo de otra forma, pero sé que el resultado habría sido el mismo. En eso consiste el destino. Pero si es cierto que hay cosas que están escritas y que algunas personas son más afortunadas que otras, también he de creer que todavía no he hallado mi destino. Porque de alguna forma, no sé cómo, voy a encontrar a Joy, y voy a traer a mi hija, nuestra hija, a casa con mi hermana y conmigo.

# Agradecimientos

*Dos chicas de Shanghai* es una novela histórica. Carapicada Huang, Christine Sterling y Tom Gubbins son personajes reales. Pero Pearl, May y el resto de los personajes son ficticios, igual que la trama. (Los Louie no eran los propietarios del Golden Pagoda, el puesto de *rickshaws*, el restaurante y otras tiendas, aunque en China City muchas familias sí tenían múltiples negocios. No fue May quien le compró la Asiatic Costume Company a Tom Gubbins, sino la familia Lee.) No obstante, es posible que haya quien, al leer estas páginas, reconozca ciertos detalles, experiencias y anécdotas. En estos últimos diecinueve años —y quizá a lo largo de toda mi vida— he tenido la suerte de poder hablar con gente que vivió en algunos de los lugares y que fue testigo de algunos de los acontecimientos que describo en esta novela. Había infinidad de recuerdos felices, pero para algunos compartir esas historias supuso una valentía increíble, porque todavía estaban tocados por las experiencias que habían vivido en China en los años de guerra, avergonzados por las humillaciones de Angel Island o el Programa de Confesiones, o apenados por la pobreza y las penalidades que habían sufrido en el Chinatown de Los Ángeles. Algunos han preferido mantenerse en el anonimato. Quiero decirles a ellos y a todos los demás que me han ayudado, que este libro no existiría sin sus relatos ni su fidelidad a la verdad.

Quiero expresar mi gratitud a Michael Woo por haberme dejado una copia de las memorias manuscritas de su madre, Beth Woo, donde describe sus clases de inglés a los soldados japoneses, los contratos de matrimonio que le presentaban por escrito, y lo que significó para ella escapar de China en un barco de pesca y vivir en Hong

343

Kong durante la guerra. El marido de Beth, Wilbur Woo, que fue separado de su mujer en Los Ángeles, compartió conmigo numerosas historias de esos días y me presentó a Jack Lee, quien me habló del agente del FBI que se paseaba por Chinatown en la época del Programa de Confesiones. Phil Young me presentó a su madre, Monica Young, cuyos recuerdos de niña huérfana deportada a China durante la guerra sino-japonesa resultaron inestimables. Monica también me prestó un ejemplar de las memorias de las misioneras Alice Lan y Betty Hu, *We Flee from Hong Kong*, donde se describe el ungüento a base de crema hidratante y cacao en polvo que formaba parte de su disfraz cuando ellas y las personas que tenían a su cargo trataban de escapar de los japoneses.

Ruby Ling Louie y Marian Leng, cuyas respectivas familias tenían negocios en China City, me mostraron mapas, fotografías, folletos y otros objetos de interés, entre ellos las excelentes diapositivas de Paul Louie sobre China City. Gracias muy especialmente a Marian por su charla sobre la diferencia entre *fu yen* y *yen fu*. Entre los que compartieron generosamente su tiempo y sus historias conmigo se encuentran el doctor Wing y Joyce Mar, Gloria Yuen, Mason Fong y Akuen Fong. Ruth Shannon me dio permiso para utilizar el nombre de su querido marido. (En apariencia, mi Edfred no se parece en nada al de Ruth, pero ambos tenían buen corazón.) Eleanor Wong Telemaque y Mary Yee me contaron historias de lo que les sucedió a sus familias durante el Programa de Confesiones.

También recuperé entrevistas que había hecho años atrás, cuando me documentaba para escribir *On Gold Mountain*. Dos hermanas, Mary y Dill Louie, ambas fallecidas ya, me hablaron de los chinos en Hollywood. Jennie Lee me contó de los años que su marido pasó trabajando para Tom Gubbins y me explicó lo que significaba dirigir la Asiatic Costume Company después de la guerra.

Quiero dar las gracias, una vez más, a los Archivos Nacionales de San Bruno. Las escenas de los interrogatorios de *Las chicas de Shanghai* están tomadas, casi palabra por palabra, de las entrevistas a la señora Fong Lai (Jung-shee), la mujer de uno de los socios de papel de mi bisabuelo, y de las transcripciones de las de mi bisabuelo Fong See y su hermano Fong Yun.

Estoy en deuda con Yvonne Chang, de la Chinese Historical Society of Southern California, por permitirme el acceso a las transcripciones de un proyecto de historia oral sobre el Chinatown de Los Ángeles realizado entre 1978 y 1980. Algunos de los que participaron en ese proyecto ya han fallecido, pero sus relatos han sido recuperados y salvados. La CHSSC colabora actualmente con el Chinatown Youth Council de Los Ángeles para crear el Chinatown Remembered Community History Project, un proyecto de historia oral filmada que se centra en los años treinta y cuarenta. Quiero dar las gracias a la CHSSC y a Will Gow, el director del proyecto, por dejarme ser una de las primeras en leer esas transcripciones. Las publicaciones de la CHSSC —*Linking Our Lives, Bridging the Centuries* y *Duty and Honor*— fueron decisivas en mi elección de un espacio y un tiempo para esta historia. Suellen Cheng, del Chinese American Museum y El Pueblo de Los Angeles Historical Monument me ha dado, una vez más, ánimo, consejos y opiniones.

Como no soy ni historiadora ni académica, me he basado en las obras de Jack Chen, Iris Chang, Ronald Takaki, Peter Kwong, Dušanka Miščević e Icy Smith. El documental de Amy Chen, *The Chinatown Files*, me ayudó a ilustrar la amargura, el sentimiento de culpa y la tristeza que provocó el Programa de Confesiones. Muchas gracias a Kathy Ouyang Turner y a la Fundación del Centro de Inmigración de Angel Island por llevarme a la isla; a Casey Lee, por guiarnos por las instalaciones; a Emma Woo Louie, por su investigación sobre los nombres chino-americanos; a Sue Fawn Chung y Priscilla Wegars, por su trabajo sobre los ritos funerarios de los chinos americanos; a Theodora Lau, por su brillante análisis del horóscopo chino; a Liz Rawlings, que ahora vive en Shanghai, por ayudarme a comprobar los datos; y a Judy Yung por *Unbound Feet*, por las experiencias de su familia, por recoger tantas historias sobre Angel Island y los años de guerra, y por contestar a mis preguntas. También estoy agradecida por la amistad, las recomendaciones y los consejos de Ruthanne Lum McCunn. Him Mark Lai, el padre de los estudios chino-americanos, respondió a numerosos correos electrónicos y demostró ser una persona reflexiva y que invita a la reflexión, como siempre. *Island*, escrito y recopilado por Him Mark Lai, Genny Lim y Judy Yung, y *Chinese American Portraits*, de Ruthanne Lum McCunn, ya me inspiraron en el pasado y siguen inspirándome.

He estado varias veces en Shanghai, pero las obras de Hallet Abend, Stella Dong, Hanchao Lu, Pan Ling, Lynn Pan y Harriet Sergeant han aportado mucho a esta novela. En una serie de correos electrónicos, Hanchao Lu también me aclaró algunas preguntas que habían quedado pendientes sobre los límites geográficos de Shanghai en los años treinta. El personaje de Sam, pese a tener un destino y una actitud ante la vida muy diferentes, está influenciado por la novela proletaria *Rickshaw*, de Lao She. Para la historia de la publicidad, las modelos de carteles y la indumentaria de Shanghai acudí a las obras de Ellen Johnston Laing, Anna Hestler y Beverley Jackson. También me metí de lleno en las obras de escritores chinos que escribieron entre 1920 y 1940, sobre todo en las de Eileen Chang, Xiao Hong, Luo Shu y Lu Xun.

Asimismo, quiero manifestar mi agradecimiento a Cindy Bork, Vivian Craig, Laura Davis, Mary Healey, Linda Huff, Pam Vaccaro y Debbie Wright —quienes durante un mes participaron conmigo en una charla *on line* de Barnes & Noble—, por sus opiniones y sus ideas; al 12th Street Book Group por recordarme que las hermanas son para toda la vida; y a Jean Ann Balassi, Jill Hopkins, Scottie Senalik y Denise Whitteaker —quienes me ganaron en una subasta silenciosa y luego viajaron a Los Ángeles, donde los acompañé en una visita al Chinatown y les presenté a varios miembros de mi familia—, por ayudarme a encontrar el núcleo emocional de la novela.

Me considero extraordinariamente afortunada por tener de agente a Sandy Dijkstra. Ella y el resto de las mujeres de su agencia luchan por mí, me animan y me empujan a nuevos mundos. Michael Cendejas me ha ayudado a navegar por el mundo del cine. Al otro lado del charco, Katie Bond, mi editora de Bloomsbury, siempre ha conservado el buen humor. Bob Loomis, mi editor de Random House, es la bondad personificada. Me encantan nuestras conversaciones y sus disparatadas puntualizaciones. Pero también quiero dar las gracias al resto del personal de Random House por hacer que estos últimos años hayan sido tan extraordinarios, especialmente a Gina Centrello, Jane von Mehren, Tom Perry, Barbara Fillon, Amanda Ice, Sanyu Dillon, Avideh Bashirrad, Benjamin Dreyer y Vincent La Scala.

Unas últimas palabras de gratitud para Larry Sells, por su ayuda con todo lo relacionado con Wikipedia y por dirigir mi Google Group; para Sasha Stone, por dirigir mi sitio web con tanta profesionalidad; para Susan M.S. Brown, por su impecable corrección de pruebas; para Suzy Moser de la Biblioteca Huntington, por conseguir que me dejaran fotografiarme en el Chinese Scholar's Garden; para Patricia Williams, por tomar esa hermosa fotografía; para Tyrus Wong, que ya tiene noventa y ocho años, por seguir confeccionando y volando cometas chinas; para mi prima Leslee Leong, por vivir conmigo en el pasado; para mi madre, Carolyn See, por su agudo criterio; para mis hermanas, Clara, Katharine y Ariana, por todas las razones imaginables y más; para mis hijos, Christopher y Alexander, por hacer que esté orgullosa de ellos y por apoyarme en tantos sentidos; y por último, para mi marido, Richard Kendall, por darme ánimo cuando tengo que esforzarme, humor cuando me deprimo, y un amor infinito todos los días.